NO HI HA LLUM SOTA LA NEU

JORDI LLOBREGAT

NO HI HA LLUM SOTA LA NEU

Traducció de Núria Parés Sellarès

Columna

COL·LECCIÓ CLÀSSICA
TÍTOL ORIGINAL: *NO HAY LUZ BAJO LA NIEVE*
PRIMERA EDICIÓ: SETEMBRE DEL 2019

AUTOR REPRESENTAT PER THE ELLA SHER LITERARY AGENCY

AV. DIAGONAL, 662-664 - 08034 BARCELONA
ISBN: 978-84-664-2558-2
DIPÒSIT LEGAL: B. 15.081-2019
FOTOCOMPOSICIÓ: GRUP62

www.columnaedicions.cat

Citacions de l'interior:

Pàgina 7: traducció de Manuel de Montoliu. Biblioteca Popular de L'Avenç, 1903
Pàgines 23, 61, 135, 313, 398, 399, 431, 497, 519 i 529: *Divina comèdia,* Dante Alighieri. Traducció de Josep M. de Sagarra. Edicions 62, 1986

Per al monstre que sempre és per aquí,
que no desapareix mai del tot.
Que espera amagat el moment de tornar
i arrossegar-me cap al pou més profund.
Aquí em tens.

Tant honesta i gentil ensems està
ma dona quan a un altre ella saluda,
que trement tota llengua devé muda,
i els ulls, torbats, ni gosen a mirà.

La vida nova, CANT XXVI,
DANTE ALIGHIERI

Perquè haurà vingut el temps de donar comptes,
i tot allò que diuen les Escriptures es complirà.

LLUC, 21:22

I

Vint-i-dos anys abans

L'espelma dibuixava ones ataronjades a les cares dels sis nens. Estaven asseguts en rotllana i somreien nerviosos. Cap d'ells no es podia imaginar que la seva vida no tornaria a ser mai més la mateixa després d'aquella nit.

La nena més petita del grup va mirar cap a les ombres que els envoltaven. Tenia por, però s'hauria deixat matar abans que confessar-ho. Va apartar la vista de la foscor i va observar la noia que seia al seu costat. Encara la sorprenia la determinació de la seva germana. Al capdavall, la Natàlia, o tal com preferia que li diguessin, la Lia, acabava de fer onze anys, o sigui que només tenia tretze mesos més que ella. Tothom la considerava la més guapa, divertida i intel·ligent de les dues. L'estimava molt, però a vegades l'odiava profundament.

La Natàlia es va adonar que la mirava i li va picar l'ullet.

—Estàs preparada?

Havien descobert el búnquer aquell estiu. Tot i que el seu pare els havia advertit que no s'allunyessin, l'avorriment va fer que s'aventuressin amb la resta de la colla pels camins que envoltaven la cabanya. Cada dia s'endinsaven una mica més en el bosc. Al cap d'una setmana coneixien tots els senders que travessaven la vall.

Una tarda, mentre jugaven, la Natàlia va caure per un terraplè. Quan van anar a ajudar-la, la van trobar observant amb posat pensatiu una roca molt estranya allà on havia caigut. A la part superior, darrere d'uns matolls, s'hi veia una obertura. Tots es van emocionar perquè es van pensar que havien descobert una cova, però va resultar que era la finestreta d'una torreta.

Van examinar els voltants i van trobar les restes d'una fossa i uns esglaons coberts de terra que duien fins a una porta colgada d'argelagues. Van intentar obrir-la, però tot i estar tan atrotinada, no van poder. Llavors, l'Alba, la germana de l'Héctor, es va adonar que l'arrel de l'arbre havia obert un esvoranc al mur. Entre tots van aconseguir eixamplar-lo prou per poder-hi passar.

La Natàlia va ser la primera.

Un cop a dins, van descobrir un passadís amb unes gruixudes parets de formigó que s'endinsava en la foscor. L'aire estava viciat i feia pudor d'humitat. Els sons de l'exterior van quedar enrere per donar pas a un silenci tan dens com el del fons d'un pou.

L'Alexandra es va estremir, però no va ser a causa de la baixa temperatura. No sabia com explicar-ho, però estava segura que el fet de ser allà dins era un error. Havien de sortir d'aquell forat immediatament i no tornar-hi mai més. No obstant això, abans que cap d'ells pogués dir res, la Natàlia va decidir que hi tornarien l'endemà a la tarda amb llanternes.

Durant els dies posteriors es van aventurar pel passadís principal i van descobrir que hi havia altres túnels que sortien des d'allà i s'internaven a la muntanya, cada vegada més profunds. Alguns trams eren impracticables perquè el sostre s'havia esfondrat o hi havia massa aigua acumulada que es filtrava per les parets. Van trobar dues sales buides amb espieres mig enterrades i tapiades amb taulons de fusta podrits. També van trobar una porta semblant a la de l'entrada, però tampoc la van poder obrir. Malgrat els esforços, després d'uns quants dies d'exploració, tot just coneixien una petita part d'aquell laberint.

Una tarda, mentre gaudien de l'escalfor del sol a la vora del riu, van començar a discutir sobre qui era el més atrevit de la colla. Els nois feien broma dient que una noia mai no podria ser tan valenta com un noi. L'Alexandra va veure que la seva germana Natàlia s'indignava amb les burles, i aviat es va adonar que faria alguna cosa per demostrar el contrari.

Al cap d'una estona, eren en una de les sales buides del búnquer que havien condicionat amb mantes i coixins vells. La Natàlia va treure un joc de cartes força gastat i el va deixar a terra.

—Cadascú triarà una carta i se la guardarà sense ensenyar-la als altres, i després les anirem destapant. El que tregui la carta més alta es quedarà a passar la nit aquí fins a trenc d'alba.

Tot i que uns quants van quedar blancs de cop, ningú no es va atrevir a fer-se enrere i, al final, tots van acabar agafant una carta de la pila. Es van mirar els uns als altres per veure qui començava.

En Joan va ser el primer. Va girar la carta i va mostrar el dos de piques. Va deixar anar un esbufec sense dissimular. Després l'Héctor va alçar la seva i va ensenyar el quatre de trèvols mentre articulava un somriure indecís. La seva germana Alba va tirar un deu de piques al mig de la rotllana. Tot i l'expressió d'indiferència, els seus ulls no paraven de mirar al seu voltant. Un murmuri va recórrer el grup quan la dama de diamants va aparèixer entre les mans d'en Marc.

Ara li tocava a la Natàlia.

Quan va començar a alçar la carta, l'Alexandra, que era al seu costat, va entreveure un as. Ella tenia una carta més baixa. La seva germana era la que es quedaria allà. El cor li va fer un salt d'alegria, però llavors va veure l'admiració amb què els nois miraven la Natàlia. Sense pensar-s'ho dos cops, va assenyalar cap a la foscor.

—Heu sentit això?

Tots es van girar i, abans de poder-se'n penedir, l'Alexandra va canviar les cartes. Quan van comprovar que no hi havia res al túnel, els altres van començar a protestar.

—Idiota, quin espant que ens has clavat! —va dir l'Alba.

—No fa gràcia! —es va queixar en Joan, amb veu tremolosa, cosa que els va fer riure a tots.

—Va, continuem.

—Et tocava a tu, Lia.

La Natàlia va agafar la carta que tenia davant seu i la

va ensenyar. El tres de cors. La seva expressió desconcertada només la va captar l'Alexandra.

—Em toca a mi! —va exclamar de seguida, abans que la seva germana pogués dir res.

Amb prou feines podia contenir el tremolor dels dits. L'as de trèvols va caure a terra i va provocar una explosió d'exclamacions.

L'Alexandra va notar que la seva germana l'escrutava. Els ulls de la Natàlia van contemplar uns instants la carta que encara tenia a la mà i després va tornar a mirar la seva germana. A poc a poc, se li va dibuixar un somriure a la cara i va assentir de manera imperceptible. L'Alexandra va intentar dissimular l'escalfor que li encenia les galtes.

Tots es van aixecar.

—De debò que et quedaràs? —li va preguntar l'Héctor.

—Esclar. Us demostraré que una noia pot ser tan valenta com qualsevol —va dir, amb aire desafiador. Va captar la mirada d'en Marc, que l'observava amb un respecte renovat, i el cor li va fer un salt.

La Natàlia s'hi va acostar i la va abraçar.

—Ja veuràs com tot anirà bé. Ets la meva germana, la més valenta... i... —va xiuxiuejar— la més tramposa.

Llavors, la Natàlia va fer una cosa inesperada. Es va acostar les mans al coll, es va descordar el penjoll que duia, una petita fada de plata que li havia regalat la seva mare just una setmana abans de morir-se, i el va posar al coll de la seva germana.

—Et vindré a buscar quan es faci clar.

Van sortir tots per l'obertura del mur, i l'Alexandra

va sentir que les seves veus s'anaven allunyant fins que tot va quedar en silenci.

Al cap de dues hores, l'Alexandra ja enyorava la seguretat i l'escalfor del seu llit. Es va preguntar per què s'havia deixat enredar amb aquella estúpida aposta. Un soroll va interrompre els seus pensaments. Va enfocar el feix de llum de la llanterna cap al lloc d'on creia que provenia. Igual que les cinc vegades anteriors, no hi havia res, o almenys res que ella pogués veure. L'aigua es filtrava per les escletxes de les parets i queia en algun dels bassals que hi havia a terra. El soroll s'estenia com un eco pels túnels.

Va intentar pensar en alguna cosa que la distragués, però el seu cap no parava d'imaginar-se històries horripilants. Amb la colla no havien pogut explorar tots els túnels del búnquer, i patia per si hi havia algú per allà amagat esperant que s'adormís. Va mirar cap a les ombres i va empassar saliva.

A mitjanit, va començar a notar que el cansament podia més que ella i va decidir ficar-se, amb una de les mantes velles, en un dels forats que servien per emmagatzemar munició. Amb prou feines hi cabia, però era un refugi i la feia sentir més segura. Va ser llavors quan la llum de la llanterna es va esgrogueir i, al cap de poc, es va apagar. La va sacsejar, però no va servir de res; l'havia tingut encesa tota l'estona i les piles s'havien acabat. Va notar que una fiblada de por li recorria el cos. Sempre havia odiat la foscor. Però tot d'una va recordar, molt alleujada, que tenia unes piles noves a la bossa que havia dut. Només havia d'anar-la a buscar.

Quan es disposava a abandonar l'amagatall, es va aturar, paralitzada. Havia sentit un soroll. Esperava que fos una fressa més de les que l'havien acompanyat fins llavors, però quan es va repetir, va percebre clarament que era un so diferent. Alguna cosa s'arrossegava per terra.

Es va arraulir al forat de pedra i es va tapar amb la manta. Tremolava de por mentre mirava cap al fons del túnel. Al cap d'uns segons, li va semblar que distingia una forma fosca que avançava en la seva direcció. Es va mossegar els llavis per reprimir-se la temptació de cridar. L'ombra va passar pel seu costat sense adonar-se de la seva presència. Arrossegava alguna cosa darrere seu. L'Alexandra va tancar els ulls amb força i va mussitar una cançó infantil.

Un estrèpit la va fer despertar sobresaltada. Al seu voltant tot continuava a les fosques. En algun moment s'havia quedat adormida. Es va repenjar sobre els colzes. De sobte, l'estrèpit es va repetir i les parets van tremolar. Alguna cosa colpejava la porta del búnquer. Algú volia entrar.

Va intentar aixecar-se per fugir, però estava tan entumida pel fred que no es podia moure. Abans que tingués temps de reaccionar, la porta va caure a terra tota sencera. Tot seguit, va aparèixer una ombra.

L'Alexandra va cridar quan l'ombra se li va llançar a sobre. Va forcejar per escapar-se, però era massa forta. El túnel amplificava els seus crits. Va continuar forcejant fins que un feix de llum la va enlluernar. Unes quantes ombres més van aparèixer al forat de la porta i altres llanternes van il·luminar l'interior del búnquer. Atònita, va reconèixer uns quants homes i dones del poble. Algú es va treure l'anorac i l'hi va posar per sobre. Davant seu, de genolls, el seu pare la mirava amb una expressió molt angoixada. La va abraçar tan fort que li feia mal, i ella es va aferrar al seu cos desitjant que no la deixés anar mai més. Però al cap d'un moment el pare la va apartar agafant-la per les espatlles. Tenia els ulls negats i li tremolaven els llavis. No havia vist mai el seu pare d'aquella manera. Segur que la castigaria la resta de l'estiu.

—Alexandra, on és la teva germana?

2

Un any abans

L'home va ajustar la reixa sense fer soroll. Darrere seu es perfilaven les formes fosques dels edificis del seminari, encimbellats a la roca. Va consultar el rellotge. Faltava menys d'una hora perquè el sol s'enfilés pels cims de la vall i comencés un nou dia.

Va avançar un pas i va percebre que deixava enrere la seguretat dels murs de pedra. Davant seu, un sender amb prou feines visible s'endinsava entre els arbres. La neu ho cobria tot. Unes llengües de boira reptaven cap a ell dibuixant espirals a mig pam de terra.

Es va ajupir i, amb gestos precisos, es va estrènyer els cordons de les vambes. Primer el peu esquerre, després el dret. Tot seguit, va clavar dos cops a terra amb els talons. No era necessari, no ho era mai; però cada matinada, cinc cops per setmana des de feia sis anys, repetia aquella mateixa acció. Simplement, el feia sentir bé.

Va agitar els músculs de les cames per espantar el fred. La caputxa de la dessuadora li tapava el cap i el passamuntanyes només deixava a la vista els seus ulls clars. Va flexionar els dits a dins dels guants de llana, es va persignar i va activar el cronòmetre. Cinquanta-dos minuts i tretze segons per a la sortida del sol.

Va començar amb un trot lleuger mentre compassava la respiració al moviment dels peus. Al principi intentava trobar el ritme. Amb petjades fermes va baixar en direcció cap al riu, però no va trigar gaire a abandonar aquell sender per agafar-ne un altre que s'endinsava entre els arbres. Per primera vegada des de feia dues setmanes, no hi havia núvols al cel. La llum de la lluna s'esquitllava entre les copes dels arbres i li permetia confirmar que anava en la direcció correcta. De totes maneres, coneixia tan bé el camí que el podria haver fet amb els ulls tancats.

Només sentia el cruixit de la neu sota els peus. Notava que els músculs se li desentumien. S'estiraven i es contreien cada vegada amb més facilitat. Les artèries hi aportaven la sang necessària perquè el seu cos volés per sobre de les pedres. Desbordava energia. Córrer abans de l'albada era meravellós. Vint-i-vuit minuts i cinquanta-set segons...

Va arribar a una clariana entre els arbres. La respiració gairebé no li havia canviat. Al mig de la clariana s'alçava un conjunt circular de roques enormes, testimoni d'un passat remot, de quan els homes vivien i morien amb el temor a uns altres déus. Era un lloc estrany, i els germans del seminari preferien evitar-lo. Ningú no havia vist mai créixer vegetació al voltant d'aquelles roques; ni tan sols la neu tocava els monòlits. I de fet, ell rodejava la clariana sempre que podia. En canvi, aquell dia era impossible.

Quan va tornar a ser a recer dels arbres, no va poder evitar sentir-se alleujat i es va concentrar de nou en el trajecte. El sender canviava de direcció i començava a ascendir en ziga-zaga entre pins i avets. Dinou minuts i set segons...

Al cap de menys temps del que esperava, es va començar a notar cansat i respirava amb dificultat, però no pensava parar. A cada pas notava la contracció dels bessons. La tibantor de les ferides que se li obrien a l'esquena. Una veu interior li deia que s'aturés. Va serrar les dents i va continuar endavant, un peu rere l'altre sobre la capa de neu. Va començar a comptar els passos.

Després d'esquivar un tronc caigut al mig del camí, el sender seguia per la vora d'un precipici. Sense la protecció dels arbres, el vent el colpia amb força i, per un instant, va trontollar, però va poder recuperar l'equilibri deixant anar un gruny. Va desviar la vista cap amunt. Allà el tenia. El gegant gris. El seu destí.

Amb cada expiració, un núvol de baf li emboirava la vista fins que es dissolia darrere seu. Tenia les espatlles amarades de suor. Un halo de llum solar va començar a perfilar els cims més alts. Va consultar el cronòmetre i, amb una ganyota, va accelerar el ritme. Set minuts i trenta-dos segons...

Ja entreveia el final del sender. El camí s'acabava amb uns esglaons de ciment esquerdat. Els va pujar de dos en dos sense perdre el ritme. Va deixar a la seva dreta una antiga caseta d'operaris. Les finestres sense vidres el van veure passar en silenci. Va franquejar la reixa rovellada. Feia temps que la porta que impedia el pas havia desaparegut. Va pujar els últims esglaons deixant anar un esbufec que desafiava el dolor i la temptació de parar. Cinc minuts i dotze segons...

Finalment, va arribar a la plataforma.

Va parar de córrer i va continuar caminant. Es va deixar portar per l'impuls, amb els braços fent nansa. Agafava aire a glopades mentre estirava els músculs de les cames. Va mirar el cronòmetre. Havia fet el millor temps de la seva vida.

Va avançar per sobre de la presa. Era un camí artificial de dos metres d'amplada amb un relleix de pedra a cada banda, fent de barana. Es va aturar just al mig. De mica en mica, va aconseguir que la freqüència de la respiració i les pulsacions tornessin a la normalitat. Sempre es recuperava força ràpid. Sota els peus, va percebre la tensió de la pedra contenint milions de metres cúbics d'aigua.

Res no inquietava la immobilitat d'aquella enorme massa líquida. Semblava que la foscor sorgís de l'interior i reptés des de les profunditats fins a la superfície, esperant algun incaut que volgués submergir-s'hi. Va recordar la història dels treballadors que van morir durant unes reparacions en aquella presa. Van caure de la bastida quan es va afluixar un dels ancoratges i el corrent els va arrossegar cap al fons. No es van recuperar mai els cossos, de manera que els seus cadàvers encara podrien ser allà.

Amb una esgarrifança, es va girar d'esquena a l'aigua. Va avançar fins a la barana i va mirar avall. Es va haver d'agafar a la volada perquè el va envair una sensació de vertigen. Ja hi havia prou llum per poder distingir l'interminable pendent de formigó. A la dreta, una columna d'aigua s'escapava per la comporta de desguàs i queia contra les roques formant, uns quaranta metres avall, un núvol d'escuma. La presa més gran d'Espanya construïda a tanta altitud. Hi havia qui deia que era un prodigi de l'enginyeria, per a altres era simplement una bogeria. Ell sabia que tenia més d'això segon que no pas del primer.

Va consultar el rellotge. Dos minuts i trenta-sis segons...

Els dits se li movien graponers mentre es descordava la cremallera de la dessuadora. Se la va treure d'una estrebada. Després es va desfer de la samarreta, xopa de suor. El fred li tallava la respiració. Va notar que els músculs se li tensaven i que el seu cos protestava per aquella sobtada exposició. Anhelava l'escalfor que desprenia la seva roba, tirada per terra, però va continuar despullant-se.

A l'est, el cel començava a tenir un color ataronjat.

Va deixar caure entre els peus descalços l'última peça de roba i, totalment nu, va esperar. L'aire glaçat li va arrencar unes quantes llàgrimes. Tres, dos, un segon...

La llum va emergir rere les muntanyes com una onada. Va arribar al seu zenit al cel i després va caure sobre la vall. Una taca daurada es va escampar per sobre de les copes dels arbres, els cims nevats, el riu que serpentejava al fons de la vall. El nou dia s'expandia sense que res ni ningú el pogués aturar. Tot el que s'oculta en la foscor, tots els que habiten entre les ombres, fugen amb aquesta irrupció. L'onada daurada va arribar finalment a la base de la presa i va lliscar imparable paret amunt.

El jove va obrir els braços. Malgrat que l'esperava, es va estremir quan l'abraçada d'escalfor li va embolcallar el cos nu. Els cabells, del mateix color que el sol, es van agitar amb el vent. La llum de l'albada li va travessar la pell i per un instant, tot just un parpelleig, va mostrar al món tota la seva bellesa. Si hi hagués hagut algun testimoni de l'escena, s'hauria pensat que era una aparició celestial. L'àngel més preciós de la creació havia baixat a la Terra.

Va agafar una alenada d'aire.

Se sentia tan viu...

Tant.

Va avançar un peu i va saltar.

I

Enveja

I com als orbs la llum del sol no arriba,
així a aquells miserables esperits
la llum celestial se'ls torna esquiva.
Llurs parpres amb filferro són cosits,
tal com s'estila amb l'esparver salvatge
per mor de fer-lo estar quiet als dits.

3

Divisió d'Afers Interns. Barcelona
Transcripció entrevista SP/0023/2005

—Nom?

—Serra, Àlex Serra.

—Aquí hi tinc... (frec de papers) Alexandra Se...

—Àlex.

—Mmm. D'acord. Molt bé, Àlex Serra... què més?

—...Ferran.

Nota: Mirada esquívola. La subjecte no para de moure's a la cadira.

—Està incòmoda?

—No.

—N'està segura?

—Sí.

—Em pot dir a quin departament pertany?

—A la Divisió d'Investigació Criminal.

—Quin rang ostenta?

—Subinspectora.

—Agent Serra, sap per què és aquí?

Nota: La subjecte queda en silenci, però afirma amb el cap.

—Recorda què va passar el... 12 de gener de 2005, pels volts de dos quarts d'una de la matinada?

—Sí.

(Frec de papers regirats).

—Ens ho pot dir?

—Ja ho sap. Ho té a l'informe. Hi havia càmeres de seguretat. No entenc la pregunta.

Nota: Irascible. La subjecte evita la mirada directa.

—Només volem saber el seu punt de vista.

—Era una actuació de la DIC contra un sospitós d'assassinat. Havíem localitzat el seu domicili.

—Quin era el seu paper?

—L'havíem d'identificar i detenir.

—Vostè i...?

—Jo i el meu company.

—Què va passar?

—El sospitós va oposar resistència. Va fugir per la finestra. Hi va haver una persecució...

Nota: La subjecte dubta.

—Se'n recorda bé del que va passar?

—Sí, sí.

—Continuï.

—El vam perseguir fins a un magatzem del port.

Nota: Es torna a remoure a la cadira.

—Continuï.

—I vaig disparar al meu company! És això el que vol sentir?

(Soroll del frec del bolígraf sobre el paper escrivint).

—És conscient de les conseqüències que va tenir la seva acció?

Nota: La subjecte es queda en silenci durant molta estona. La seva actitud corporal és menys bel·ligerant.

—Sí. En Manel està ferit... greu.

—El sospitós no anava armat.

—No.

—El seu company va ser ferit a l'esquena, on era vostè exactament?

—No... no ho puc dir del cert.

—Agent Serra, ens pot donar alguna explicació del que va passar en aquell magatzem?

Nota: La subjecte fa una pausa d'uns segons abans de respondre.

—No.

Nota: La subjecte menteix.

4

En Daniel Latour va obrir la porta, va entrar a la cel·la i va tancar d'una revolada. Després se'n va penedir, però no perquè volgués respectar el silenci del seminari. Hi havia passat un parell d'anys, allà, i odiava aquella calma pròpia d'un cementiri. El que no volia era cridar l'atenció, però estava tan entusiasmat després d'haver rebut la nota, que s'havia oblidat de les precaucions. Ara que tornava a aquella maleïda habitació, frisava per comprovar que tot continuava al seu lloc.

Semblava que el temps no hagués passat. La cel·la era tal com la recordava: una estança quadrada de sostre voltat, amb l'espai justet per a la convivència de dos seminaristes. A cada banda, arrambats a la paret, hi havia els llits. Uns matalassos prims sobre una placa de fusta. Al capdavall de cada jaç, un bagul per guardar-hi els efectes personals que es permetien en el centre. Al fons, un tauló gruixut de roure estava encastat sota la finestra fent de taula. Dues cadires completaven tot el mobiliari.

L'única presència que trencava la nuesa de les parets era un petit crucifix penjat al capçal del llit.

El pare Guifré li havia explicat que ningú no havia ocupat la seva habitació després que ell se n'anés. Cada curs tenien menys alumnes, i l'últim any no n'havien tingut cap de nou. Va somriure. Per ell com si tancaven definitivament aquell lloc miserable.

Va deixar la maleta i la bossa de mà en una de les cadires. Es va treure la jaqueta i es va agenollar, a l'altura del capçal, davant del llit que ell havia ocupat. Feia molt de temps que no resava, però va acotar el cap i va mussitar una pregària amb els ulls tancats.

Es va eixugar les mans suades als pantalons. Tot seguit, va palpar el terra de fusta fins que va trobar un lloc que sonava diferent. Va donar un cop a la junta dels llistons amb el palmell de la mà i, amb un salt al cor, va veure que la placa de fusta s'alçava una mica. En Latour es va girar cap a la porta per por que no entrés tot el seminari a patolls, però no va aparèixer ningú. Va ficar els dits al forat, però abans de poder fer força va apartar les mans amb un crit.

Una estella prima se li havia clavat entre els dits índex i el del mig de la mà dreta.

—Merda!

Se la va treure deixant anar uns quants renecs poc adequats per al lloc on era, però tant li feia. Va tornar a ficar la mà a l'escletxa que havia obert, i va estirar amb força fins que la placa de fusta va cedir i per fi va deixar a la vista un forat fosc. Va fer una pausa. Algú podria haver descobert l'amagatall i haver-se endut la caixa, o potser hi havia arribat una rata, o la humitat havia fet malbé el metall i ja no quedava res... *Prou, només hi ha una manera de sortir de dubtes*, es va dir.

Hi va introduir les mans i va palpar el fons del forat. Al principi no trobava res i al cap de poc ja el rosegaven els dubtes. Però llavors va tocar un objecte amb les puntes dels dits. Amb molt de compte, va extreure una capsa metàl·lica plena de pols. Quan hi va passar la mà per sobre, hi va descobrir el nom de la marca tan antiga de galetes Birba.

En Daniel Latour va pensar en la nota que *ell* li havia deixat al parabrisa del cotxe. Semblava impossible després de tot el que havia passat, però no hi havia dubte: era la seva lletra. Els havia enganyat a tots, si bé en Latour ho va sospitar des del principi, i aquella nota confirmava que tenia raó.

Es va aixecar i va deixar la capsa a sobre de la taula. Tot d'una, es va sentir observat. Va mirar a través de la finestreta cap als arbres que hi havia a l'altra banda del riu. No es movia res, però estava segur que el vigilaven. Un calfred li va recórrer tot el cos. I llavors el va veure. Darrere d'uns arbustos va aparèixer un llop. Un exemplar magnífic de pelatge gris. L'animal es va mostrar sense por de ser vist. El mirava directament, però era impossible. En Latour va parpellejar i l'animal va desaparèixer com si no hi hagués sigut mai. El va buscar entre els arbres, però no va veure res. Ni l'ombra, ni un petit moviment. Es va fregar els ulls. Alguns dirien que acabava de veure l'esperit del bosc o alguna ximpleria semblant. Ell, en canvi, va suposar que estava més cansat del que es pensava. Després dels últims descobriments, amb prou feines podia dormir. I si a això hi sumava la seva feina d'enginyer allà dalt, a l'estació d'esquí, i la pressió de l'empresa perquè resolgués els problemes que havien sorgit amb les obres... no era gens estrany que veiés al·lucinacions.

Va agafar la capsa i va seure al llit. Va respirar fondo abans de treure la tapa i deixar-la a un costat. Quan va veure de nou el contingut, tot el cansament se li va dissipar. Allà ho tenia. Tal com ho havia deixat. Un riure tímid, que va anar augmentant de volum fins que es va convertir en una forta riallada, li va sortir de la gola. *Per fi*, va pensar, *per fi*.

5

L'Àlex es va remoure al seient de plàstic. Va fer una ullada al rellotge. Des de l'última vegada que havia mirat l'hora, potser la setena o vuitena en els últims deu minuts, les agulles amb prou feines s'havien mogut. S'havia passat tota la tarda allà. Va dirigir la mirada al fons del passadís, cap a la sortida del centre mèdic. Més enllà de les portes automàtiques de vidre, la vida continuava. En canvi, allà dins el temps s'havia convertit en una paraula sense sentit.

La sala d'espera, rectangular i sense finestres, era diminuta; tot i així, havien aconseguit encabir-hi tres rengleres de seients que li feien recordar l'estretor i la incomoditat dels vells autobusos que agafava de petita. Les plaques de guix del sostre havien sigut blanques en algun moment, segur, però ara una taca groguenca anava guanyant terreny des de la sortida de l'aire condicionat. Havien pintat les parets de color verd pastel i la porta del psiquiatre en tons crema. Havia llegit que aquells colors afavorien un ambient assossegat que millorava l'estat emocional de les persones; per aquest motiu, els centres com aquell estaven banyats d'uns tons tan anodins. L'Àlex va pensar que, més que calmar l'esperit, treien les ganes de viure.

Es va mocar una mica. L'aire saturat de desinfectant li impedia respirar sense que li ploressin els ulls. Potser amb aquell devessall de lleixiu i amoníac volien emmascarar l'olor de malaltia, però l'únic que aconseguien era crear la sensació de ser a dins d'un pot de formol d'un entomòleg.

Tenia el cos en tensió: aquella fetor la va fer retrocedir més de vint anys en el temps. La memòria és un múscul curiós i es desperta amb un mínim estímul.

Es va veure a si mateixa quan era petita, a l'hospital. Era al costat del llit de la seva mare observant com perdia a poc a poc el somriure dels llavis i la força de les mans entre les seves. Durant aquells llargs dies va veure com s'apagava la ment de la mare fins que es va quedar en blanc, una ment que havia sigut brillant i divertida, i també que a la persona que s'estimava més del món se li buidava la vida i s'enduia un trosset de la seva.

Odiava aquests llocs.

Un moviment a la dreta li va captar l'atenció. Una parella d'avis va seure al final de la seva filera de seients. La dona es repenjava en el marit i ell li agafava la mà. Ella barrejava algun sanglot en la conversa que mantenien en xiuxiuejos, per no molestar o per discreció. L'Àlex es va fixar que l'avi acariciava suaument el coll de la seva dona, just per sota de la perruca.

Unes veus al passadís van fer alçar el cap a tots els que s'esperaven a la sala. Quan es van obrir les portes de l'ascensor, va aparèixer una dona acompanyada pel seu fill. El nen, d'uns onze anys, duia una samarreta del Chelsea i una gorra de raper que li anava gran. Estirava la mà de la seva mare una vegada i una altra i no parava de queixar-se. La mare estava tan prima que semblava consumida. Va mirar el nen a través de les profundes ulleres que tenia sota els ulls i, amb un sospir, va treure una Game Boy del bolso. El nen l'hi va arrabassar de les mans amb la satisfacció d'haver guanyat. Van passar per davant de l'Àlex i van seure darrere seu.

L'Àlex va mirar cap a l'esquerra, on hi havia dues altres dones que també s'esperaven, separades per dos seients. Eren de mitjana edat, tan callades com ella, amb les mans a sobre el bolso i la mirada perduda en un horitzó que s'acabava a la paret del davant.

Va tornar a consultar el rellotge. Dubtava entre aixecar-se o quedar-se allà asseguda.

De sobte, la filera de seients es va inclinar bruscament cap endavant. Quan l'Àlex es va girar, els ulls entretancats del nen la miraven. El tenia just al darrere. Entre els dits rodanxons i bruts de ves a saber què, hi aguantava un tros de berlina de xocolata i la Game Boy. L'aparell emetia una melodia electrònica molt pesada intercalada amb els xiulets i les explosions del joc.

—No molestis —va mussitar la mare, sense alçar la vista de la pantalla del mòbil. El nen es va quedar mirant l'Àlex descaradament i, a poc a poc, va obrir la boca i va començar a dibuixar una cosa semblant a un somriure, que va acabar sent una ganyota de burla.

Canalla.

L'Àlex el va ignorar i es va girar cap a la porta

tancada. Tots els que eren a la sala miraven cap allà amb una barreja d'esperança i por. Un cop traspassat aquell llindar, la vida que un coneixia no tornava a ser la mateixa. La vida, una repetició de dies avorrits, es convertia en una cosa preciosa i, immediatament, es trobava a faltar.

Va notar que se li accelerava el pols. Va agafar aire, tot i que més aviat va semblar un sospir, i es va descordar la jaqueta. La calor era insuportable. La calefacció d'aquell centre hauria fet les delícies d'un camell.

La filera de seients es va tornar a agitar amb violència. La parella d'avis va girar el cap, però no van protestar. Es van aixecar i es van canviar de lloc.

L'Àlex va clavar la mirada en el nen, que en comptes de baixar els peus, els va deixar repenjats contra el respatller. La berlina havia desaparegut i ara un xiclet ocupava el seu lloc. Va moure les galtes d'un costat a l'altre, va fer una bombolla i la va fer explotar mentre movia els dits per les tecles de la Game Boy. Sense mirar-la, li va ensenyar la petita mà convertida en un puny amb el dit del mig aixecat.

L'Àlex es va aguantar les ganes de bufetejar el nen i d'estampar la Game Boy contra la paret. Va mirar la mare, i li va veure les ulleres i la cara de cansada que feia mentre alçava una mà per pressionar-se la templa. Segurament tenia migranyes constants.

Només és un nen. Només és un nen, es repetia l'Àlex.

Els avis observaven el nano amb por. Segurament pensaven en el futur adult en què es convertiria.

De sobte, el banc es va tornar a moure. Aquest cop el nen s'havia aixecat i, després de dir alguna cosa a la seva mare, que va fer el possible per ignorar-lo, se'n va anar al lavabo.

L'Àlex va brandar el cap. Va intentar pensar en una altra cosa. Va respirar fondo dues vegades.

Va tornar a brandar el cap.

I es va aixecar.

Tot just travessar la porta del lavabo, la pudor d'orins i de lleixiu li va fer arrufar el nas. Un mirall a sobre d'un rentamans li va tornar la seva imatge, però va desviar la mirada. Al davant hi havia un urinari encastat a la paret i a la dreta dos cubicles. Un d'obert i un de tancat.

Va clavar una puntada de peu en aquest últim. La porta es va estampar contra la paret. El nen estava assegut al vàter amb els pantalons abaixats. Li va caure de la mà el retolador amb el qual estava pintant un penis a les rajoles de la paret. Els ulls desorbitats la miraven amb incredulitat.

—Com et dius? —va preguntar l'Àlex.

—Bor... Bor... Borja, Borja Ma... Martínez.

L'Àlex es va inclinar i ell es va tirar enrere tant com va poder, fins que els ronyons se li van encastar al dipòsit d'aigua. L'Àlex es va entreobrir la jaqueta, just perquè es veiés la culata de l'arma. Els ulls del nen es van esbatanar encara més.

—Saps què és? —va xiuxiuejar l'Àlex.

El nen, amb la cara lívida, va assentir amb el cap mentre mirava alternativament la pistola i l'expressió freda d'aquella pertorbada.

—Molt bé, Borja Martínez. —L'Àlex va pronunciar cada síl·laba del seu nom com si les mastegués—. Si quan tornes allà a fora et mous un centímetre del seient, em presentaré a casa teva mentre dormis i et volaré aquest peu de merda.

L'Àlex va sortir del lavabo i va tornar al seu lloc. Des de la sala d'espera se sentien els gemecs del nen. Va sospirar i va creuar les cames mentre es reclinava al seient. Allò que acabava de fer no estava bé, gens bé, *només és un pobre nano*, va pensar. Tot i així, no va poder evitar que les comissures dels llavis li dibuixessin un somriure.

La mare va apartar la mirada del mòbil i, després de dubtar uns segons, va córrer cap al lavabo.

6

Tot i la ràfega d'aire calent que sortia dels conductes, la temperatura a l'interior del Nissan Patrol de l'empresa no era prou alta. Feia una hora que en Daniel Latour s'esperava al lloc de la cita i tenia els peus glaçats. S'havia post el sol i, amb l'arribada de la nit, començava a nevar una altra vegada amb intensitat.

De tant en tant, en Latour havia d'accionar el parabrisa per evitar que la neu s'agafés al vidre del tot terreny i, tot i així, amb prou feines distingia res més enllà del límit de la llum dels fars. No veia ni les estructures inacabades de l'estació d'esquí, tot i que eren just al davant. Havien passat de ser ombres en la foscor a desaparèixer completament del seu camp de visió.

En Latour va tamborinar amb els dits al volant. Va mirar el rellotge. Passaven vint minuts de l'hora convinguda. Amb la quantitat de neu que queia, podia molt ben ser que la carretera quedés bloquejada. Començava a pensar que li havien pres el pèl i que no s'hi presentaria ningú. Potser s'havia precipitat creient que la nota era de qui afirmava haver-la enviat. Es va remoure inquiet al seient. En aquest cas, tot es tornaria molt més complicat i perillós.

De cop i volta, es va adonar de la seva vulnerabilitat. Sol, al mig del no res, tancat a dins del cotxe i sense poder veure res al seu voltant. Va mirar la pantalla del mòbil. No tenia cobertura. Ningú no sabia que era allà. Es va inclinar cap a la guantera i va furgar entre els papers del cotxe, els vells cedés i restes de papers de caramels fins que la va trobar. Va treure una pistola embolicada amb un drap. L'havia agafat de casa del seu pare l'última vegada que hi havia anat. Sabia que la guardava en el fons fals d'un armari de la seva habitació, i va decidir quedar-se-la. Era una antigalla, un revòlver Astra Cadix de cinc cartutxos del setanta, però l'havia provat i encara funcionava. Va somriure. Ara, amb el pes de l'arma a la mà, se sentia una mica més segur.

Es va preguntar per què continuava esperant, quin era el veritable motiu que el retenia allà. Va pensar que no eren els diners, ni tampoc l'oportunitat de marxar d'aquella vall per no tornar-hi mai més. El que li importava realment era demostrar-li, d'una vegada per totes, qui era el millor dels dos.

De sobte es va sobresaltar. Li havia semblat veure alguna cosa que es movia al davant del cotxe, però quan el neteja-parabrisa va tornar a passar pel vidre, no hi havia ningú. Hauria jurat que alguna cosa passava per davant dels llums. Va fer per sortir, però en comptes d'obrir la porta, es va assegurar que estava bloquejada i va subjectar la pistola ben fort. Abans, al seminari, li havia semblat veure un llop que l'observava, i ara veia ombres al mig d'una tempesta. Començava a dubtar de la seva ment. Era culpa d'aquella maleïda vall. Va mirar el rellotge. No vindria ningú. Qui podria arribar fins allà amb aquella nevada? Va decidir que valia més marxar.

Va girar la clau al contacte. El motor es va queixar com un fumador xacrós, però no es va engegar. En Latour va deixar anar un renec maleint els cotxes de l'empresa. Va deixar la pistola al seient del copilot i ho va tornar a provar. El soroll que va sorgir de sota del capó es va tornar asmàtic. Va clavar un cop de puny al volant.

—Hòstia!

Va intentar calmar-se. Sabia que si es posava nerviós només aconseguiria ofegar el motor, i amb aquella nevada era impossible sortir per empènyer el tot terreny i fer-lo arrencar. Passar la nit allà, amb aquell fred, era impensable. Va respirar fondo. Va girar la clau una altra vegada. Va sentir el tac, tac, tac. *Sisplau, sisplau...* va mussitar per dins.

En Latour va fer un crit, una barreja d'alleujament i d'alegria, quan va sentir el rugit del motor. Va posar la primera, i quan es disposava a pitjar l'accelerador, uns cops a la part del darrere li van fer fer un bot al seient. Els llavis se li van moure en silenci mentre llegia la paraula escrita al vidre: «A dins».

7

—Estàs suspesa.

—Collons.

L'Àlex va seure a la cadira davant de la mirada severa del comissari Alfred Martí. Es va mossegar els llavis per evitar que se li escapés alguna paraula que ho espatllés tot encara més.

El comissari va deixar caure una de les seves manasses tancada en un puny sobre la taula, però a l'últim moment va frenar el cop. En canvi, va sospirar, es va inclinar i va furgar al calaix de l'escriptori tot buscant un d'aquells insípids xiclets de nicotina. Per dins, es regirava d'irritació. Mataria per un bon cigarret. La Serra era la millor subinspectora que tenia a les seves ordres. De fet, era del millor en tota l'escala que havia conegut en els últims anys. Potser pecava de solitària i era de tracte difícil, però... qui no acabava tenint un caràcter amarg en aquell ofici? La seva carrera professional era molt prometedora, fins al punt que el seu nom ja havia sonat per ocupar el comandament d'algun grup d'investigació. Fins que va passar allò de l'incident amb el seu company. I ara aquella denúncia.

—Àlex —va dir en Martí—. En la situació en què et trobes, com se t'acut fer de Harry el Brut a la consulta del terapeuta?

—No n'hi ha per tant.

—Vas amenaçar de disparar a un nano d'onze anys! La mare t'ha denunciat.

L'Àlex va arronsar les espatlles.

—Li asseguro que s'ho mereixia.

—De debò? Em venen ganes d'engegar-te un tret a tu. Hòstia!

Es va fer un silenci.

L'enrabiada del seu superior era justificada, si bé l'Àlex sabia que, en realitat, li importava un rave el que havia passat a la consulta amb aquell nen malcriat. El que preocupava a en Martí era que l'ambient a la comissaria s'havia tornat irrespirable. Tothom estava en tensió. La resta d'agents no li parlaven i la miraven amb suspicàcia. No havia sigut mai gaire popular, però ara un company es debatia entre la vida i la mort a l'hospital per culpa seva.

—Com està en Manel? —va preguntar l'Àlex. L'expressió del comissari es va endurir.

—Que no l'has anat a veure?

L'Àlex va negar amb el cap i es va reprimir la temptació d'apartar la mirada. Havia anat tres vegades fins a la porta de l'Hospital Clínic, però havia sigut incapaç de baixar del cotxe. No podia enfrontar-se a la visió del seu company ferit. I encara menys a la mirada de l'Anna, la seva dona, i del petit Toni, el seu fill de set anys, que adorava el seu pare.

—Els trets el van tocar a prop dels ronyons. Té unes quantes vèrtebres afectades. Encara no saben si podrà tornar a caminar.

L'Àlex va deixar caure el cap entre les mans.

—Collons, collons, collons.

La falta d'aire li va pressionat el pit, però es va aguantar la temptació de fer servir l'inhalador que s'havia comprat aquell matí a la farmàcia. Després d'una dècada de calma, de sobte tornava a tenir episodis d'asma. El comissari, que ignorava els pensaments de l'Àlex, continuava parlant mentre li ensenyava uns quants fulls grapats.

—I per acabar-ho d'adobar, l'informe d'avaluació del teu terapeuta és negatiu.

—Aquest psiquiatre és un imbècil.

En Martí va esbufegar.

—A veure, realment no tens ni idea de què va la cosa, oi? La DAI ha obert diligències per la teva actuació.

Si la Divisió d'Assumptes Interns hi intervenia, normalment ho feia sabent de sobres que tindria èxit.

—Ho sento, Serra. Necessites temps per recuperar-te.

—I una merda.

—No et puc protegir si no et protegeixes a tu mateixa. Quan tingui a sobre la taula un informe positiu del psiquiatre, podràs tornar. Mentrestant, no et vull veure per aquí.

L'Àlex va travessar la comissaria en direcció a la sortida. Notava l'absència de la placa i de l'arma com si li haguessin tallat un braç. Va evitar les mirades dels companys, tot i que sabia que ningú no se li acostaria. Era una empestada. Havia deixat tirat el seu company, que ara s'enfrontava a la possibilitat de passar la resta de la vida en cadira de rodes. No era un malson ni una equivocació. No hi havia cap dubte. Era culpa seva. Li havia fallat. Els havia fallat a tots.

Va sortir de la comissaria. Malgrat que era un d'aquells dies assolellats que sembla que donen una treva al fred de l'hivern, es va abraçar a si mateixa perquè li tremolava tot el cos. Mentre caminava carrer avall, només pensava que deixava enrere la seva veritable llar, la seva família, la seva vida. Davant seu no hi havia res.

8

L'Antoine Closas va ficar el cap sota l'aixeta i va deixar anar un gemec d'alleujament. Quan el va treure, l'aigua tenyida de vermell li va lliscar per la cara i li va amarar el tors. Es va formar un bassal als seus peus. Es va posar de perfil i es va tocar el nas. Una fiblada de dolor li va fer fer un crit. Un fil de sang li va baixar cap als llavis, tot i que el cotó li taponava les fosses nasals. Almenys no el tenia trencat.

Va passar la mà pel mirall per netejar els esquitxos i s'hi va veure reflectit. Els cabells, unes rastes jaspiades amb vetes rosses, li queien esbullats i xops cap als ulls. Quan els hi veien per primera vegada causava desconcert, perquè cada un era d'un color diferent. L'iris dret era blau clar, i l'esquerre verd maragda. Igual que aquell actor... o era cantant? Pots comptar. Els seus llavis van formar un somriure que de seguida va canviar per un rictus de dolor quan se li van reobrir els talls.

Quan l'Antoine va fer catorze anys, es va adonar que la gent el mirava d'una manera peculiar. El seu atractiu anava més enllà d'una cara maca o d'un cos sensual. La pell, d'una blancor extrema, exsudava algun tipus d'hormones que atreien la gent com les substàncies químiques que generen les flors per atraure els insectes durant la pol·linització. De sobte, les mares dels seus amics eren estranyament sol·lícites, i alguna vegada les mans els anaven més enllà del que estava permès.

Al principi no ho captava, però aviat ho va entendre. I molt bé. Es delectava quan veia que les dones del seu voltant se sentien irresistiblement atretes per ell i, al mateix temps, patien per la culpabilitat que sentien pel fet d'enganyar els marits o els nòvios amb un jovenet. Va descobrir el sexe, i malgrat que no va aconseguir gaudir-ne completament, era conscient del poder que tenia. Era igualment atractiu per als homes que per a les dones, i no li va importar. En tots dos casos, es va convertir en el millor amant possible. Va provocar amor, desig, gelosia, desesperació, bogeria, i va manipular les seves conquistes com va voler. En definitiva, va descobrir la manera d'aconseguir qualsevol cosa de les persones a qui enamorava.

No obstant això, els anys posteriors no van transcórrer tal com ell esperava.

Va acabar l'institut amb penes i treballs, i va provar diverses feines: des de cambrer o repartidor d'un restaurant turc, fins a vigilant al magatzem d'una farmacèutica. Aquesta última feina va ser una mina, fins que van descobrir que pispava medicaments i després els revenia als ionquis que freqüentaven un polígon d'allà a prop. El van acomiadar. Va ser llavors quan va fer servir els seus encants i va enganyar unes quantes dones grans per buidar-los els comptes del banc. Semblava que en aquesta ocasió l'havia encertat, però un fill més preocupat del normal es va adonar que les joies de la seva mare havien desaparegut de casa. El van detenir i un jutge el va enviar a la garjola. L'estada a la presó va ser relativament còmoda.

Durant l'últim any de condemna, en una reunió amb els psicòlegs del centre, va conèixer la Carla, una voluntària que treballava a PlanetaVerde, una insignificant organització mediambiental. Necessitaven voluntaris. Ell li va reconèixer l'ànsia a la mirada i va veure com s'humitejava els llavis mentre parlava amb ell amb l'entusiasme d'una nena. Quan va sortir de la presó, la Carla l'esperava a la porta.

Al principi, ell s'ho va agafar com un simple divertiment. Una manera tan bona com una altra de fotre un clau i treure-li uns quants diners a la noia mentre es buscava la vida, però quan va entendre el funcionament de l'organització i la facilitat amb què ell adquiria poder sobre els seus membres, va descobrir un nou món de possibilitats.

Al cap de poc va passar a formar part de la junta directiva, i mentre assolia cada vegada més influència a PlanetaVerde, anava desviant part dels fons que l'ONG rebia de subvencions i programes de cooperació. Tanmateix, de seguida es va adonar que amb allò no arribaria gaire lluny. L'organització amb prou feines tenia socis ni suport. Necessitaven una missió important, alguna cosa que els fes sortir als mitjans de comunicació, tal com ho feien Greenpeace, Amnistia Internacional o aquells altres que es dedicaven a treure africans de l'aigua... Era allà on hi havia els diners. I llavors va veure en un telenotícies el gegantí projecte de l'estació d'esquí Vall de Beau per als Jocs Olímpics al mig dels Pirineus. Semblava caigut del cel. Era la causa ideal, amb molta atenció mediàtica, no només nacional, sinó també internacional. I sobretot, amb molts diners en joc.

No li va costar gaire convèncer els companys de l'ONG. Els va fer creure que la proposta sorgia d'ells mateixos. Muntarien una campanya agressiva. No podien permetre un atemptat d'aquella magnitud a un dels espais naturals més importants del país. Van organitzar recollides de firmes, concentracions davant del Ministeri de Medi Ambient, manifestacions a Madrid, Barcelona, Osca i Lleida, a les quals s'hi van sumar altres col·lectius. Les inscripcions de socis i les donacions de particulars van començar a créixer com bolets. Ell mateix es va sorprendre de la prosperitat del seu pla. Es va erigir com a portaveu del moviment sense cap reticència dels altres. Les càmeres el buscaven i ja havia concedit diverses entrevistes a televisions locals. Un diari sensacionalista li havia posat el sobrenom del Lennon Ecologista, pels cabells, les ulleres rodones i el parlar pausat però apassionat. Un còmic famós, que sortia a la tele, va defensar la causa a les xarxes socials i, de cop i volta, diversos mitjans nacionals es van fer ressò del tema. El van entrevistar a Antena 3 i a Telecinco, i li van trucar per aparèixer en programes nocturns. I llavors va rebre aquella trucada. Un anònim benefactor declarava la seva admiració per la campanya i s'oferia per ajudar-lo en la seva causa. No s'ho va prendre gaire seriosament fins que va arribar el primer sobre amb diners.

Quinze dies després li va tornar a trucar per indicar-li que era el moment de passar a la fase següent: muntar el circ amb totes les pistes. Per a aquesta finalitat li havia enviat la documentació que detallava les instal·lacions en construcció de l'estació d'esquí i els codis de les portes d'entrada.

Per això l'Antoine feia tres setmanes que era allà, enclaustrat a l'única casa rural de Meranges, un poble des d'on gairebé podia tocar les muntanyes. Havia dit a la Carla i als altres companys que hi anava per preparar el terreny. Tanmateix, la seva idea era treure més rendiment de tot allò. No pensava conformar-se només amb aquell misteriós filantrop, després que ell mateix li hagués donat la informació que necessitava per planificar una cosa molt més ambiciosa. Guanyaria una pasta gansa. Per descomptat, els companys no en sabien res. I quan tingués els calés, s'esfumaria.

El seu pla semblava perfecte, fins que va ensopegar amb aquell vell.

9

Els quatre homes i els seus equips ocupaven tot l'espai de la cabina. El baf que els sortia de la boca es barrejava amb el fum dels cigarrets i l'olor d'òxid dels seus abrigalls. El jove Pierre Lemas va netejar el vidre amb el guant i va observar com s'allunyaven els llums del poble. El vaivé de la cabina mentre ascendia li regirava l'estómac. No hauria d'haver menjat abans.

—Estàs bé, noi? —li va preguntar un dels homes, que tenia una espessa barba pèl-roja i era fornit com una roca. A en Pierre li semblava recordar que li deien Bosch. Era el cap de l'equip.

—Sí.

—Estàs blanc.

—El noi es mareja —va intervenir en Fredo, un home prim com un fideu amb cara de mostela, però tan fort com els altres.

—Deixeu-lo tranquil. És la primera vegada, oi, noi?

El jove va assentir mentre acceptava el cigarret que

en Bosch li oferia amb la seva enorme mà de llenyataire. En Pierre s'havia incorporat a l'empresa la setmana anterior, però fins aquella matinada del dissabte no havia començat els torns de treball. La brigada de manteniment s'encarregava de revisar les instal·lacions en construcció de l'estació durant els mesos d'hivern, quan s'aturaven les obres. Examinaven les diferents estructures, s'asseguraven que no s'hagués produït cap desperfecte a les instal·lacions, descongelaven i greixaven la maquinària i informaven de qualsevol incidència. Durant les últimes setmanes, s'havien duplicat els serveis a causa dels sabotatges. Eren poca cosa, gairebé no tenien incidència. Tots estaven convençuts que tenien relació amb la campanya contra la construcció de l'estació.

—La feina és una merda, sobretot pel fred, però el sou és bo.

—Sí —va dir en Fredo, amb un somriure torçat—. Només has de vigilar de no perdre't.

—Perdre'm? —va preguntar en Pierre. Va intentar riure, però li va sortir malament.

—Que no t'ho han dit? Tot just començar les feines de manteniment de l'estació, un nano com tu, un novell, es va separar del grup i es va perdre. Allò és un laberint molt fosc. El van trobar tres dies després. Havia caigut a dins d'un dipòsit de l'exterior i tenia una cama trencada. Ningú no sap què coi hi feia en aquella zona. No hi havia pas de ser, allà. Estava congelat i mig devorat pels llops. Es veu que allà dalt són enormes.

En Pierre va notar un calfred i va intentar que no se li notés el tremolor de les mans mentre s'acostava el cigarret a la boca.

—Va, Fredo, no acolloneixis el noi.

—És tan cert com que aquest lloc no és tan bo com el pinten —va assegurar l'operari, persignant-se.

—No li facis cas, noi.

—És veritat. L'estació està maleïda —va sentir darrere seu.

—Però què t'empatolles, Guillou?

L'obrer que havia parlat estava assegut al fons de la cabina amb els braços creuats i posat taciturn. En Pierre encara no havia intercanviat ni una paraula amb ell. Se'l veia tota l'estona malhumorat.

—Ho sabeu prou bé. Han passat accidents molt estranys des que van començar les obres. Fins i tot un soldador va desaparèixer i no se n'ha sabut mai més res —va dir en veu baixa, i va mirar en Pierre.

—Tot això són ximpleries —va concloure el cap de l'equip—. És lògic que passi algun incident o altre en una obra tan gran. La resta són històries de velles per espantar els nens. I ja fa temps que vosaltres vau deixar de ser-ho.

En Guillou es va tancar en el seu silenci i en Fredo va mirar el cap de l'equip i després en Pierre. Tot seguit es va apartar, va fer una última pipada al cigarret i va trepitjar la burilla a terra.

La cabina va fer una sotragada que els va espantar a tots. La boira es va obrir al seu pas i davant seu va aparèixer l'entrada a l'estació del teleesquí. A en Pierre li va recordar la boca d'un animal a punt de cruspir-se'ls.

Les petjades a la neu ressonaven com espetecs mentre els quatre homes es dirigien en silenci cap a l'entrada de la primera de les instal·lacions de l'estació. En Bosch, com a cap de l'equip, encapçalava el grup i en Pierre el tancava, a desgrat seu. Semblava que ningú estava disposat a anar l'últim.

L'estació d'esquí Vall de Beau era un immens entramat d'edificis de disseny avantguardista a mig construir. La maquinària més petita i els materials de construcció menys resistents s'havien retirat, i sobre el terreny només hi quedaven els elements més pesats.

A dins de l'edifici de la futura recepció de visitants, a recer de les ràfegues de vent, en Bosch va organitzar la feina i va dividir l'equip. Li va indicar a en Pierre que anés amb en Guillou. Els va encarregar que revisessin l'edifici del vessant sud, que estaria destinat a restaurants i espais d'oci per als esportistes de les diferents delegacions.

—No feu cap tonteria, d'acord? D'aquí a un parell d'hores us vull aquí.

No van trigar gaire a arribar-hi. En Pierre va observar impressionat aquella magnífica construcció, amb una terrassa que pràcticament penjava en el buit, subjectada per un bosc de columnes. S'integrava a la muntanya d'una manera sorprenent. Els finestrals previstos, de proporcions enormes, oferirien unes vistes increïbles als visitants.

—És maco, eh? Va, anem cap a dins.

Van entrar per una porta de servei després de marcar

la combinació del tancament automàtic. El seu company li va indicar que engegués el frontal que duia al cap. Les potents llanternes van il·luminar l'inici de dos passadissos amples que s'internaven a la muntanya en direccions oposades.

—Tu pel de l'esquerra i jo per l'altre. Aquella part és la del gimnàs. Comprova cada estança, i si veus algun desperfecte, el registres al full de revisió. Els passadissos s'uneixen al final. Ens veiem allà.

—En Bosch ha dit que no ens separem.

—Si anem junts trigarem el doble. I jo no vull estar més estona de la necessària aquí dins. Entesos, noi?

Sense esperar la resposta, en Guillou se'n va anar.

En Pierre va empassar saliva i va començar a avançar pel passadís que li tocava. Va intentar oblidar totes les històries que li havien explicat.

En les diferents sales on va entrar, l'únic que hi va trobar va ser un fred glacial. Hi havia estances molt àmplies, i el terra de teca ja estava instal·lat. Estaven dissenyades per albergar-hi un gimnàs amb totes les comoditats, una cosa necessària per a tots els esportistes. Segons el plànol de l'edifici que duia, les tres estances següents estaven destinades a les saunes. Sentia les veus dels seus companys per la ràdio i, amb el pas dels minuts, s'havia anat tranquil·litzant. Malgrat que aquell edifici a mig construir feia força impressió, la seva feina era una simple tasca rutinària.

Es va aturar a la porta de l'última sala que li faltava per revisar. Fins llavors havia apuntat petits desperfectes i ruptures a causa del fred. Uns quants metres enllà, el passadís s'unia amb l'altre, i junts desembocaven en un immens restaurant que donava a la terrassa exterior. No va veure en Guillou enlloc, es devia haver entretingut. Es disposava a avisar-lo per la ràdio quan el seu frontal va il·luminar el pany. Estava forçat. Qui podia haver anat fins allà per rebentar un pany? No hi havia res de valor en aquella part de l'edifici.

Va entrar amb cautela movent el feix de llum a banda i banda. Era una habitació quadrada amb dues saunes seques a un costat, dutxes a l'altre i una piscina al mig, igual que les que havia revisat fins ara. No hi havia ningú.

Va avançar un pas i es va adonar que la piscina estava plena. Era absurd. Sense climatització, l'aigua es congelava i podia fer malbé les parets de rajola. Es va acostar a poc a poc a la vora. El terra relliscava. El feix de llum va il·luminar una ombra a sota de la capa de gel. Potser un animal havia caigut a dintre. Intrigat, en Pierre es va ajustar la llanterna del frontal i es va inclinar cap endavant.

Al principi només va distingir una forma imprecisa al fons, però de sobte, l'ombra es va moure i va pujar a la superfície. En Pierre va fer un crit ofegat. La llum va il·luminar la cara d'un espectre. Dels ulls en brollaven fils de sang que suraven dins de l'aigua. Obria la boca en un crit mut d'agonia.

En Pierre es va incorporar d'un salt amb la intenció de fugir corrents, però les botes li van relliscar amb les rajoles de la vora de la piscina i va caure sense poder-ho evitar.

El seu pes, sumat al de l'equip, va trencar la capa de gel amb un cruixit i es va enfonsar. Va voler demanar ajuda, però un torrent d'aigua glaçada li va inundar la gola. El fred li va començar a engarrotar els moviments. Tot i així, va agitar les mans en un intent desesperat de sortir a la superfície, però va ser inútil. L'espectre se li va llançar a sobre i el va arrossegar cap al fons mentre els seus crits es convertien en una columna de bombolles.

10

El mòbil es va començar a desplaçar sobre la tauleta de nit al ritme de la vibració. Abans que el to de trucada emetés les primeres notes, la mà de l'Àlex ja l'havia atrapat. El rellotge de la pantalla marcava tres quarts de set del matí.

L'habitació era a les fosques, però es podia intuir que a fora la ciutat ja s'estava despertant. En el petit apartament, l'aire s'havia convertit en una barreja pudent de tabac, salsa d'herba llimona i llençols bruts. No sabia quant de temps feia que estava tancada a casa. Tampoc li importava. L'Àlex només volia arraulir-se i fondre's en el silenci. Va tornar a mirar la pantalla i va passar el dit per sobre del botó de rebutjar la trucada, però a l'últim moment s'hi va repensar, es va acostar el telèfon a l'orella i es va aclarir la gola. Les pastilles que li havien receptat li deixaven la boca pastosa.

—Sí?

El to greu del comissari Martí li va respondre a l'altra banda de la línia.

—Em sap greu despertar-te.

—No dormia pas —va contestar l'Àlex, mentre s'incorporava al llit. *De fet, no dormo gens.* Li va venir una nàusea, que tot i no ser inesperada li va molestar bastant. Va buscar un cigarret a les palpentes, però el paquet de tabac li va relliscar dels dits i va caure a terra. *Collons.*

—Ha aparegut un cos a la Vall Tova, a prop d'un petit poble que es diu Meranges.

—Molt interessant. —L'Àlex va contenir un badall.

—En aquesta vall s'hi està construint una estació d'esquí enorme, ho deus haver vist a les notícies. Fa dos anys, Espanya i França van presentar una candidatura conjunta per optar als pròxims Jocs Olímpics d'Hivern, i aquesta estació és el seu equipament estrella.

—No sé per què m'ho explica, tot això.

En Martí va continuar, sense fer cas del to brusc de l'Àlex.

—Es tracta d'un projecte finançat conjuntament, i ha rebut una bona quantitat de fons europeus. A més, s'hi han involucrat administracions, federacions, empreses dels dos països... Vaja, que hi ha molta gent interessada que tot surti bé.

—M'hauria d'haver trucat abans, així potser hauria agafat el son.

A l'altra banda de la línia es va fer silenci. Al cap d'uns instants es va sentir un sospir. Era la primera vegada que l'Àlex sentia sospirar el seu superior.

—Vull que hi vagis.

Hauria rigut si no fos perquè s'havia oblidat de com es feia.

—Què vol dir?

—Vull donar-te una oportunitat.

L'Àlex es va fer massatge a les temples. Es notava el cap com una pilota tova i feixuga.

—Això està als Pirineus. La investigació li correspon a l'Àrea d'Investigació Criminal del Pirineu Occidental, que té la central, com vostè sap perfectament, a la Seu d'Urgell, no a Barcelona —va dir l'Àlex.

—Ja ho sé —va respondre en Martí—. Per això he mogut uns quants fils a la Comissaria General.

—Què diu que ha fet?

—La víctima, pel que sembla, és de nacionalitat francesa. O sigui, que hi ha un embolic de collons sobre la jurisdicció. M'han trucat des de la prefectura de Tolosa i ens enviaran algú. Tu parles un francès perfecte i coneixes la zona. No hi vas passar la infantesa?

Un fiblada d'inquietud li va fer empassar saliva.

—Els Pirineus són molt grans. Aquesta vall és a la Cerdanya. Jo... vaig viure un temps a l'altra banda d'Andorra, a l'Alt Urgell.

—M'és igual. Jo odio la muntanya.

—Comissari...

—Si surts ara, hi arribaràs d'aquí a tres hores, més o menys.

L'Àlex va brandar el cap, però de seguida se'n va penedir perquè li va tornar el vertigen.

—Insisteixo. Se'n recorda que estic suspesa?

—Considera't readmesa... a prova. La DAI suspèn la investigació, de moment. He demanat molts favors. No facis que me'n penedeixi. Abans de marxar vine a buscar l'arma i la placa.

—No... no puc —gairebé va sanglotar.

—T'he preguntat si volies fer-ho?

Abans que pogués replicar, va sentir el soroll intermitent a l'altra banda de la línia.

—Malparit —va dir, en veu alta.

L'Àlex va deixar caure el mòbil, que va rebotar a terra. Va clavar un cop de puny al coixí i va començar a renegar sense parar. Es va estirar sobre el garbuix de llençols. Va estar així uns minuts, fins que es va llevar i se'n va anar a la dutxa.

II

Ira

I jo el veia inclinant-se, per la mort
que l'aplanava ja, cap a la terra,
mirant el Cel, però, com el seu port,
i a Déu pregant, enmig de tanta guerra,
que perdonés els seus perseguidors,
amb un posat que a pietat aferra.

II

La lupa articulada era l'única font de llum al soterrani. La figura asseguda s'inclinava sobre la taula i es confonia amb les ombres. Els dits llargs apareixien i desapareixien sota el feix groguenc que reflectia la pols en suspensió mentre escodrinyaven entre les piles de documents vells. De fons se sentia la remor de centenars d'aletejos.

Malgrat el fred, la tela de la camisa se li enganxava a l'esquena per la suor. Es notava febril. Farfallejava incoherències i escopia saliva mentre buscava. Sabia que estava perdent el control, però no podia fer-hi res. Només descansaria quan trobés el que buscava. Com més trigués, més angoixa sentiria. Va ofegar un gemec de frustració quan es va adonar que les mans li començaven a tremolar, però no es va aturar. Va continuar buscant entre els papers. Sabia que era allà i ho trobaria costés el que costés.

Finalment, després d'uns minuts que es van fer eterns, les seves mans es van aturar. Va deixar anar un sospir d'alleujament que va dissipar les ombres que planaven sobre seu. Entre els dits hi tenia el retall d'un diari local que ja no existia. Era una notícia antiga de la secció de successos. Al mig de la crònica, una fotografia mostrava una nena agafada de la mà d'un home. Duia un anorac de color taronja que li anava enorme. Un dels membres de l'equip de cerca l'hi havia posat per sobre. Portava els cabells recollits en una cua i els seus ulls de color ambre, aquells ulls que reconeixeria on fos, miraven directament a l'objectiu de la càmera.

Refrenant l'ànsia que sentia, va retallar la imatge amb unes tisores. Satisfet del resultat, va atansar la lupa articulada i va col·locar la fotografia sota la llum.

La nena s'aferrava al seu pare com si tingués por que desaparegués. Era una nena intel·ligent, ja que a l'expressió de la cara s'hi endevinava la consciència que res no seria igual després del que havia passat. Hi va acostar una mica més la lent i va veure el que ningú no hi havia percebut aleshores: la culpa. Aquella nena se sentia culpable i els seus ulls imploraven un càstig.

Es va aixecar de la cadira i amb la fotografia retallada a la mà es va apropar a la gàbia de malla que ocupava tota la paret de l'esquerra, des del terra fins al sostre. A dintre, en un gran terrari, hi havia uns quants plançons de pins plantats. Amb molt de compte, va obrir una secció i hi va introduir el retall, deixant-lo enganxat en una branca. Després va fer un pas enrere i va somriure per primera vegada.

Als seus ulls, la imatge va cobrar vida. La nena semblava que supliqués ajuda des de l'altra banda de la malla mentre el retall de paper tremolava entre les agitades papallones graèllsies.

12

El jeep Wrangler va traçar un revolt i va avançar uns metres més abans d'arrambar-se al voral de la carretera. No es va aturar fins que el lateral del para-xocs va tombar un munt de neu acumulada a la vora del camí.

La veu de Tom Chaplin cantant que tot està canviant es va extingir a la ràdio. La porta del conductor es va obrir amb un gemec i l'Àlex va sortir del tot terreny. La capa de gel que hi havia a terra es va esquerdar sota les seves botes. Es va cordar el folre polar i es va repenjar sobre el capó, que amb prou feines estava calent tot i que ja feia gairebé tres hores que conduïa. Va deixar sortir l'aire dels pulmons, que es va transformar en una columna de vapor davant dels seus ulls. Li va fer l'efecte que l'havia retingut durant tot el camí.

A banda i banda de la carretera, sobresortint entre la neu, s'alçaven centenars de pins d'escorça rogenca. El fullatge tenia un to blavós. El vent suau va agitar les branques provocant una salva d'espetecs, i li va arribar l'olor hivernal de la muntanya. Amb prou feines li va acariciar la cara, però la pell se li va contraure amb el contacte.

No sabia exactament quants anys havien passat. Se'n va anar d'allà després de la desaparició de la seva germana Natàlia, i des de llavors no havia tornat a posar els peus en aquelles valls. Els records, que havia enterrat al fons de la ment, semblava que volguessin aflorar tots alhora enmig d'aquell silenci.

L'Àlex va observar amb aprensió el gegantí faralló de roca, gel i neu que s'elevava cap al cel on s'acabava la carretera. La seva mirada es va perdre buscant el cim. Dues àguiles reials traçaven cercles entre els núvols.

Va tornar a pujar al jeep i va conduir fins a l'estació d'esquí.

La terrassa de l'àrea d'oci de l'estació era una extensa plataforma de teca que sobresortia del precipici. L'Àlex es va repenjar a la barana i li va venir una forta sensació de vertigen. La vista era impressionant. El cel era un mar infinit de núvols de tons grisos. Comandats pel massís del Puigpedrós, els cims coberts de neu s'alçaven a l'horitzó com les torres d'una enorme catedral. Les vistes des d'aquella zona de la futura seu olímpica abastaven unes quantes valls. Tanmateix, cap de les persones que rondaven per allà gaudia d'aquell paisatge tan extraordinari. En aquell moment, tothom seguia amb la mirada la llitera amb què transportaven el cos que havien trobat a l'interior de la instal·lació.

L'Àlex es va sorprendre quan va veure una dotzena

de joves congregats rere la cinta policial. Dos agents vigilaven que no la traspassessin. Cridaven consignes i brandaven pancartes amb entusiasme. No eren gaires, però feien força xivarri. L'Àlex va llegir algunes de les proclames escrites en els cartrons: «Fora el capital del medi natural», «Especulació = Destrucció», «Stop estació d'esquí».

Un tros més avall, una furgoneta groga amb el logotip d'una cadena de televisió nacional estava aparcada a la cuneta del camí d'accés. Un càmera agafava plans del trasllat del cadàver fins a l'ambulància mentre una companya seva, amb el micròfon a la mà, es dirigia decidida cap als manifestants. Dos vehicles més, d'altres cadenes de televisió, arribaven en aquell moment.

L'Àlex va donar l'esquena a l'escena i va ensenyar la placa a un agent que vigilava la porta d'entrada a l'edifici. Va recórrer un immens menjador buit que tenia el parquet a mig instal·lar i, a través d'un ampli passadís, va arribar a la zona del gimnàs. Uns potents halògens il·luminaven l'interior d'una sala precintada amb la cinta policial de ratlles vermelles i blaves. Li va venir una esgarrifança. Allà dins hi feia tant de fred com a fora. Quan hi va entrar, les seves petjades van cruixir sobre els bassals glaçats. Va observar els espais per a les dutxes, les dues saunes i la piscina al mig. A la superfície de l'aigua hi suraven trossos de gel. Un agent, prim i molt alt, vestit amb la granota blanca de la científica, estava acabant de fer fotografies. Quan es va adonar de la seva presència, el policia va fer un gest com si tingués la intenció de preguntar-li què hi feia allà, però a l'últim moment va semblar que s'ho repensava.

L'Àlex es va ajupir a la vora de la piscina i va repenjar els dits a terra. Va tancar els ulls. Al cap de pocs segons, se li va formar una imatge a la ment. Sempre era igual, com si fos en un somni. L'Àlex va veure el cos a dins de l'aigua, nu, amb les mans a l'esquena, agitant-se mentre el fred li començava a alentir els moviments. Uns petits fils de sang li sortien dels ulls. La boca se li obria demanant una ajuda que no arribaria. Unes mans enguantades li mantenien el cap a dins de l'aigua fins que parava d'agitar-se, i després la visió desapareixia en una fosa en negre.

L'Àlex es va aixecar i va deixar escapar un gruny. Va ignorar l'expressió de desconcert de l'agent que l'observava i, sense mirar enrere, va sortir d'aquella sala.

A fora, va encendre un cigarret i, gairebé immediatament, va tossir.

Sempre havia tingut aquella habilitat o el que fos. *Sembla una cosa sortida d'un programa de* Milenio 3*, com una connexió mentalista*, pensava, bromejant. En realitat, l'Àlex estava convençuda que, simplement, era capaç d'alliberar el seu subconscient i que, amb la informació que havia adquirit la seva ment, podia visualitzar coses i situacions en un escenari del crim que els altres no se sabien imaginar. No es preguntava d'on li venia aquella capacitat, i tampoc n'havia parlat mai amb ningú, perquè l'haurien pres per una desequilibrada.

Va observar una colla d'agents que, juntament amb alguns membres de l'equip de rescat de muntanya, rastrejaven la zona traçant un arc a partir de la banda a mig construir. Un tros enllà, els manifestants continuaven cridant i la periodista entrevistava un jove amb rastes i ulleres rodones. Els altres mitjans de comunicació també s'havien situat i dirigien les càmeres cap allà. Va trobar curiós el contrast entre la frenètica activitat que l'envoltava i la quietud de la muntanya que els contemplava amb indiferència. Sempre havia sigut així, aquells cims eren allà des de feia milers d'anys, eren la cosa més eterna que ella havia conegut mai.

Apartats de l'escena, discutien un oficial i la jutge Andrés, encarregada de la instrucció del cas, que, abrigada amb una elegant jaqueta negra, es mantenia impassible davant la vehemència del seu interlocutor. La jutge d'instrucció la va veure i li va fer un gest. Mentre l'Àlex s'hi acostava, l'home es va girar cap a ella i va entretancar els ulls.

—Bon dia... —va saludar l'Àlex.

L'oficial no va esperar que acabés de parlar.

—Aquesta tarda presenti's a la comissaria. A les tres. Mentrestant faci una mica de turisme.

Es va girar i se'n va anar, com si res, marcant unes petjades profundes a la neu. Es va atansar a dos agents que eren al vehicle d'atestats i va començar a donar instruccions.

La jutge va sospirar mentre li allargava la mà a l'Àlex. La cara de pell morena, emmarcada per una cabellera també morena i curta i unes ulleres de muntura bona, tenia una expressió preocupada. Les arrugues de la comissura dels llavis i dels ulls li van indicar a l'Àlex que, malgrat l'aparença seriosa, era una persona a qui li agradava riure.

—L'intendent Abel Cruz està una mica molest per la seva presència. Ell és el que s'encarrega de la Regió

Policial del Pirineu Occidental. Aquest assumpte de l'assassinat, sumat a les protestes dels ecologistes, l'està posant en una situació compromesa. Falten pocs mesos per a la resolució del COI, i tot això podria enfonsar la candidatura.

Fantàstic. Això es posa cada cop més emocionant, va pensar l'Àlex.

—És un cas delicat —va continuar la jutge—. El comissari Martí m'ha assegurat que no hi ha ningú millor que vostè en tot el cos. Espero que tingui raó. No havia vist mai un cadàver en aquestes condicions.

La jutge va fer un senyal perquè la seguís i va començar a caminar cap a un tot terreny negre.

—Sabem qui és la víctima? —va preguntar l'Àlex, mentre feia una última calada.

—Es deia Daniel Latour, es veu que era enginyer i treballava a les obres de l'estació d'esquí. La documentació era amb la roba. També hem trobat una pistola antiga.

—Seva?

—És possible. Per descomptat, no la va fer servir.

—Qui ha descobert el cadàver?

—Un membre de la brigada de manteniment durant la inspecció de rutina. El cos era a dins d'una de les piscines en construcció. Algú es va prendre la molèstia d'omplir-la d'aigua i el va submergir a dins. —La jutge es va fregar els ulls alçant-se les ulleres—. Era el primer dia del pobre operari. Quan ha vist el cadàver, de la impressió, ha ensopegat i ha caigut a dins de la piscina. Per sort, un dels seus companys ho ha sentit i l'ha pogut treure de l'aigua just a temps. Han traslladat el noi a l'hospital amb un principi d'hipotèrmia i un atac de nervis, però sobreviurà.

—Hi ha algun indici de qui pot ser el responsable?

—De moment, no. Les entrades al complex no estaven forçades, excepte la de la sauna. Ha estat nevant tota la nit. No hi ha cap marca de pneumàtic ni cap altra empremta. El cotxe amb què ha vingut en Latour, un Nissan Patrol, era a sota d'una capa de neu a prop de l'entrada sud. No estava forçat. Els seus companys ja se l'han endut, però dubto que hi trobin res d'interès.

—Què hi feia aquí, en Latour?

—No ho sap ningú —va dir una veu darrere seu, amb accent francès—, encara. *Bonjour, mesdames.*

Un home de complexió prima se'ls va acostar i les va saludar fent un lleu gest amb la mà. Intentava, sense sortir-se'n gaire, protegir-se del vent abraçant-se a si mateix. Tenia els ulls clars i la cara pàl·lida. Pretenia somriure, però li tremolava el llavi inferior. L'Àlex va desviar la mirada cap a la gorra de llana vermella que duia. Li havia lliscat pel crani rapat i li penjava com a un barrufet. L'elegant trajo blau marí que duia, evidentment, era insuficient per al fred que feia.

La jutge Andrés va parlar primer.

—Li presento el tinent Jean Cassel, de la comissaria central de Tolosa. En Latour tenia la nacionalitat francesa. Com ja saben, l'estació d'esquí Vall de Beau és un projecte estratègic per als nostres dos països. El tinent col·laborarà amb nosaltres, espero que treballin junts per resoldre aquest cas ben aviat.

Abans que pogués continuar parlant, un agent se li

va atansar i li va xiuxiuejar alguna cosa. Ella va assentir i es va girar de nou cap a ells.

—Em sap greu, però em reclamen al jutjat. Remetin-me l'expedient del cas quan puguin.

La jutge Andrés va pujar al seu cotxe i se'n va anar deixant-los sols.

L'agent francès li va allargar la mà a l'Àlex.

—Serà un plaer col·laborar amb vostè, subinspectora.

L'Àlex no li va correspondre la salutació. En comptes d'això, va llençar la burilla a terra i la va trepitjar amb la bota, després va mirar el policia de dalt a baix i no es va poder estar de somriure.

—Vostè no és de per aquí, oi?

En Cassel va negar amb el cap, tot i que més aviat va semblar un tremolor.

—Soc d'un poble de prop de *Marseille*. M'acaben de destinar a Tolosa.

—Molt bé, doncs encantada de coneixe'l, però jo treballo sola —va dir, mentre li donava l'esquena i començava a marxar—. La muntanya, sobretot a l'hivern, és un lloc molt dur, li aconsello que es busqui una altra vestimenta si no vol acabar com ell —va dir, mentre assenyalava l'ambulància que, amb els llums encesos, agafava el camí de baixada.

13

A les tres de la tarda, l'Àlex va entrar a la comissaria de la Seu d'Urgell, seu de la Regió Policial del Pirineu Occidental. Va preguntar per l'intendent Cruz i li van indicar una oficina del fons. Va trucar a la porta i va entrar. El despatx estava buit. Va decidir esperar-s'hi. Des de l'única finestra que hi havia a l'estança va observar el trànsit de la carretera nacional que passava a pocs metres de l'edifici, del qual només la separava la via de servei. L'aire feia olor de cafè i de fum de tabac, malgrat la prohibició de fumar en espais públics.

Va fer una ullada al seu voltant. Els diplomes emmarcats ocupaven tota una paret. Pel que es veia, l'intendent Cruz dedicava molt de temps a la formació. A sobre de la taula hi havia un parell de marcs de fotografies. Una dona atractiva abraçava un nen ros amb el mateix nas llarg que l'intendent. *Almenys aquí s'hi està calentó*, va pensar l'Àlex, mentre es treia la jaqueta i s'asseia en una de les cadires disposades de cara a la taula.

Ningú no li va dir res mentre s'esperava. A través de la porta oberta observava el tragí de la comissaria, que tot i ser diumenge estava molt animada.

Al cap de deu minuts, l'intendent Cruz va aparèixer a la porta. La va mirar i va fer una pausa abans d'entrar. Per descomptat, no duia l'equip de muntanya, de manera que l'Àlex el va poder examinar més bé. Tenia els trets d'un home atractiu... *però mal col·locats*, va pensar la subinspectora. Uns ulls macos, excessivament separats per un nas poderós i una mica massa llarg, i uns llavis sensuals, però amb una constant expressió d'enuig que li donaven l'aparença d'un peix fora de l'aigua. En Cruz es mantenia en forma, tot i que el color gris ja li virava bona part dels cabells. L'Àlex es va fixar en les mirades de reüll que li van dedicar els agents abans que en Cruz tanqués la porta i el brogit de la seu policial quedés a l'exterior. Sense dir res, l'intendent va seure i va deixar caure un parell de carpetes a sobre la taula. Va creuar les cames, va agafar aire i va alçar la mirada cap a l'Àlex. No es va molestar a dissimular l'expressió de desgrat.

—Es veu que no ens consideren capaços de fer la nostra feina.

El to de veu la va sorprendre, malgrat que s'esperava una cosa semblant. L'Àlex va optar per no respondre.

—Ja em dirà com s'ho ha fet. Suposo que té bons amics.

Per dintre, l'Àlex va maleir una altra vegada en Martí per haver-la ficat en una situació com aquella. Va abandonar qualsevol intent de mostrar-se amable. Si l'intendent volia que la cosa anés així, doncs així aniria.

—Tenia tantes ganes de venir a aquesta vall de merda com vostè que jo vingués. És el que hi ha.

L'Àlex va veure que en Cruz obria i tancava la boca. Després, quan es va adonar que s'havia quedat amb cara d'estúpid, va abaixar el cap i va rebuscar entre els documents que guardava a les carpetes, més per guanyar temps per pensar que no pas per trobar res en concret.

—Ja. Bé —va aconseguir dir—. Avui a primera hora he rebut una trucada de la Comissaria General. M'han comunicat oficialment que vostè és la responsable del cas, per tant, a partir d'ara es fa càrrec de la investigació. M'han deixat molt clar que ha de cooperar amb el policia francès, que és important per a la relació entre els dos països i tot això.

—Treballo més bé sola.

—Doncs s'haurà d'adaptar, si no vol tornar a Barcelona avui mateix.

L'Àlex va sospirar sonorament.

—D'altra banda, m'han ordenat que li faciliti tots els recursos possibles. —En Cruz va assenyalar cap a un lloc indeterminat del seu darrere—. Disposa d'una sala de reunions al fons del passadís a l'esquerra, i li he assignat un equip de suport. Ja l'esperen.

Va acabar de parlar i es va concentrar en la lectura com si l'Àlex ja no hi fos. Ella es va aixecar i va sortir del despatx. Quan ja estava a punt de tancar la porta, va sentir la veu de l'intendent des de l'interior.

—Subinspectora Serra, una altra cosa: vull que m'informi diàriament. Absolutament de tot. Entesos?

La sala de reunions era l'únic espai de la comissaria sense finestres, però almenys disposava de tres taules, tres cadires i un parell d'ordinadors. Semblava que l'haguessin condicionat precipitadament, perquè encara feia olor de pintura fresca, malgrat que això no aconseguia dissimular la pudor de les canonades. Dos agents l'esperaven xerrant. Quan va entrar, van callar de cop.

—Bona tarda —va saludar.

La noia que era més a prop de la porta es va aixecar de la cadira i li va encaixar la mà amb força. L'Àlex va contenir una ganyota. Es va fixar que l'uniforme impol·lut se li ajustava a la perfecció al cos fibrós. Duia els cabells llisos i molt rossos recollits en una cua. Els ulls verds li brillaven amb entusiasme. Massa.

—Alícia Vila. Molt de gust.

L'Àlex va assentir amb el cap i va dirigir la mirada al noi que seia a l'altra banda de la taula, al davant d'un ordinador. Es va aixecar de cop quan es va adonar que s'havia de presentar, però ho va fer tan ràpid que va ensopegar i va tirar per terra tots els papers que tenia escampats a la taula.

—Perdoni —va mussitar, torbat, mentre intentava arreglar el desastre.

—Tranquil. No pateixi.

El jove va acabar de recollir els documents i, amb posat avergonyit, va estrènyer la mà a l'Àlex.

—Alain Rivas, de la científica. Tothom em diu... Alain. —Va fer una pausa—. Ja ens havíem vist abans. Estava... estava fent fotos quan vostè ha entrat a la pisci... A l'escenari del crim.

Es va passar la mà per la nuca. Uns quants pèls aïllats li creixien al mentó en forma de barba. Pel que es veia, ningú no li havia aconsellat que seria millor afaitar-se'ls. L'Àlex havia de forçar el coll per mirar-lo. La passava un cap i mig.

—Alain, em sembla que m'estimo més que s'assegui mentre parlem.

L'Àlex va sospirar quan va veure que el noi es tornava a ruboritzar.

—Són vostès els agents assignats al cas? —va preguntar.

Tots dos van assentir amb el cap al mateix temps.

—Els únics?

—Em sembla que sí —va respondre la Vila, aquest cop més segura.

Mare meva.

—Si no els sap greu la pregunta... quant de temps fa que són al cos?

—A mi em van destinar a la Unitat Científica fa un any —va contestar l'Alain—. Abans vaig estar quatre anys al Departament d'Anàlisis.

És a dir, tancat en un laboratori.

—Jo em vaig graduar aquest mes de juny —va començar la Vila amb la veu tensa—. De totes maneres, estem preparats, subinspectora.

—No en dubto pas. En quantes investigacions d'assassinat han intervingut abans?

Tots dos van negar amb el cap.

Fantàstic. D'això en dic un bon equip de suport.

Va estossegar.

—A veure, em sembla que serà més fàcil si ens oblidem dels rangs i ens tutegem. Si us sembla bé, ja podem començar —va dir, mentre seia. Ells van fer el mateix—. Què en sabem de la víctima?

—Daniel Latour, quaranta-un anys. Solter. Treballava per a la firma Aiffege, una empresa d'enginyeria civil. Era a la vall des de feia un mes per aquest motiu. Era membre de l'equip tècnic responsable de les obres de l'estació d'esquí —va llegir la Vila d'un expedient.

—Algú l'ha trobat a faltar? —va preguntar l'Àlex.

La Vila va negar amb el cap.

—Estem intentant localitzar algun familiar seu a París, perquè aquí ja no li quedava ningú.

—No li quedava ningú? Això vol dir que tenia alguna relació amb la vall? —va preguntar l'Àlex, alçant les celles.

—En Latour era francès, però a la seva documentació hi consta que va néixer aquí —va apuntar l'Alain.

L'Àlex va assentir per animar-lo a parlar.

—A més dels documents que ens han permès identificar-lo, a la cartera hi tenia targetes i poc més de doscents euros en bitllets —va continuar l'Alain—. També hem trobat el seu telèfon. Estava tirat al terra del cotxe.

—Això descartaria el robatori com a mòbil de l'assassinat —va dir la Vila.

—Pel que sembla, sí —va concedir l'Àlex—. Necessitem el llistat de les trucades i els missatges que va fer i rebre en Latour durant aquest mes.

—Ja ho estan fent. Demà ho tindrem.

—També hem parlat amb Aiffege —va intervenir la Vila—. En Latour només feia vuit mesos que treballava a l'empresa. El consideraven un treballador eficient, i ja està. No destacava. Sobretot valoraven que fos de la zona, perquè coneixia bé el territori i a més parlava francès, català i castellà amb fluïdesa. Es veu que el van contractar gràcies a una recomanació.

—Una recomanació?

—De la família Dalmau. Tenen participacions a l'empresa. Hem parlat amb el responsable del departament de personal i ens ha assegurat que ells van suggerir que el contractessin.

—Quina família és aquesta? —va preguntar l'Àlex.

La Vila es va aclarir la gola.

—Són els amos de la vall. Els terrenys on s'està construint l'estació d'esquí també són seus —va explicar.

—Quina relació té en Latour amb els Dalmau?

—No ho sabem.

—Doncs esbrineu-ho. Què més?

Es va fer silenci.

—A veure, en Latour feia poc que era a la vall —va dir l'Àlex—. On vivia? Bé devia dormir en algun lloc...

—Sí, esclar, per descomptat —va afirmar la Vila—. Hem trobat unes claus a la guantera del Nissan Patrol. El clauer té una figura que representa sant Martí. Tothom de per aquí el reconeixeria. He trucat fa un moment al seminari de Sant Martí Clement i m'han confirmat que en Latour s'allotjava allà. Segons m'han dit ells mateixos, era un antic alumne.

—Bé —va assentir l'Àlex—. Doncs haurem de fer una visita al seminari.

L'Àlex va veure que l'Alain feia un gest amb intenció de parlar, però després se'n penedia.

—Digues el que hagis de dir.

El jove agent es va tornar a enrojolar.

—El seminari és en una antiga abadia del segle XI declarada Patrimoni Nacional. Depèn del bisbat d'Urgell. És un centre de formació molt prestigiós que té alumnes de tot el món. El seu funcionament és hermètic. Sempre hem tingut dificultats per tractar qualsevol assumpte amb ells.

—Suposo que hi ha un responsable, un director o alguna cosa així.

—El pare Guifré. És el rector.

—Doncs truca-li i quedes amb ell per fer una reunió. El mínim que poden fer és ajudar a aclarir la mort d'un dels seus hostes. Alguna cosa més?

El silenci es va tornar a instal·lar en el grup.

—D'acord. —L'Àlex va picar amb els nusos dels dits a la taula mentre s'aixecava. Necessitava fumar—. Hem d'esperar els resultats de l'autòpsia de demà. Mentrestant, vull tota la informació que pugueu aconseguir d'en Latour i del seu entorn. I també de la família Dalmau. Ja us hi podeu posar.

L'Àlex va veure que la Vila agafava el telèfon i començava a trucar mentre l'Alain teclejava amb rapidesa. Va sospirar. Ja havia perdut el compte de les vegades que ho havia fet. Des d'aquell precís instant, aquell era el seu equip. Si volia abandonar, ara era el moment. Més endavant seria massa tard. Llavors es va adonar que estava pressionant el flascó d'ansiolítics amb tanta força, que havia buidat les pastilles a la butxaca. Va brandar el cap. A qui volia enganyar? Només li faltava saber si seria capaç de resoldre aquell cas i conservar el seny al mateix temps.

14

En Simón era un vell. La seva cara desfigurada i les maneres brusques causaven tanta por com burles a la seva esquena. Vivia on ningú no volia viure, ja que ocupava una de les cases abandonades d'allà dalt. Amb prou feines es relacionava amb ningú. Li deien l'ermità de la Colònia. El seu últim habitant.

A la vall havien oblidat qui era realment. Es pensaven que es tractava d'un rodamón que s'havia instal·lat allà gràcies a la benevolència de la família Dalmau. Malgrat tot, alguns encara recordaven les històries que els havien explicat els seus pares o avis i, per aquest motiu, intentaven evitar topar amb el vell.

En les comptades ocasions en què baixava a Meranges per comprar provisions, algun recanvi o gasoil per al generador, la majoria s'allunyaven o canviaven de vorera quan li veien la cara plena de cicatrius. A la botiga s'hi adreçaven a crits perquè es pensaven que era sord, però no tenia cap problema d'oïda i, tot i que duia bastó, tampoc no era tan lent com es pensaven.

De fet, el seu cos era àgil com el d'un home quinze anys més jove, i conservava bona part de la força que sempre l'havia acompanyat. No obstant això, el vell Simón sabia que s'havia de mostrar dèbil i sapastre. Si es pensen que ets inofensiu, no es preocupen per tu. Et subestimen. I això era precisament el que havia passat. La gent dels voltants, sobretot els joves —que no podien recordar la Colònia—, el consideraven un vell dement.

Tothom havia reconstruït la seva vida després de la desaparició de la Colònia, i havien fet tot el possible per oblidar el que hi havia passat. Però ell no oblidava. Si alguna vegada havia conegut la felicitat, havia sigut en aquella època. Ara la ràbia l'ofegava i no tenia manera d'alliberar-la; per primera vegada a la vida, la impotència s'havia apoderat d'ell. Fins que van aparèixer aquells ecologistes com caiguts del cel.

Uns nanos que no sabien res del món. Cridaven consignes sense ni tan sols entendre'n el significat, muntaven espectacles per a les televisions, s'omplien la boca de paraules grandiloqüents. Després, quan s'apagaven els focus de l'última càmera, tornaven a les seves còmodes cases amb els seus fantàstics cotxes, orgullosos i satisfets, perquè... eren els defensors del planeta, oi? I havien demostrat al món que eren solidaris i compromesos, no?

En els bons temps, ell els hauria posat a treballar a les turbines de la fàbrica. Li hauria encantat veure'ls. Jornades de deu hores set dies a la setmana, amb una fressa i una calor insuportables. Un mes allà dins i segur que haurien vist les coses d'una altra manera.

Per desgràcia, els bons temps eren una cosa del passat.

Tanmateix, hi havia altres maneres de tractar amb aquells mocosos amb ínfules. Ell, per exemple, ja s'havia ocupat del líder, el de les rastes. De manera discreta. Ara era més meticulós. En el passat, la policia l'havia detingut un parell de vegades per altercats sense importància. Quan el deixaven anar, li deien que no es deixés endur per aquells rampells de fúria.

No sabien què demanaven.

Ells no havien hagut de suportar mai aquell foc que cremava a dintre seu. Per a ell, la ira era un dimoni que duia a dins des que tenia consciència. Al principi, quan era petit, l'atemoria, però després es va adonar que la por l'havien de tenir els altres. Així va ser a l'orfenat. No li importava no trobar família. Cada vegada que tenia una entrevista, els futurs pares li veien als ulls que l'odi i la violència pugnaven per sortir, i de seguida sol·licitaven una altra criatura. Fins que va arribar el vell Dalmau i va reconèixer el potencial que tenia. En Simón va créixer al costat del seu fill August, i se'n va anar amb ell quan, després de la mort del patriarca, va decidir construir aquell lloc, la Colònia. Aleshores ell era un adolescent, i el va servir amb fidelitat durant dècades.

La nit en què aquell llop va estar a punt d'arrencar-li la cara va ser un senyal. Com si fins a aquell moment hagués dut una màscara, per fi revelava al món el seu veritable rostre. A partir de llavors, quan deixava sortir la ràbia que duia a dintre, fins i tot Déu tancava els ulls. Va fer coses horribles i va gaudir amb totes.

Amb el pas del temps, en Simón pensava que la fúria que el consumia s'apaivagaria, però en comptes d'això, ara era més intensa que mai. La notava a les entranyes, esperant el moment, com un forn encès a punt d'esclatar.

15

La cabanya encara s'aguantava dreta. Era més petita i estava més apartada del que l'Àlex recordava. Embotida en el Parc Natural de l'Alt Pirineu, el que hi havia més a prop era el petit poble d'Os de Civís i els seus cent cinquanta habitants. Per arribar-hi des de la Seu d'Urgell, havia hagut de travessar el sud d'Andorra per una carretera plena de revolts.

Per a la construcció de la casa havien fet servir els sòlids materials de la zona: parets de maçoneria de granit, travessers de pi i la pissarra negra per al teulat a dues aigües. Formava part del paisatge com si hi hagués sigut sempre.

Quan va baixar del jeep, la neu va cruixir sota les botes. L'Àlex va mirar cap al bosc de pins de tronc fosc que, enganxat a la tanca que delimitava el terreny, s'encimbellava pel pendent de la muntanya. Li va fer la sensació que els arbres l'observaven.

Va brandar el cap i es va encaminar cap a les escales que accedien al porxo de l'entrada. Al poble li havien assegurat que la cabanya feia anys que era buida. Ningú no volia viure en un lloc tan aïllat. Ella encara en tenia la clau.

El pany funcionava. Tanmateix, la fusta de la porta s'havia bufat amb la humitat. L'Àlex va empènyer fort amb l'espatlla i, amb un grinyol dels taulons del terra, va aconseguir obrir una escletxa suficient per passar.

Va deixar caure la motxilla i un núvol de pols es va alçar als seus peus. Sota les plaques de fusta va sentir una corredissa espantada. Va prémer l'interruptor, però els llums no van donar senyals de vida. Hauria de revisar el generador del cobert. Tot i així, la llum de la tarda que entrava per la porta li va permetre reconèixer la sala d'estar de parets de pedra. El mobiliari era el mateix d'abans: un sofà de tres places tapat amb una funda groga, una tauleta, un llum de peu i una estanteria bombada pel pes dels llibres, les revistes i guies antigues de senderisme. En un costat hi havia la vella llar de foc de ferro colat, i al costat, un cistell de vímet buit. Això era tot. Es va descalçar i va deixar les botes a la vora de la porta per no mullar el terra de la cabanya.

La cuina oberta ocupava un petit espai al fons. Va obrir els porticons de sobre l'aigüera i la llum va banyar un banc encaixat al racó que rodejava una taula allargada. A sobre, els fragments d'un gerro es barrejaven amb les restes polvoritzades d'un ram de flors seques. Per un moment li va semblar veure els fantasmes del seu pare i la seva germana rient mentre esmorzaven. Es va notar un nus a l'estómac. Va apartar la mirada per fer desaparèixer aquell record. Va escorcollar els calaixos fins que va trobar espelmes i una llanterna. La va provar i va descobrir que, miraculosament, encara funcionava.

Quan va pujar l'escala que duia a les habitacions va evitar el sisè esglaó. Estava atrotinat i cruixia en trepitjar-lo. Quan tornaven a casa, la seva germana i ella sabien que el seu pare esperava sentir el grinyol de la fusta, de manera que el trepitjaven expressament, però si arribaven més tard del compte, l'evitaven. L'Àlex va sospirar.

Es va quedar dreta davant de la porta ajustada del dormitori que ocupava el pare quan vivien a la casa. Les parets nues, un llit gran i un armari buit, res més. Feia temps que no hi quedava res d'ell, allà, malgrat que li va semblar que sentia l'olor de la seva vella colònia. Va avançar pel passadís deixant enrere el lavabo. Va passar per sota de la trapa que conduïa a les golfes. Va posar la mà al pom de la porta de la seva antiga habitació i va agafar aire.

Quan hi va entrar, el nus que li comprimia l'estómac es va tensar encara més. Els dos llits continuaven al mateix lloc, separats per una tauleta arrambada contra la finestra. Darrere de les cortines va entreveure el vell arbre on s'enfilaven ella i la seva germana.

Va sortir de l'habitació i va tancar la porta més fort del que hauria volgut. Va decidir que dormiria a la sala d'estar de baix.

Durant les hores posteriors, va anar a buscar llenya, va netejar la cabanya i va guardar el menjar que havia comprat a la botiga del poble a dins de la nevera desconnectada. Sense adonar-se'n, ja s'havia fet fosc. La temperatura havia baixat en picat i la cabanya estava glaçada. Va decidir encendre la llar de foc. Al cobert hi havia prou llenya per a un parell de dies. El generador semblava que estava en perfectes condicions, però les llaunes de gasoil estaven buides. L'endemà en compraria al poble.

Es va arraulir al sofà on solia seure el pare a llegir. Va deixar l'expedient del cas a sobre de la tauleta i es va abrigar amb una de les mantes que havia trobat a l'armari de sota l'escala. Va sentir una olor familiar que sorgia de la tela, però es va dir que era impossible. Va contemplar les flames mentre deixava que l'escalfor li penetrés el cos fatigat.

Sense gaires ganes, va agafar l'expedient i es va posar a llegir. Les dades no exposaven gaire res més del que havien comentat a la reunió amb l'equip. Al final s'hi incloïen fotografies de l'escenari del crim. Gairebé sense adonar-se'n, les parpelles se li van començar a tancar. Havia d'estudiar-se la documentació, l'endemà es practicaria l'autòpsia a en Latour, però el cansament va poder més que ella. Va quedar sorpresa que no li calguessin les pastilles per dormir. Les olors i les sensacions familiars la van bressolar mentre es deixava endur per la son. De manera inesperada, li va venir al cap l'inspector francès, però abans de concretar l'estranya intuïció que tenia, la va envair el sopor.

L'Àlex va obrir els ulls, però enmig de la foscor no va aconseguir veure res. Va allargar la mà i va notar que la negror se li adheria a la pell com una tela mullada. Submergida en aquella opacitat, la seva ment va començar a dubtar que la llum hagués existit mai. Era això, la mort? Es va sorprendre de no tenir por, només curiositat.

De cop i volta, la foscor va començar a ondular-se al seu voltant com la superfície de l'aigua tocada per una pedra. L'aire es va enrarir i una sentor dolça la va embolcallar.

En aquell moment es va adonar que no estava sola.

La nena va aparèixer davant seu. Duia una camisa de dormir blanca sense mànigues, anava descalça i els braços li queien als costats. Tenia el cap inclinat i la cara li quedava oculta sota una cabellera tan llarga que li fregava els peus. La foscor li abraçava el cos com si en formés part.

L'Àlex es va adonar que tenia la camisa de dormir esquinçada, i una taca ocre que recordava el color de la sang embrutava la tela blanca. Els cabells de la nena semblaven falsos, com els d'una nina. S'hi va fixar una mica més i va distingir múltiples laceracions en carn viva que li travessaven la pell. La nena va alçar la mà cap a ella, tenia les ungles despuntades i plenes de restes de terra.

Traïció, por, dolor, vergonya, tristesa, de nou dolor. D'alguna manera va saber que tot allò era el que sentia la nena. L'impacte de la seva angoixa li va arribar a onades cada vegada més grans fins que no ho va poder resistir més i va caure de genolls abraçant-se a si mateixa. La nena sentia una solitud immensa i l'Àlex la notava com si fos seva.

Va intentar aixecar-se i acostar-s'hi per consolar-la,

però la nena la va aturar fent un gest amb la mà. La carn del palmell es va remoure, una protuberància li va lliscar sota la pell, deformant-la, fins que la carn es va esberlar i entre l'esquinç sangonós hi va aparèixer un cuc groc. L'insecte va reptar entre els dits de la mà de la nena, deixant-hi un rastre de sang i baves, i va desaparèixer per la màniga de la camisa de dormir. L'Àlex es va contenir una onada de nàusees. En aquell moment, la nena va alçar el cap i els cabells que li tapaven la cara van caure cap a un costat. L'Àlex la va reconèixer i va dir el seu nom.

Es va despertar a punt de caure del sofà. L'Àlex tenia el cos amarat de suor tot i que la cabanya estava glaçada. La manta era a terra, juntament amb els fulls esbarriats de l'expedient del cas. El foc ja feia estona que s'havia apagat. Es va acostar la mà a la boca, els seus llavis encara retenien l'última paraula que havia pronunciat durant el malson. La va repetir en veu alta per evitar que es dissipés el record: Lia. Un desagradable gust de terra li va pujar per la gola i la va fer vomitar.

16

L'Àlex va assentir a la pregunta del forense, malgrat que ni tan sols l'havia sentit. Després del malson, no havia pogut dormir més. Si a tot això hi sumava el viatge des de Barcelona en cotxe durant la matinada anterior, la conclusió era que estava més a prop del col·lapse físic del que ella mateixa volia admetre. Potser per aquest motiu, quan va entrar a la sala d'autòpsies de l'Institut de Medicina Legal de Puigcerdà i va sentir la intensa fetor que saturava l'aire, no va poder evitar fer una lleu ganyota de repulsió.

Quan va girar el cap a la dreta, es va trobar amb la mirada del tinent Cassel. Duia una jaqueta de muntanya, pantalons gruixuts i unes botes noves de trinca. Semblava un turista disfressat de muntanyenc, però almenys ja no duia aquell absurd trajo d'estiu. El policia francès li va somriure i es va posar al seu costat.

—M'he permès assistir-hi, si no li sembla malament.

—Faci el que vulgui.

—Si vol, em puc ocupar d'aquesta part i després

l'informo. Hi ha persones que s'impressionen més que d'altres...

L'Àlex es va mossegar els llavis.

—No cal.

—N'està segura?

L'Àlex va ignorar el policia, va avançar un pas i va dirigir la mirada cap al cadàver d'en Latour per primera vegada. Es va adonar amb sorpresa que el cos tenia la pell de gallina, com si, una vegada mort, encara tingués fred. Tot i que no era estrany, perquè allà dins semblava que la temperatura fos més baixa que no pas a fora. Va sentir un lleuger pudor davant la nuesa d'en Latour, estirat sobre la taula metàl·lica. Sempre li passava el mateix: malgrat que havia vist molts cadàvers en l'exercici de la feina, sempre li semblava que allò era una mena de profanació.

—Quan vulguin —va indicar el forense, girant-se cap a ells amb les mans alçades i enguantades amb làtex.

L'Àlex, amb un gest, li va indicar que comencés. El metge va treure un diminut comandament a distància de la butxaca i va començar a sonar música.

—Espero que els agradi Txaikovski. Reconeixen la peça?

Davant la negativa dels policies, el metge va fer petar la llengua amb decepció.

—És *Francesca da Rimini*, opus 32. Una peça magnífica. El vell Piotr Ilitx va quedar tan impressionat per un gravat de Gustav Doré, que va compondre aquest preciós poema simfònic. Els genis s'inspiren mútuament.

L'Àlex va entretancar els ulls. El doctor Marcel Valet

li recordava un talp. Tenia un nas allargat sobre el qual lliscaven amunt i avall les ulleres de pasta. Els ulls saltaven d'un lloc a un altre rere uns vidres gruixuts. Malgrat que era baixet i de constitució robusta, es movia per la sala de dissecció amb l'agilitat d'un ballarí fent una representació. I li encantava tenir públic mentre actuava.

Igual que molts companys seus, en Valet demostrava una passió tan gran per la seva feina com indiferència pels seus *pacients*. Se'l considerava un professional brillant, massa i tot per estar destinat allà, tan lluny de Barcelona, però aparentment la seva gran capacitat anava de bracet amb una absoluta falta de tacte. Pel que l'Àlex havia sentit, per aconseguir una bona destinació no hi ajudava gaire fer avergonyir un superior per la seva falta de coneixements.

La veu aflautada d'en Valet, barrejada amb la música que sortia dels altaveus, la va tornar a la realitat.

—El subjecte és un home de quaranta-un anys. Caucàsic. De constitució mitjana. Un metre vuitanta d'altura. Fa setanta-dues hores que és mort. D'acord amb això, la víctima va morir al voltant de la mitjanit del dijous passat. A l'informe els concreto els temps amb exactitud.

Va fer un senyal al seu ajudant, que es va afanyar a donar-li una carpeta amb uns quants folis grapats.

—Segons el registre judicial de l'aixecament del cadàver, el cos va estar submergit en aigua extremament freda, fet que explica que patís una hipotèrmia greu, tal com mostra la decoloració violàcia a les puntes dels dits i a les extremitats. També s'han detectat hemorràgies petequials de la mucosa gàstrica.

Es va sentir una tos ronca. En Valet els va mirar des de darrere de les lents. L'Àlex va alçar la mà per demanar disculpes per la interrupció. S'havia passat tot el matí tossint. Sabia que era un reflex a causa de la incòmoda sensació que li faltava aire. Patia un atac d'asma lleu. Ja s'havia llevat així. S'havia oblidat l'inhalador a Barcelona, o sigui que després hauria d'anar a alguna farmàcia per comprar-ne un. Allò anava molt bé.

—Bé —va continuar en Valet, amb les celles arrufades—, poden observar que al voltant de la boca hi ha restes d'una fina escuma, i també n'hem trobat a les vies respiratòries. —El metge es va acostar al cadàver i va pressionar amb les dues mans sobre el pit obert. Una bromera de color rosat va brollar entre els llavis del mort.

L'Àlex va notar que li suaven les mans. La música s'havia convertit en una sèrie de notes sostingudes i reiteratives. Va pensar a agafar aire, però de seguida se'n va penedir.

—Aquestes secrecions acostumen a ser un símptoma que la persona s'ha mort per ofegament. També hem detectat diatomees al fetge i als ronyons. —Quan va veure les cares de desconcert, va sospirar i es va explicar—: Quan va intentar respirar mentre s'ofegava, l'esforç li va esquinçar els capil·lars pulmonars, cosa que va permetre el pas d'algues pluricel·lulars a la sang, i d'allà, als òrgans. Això ens permet descartar que es morís en algun moment anterior i que després submergissin el cadàver a l'aigua.

En Valet va donar la volta a la taula mentre seguia el ritme de la música amb la mà.

—Bé —va continuar—. Els pulmons presenten augment de volum, ruptura de septes entre els alvèols, hiperèmia i edema massiu, o, dit en llenguatge vulgar, per als profans, tenia líquid acumulat. —Va assenyalar la safata on hi havia les vísceres, d'aspecte gelatinós i color grisós. Altres safates similars estaven disposades en una fila al seu costat. El conjunt feia pensar en el taulell d'una carnisseria—. Podem certificar que la causa de la mort ha sigut un clàssic i avorrit ofegament. Tanmateix...

Els clarinets es van unir als címbals, el bombo i els violins en un to melancòlic.

—... i això sí que és realment interessant...

L'Àlex i en Cassel es van inclinar una mica sobre la taula obeint el gest del forense. El tuf de descomposició es va fer més intens. L'Àlex va pensar que quan arribés a la cabanya es faria una bona dutxa i no es tornaria a posar aquella roba. Però aquest pensament li va marxar de seguida quan va veure el que els volia assenyalar en Valet. L'home va abaixar la veu fins a un murmuri.

—No s'han detectat traumatismes severs ni altres marques significatives, llevat de les rascades al voltant dels canells causades per la brida de plàstic amb què li van lligar les mans a l'esquena, i això... —va dir, assenyalant una ferida en forma de lletra P al front del cadàver—, que va ser fet amb un objecte punxant i extremament afilat. El tall és molt fi i arriba fins a l'os del crani. Per l'absència de cicatrització, podem afirmar que se li va infligir pocs minuts abans de morir. Però aquesta ferida no li va causar la mort, per descomptat.

La música va tornar a les harmonies cromàtiques i

dissonants. L'Àlex va començar a maleir els gustos musicals del metge.

—I encara els he d'ensenyar el més fascinant. Mirin aquí.

L'Àlex es va adonar que, al contrari dels cadàvers que havia vist en altres autòpsies, en Latour tenia els ulls tancats. Quan s'hi va atansar va saber per què. Un filferro prim li travessava la pell de les parpelles, com si li haguessin fet punts de sutura.

—Té els dos ulls cosits. S'ha de tenir molta perícia per fer una cosa així. He esperat que vostès arribessin...

El seu ajudant li va donar unes tenalles diminutes i unes pinces llargues. En Valet va tallar el filferro amb meticulositat. Cada espetec va provocar un estremiment a l'Àlex. El forense es va aturar quan de l'interior dels ulls en va sortir un líquid rosat que va lliscar per sobre de la taula cap al desguàs.

—Els globus oculars no semblen danyats —va apuntar en Valet, després de descloure les parpelles. Va deixar l'instrument a la safata metàl·lica i va donar la volta a la taula—. El cos no presenta cap marca de lluita. Hem revisat les ungles de les mans i no hi hem trobat cap resta, si bé l'exposició a l'aigua les podria haver eliminat. Tot i així, jo diria que no va oposar resistència.

—Així, vol dir que el van convèncer perquè es despullés i s'estigués quiet mentre li marcaven el front i li cosien les parpelles, i que després es va ficar pel seu propi peu en una piscina gelada fins que es va morir? —va preguntar l'Àlex.

El metge la va mirar per sobre de les ulleres i va somriure amb indulgència.

—Evidentment no, subinspectora. Quan tinguem l'anàlisi de sang podré afirmar-ho amb més seguretat, però observin... —Va tensar la carn del coll d'en Latour amb els dits índex i del mig. La pell que quedava a la vista entre els dos dits presentava una coloració vermellosa—: Jo diria que és una punxada. No és concloent, però sembla que el van sedar. En tot cas, era viu, i potser conscient, mentre li feien un tall al front i li cosien les parpelles.

17

En Simón havia trobat les empremtes del llop a primera hora del matí, tornant de la seva habitual visita al cementiri. Les petjades arribaven just fins a la seva porta i no s'aturaven en cap altra casa. Després desapareixien. Eren grans, pròpies d'un exemplar adult.

Ell sabia que aquell animal no era un llop qualsevol. S'havien enfrontat molts anys enrere i, en el fons de l'ànima, encara que li diguessin boig, sabia que algun dia l'animal tornaria per acabar el que havia començat. La primera vegada va estar a punt de llevar-li la vida. No ho va aconseguir, però a canvi li va deixar aquella cara de monstre. Aquesta vegada, en Simón estava preparat.

Va travessar el menjador fins a un armari de roure ennegrit. Després de manipular el pany amb una de les claus que duia penjades al coll, va obrir les portes de bat a bat. A dins hi guardava el seu equip.

Sis rifles amb els seus corresponents visors s'alineaven

en un armer. En el prestatge contigu hi havia mig centenar de capses de munició, i de les dues portes en penjaven instruments per escorxar i ceps de mides diferents, tots il·legals.

Amb certa reverència, va alçar el llistó del fons de l'armari, va extreure de l'amagatall un estoig allargat de faig lacat i el va deixar a sobre la taula. Quan va obrir les tanques metàl·liques va deixar escapar un somriure. A dins hi havia un rifle de pany Winchester model 70. El va empunyar. Va passar la mà pel canó i va notar el tacte familiar. Hi havia altres rifles més potents i moderns, però aquell era un vell company. No li havia fallat mai. Havien passat moltes experiències junts. Grans moments en què en Simón va gaudir caçant animals i, en algunes ocasions, també persones.

El va col·locar de nou al seu lloc, va tornar a l'armari i va despenjar la motxilla de cuiro. Hi va guardar dos visors i quatre capses de cartutxos 458 Winchester Magnum. Era una munició que servia per disparar a grans peces, capaç d'aturar la càrrega d'un elefant. A qualsevol animal més petit, pràcticament el volatilitzaria.

En Simón es va quedar pensatiu un instant davant dels ganivets de rematada que hi havia penjats a l'altra porta. Finalment es va decidir pel Joker Colmillo. El va treure de la funda agafant-lo pel mànec de banya de cérvol. Els vint-i-un centímetres de la fulla acerada amb doble tall van brillar sota la llum.

Li agradava molt disparar, però no hi havia res comparable a aquella arma. Era magnífic quan, després del primer tret, la presa fugia ferida. Després d'hores de persecució, durant les quals la seva excitació era cada vegada més gran, la presa, esgotada per la pèrdua de sang, s'acabava rendint. Llavors, ell s'hi acostava amb una lentitud estudiada, s'assegurava que el veia acostar-s'hi i l'agafava pel coll per notar-li les ràpides pulsacions del cor, causades per l'esforç i la por. Tot seguit, la mirava als ulls i li clavava el ganivet. Mentre la sang esquitxava, no es perdia cap detall. Observava com se li apagava la llum dels ulls i com s'escapava la vida d'aquell cos, que quedava buit i inert, però encara calent entre les seves mans.

No hi havia res en tot el món comparable a aquelles sensacions. La ira se li apaivagava tal com es calma el mar després d'una tempesta, i el dimoni, que udolava constantment en el seu interior, callava uns quants dies.

Va guardar el ganivet juntament amb la resta de l'equip i es va dirigir a la cuina. Hi tenia les provisions guardades. Sortiria cap a la muntanya l'endemà al matí, just a trenc d'alba. Calculava que en tindria per tres o quatre dies. Pensava acabar amb allò d'una vegada per totes.

Quan se'n va anar a dormir estava satisfet. Sabia que estava tot preparat. Com sempre, havia tingut en compte totes les possibilitats, el material estava en perfectes condicions i ell es trobava raonablement bé malgrat els anys que tenia. Va mirar al sostre. Esperava poder descansar unes hores. La nit prèvia a la cacera sempre li costava dormir. Es va girar cap a la tauleta de nit i va agafar el medalló que hi reposava a sobre. El va obrir. Va contemplar la fotografia de dins, on apareixia una jove somrient ara il·luminada pel llum de la tauleta.

Li van venir al cap records del passat, va reviure la

vida a la Colònia, cosa que li passava cada vegada més sovint. Es va acostar els dits a la cara i va recórrer les durícies de la carn deformada. Va fer una manotada a l'aire, com si d'aquesta manera pogués fer tornar els records al lloc d'on havien vingut. Va deixar caure el medalló sobre el pit. El passat només era això, passat. La Raquel no tornaria, per moltes flors que portés a la seva tomba.

18

El jeep Wrangler avançava per la carretera estreta sota l'ombra dels arbres. L'Àlex no recordava haver vist mai un bosc tan espès. Li feia la sensació que, al seu pas, les branques dels pins negres es retorçaven i s'entrellaçaven impedint que veiés què hi havia més enllà. Per un moment, va arribar a pensar que si sortien del cotxe, aquella espessor els engoliria i ningú no en sabria mai més res.

Va observar el seu company, que mirava a través de la finestra. Havia acceptat que el tinent Cassel l'acompanyés a entrevistar-se amb el rector del seminari. Si esperava que amb això callés, va passar ben al contrari. El francès no va callar en tot el trajecte. Li va explicar una dotzena d'anècdotes d'altres casos en els quals havia participat. Ella assentia de tant en tant, sense apartar els ulls de la carretera. Havia desconnectat uns quants quilòmetres enrere.

Van passar per sota d'un arc de pedra i, després de fer l'enèsim revolt del camí, va aparèixer Sant Martí Clement al seu davant.

El seminari era un conjunt d'edificis de murs gruixuts de pedra i finestrals allargats que s'alçava sobre un cim escarpat. El campanar de l'església s'elevava per sobre d'un eixam de teulats. Amb el pas del temps, al monestir original, construït durant el segle XI, s'hi havien anat afegint noves dependències. Com si fos un joc de Mecano, les edificacions s'havien adaptat al terreny i ocupaven tot l'espai disponible sobre la prima cresta de la muntanya fins a la vora d'un precipici. A l'Àlex li va venir al cap la imatge d'una sargantana enfilada a una roca.

—No pot ser.

La cara rosada del pare Guifré somreia, però els ulls no. Estava assegut còmodament a la taula del seu despatx a l'edifici administratiu del seminari. L'Àlex es va fixar en les seves mans mentre les movia amb vigor. Plenes de taques marrons, eren l'únic senyal de la seva edat avançada. Tot i que tenia gairebé vuitanta anys, el rector es conservava molt bé, i semblava que en qualsevol moment es pogués posar a despenjar l'enorme crucifix que hi havia a la paret del seu darrere i atacar tots els heretges del món. En canvi, malgrat l'afabilitat que transmetia amb les paraules, quan somreia els llavis prims es torçaven formant una mena d'arc en tensió.

—Em sembla que no ho entén —va insistir l'Àlex, que no va poder evitar una expressió de desconcert—. El senyor Latour ha estat assassinat i s'allotjava aquí, per tant, escorcollar la seva habitació i els seus efectes personals pot ser fonamental per aclarir la seva mort. Podem demanar una ordre judicial, però trigaran uns dies a emetre-la i la rapidesa és fonamental.

—Ho he entès molt bé —va assentir en Guifré, amb un somriure benèvol—. No deixem de resar per l'ànima del nostre pobre germà, però són vostès els que no ho comprenen. —Va inclinar el cos endavant, cosa que va fer cruixir la cadira—. Mirin, aquest seminari és un lloc d'estudi i de retir, el més semblant a un convent de clausura. Ja ve just que es permeti la seva presència aquí, especialment a vostè —va afegir, assenyalant-la.

—Com diu? —va preguntar ella, incrèdula.

—Però el seminari rep visites de turistes, *n'est-ce pas*? —va intervenir en Cassel, quan es va adonar que l'Àlex estava cada vegada més enfadada.

—Per descomptat. El turisme és una font d'ingressos fonamentals per a la nostra subsistència. Ens permet sufragar una part dels elevats costos de conservació del monestir. Saben què costa mantenir uns edificis que tenen uns quants segles d'antiguitat? Fa tres anys que oferim aquestes visites. Es tracta d'un circuit molt restringit, guiat per un dels nostres professors. Només es visita el claustre, que té uns capitells de gran valor i bellesa, l'església, la terrassa, les catacumbes i algun pati, però les dependències funcionals del seminari, entre les quals hi ha les estances dels alumnes i els professors, no entren a dins d'aquest circuit.

—En Latour va estudiar aquí —va afirmar en Cassel, amb intenció de pregunta.

—Exacte, va estar amb nosaltres durant dos anys. Per desgràcia, el nostre germà Daniel no va aconseguir adaptar-se a la vida del seminari i se'n va anar. Fa més o menys un mes, va tornar a la vall per treballar en aquella estació d'esquí que estan fent, i ens va demanar si es podia allotjar aquí ocupant durant un temps la seva antiga cel·la.

—És normal que es doni allotjament a algú que ja no pertany al seminari? —va preguntar l'Àlex en un to més aspre del que pretenia.

El pare Guifré va entrellaçar les mans a sobre la taula i va somriure amb indulgència. L'Àlex ja començava a estar tipa d'aquell somriure.

—Senyoreta Serra, vostè resa?

Per un instant, l'Àlex es va traslladar a l'aula de l'escola de les Teresianes on l'havien confinat d'adolescent. L'halo de culpabilitat que li van inculcar la va remoure per dins i va dubtar. Va semblar que el rector se n'adonava i la mirava amb una expectant afectació. Va notar que estava a punt de perdre el control, de manera que es va obligar a respirar lentament. No pensava donar-li aquella satisfacció.

—No, no gaire.

—Si em permet... Percebo que el seu interior, la seva ànima, està pertorbada, plena de confusió. Això només pot causar-li mal. A vostè i als que l'envolten. Ha de tornar a trobar el Senyor perquè li ofereixi una mica de pau.

—No hem pas vingut aquí per parlar de mi.

—Potser hauria de tenir en compte el meu consell. Déu sempre hi és quan el necessitem.

—No sempre. —L'Àlex va callar irritada en adonarse que, amb aquella resposta, explicava més del que pretenia. Va amagar les mans, que li tremolaven, va alçar el cap i es va obligar a mostrar-se segura—. Fa temps que no compto amb la seva participació.

—És una llàstima. Ja sap allò que diuen, que els camins de Déu són inescrutables. Potser algun dia es torna a trobar amb Ell. —Va sospirar—. Contestant a la seva pregunta, en Latour era una persona molt apreciada aquí. Tant els professors com els alumnes en guarden un record magnífic. Tal com els he dit, ens va demanar per allotjar-se aquí uns quants dies perquè, segons ens va explicar, necessitava la pau que transmet aquest lloc. I no hauria sigut gaire cristià negar-s'hi. Al capdavall, era un antic alumne. Això és tot. —Es va aixecar—. No tinc gaire res més a dir-los, i els demano disculpes, però estic molt ocupat. Les meves responsabilitats com a rector del centre, a més de professor, m'omplen el dia d'obligacions.

Sense esperar resposta, es va acostar a una taula auxiliar i va tocar una campaneta. La porta es va obrir com si des de l'altra banda haguessin estat esperant el senyal. Un home amb cara de nen va entrar al despatx amb el cap cot.

—Em sap greu no poder-los ajudar més —va afegir el pare Gruifré, mentre amb les mans els assenyalava la porta—. El meu secretari els acompanyarà a la sortida. Que Déu els ajudi en les investigacions, encara que el nostre germà Latour ja només pugui esperar la justícia divina.

El guía improvisat els va acompanyar pel passadís del centre. L'Àlex estava furiosa i caminava fent grans gambades, sorpresa que en Cassel estigués tan calmat. Malgrat les formes extremament amables del pare Guifré, a l'Àlex li feia la sensació que se'ls havia tret de sobre. De cop i volta, en Cassel es va adreçar a l'home que caminava al seu costat.

—*Excusez-moi*, com ha dit que es deia?

—No ho he dit. Em dic Francesc Bouxet, senyor.

—Quines són les seves obligacions, senyor Bouxet?

—Poden dir-me Francesc —va afirmar ruboritzat—. Em cuido de la biblioteca del seminari i d'atendre els assumptes del rector. Que són molts i molt complexos. Han de tenir en compte que Sant Martí Clement es considera un dels seminaris més importants d'Europa, si bé ho dic amb tota humilitat.

—Aleshores li hem d'agrair doblement que ens acompanyi, Francesc. Em sap greu que li estiguem robant temps de les seves obligacions.

El religiós va arronsar les espatlles i va esbossar un somriure.

—No pateixin. Poder parlar amb algú que no és del seminari és un canvi agradable. Rebem poques visites, aquí. Ni tan sols tenim contacte amb els turistes.

—Qui els guia, doncs, els grups de turistes? —va preguntar l'Àlex.

El noi la va mirar un instant, però de seguida va desviar la vista.

—El pare Àngel. És un home sensacional, un erudit. És d'origen italià. Parla quatre idiomes amb fluïdesa. Potser és una mica despistat per l'edat avançada que té, però sens dubte, és el que coneix més bé la història de l'antiga abadia benedictina que alberga el seminari. Va ser el primer edifici que es va construir, prop de l'any mil després de Nostre Senyor. La seva història és apassionant.

Van travessar les portes dobles que separaven la zona administrativa del magatzem. Al fons ja es veia la porta de sortida.

—És... és veritat que a en Latour l'han assassinat?

L'Àlex va pensar que gairebé es podia palpar l'ànsia curiosa del jove bibliotecari.

—Cruelment —va contestar en Cassel, fent una pausa teatral—. No havíem vist mai res igual. Sembla un... càstig diví. Però no n'hi podem donar detalls.

—No, no, esclar, ja ho entenc —es va afanyar a respondre en Francesc, que no podia amagar l'excitació que sentia.

L'Àlex va suposar que devia estar pensant en l'èxit que tindria entre els companys quan els expliqués aquella trobada amb els dos policies.

—En Latour se'n va anar del seminari fa un any, oi? —va preguntar.

—No, no se'n va anar, no... en realitat, el van fer fora.

—Ah. I per quin motiu?

Quan es va adonar que havia xerrat massa, el jove va desviar la mirada.

—Expliqui'ns-ho, li prometo que no ho sabrà ningú.

L'Àlex es va adonar que el somriure d'en Cassel i les seves maneres agradables convidaven a la confiança.

En Francesc Bouxet va mirar per sobre de l'espatlla abans de contestar.

—No se sap del cert, però pel que sembla, va parlar malament d'altres professors del seminari. En concret, van córrer rumors terribles del seu company de cel·la, i això va desencadenar una tragèdia. Més tard es va saber que els havia originat ell...

Un home corpulent amb sotana negra, carregat amb uns quants llibres, va aparèixer de cop a la cantonada.

—Francesc, què hi fas aquí?

—Bon dia, pare. —L'Àlex es va fixar que el noi no apartava els ulls de les rajoles del terra—. Aquests senyors són inspectors de policia. Acaben d'entrevistar-se amb el rector Guifré i jo els acompanyava a la sortida.

—Molt bé, molt bé. He agafat aquests llibres i t'he deixat una nota a la taula. Senyors... —Va saludar amb un assentiment de cap i va continuar el seu camí.

El jove bibliotecari es va quedar en silenci malgrat els intents d'en Cassel de prolongar la conversa. Quan van travessar la porta, es va aclarir la gola. L'Àlex es va girar i va veure que el noi feia cara d'espantat.

—Que Déu em perdoni —va xiuxiuejar, mentre es persignava—, però en Latour segurament ha obtingut el que es mereixia.

I va tancar la porta.

19

L'Antoine Closas va deixar sonar el mòbil tres vegades abans d'agafar-lo. Era més de mitjanit. La trucada, com en les ocasions anteriors, apareixia amb el número ocult. Havia rebut el mòbil per correu, poques hores després del primer contacte. Estava preparat perquè només pogués rebre trucades. A dins del paquet també hi havia un full d'instruccions molt precises i breus: l'havia de dur sempre a sobre. I respondre tant si era de dia, de nit com de matinada.

La veu de l'altra banda, si bé era distorsionada, es notava irritada.

—Només havies de crear una mica d'enrenou.

—Li sembla poc?

—Em sembla massa.

En Closas suposava que el seu interlocutor era una persona acostumada a manar, amb poder. Assegut en un gran despatx amb bones vistes i una secretària espectacular. Vestit amb trajos cars, fets a mida, i segur que no menjava el menú del dia. Una persona que disposava de diners, molts diners, tal com havia comprovat.

—No em pot negar que la mort d'en Latour li convé.

Es va fer un silenci. En Closas es va preguntar si s'havia excedit amb el comentari i el seu interlocutor s'estava plantejant la cancel·lació de l'acord. Al final va sentir un sospir que el va tranquil·litzar fins i tot abans de tornar-li a sentir la veu.

—És possible.

—Doncs ja veurà el que tinc preparat.

—No vull més sorpreses.

—D'acord. Prou sorpreses.

Va dubtar un moment abans de parlar. No volia que el seu benefactor secret es pensés que hi havia problemes imprevistos o que no sabia sortir-se'n, però valia més que estigués informat.

—He tingut alguna dificultat amb el vell de la Colònia.

—En aquest cas, precisament, pots actuar amb total llibertat.

En Closas va somriure. L'interlocutor encara no sabia amb qui estava tractant.

—Disposaràs de la mateixa informació, com sempre.

—I dels diners...

—Només has de tenir present una cosa: no em fallis.

Tot seguit, en Closas va sentir el to intermitent que anunciava la fi de la connexió. Es va aixecar i va llançar el mòbil al llit. Ja estava acostumat a aquells comiats bruscos del seu benefactor. Cometia un error, el mateix error que havien comès altres persones amb ell: el menyspreava. Es pensava que el tenia comprat amb uns quants milers d'euros. Tanmateix, ell ja començava a endevinar les intencions que hi havia darrere de les seves accions. D'aquí a conèixer la seva identitat només hi havia un pas. Llavors, els sobres amb diners que li havien arribat fins ara no serien suficients.

20

El grup de visitants procedents de Montluel, un poble de prop de Lió, avançava pel claustre del seminari seguint el pare Àngel, que els feia de guia. El capellà duia un hàbit negre propi dels benedictins i s'anava aturant al davant de cada capitell per explicar-ne el significat. De tant en tant, es quedava absort en les pròpies paraules, però era tan amè i simpàtic que ningú no l'hi retreia.

Van sortir a una terrassa enjardinada amb vistes a les muntanyes que envoltaven el seminari. Allà, la comunitat de monjos hi cultivava plantes medicinals per a ús particular i també per vendre'n a la botiga de records, tal com els va explicar el pare Àngel.

Una dona es va atansar a la vora de la terrassa. Un mur de pedra que arribava a l'altura dels genolls era l'única protecció per evitar la caiguda al precipici sobre el qual s'alçava el seminari.

—Sisplau, no s'acostin a la vora. Hi ha més de vint metres de caiguda, i és molt fatigós baixar a recollir les persones que s'estimben cada dia.

Tot el grup va acollir amb rialles la broma del monjo. La dona va fer una fotografia i es va apartar. El pare Àngel va assentir satisfet i va continuar amb l'explicació. L'home que acompanyava la dona se li va acostar per darrere i li va xiuxiuejar a l'orella.

—Està segura que això és una bona idea?

—No tenim cap altra opció —va respondre l'Àlex, mentre feia una altra fotografia—. I no parli tan alt.

—*C'est ridicule!* —va protestar en Cassel.

—No hauríem aconseguit l'ordre d'escorcoll. Una hora després de la nostra conversa amb el rector, la jutge Andrés ja havia rebut una comunicació del bisbat que la instava a dur la investigació fora d'aquests murs. Al·legava que en Latour no pertanyia ni al centre ni a l'Església, i que l'escorcoll no estava justificat. És evident que el pare Guifré amaga alguna cosa, i penso esbrinar què és. Però si vol, pot anar-se'n ara mateix.

—Està una mica sonada, però em sembla que m'agrada —va somriure en Cassel.

El discurs del pare Àngel es va aturar i, amb un petit gest, va indicar al grup que ja podien tornar al claustre per continuar el recorregut. Una porta es va obrir en el moment en què hi passaven per davant. Va aparèixer un noi que va saludar el monjo amb un assentiment de cap i se'n va anar passadís avall.

—Això és l'entrada a les dependències dels alumnes i els professors —va apuntar en Cassel.

Una visitant molt motivada, amb una creu de fusta que li penjava sobre l'escot, va alçar la mà per fer una pregunta al pare Àngel. L'home es va girar amb aire avorrit. L'Àlex i en Cassel, que s'havien quedat a la cua del grup, ho van aprofitar per esquitllar-se per la porta que havia quedat ajustada.

Després de travessar el llindar, es van trobar amb un llarg passadís de pedra amb una desena de portes de roure a banda i banda. Al fons de tot, el passadís es bifurcava i l'Àlex va pensar que segurament allà hi havia més estances. Darrere seu van sentir les veus del grup que s'allunyava, sense adonar-se que havien perdut dos membres.

—Com ho farem per saber quina era la cel·la d'en Latour?

—Ho preguntarem —va respondre l'Àlex, just en el moment en què dos nois sortien d'una de les habitacions i es dirigien cap on eren ells.

—Si ens enxampen haurem de donar moltes explicacions —va xiuxiuejar en Cassel.

Quan van passar pel seu costat, un dels nois no va amagar la seva sorpresa.

—Què hi fan aquí?

—Bouxet!

—Tenim ordre de recollir els efectes personals del senyor Latour —es va afanyar a explicar l'Àlex—. Ens podria acompanyar a la seva habitació?

—Sí... esclar —va dir, visiblement emocionat davant de la perspectiva de poder ajudar els investigadors—. Pau, avança't, jo vinc de seguida.

Va resultar que la cel·la que ocupava l'enginyer era la més allunyada. Estava situada a la part est de l'edifici més proper a les dependències del professorat. Quan hi van arribar, el bibliotecari va empènyer la porta i es va apartar a un costat per deixar-los passar.

—Les cel·les no es tanquen? —va preguntar l'Àlex. Feia tant de fred a dins de l'habitació que, quan va parlar, li va sortir baf de la boca.

—Sempre estan obertes. Aquí no tenim res per amagar als nostres germans.

L'Àlex va passejar la mirada per l'estança. Va veure els dos llits buits, el terra de plaques amples de fusta sense polir, les parets nues. Hi havia alguna cosa en aquell ambient tan sobri que la incomodava, però no sabia què era.

—No és un hotel de cinc estrelles, precisament.

—El seminari és un lloc per a l'estudi i la pregària. No ens cal gaire res.

—És evident —va afirmar en Cassel, mentre obria una maleta que hi havia a sobre el llit.

L'Àlex es va acostar a la finestra i la va tancar. A la taula, s'hi amuntegaven plànols, un arxivador amb documents de l'obra de l'estació, un ordinador portàtil i uns quants manuals d'enginyeria. Es va ajupir per recollir un bolígraf que hi havia al costat de la pota de la cadira. Quan va mirar a sota de l'escriptori, va veure que hi havia uns quants objectes que havien caigut per darrere. Va estirar el braç i va recuperar una carpeta de documents buida i un llibre. Era una edició antiga, en préstec de la biblioteca del poble. Va llegir el títol: *La indústria tèxtil a Catalunya*. Quan es disposava a deixar-lo a la taula, va sobresortir un tros de paper entremig de les pàgines. L'Àlex va arrufar les celles. Va obrir el llibre i va descobrir una fotografia antiga en blanc i negre. Un grup de sis homes posaven davant de la càmera en una portalada.

A l'esquerra de la imatge, un jove corpulent es repenjava en una escopeta com si fos un bastó. No es distingia bé per la falta de resolució, però semblava que tenia la cara desfigurada a causa d'alguna ferida terrible. Als peus hi tenia un gos gros ajagut. Al seu costat, un capellà de cara prima arrugava el front amb una expressió severa. Malgrat la seva joventut, l'Àlex hi va reconèixer el rector. El jove Guifré, vestit amb una sotana negra, tenia un llibre entre les mans, segurament la Bíblia. Al seu costat, un altre home amb una panxa prominent, bigoti retallat, barret i trajo. Dirigia la mirada a la resta del grup, com si no hagués d'aparèixer en aquella fotografia. Al costat oposat del retrat hi havia un home amb ulleres petites i cabells llisos que duia una bata blanca. Per l'expressió, semblava avorrit. Gairebé ocultava un altre home, de trets angulosos i mirada esquívola, que anava més mal vestit que els altres. A la màniga dreta hi duia cosit una mena de braçalet. Al centre de la imatge, envoltat per tots els altres, hi havia l'últim home, alt i agraciat, vestit amb un trajo de dues peces. La seva postura, amb les cames ben plantades a terra, un bastó a la mà i amb l'altra mig ficada en una butxaca de l'armilla, irradiava seguretat en si mateix. Tota la imatge confluïa en ell. De manera instintiva, l'Àlex va saber que era el personatge més important de la fotografia.

—A en Latour sempre li havia interessat la història d'aquestes contrades —va explicar en Bouxet, darrere de l'Àlex.

—Reconeix on es va fer aquesta fotografia?

—Per descomptat, això del fons és una fàbrica, és la Colònia. Un lloc molt misteriós. Fins fa pocs anys gairebé ningú no en sabia l'existència. És una antiga colònia industrial. Ara està abandonada. És un indret força desconegut, perquè es va construir en un lloc gairebé inaccessible. Hi ha un únic camí, i a vegades, la neu impedeix passar-hi. És propietat dels Dalmau. A en Daniel li interessava molt la història de la Colònia. Fins i tot va visitar unes quantes vegades la senyora Dalmau.

—La senyora Dalmau?

—Sí, la Béatrice Dalmau. Ara n'és la propietària. Va heretar totes les propietats després de la mort del seu pare, fa menys d'un any. Viu reclosa a causa d'una malaltia a l'antiga mansió que van construir a prop de la Colònia. Pràcticament no l'ha vist mai ningú. La gent del poble li diu la Dama de Blanc, com si fos un fantasma.

L'Àlex li va atansar la fotografia al noi.

—Potser ens podria dir el nom d'alguna d'aquestes persones.

En Francesc va examinar la fotografia amb les celles arrufades. Els ulls se li van obrir molt quan va reconèixer el pare Guifré. Tanmateix, al cap d'un moment va negar amb el cap.

—Ho sento, però no. No conec ningú.

En Cassel se'ls va acostar mentre l'Àlex es guardava la fotografia.

—No hi ha res a la maleta ni a la bossa, a part de roba.

—Bé, doncs ja podem marxar. Agafi l'ordinador, ens l'emportem.

—Inclourem el furt en els càrrecs? —va xiuxiuejar en Cassel.

L'Àlex ja es disposava a replicar quan va percebre el somriure de l'inspector francès, i llavors ella també va somriure. Començava a caure-li bé, aquell home.

Quan ja anaven per sortir, en Cassel es va aturar de cop, fent que el bibliotecari i l'Àlex xoquessin amb ell.

—Un moment.

En Cassel els va indicar que s'apartessin i es va acostar al capçal d'un dels llits.

—Ho senten?

Va tornar a trepitjar amb força. Quan va veure les cares de desconcert dels altres dos, es va explicar.

—En aquest punt de l'habitació el terra sona diferent.

Sense esperar resposta, es va ajupir i va palpar les plaques de fusta. L'Àlex es va inclinar al seu costat i va distingir el que ja havia observat el seu company, que en aquell moment ho tocava amb els dits: una taca marronosa entre la junta de dos llistons.

—És sang?

—Ho sembla —va respondre en Cassel—. A més, fixi's en les altres plaques. Totes estan plenes de pols, però aquestes no.

Va colpejar la fusta per diferents llocs fins que, de sobte, una de les plaques es va desencaixar uns centímetres. En Cassel la va acabar de separar i va introduir la mà al forat. L'Àlex el mirava sorpresa.

—Em vaig criar en un internat —va dir en Cassel mentre palpava l'interior—. Era normal tenir un amagatall per guardar-hi les coses que consideraves valuoses.

—Hi ha alguna cosa?

En Cassel va treure la mà buida amb un gest contrit.

—Res —va negar amb el cap—. Només pols.

Després d'acomiadar-se del bibliotecari, van córrer per reunir-se amb el grup de visitants just a temps. El pare Àngel estava congregant els turistes al seu voltant, al costat de les portes de sortida de l'abadia; la visita s'havia acabat. Quan els va veure arribar, els va dir:

—Estava a punt d'enviar algú a buscar-los.

—Ens hem extraviat a les catacumbes. Allà baix és tot molt fosc. Haurien de posar-hi més llums —va respondre en Cassel en francès.

El pare Àngel el va mirar sospesant si feia broma o no, després va desviar els ulls cap a la bossa que duia penjada a l'espatlla i va arrugar el front. Va semblar que volia dir alguna cosa, però es va contenir. Els va donar l'esquena, va treure d'entremig de l'hàbit una enorme clau de ferro i va obrir la porta. A mesura que sortien, anava recordant als integrants del grup que no s'oblidessin de passar per la botiga de records.

Mentre caminaven cap a l'aparcament del seminari, en Cassel es va adreçar a l'Àlex.

—Em sembla que m'he guanyat el dret de continuar en la investigació, *n'est-ce pas?*

L'Àlex es va girar. La va sorprendre l'expressió ansiosa de la seva mirada, malgrat que era obvi que intentava mostrar-se indiferent.

—És realment important per a vostè, oi?

—No s'ho pot afigurar.

El to la va desconcertar.

—Vull dir que... —va començar, avergonyit—. Miri, vaig tenir uns problemes amb un superior a *Marseille*, per això em van traslladar. Diguem que ara estic a prova.

—Ja.

Van continuar caminant en silenci, acompanyats pel cruixit de les petjades sobre la neu enfangada.

—Així, és veritat que va estar en un internat? —va preguntar l'Àlex.

—Sí, exacte.

—I què hi guardava en el seu racó secret?

En Cassel va dubtar uns segons abans de contestar.

—Una foto del meu pare. Es va morir sense que jo en sabés gairebé res.

L'Àlex va prémer els llavis.

—Vaja. Ho sento...

—Perdoni'm. He sigut una mica melodramàtic. També hi guardava un quadern de camp, cigarrets i, de tant en tant, alguna revista d'aquelles que als professors els encantava confiscar —va afegir, rient. Tanmateix, l'Àlex es va adonar que els seus ulls no ho feien.

Van arribar al tot terreny. En Cassel, dret amb la porta oberta, va assenyalar cap al seminari i va dir:

—Pensa el mateix que jo, oi?

L'Àlex va assentir.

—Algú ha escorcollat l'habitació d'en Latour abans que nosaltres.

—Potser han sigut els responsables de la seva mort, o potser algun dels estudiants, que no ha pogut evitar la temptació de quedar-se amb alguna cosa.

L'Àlex es va quedar mirant el conjunt d'edificis del

seminari. Els seus ulls es van aturar en una figura de pedra de mida natural que s'alçava sobre una roca al costat de l'entrada. Representava un àngel que s'acostava un dit als llavis, com si demanés al visitant que guardés els secrets d'aquell lloc.

—En què pensa? —va preguntar en Cassel.

—Em preguntava per què en Latour tenia tant d'interès a visitar la senyora Dalmau.

21

Després d'una hora i mitja mirant la pantalla buida del mòbil, l'Àlex finalment es va decidir i va marcar l'antic número de telèfon que tenia registrat a l'agenda, però la companyia la va informar que aquell número estava donat de baixa. Després d'unes quantes trucades, va aconseguir saber que el seu últim domicili conegut era el d'una residència. Quan va trucar al centre li van explicar que des de feia tres setmanes estava ingressat a l'Hospital de Cerdanya, a Puigcerdà. Va conduir fins allà sense parar de donar voltes al pressentiment que allò no era una bona idea.

El vell mirava a través dels vidres, aliè a la cadira de rodes on estava confinat. L'aire fresc de l'exterior de la finestra oberta li agitava els cabells esclarissats, d'un blanc que s'esgrogueïa a l'arrel. Les mans, de dits llargs i pell transparent solcada de venes blaves, s'aferraven als braços de la cadira. Una manta de llana li tapava les cames, que sota la tela s'endevinaven ossudes. De tant en tant parpellejava, era l'únic senyal que indicava que encara era viu.

La llum de la tarda irrompia a l'habitació de l'hospital. Més enllà dels seus confins, el bosc s'estenia com una taca fins que es perdia en l'horitzó. La neu cobria amb pinzellades blanques tot el que abastava la vista. Al fons, dominant la vall i la resta de les muntanyes, s'alçava el portentós massís del Puig de Sant Martí.

Tanmateix, els ulls de l'home no contemplaven el paisatge, ni tan sols semblava que s'adonés que hi havia alguna cosa a l'altra banda de la finestra. La seva mirada, enfonsada en un rostre angulós, era en un altre lloc, allà on la seva ment havia decidit fugir.

La resta de l'habitació, ocupada per un llit, una tauleta i un armari, tot de línies senzilles, quedava en la penombra. El silenci era tan profund que només se sentia el cruixit de l'aire en els pulmons deteriorats del vell.

L'Àlex l'observava dreta, amb una mà repenjada al marc de la porta i els peus clavats a l'entrada de l'habitació. Els sons i les olors d'aquell lloc no li transmetien res més que dolor.

—Qui hi ha?

La veu, si bé dubitativa, va entreobrir la porta dels records. Les emocions la van inundar i va sentir que tornava a ser la nena que havia sigut. Va agafar aire i va entrar a l'habitació.

La mà tremolosa del vell va buscar fins que va trobar les ulleres que li penjaven al pit. Sempre havia sigut un home enèrgic, amb uns braços poderosos que l'alçaven en l'aire quan era petita. Ara se li marcava l'os de la clavícula sota la bata blavosa. Sense la dentadura postissa, la cara se li havia encongit i el mentó li sobresortia eriçat amb puntets blancs. La va mirar a través dels vidres gruixuts de les ulleres. L'Àlex recordava la seva mirada d'ulls petits, però ara, enfonsats a les conques, amb prou feines se li veien sota els plecs de les parpelles i un bany permanent de llàgrimes. Tanmateix, quan la va mirar, l'expressió li va canviar tal com ho faria la d'un nen emocionat, i els llavis ressecs van dibuixar un somriure que li va il·luminar la cara. El vell va alçar la mà cap a ella.

—Lia, ets tu?

L'Àlex es va aturar de cop, paralitzada. Va tancar els ulls i va negar amb el cap. Va intentar avançar més, però no va poder. Va girar cua i va sortir d'allà dins.

Va recórrer el passadís intentant controlar el ritme dels seus passos, cada vegada més acuitats. No veia res més que l'ascensor al final del passadís. Darrere seu, sentia la veu que sortia de l'habitació. Dos infermers van passar corrent pel seu costat.

Va pujar a l'ascensor i va prémer unes quantes vegades el botó per baixar, suplicant que es posés en marxa d'una vegada. El trajecte se li va fer etern. Quan va arribar a la planta baixa i es van obrir les portes, ja no es va poder contenir més i va córrer cap a la sortida, seguida per la mirada incrèdula del personal de recepció. Va apartar d'una empenta un vigilant que va intentar aturar-la i va sortir de l'hospital. S'ofegava. Va agafar aire amb desesperació. Va treure el Ventolin i se'n va aplicar dues ruixades.

Mentre la respiració li tornava a la normalitat, es va adonar que, per un moment, havia tornat a ser la nena del búnquer. La nena que fugia dels monstres.

Quan ja s'havia allunyat uns quants quilòmetres de l'hospital, conduint el Wrangler a la màxima velocitat que li permetia la carretera gelada, encara la perseguien els esgarips del pare cridant la seva germana.

22

Abans que es fes de nit, en Simón va deixar els quarters posteriors d'una ovella morta al lloc de l'esquer. L'espai que havia triat era en una petita clariana entre els arbres, a prop del curs d'aigua. Després es va allunyar uns passos i es va ficar en el forat que havia excavat a terra. La petita coveta de branques l'ocultava a la perfecció. El vent bufava en contra, de manera que el llop no captaria la seva olor. Des de la seva posició tenia una visió perfecta tant de l'entrada a l'esquer com de qualsevol possible via d'escapament. Només havia d'esperar.

Havia tornat a nevar, però no prou per esborrar completament el rastre de l'animal. Durant la tarda anterior, en Simón havia col·locat uns quants ceps mentre s'internava a la part més profunda del bosc. En un tàlveg amagat del riu havia trobat empremtes fresques entre el fang de la riba, tal com pressentia.

No tenia fred ni estava cansat després de la llarga jornada. S'acabava de prendre un cafè calent del termos i havia rosegat una mica de pa amb formatge. Es trobava bé, tret de les articulacions adolorides, que es queixaven d'estar tanta estona immòbils en la mateixa posició. L'únic que l'amoïnava de debò era el dimoni furiós que grunyia en el seu interior. Tot el dia havia notat l'ànsia i la impaciència devorant-lo per dins. Intentava mantenir-lo controlat per poder pensar i actuar amb claredat, però li costava molt.

Dues hores més tard, el cel es va aclarir i la lluna va banyar el bosc d'una llum blavosa. En Simón va somriure. Tot d'una, va percebre un lleu moviment entre els arbustos de púdol, a la dreta del lloc de l'esquer. Va tensar les mans al rifle. Va bufar una ràfega de vent que va agitar les branques dels arbres, però en Simón sabia que el que havia sentit no era la brisa. Va esperar. No havien passat ni cinc minuts quan va sentir un lleu frec entre la fullaraca que cobria el terra a la seva dreta. L'excitació se li va desbocar, però va aconseguir contenir-la. Amb un petit gest, mil vegades repetit, va mirar a través del visor del rifle. Pel punt de la mira hi va passar una ombra. L'animal es movia a càmera lenta rere els arbustos. En Simón va agafar aire i va tensar el dit al gallet. Després de tants anys, tants malsons, allò estava a punt d'acabar-se. La venjança seria seva.

Va notar, més que veure-ho, que l'animal s'havia decidit. La gana s'havia imposat a la prudència. Va sortir de l'amagatall al mateix temps que en Simón pressionava la galta contra la culata, esperant el retrocés. Una mica més, tan sols una mica més.

Finalment, l'animal va entrar a la clariana, però en Simón va apartar el dit del gallet i va abaixar l'arma, decebut: una guilla petita va penetrar al lloc de l'esquer i, després de dubtar uns instants, va clavar queixalada a les restes de l'ovella i en va arrencar un bon tros de carn.

En Simón va recordar que els llops no entraven mai directament a un esquer, sinó que preferien observar des d'un lloc segur com s'hi acostaven altres animals. Va observar la guilla mentre mastegava la carn i mirava als costats. Aviat se n'atiparia. Es va relaxar una mica. Només es tractava d'esperar, es repetia com un mantra.

L'espera es podia fer molt llarga, però en Simón hi estava acostumat. Havia arribat a estar una setmana sotjant una presa durant una cacera a l'Àfrica, si bé llavors era molt més jove. Va acomodar el Winchester i va ajustar la mira per enèsima vegada sense fer soroll. Va furgar per les butxaques de la jaqueta i en va treure una barreta de cereals.

Al cap d'una hora, en Simón es va posar en tensió. Era allà. Ho sabia, encara que no el veiés. L'instint l'hi deia, i no s'havia equivocat mai. El llop rondava a prop del lloc de l'esquer.

Va passar mitja hora més d'absoluta immobilitat. Però la seva paciència va tenir recompensa: una ombra gran es va moure entre la bardissa. En aquest cas no hi havia dubte. Va notar que l'adrenalina li recorria tot el cos. Es va reprimir l'impuls d'aixecar-se i cridar: «Soc aquí, bèstia. Soc aquí per matar-te». Va repenjar la galta a la culata, va ajustar el visor i va apuntar. Ofuscat per la ràfega d'adrenalina, va percebre massa tard un moviment a la seva esquerra. Es va girar empunyant el rifle, però després de tantes hores immòbil, la seva reacció va ser massa lenta. L'ombra se li va llançar a sobre. Va caure enrere i el rifle li va quedar fora de l'abast. Va intentar treure el ganivet de la funda, però el pes de l'atacant l'immobilitzava. Va contraure la cara esperant notar les mandíbules del llop esquinçant-li la carn. En comptes d'això, amb sorpresa, va notar una punxada al coll, i després res.

En Simón es va despertar amb els seus propis crits. El dolor era tan intens que, per un moment, es va pensar que era a l'infern. Va obrir els ulls i, incrèdul, es va mirar la cama esquerra, torçada en un angle impossible. Tenia el peu atrapat en un cep de ferro.

Va reconèixer una de les seves trampes. Les dents de ferro li havien penetrat a la carn, li havien esquinçat la pell i els músculs i havien arribat fins a l'os. El fort cop del cep dentat en tancar-se li havia trencat el turmell. La sang amarava l'herba trepitjada al seu voltant.

Li va venir un mareig intens i va pressentir el vòmit. El cor li bategava com si volgués sortir-li del pit i se sentia la pròpia respiració agitada. S'havia de calmar. Va mirar al seu voltant. Encara era al lloc de l'esquer. A un costat hi tenia el rifle desmuntat, i el contingut de la motxilla escampat pel voltant.

Va intentar recordar el que havia passat, però no se li acabava d'aclarir el cap. Es va acostar una mà al front i va notar una fiblada de dolor. Es va mirar els dits i va veure que els tenia xops de sang. Es devia haver ferit al cap també en caure a terra. Com l'havia trepitjat, aquell cep? Qui l'havia atacat? Si hagués sigut un llop, ara estaria mort. No sabia quanta estona havia estat inconscient, però li semblava que feia tot just un instant que estava apostat a l'amagatall. No recordava res més. La fúria es regirava a dintre seu.

Tot i així, els batecs de dolor que li enviava la cama li recordaven que hi havia coses més immediates per resoldre. Va palpar per terra fins que la seva mà va trobar sota la neu la llarga cadena que lligava el cep al tronc de l'arbre que hi havia darrere seu. Aquelles trampes tenien un mecanisme d'obertura. Esbufegant, va girar la cama a un costat i va descobrir que la peça que permetia obrir el cep havia desaparegut. No es podia alliberar.

Sabia que si continuava perdent sang d'aquella manera, es moriria en qüestió d'hores. Es va treure un mocador del coll i, deixant anar un gruny, se'l va embolicar a la cuixa. Després el va ben lligar per fer un torniquet i aturar el flux de sang. Va sospesar la possibilitat de trobar ajuda, però de seguida va descartar la idea. No hi havia ningú en uns quants quilòmetres a la rodona. S'hauria d'espavilar tot sol, com sempre. Va mirar al seu voltant i va trobar el que buscava: una branca gruixuda caiguda entre la neu a un parell de metres de distància. Va agafar aire dues vegades i va intentar agafar-la. Va desistir amb un crit. El més petit moviment li provocava tant de dolor que era com si li traspassessin la cama amb un ferro roent. En aquell moment, la branca i res era el mateix.

Va deixar que la ràbia fluís a dintre seu. Va permetre que s'expandís i va utilitzar tot l'odi i el ressentiment que havia acumulat com a combustible. Va alliberar del seu control la ira, la frustració, tot l'odi acumulat amb els anys. L'adrenalina li va insuflar un cop d'energia. Va serrar les dents, es va repenjar amb els braços i es va arrossegar a poc a poc per la neu cap a la branca. Darrere seu anava deixant un rastre de sang. El dolor de la ferida era terrible, però tant li feia.

Una estrebada de la cadena li va indicar que no donava per a més. Va allargar el braç i amb la punta dels dits va fregar la punta de la branca, que va relliscar per la neu i va rodolar uns centímetres a la dreta. Va renegar a crits. Es va tornar a repenjar sobre els colzes i va estirar. Va notar que se li esquinçava la carn del turmell i es va mossegar els llavis fins que va notar gust de sang. Tornava a tenir la branca a l'abast. Aquest cop, però, va ser més prudent i la va estirar a poc a poc, fins que va aconseguir aferrar-la bé.

Es va deixar caure d'esquena a terra. Tenia la respiració entretallada. Estava amarat de suor i la cama li cremava de dolor. No podia descansar gaire, perquè la pèrdua de sang l'estava esgotant. Amb la mà lliure, va subjectar una de les mandíbules del cep, va introduir la branca entre les dents fins que la va clavar a terra, va agafar aire i va pressionar. Al principi no va passar res, però de mica en mica, el cep es va començar a obrir amb un grinyol. Quan les dents es van separar de la carn amb un soroll de succió, va fer un esgarip de dolor, però no va parar de fer força. La branca li va començar a relliscar entre les mans brutes de sang i de fang. Gairebé ho havia aconseguit. Va tancar els ulls i va pressionar amb les poques forces que li quedaven. Va notar que fluixejava i va cridar quan la branca li va relliscar entre els dits. Les mandíbules del cep es van tornar a tancar amb un espetec fort. En Simón es va posar a riure com un boig. La branca s'havia partit en dos trossos al costat de la seva cama, finalment alliberada de la trampa.

Es va arrossegar fins a un arbre d'allà a prop, s'hi va repenjar i va intentar posar-se dret. La ràbia continuava donant-li energia. Va deixar caure el pes del cos sobre la cama il·lesa, i amb l'esquena contra el tronc, finalment es va poder aixecar. La ferida li cremava. Va agafar aire unes quantes vegades. Li costava fixar la vista. No sabia si seria capaç d'arribar a casa, però ho intentaria.

El cruixit d'una branca li va fer dirigir la vista cap als arbres. Alguna cosa havia canviat. Va trigar un moment a adonar-se que es tractava del silenci. El silenci ho ocupava tot. No se sentia res. Ni el so del corrent del riu, ni els animals nocturns. Fins i tot les branques dels pins estaven immòbils, tot i que feia ventet.

Va detectar un moviment fugaç al costat d'un tronc caigut. Una ombra que amb prou feines es distingia de la foscor, va sorgir de les profunditats del bosc. Van passar uns segons abans que un udol trenqués el silenci. Un cor de grunys va respondre a la crida.

La bandada s'havia reunit.

III

Luxúria

Allà la riba flamarades llença,
les quals, cornisa amunt, engega l'aire,
i ella, per rebutjar-les, no s'hi pensa.
Per això no ens podíem torbar gaire
pel pas estret, i aquí temia el foc,
i aquí de l'estimball em veia al caire.

23

L'Àlex es va aixecar del sofà de cop. Tenia el cor accelerat i la respiració entretallada. Va mirar l'hora al mòbil: les tres i vint de la matinada. Havia aconseguit dormir poc més de dues hores.

Quan va abandonar l'escalfor de les mantes, es va adonar que la cabanya estava glaçada. Es va posar la jaqueta per sobre de la samarreta amb què dormia. El foc de la xemeneia s'havia apagat i el cistell de la llenya estava buit.

Sense pensar-ho, va agafar l'arma de la tauleta. Tot estava en silenci, però alguna cosa no anava bé.

Va avançar per la sala d'estar. Quan respirava, li sortia baf per la boca i semblava que se solidifiqués en l'aire. Va parar atenció, havia sentit un cop. Al cap d'uns segons es va repetir. Va decidir no encendre els llums per no delatar-se amb l'intrús.

L'aire li va esbullar els cabells. La porta de l'entrada estava oberta i el vent la sacsejava i la feia picar contra la paret. Entraven flocs de neu de fora i voleiaven en l'aire fins que tocaven les plaques de fusta.

L'Àlex va carregar la pistola. Li semblava que havia tancat amb clau i havia passat la cadena.

Després de comprovar que a la sala d'estar i a la cuina no hi havia ningú, es va calçar les botes i va sortir al porxo. Li va venir una esgarrifança de fred. Va observar que sobre la neu acabada de caure no hi havia cap petjada. L'arbreda, enganxada a la casa, quedava a l'ombra de la muntanya i s'estremia amb cada ràfega de vent.

Va tancar la porta i es va dirigir a la part del darrere de la cabanya. Havia d'agafar llenya si no es volia quedar congelada. Mentre avançava arrambada al mur de troncs de la paret exterior, no es podia treure de sobre la sensació que estava sent observada. A mig camí, es va aturar i va escodrinyar les ombres del voltant, però no es movia res. Va agafar més fort la culata de la pistola.

Va descórrer el forrellat de la porta del cobert on hi guardava el combustible. Només hi quedava un feix de llenya. S'havia oblidat de comprar-ne al poble sortint de la comissaria. Aquesta nit tornaria a passar fred. El seu pare no hauria comès mai aquest error. Quina muntanyenca de pa sucat amb oli que estava feta. Va agafar la pila de troncs lligats i també va recollir restes de fullaraca i branques seques que va trobar per terra.

Mentre tornava a la casa, li persistia la incòmoda sensació que algú vigilava els seus passos. Va arribar al porxo i es va afanyar a entrar a dins. El fred li havia entumit les mans i les cames. Quan estava a punt de tancar la porta, va intuir un moviment entre els arbres. Va deixar caure el feix de llenya i, empunyant la pistola, es va girar.

La llum de la lluna lliscava sobre el llom de l'animal

mentre trotava sense por cap a la clariana que hi havia davant de la cabanya. La boira s'obria sota les seves petjades. Els seus moviments eren lleugers i silenciosos, semblava que gairebé no tocava la neu. Finalment, es va aturar a escassos metres de les escales del porxo i va seure. No mostrava cap signe de por ni d'agressivitat. Només la mirava.

L'Àlex va abaixar la pistola i va fer un pas endavant. El llop no es va immutar.

—Què vols de mi?

L'animal va alçar les orelles quan va sentir la seva veu, però no va emetre cap so ni es va moure. L'Àlex va notar que un calfred li recorria tot el cos. No obstant això, va posar un peu a l'esglaó del porxo, que va cruixir amb el seu pes. La va sorprendre la salvatge puresa que irradiava l'animal: els músculs poderosos, la respiració que li agitava el llom i li feia treure baf de la boca entreoberta, d'on en sobresortia la llengua entre els ullals. Una vegada, el seu pare li va explicar que les dents dels llops eren com tisores i ganivets. La màquina més perfecta per trinxar carn.

L'Àlex va avançar un pas més i es va ajupir davant de l'animal fins que va quedar de genolls a la neu. Estaven tot just a un metre de distància. Si estirava el braç, el podia tocar. Sentia la fortor de carronya. Es va quedar allà quieta, fascinada per la mirada fixa de l'animal, amb uns ulls groguencs que no s'apartaven d'ella.

Intentava discernir si aquell llop era real o si definitivament havia perdut el seny quan, de sobte, l'animal es va aixecar i, després de mirar cap a la vall, va girar cua i es va endinsar de nou al bosc amb passos sigil·losos. Una bromada el va ocultar per un instant i, quan es va dissipar, el llop ja havia desaparegut.

—Què vols de mi? —va repetir l'Àlex.

La pregunta va ressonar en el buit.

Es va quedar allà una bona estona, ignorant la neu que ja li començava a mullar la roba. El silenci del voltant era absolut.

24

L'endemà al matí, al despatx de la comissaria, l'Àlex va esbufegar i va beure un glop de cafè. La tassa on l'hi havien fet estava decorada amb la impressió d'unes mans ensangonades. Algú devia trobar-ho graciós. Odiava el cafè descafeïnat, sobretot amb el cansament que arrossegava, però si es bevia alguna beguda estimulant, probablement li agafaria un atac. No prenia cap excitant des de feia mesos, era incompatible amb la medicació. En canvi, no es va estar de posar-hi tres cullerades de sucre, tot i que ni així no quedava dissimulat aquell gust de cremat.

En Cassel va aparèixer somrient a la porta. Va travessar la sala i, amb un moviment elegant, es va instal·lar en una de les cadires lliures. Va somriure i es va girar cap a la Vila i l'Alain, que havien quedat ben sorpresos.

—*Bonjour.*

L'Àlex va sospirar i el va assenyalar amb la tassa.

—Us presento el tinent Jean Cassel, de la policia

francesa. A partir d'ara, treballarà oficialment amb nosaltres en aquest cas.

—De què fa olor? —va preguntar en Cassel, arrufant el nas.

La Vila va somriure mentre li encaixava la mà.

—Les canonades dels lavabos passen per aquí —Va assenyalar els tubs que recorrien el sostre—. Per això aquesta sala s'utilitzava d'arxiu.

L'Alain el va saludar amb un moviment de cap.

Van seure al voltant de la taula.

—Últimament —va començar la Vila—, l'estació d'esquí ha patit diversos sabotatges. Els danys no han sigut importants, però han obligat Aiffege, l'empresa d'en Latour, a incrementar les inspeccions dels equips de manteniment. Des de principis de mes, una brigada es desplaça a les instal·lacions dos cops per setmana.

—Se sap qui són els responsables d'aquests sabotatges? —va preguntar l'Àlex.

—Un equip ho està investigant des de fa tres setmanes. He parlat amb ells. No hi ha res concloent, però m'han comentat que l'empresa creu que els sabotejadors disposen d'informació molt precisa. Pel que sembla, en Latour, entre altres coses, havia d'intentar descobrir la font d'aquestes filtracions.

L'Àlex i en Cassel es van redreçar a la cadira al mateix temps.

—És possible que sorprengués els responsables dels sabotatges en plena feina i tinguessin alguna mena d'enfrontament —va proposar l'Alain.

—No ho crec —va rebatre en Cassel, avançant-se a l'Àlex—. El droguen, li cusen els ulls amb filferro, li marquen el front i finalment el submergeixen en una piscina gelada fins que es mor ofegat? Massa elaborat per a un homicidi després d'una trobada fortuïta.

—Té raó, va ser una cosa premeditada —va afirmar l'Àlex—. Algú va planejar assassinar en Latour d'aquella manera i esperava que el trobessin.

—Potser això és interessant —va apuntar la Vila, que amb prou feines podia dissimular l'excitació—. He comprovat els comptes bancaris d'en Latour. Fa dues setmanes li van embargar la casa familiar i, tot i així, encara tenia un descobert de més de cent cinquanta mil euros.

En Cassel va fer un xiulet.

—Hi ha la possibilitat —va elucubrar el francès—, que ell mateix fos el que passava la informació per als sabotatges a canvi de diners.

—Això és el que havia pensat jo —va dir la Vila, amb entusiasme.

La sensació que tenien alguna cosa sòlida es va instal·lar en l'ambient.

—Tot indica que en Latour va quedar amb algú allà dalt.

—Potser va acordar una cita amb el seu contacte per exigir-li més diners.

—És un fil que val la pena estirar —va reflexionar l'Àlex—. Vila, vull que indaguis si durant aquest any ha aparegut alguna altra víctima en condicions similars, tant en aquesta banda de la frontera com a França.

La noia va assentir mentre recollia els fulls de l'expedient que tenia escampats per la taula.

—Molt bé, alguna cosa més?

L'Alain va alçar la mà.

—No cal que demanis permís com si fóssim a l'escola —va sospirar l'Àlex. En Cassel va dissimular un somriure.

El noi es va remoure incòmode quan totes les mirades es van centrar en ell.

—Perdó.

Va remenar els papers que tenia a la taula.

—He estat tot un dia sencer treballant amb l'ordinador d'en Latour —va començar—. No hi he trobat res, tret que és evident que tenia un gran interès per la història de la família Dalmau i l'antiga Colònia. Gairebé diria que malaltís. Havia acumulat més d'un centenar de carpetes amb documents de tot tipus. N'he pogut extreure el més rellevant.

—Per la meva banda —va intervenir la Vila—, jo he pogut corroborar algunes d'aquestes dades amb un jove advocat que treballava fins fa un any en un bufet de Lleida encarregat dels temes dels Dalmau i que està ressentit amb la seva antiga empresa. Ell mateix ens ha confirmat que en Latour va visitar cinc vegades la senyora Dalmau durant l'últim mes.

—Endavant —els va animar a continuar l'Àlex, sorpresa per la iniciativa dels dos joves.

—Bé —va reprendre l'Alain—, en primer lloc, és increïble la feina que va fer en Latour. La informació sobre els Dalmau costa moltíssim d'obtenir. Sempre han sigut molt discrets.

Mentre anava desgranant dades, l'Àlex es va adonar que l'Alain es transformava, mostrant-se cada vegada més segur i confiat.

—L'August Dalmau va ser el tercer de quatre germans. Quan el seu pare es va morir a causa d'un atac de cor, el seu germà Joan Manel, com a primogènit, va heretar tot el patrimoni familiar.

»Per a l'August Dalmau va ser la injustícia més gran que es podia cometre al món. El seu germà Joan Manel no havia manifestat cap de les habilitats en els negocis per les quals el seu pare era tan conegut i que l'havien ajudat a fer fortuna. L'única característica en què es feia evident l'herència paterna era en la seva faceta de vividor. Negat amb els números, poc hàbil en les relacions comercials amb clients i proveïdors, no tenia ni l'ambició ni la capacitat de comandar el negoci familiar. Quan en Joan Manel Dalmau es va adonar de la destresa del seu germà petit tancant tractes avantatjosos i controlant el pressupost de l'empresa familiar, li va prometre que no el deixaria a l'estacada, i li va reservar un humil lloc com a comptable. Només en un any, i malgrat els esforços de l'August, el seu germà va aconseguir arruïnar l'empresa. Tot el que havien aconseguit tres generacions de Dalmau a base de lluitar i treballar, es va volatilitzar en un sospir. En Joan Manel Dalmau es va engegar un tret al jardí de casa seva quan tenia els creditors trucant a la porta.

»D'aquesta manera, l'August Dalmau, tot just amb vint-i-un anys, es va veure obligat a buscar la seva pròpia fortuna. El seu somni era construir una colònia industrial semblant a les que poblaven les conques del Llobregat i el Ter. No obstant això, feia temps que totes les localitzacions més preuades estaven ocupades i, a més, no disposava de gaire capital, de manera que va fer una cosa totalment inesperada. A principis dels anys quaranta va adquirir uns terrenys a la Vall Tova. El petit poble de Meranges era el lloc poblat més proper. Tothom creia que en Dalmau havia perdut el cap i que s'arruïnaria. Ningú amb dos dits de seny hauria instal·lat una colònia industrial en un lloc tan inaccessible com aquella vall. Malgrat tot, ell va tirar endavant els seus plans. Mentre construïen la Colònia, es va casar i va fer construir la mansió familiar. La insuficient força del corrent d'aigua del riu Duran per donar energia a la Colònia el va obligar a emprendre una altra proesa: va construir la presa en el lloc de més altitud de tot el país. Tot això ho va fer en un parell d'anys. Malgrat tants esforços, sembla que al principi les coses no van anar gens bé. Era difícil trobar mà d'obra disposada a treballar en aquell lloc, i la competència amb les altres colònies, més ben situades i proveïdes, era molt dura. En definitiva, que tothom esperava el seu fracàs. Llavors, el 1944, en Dalmau va optar per un moviment inesperat: va desaparèixer. Ell i la fàbrica. No es va saber res més d'ell ni de la Colònia durant anys. Tot el que va envoltar la Colònia a partir de llavors va quedar en absolut secret, com si no hagués existit mai. Ningú no sap com es va desenvolupar la seva activitat a partir d'aquell moment. El bufet d'advocats no té constància de res. La seva funció es limitava a preparar i tramitar els documents que li sol·licitava la família Dalmau. Inesperadament, a principis del setanta, van tornar a ser notícia: un incendi va arrasar els habitatges dels treballadors i va suposar la mort de la majoria d'ells i la fi de la Colònia. Gràcies a les seves influències, van aconseguir tapar el desastre, tot i que hi havia dubtes sobre la causa del foc. A partir de llavors, va caure en l'oblit definitivament. Fins ara. Fa menys d'un any es va morir l'August Dalmau, ja molt vell, i la seva filla Béatrice és la que es va fer càrrec dels negocis, una dona encara més discreta que el seu pare. Tot i així, la construcció de Vall de Beau els ha tornat a treure a la llum.

—Béatrice és un nom francès —va dir en Cassel, amb curiositat.

—Exacte. La seva mare era francesa, de París.

—Encara és viva, la mare? —va preguntar l'Àlex.

L'Alain va alçar el cap amb expressió de dubte.

—Crec que va morir abans que el seu marit, però ho comprovaré.

—Molt bé. Però continuem sense saber per què en Latour tenia tant d'interès en els Dalmau. Potser tot això té alguna relació amb la seva mort, o potser no.

—Hauríem de parlar amb la senyora Dalmau —va proposar en Cassel.

L'Àlex va assentir en silenci mentre donava voltes a la fotografia que havia trobat a la cel·la d'en Latour. Tenia la sensació que l'enginyer era un home que feia les coses amb una intenció clara. En Latour s'estava revelant com un personatge amb molts secrets. Si aconseguien desvelar-los, estava segura que descobririen el mòbil del seu assassinat.

25

La llibreta de tapes de cuiro granat reposava sobre la taula entre retalls i fotografies. El llum articulat il·luminava la capa de pols que la cobria.

La figura mussitava coses inaudibles mentre caminava amunt i avall entre les ombres del soterrani. Les papallones, que semblava que percebien el nerviosisme quan detectaven la seva presència a prop de la gàbia de malla, alçaven el vol i un aleteig continu omplia l'aire.

Ell sabia que aquella troballa era fonamental. Durant anys s'havia fet les mateixes preguntes una vegada i una altra. Havia invertit una infinitat d'hores investigant sense cap resultat, i fins i tot en alguns moments havia estat a punt d'abandonar. Però ara era més a prop que mai. Potser entre aquell munt de fulls manuscrits trobaria les respostes que tant anhelava.

Quan en Latour es va assabentar de l'existència del diari, de seguida en va entendre la importància, però no va ser prou intel·ligent per adonar-se que intentar negociar utilitzant aquella llibreta el conduiria a la mort.

Ara era el seu moment. El que esperava feia tant de temps. Potser per aquest motiu vacil·lava. I si en aquelles pàgines no hi havia les respostes que buscava? I si tot el que estava fent no servia de res?

Només hi havia una manera de saber-ho.

Va seure. Va obrir la llibreta amb un cruixit de fulls i va passar els dits per sobre de la pulcra cal·ligrafia. Va empassar saliva quan va prendre consciència que, després de més de quaranta anys, estaven a punt de ser revelats tots els secrets del passat.

Va començar a llegir.

26

El diari de la Raquel

Escric per robar-li els meus records al temps que em queda, i per mantenir-los vius. També escric per retenir-te a la memòria. Escric perquè sàpigues. Ha passat molt de temps, gairebé vint anys, des que tot va començar, però per a mi és com si fos ahir.

Recordo com si fos ara l'habitació d'aquella casa estranya on havia anat a parar. Darrere meu van esclafir les rialles, silenciades de cop amb una onada de xiuxiuejos, però no em vaig immutar. Vaig continuar asseguda al llit que m'havien assignat, de cara a la paret. Des que m'havien deixat allà no m'havia mogut. Si m'ho haguessin preguntat, no hauria pogut descriure ni tan sols el color de les parets de l'habitació. L'únic que feia era abraçar amb força la meva nina, a qui li faltava un braç.

Me l'havien regalat els meus pares quan vaig fer cinc anys. Feia temps que havia quedat relegada al prestatge que tenia a sobre del llit. En canvi, després de fugir s'havia convertit en el meu objecte més preuat. L'únic que conservava de la meva vida a París amb la meva família.

Els altres nens murmuraven en veu baixa asseguts a les lliteres de ferro. Notava l'emoció que sentien pel que estava a punt de passar, cadascun dels seus moviments nerviosos, que feien grinyolar els somiers.

A través de la porta ajustada de l'habitació contigua, sentia els adults que parlaven en veu baixa. Estaven reunits al voltant d'una taula: els dos homes i les tres dones, incloent-hi l'àvia Dalit amb els seus gairebé vuitanta anys. Havien servit gots de vi i una mica de formatge, però ningú no ho havia tastat. Parlaven amb un home baix i fornit que es deia Franck Millet. No havia acceptat la cadira que li havien ofert, estava dret, entre les ombres, repenjat en el bastó de fusta massissa. La seva cara em feia por. Colrada per les inclemències del temps, assentia amb gravetat cada cert temps. Si era imprescindible, murmurava alguna paraula en aquell idioma incomprensible. Era evident que preferia parlar poc. A sobre de la taula hi havia un feix de bitllets enrotllats amb un cordill.

Després d'estar tres dies allà tancats, vivíem cada segon amb la por que ens trobessin. El matrimoni que ens havia acollit a casa seva havia sigut molt amable. Quan hi vam arribar, estàvem esgotats, i vam agrair el descans i el menjar calent, però jo començava a sentir-me com si fos en una presó i a recordar, cada vegada més sovint.

Potser seria més adequat començar pel principi, quan encara vivia a casa, amb la meva família.

Casa meva no era ni la millor ni la pitjor del barri, però el pare, en Jácome Lebovici, forner de professió, es podia permetre oferir-nos als meus tres germans i a mi un bon plat a taula cada dia i educació.

Jo sabia que hi havia guerra, perquè a París no es parlava de res més des de feia mesos. No havia vist mai els meus pares tan amoïnats com durant aquells primers mesos de 1940. A la nit s'ajuntaven tots els veïns a casa dels Baur per escoltar l'única ràdio que hi havia en tot l'edifici de quatre pisos on vivíem. Jo no acabava d'entendre les paraules que sortien entretallades de l'aparell, però per les expressions a les cares dels grans, sabia que era millor no fer-me notar.

Passaven les setmanes i les notícies cada vegada eren pitjors, pel que endevinava en les reaccions dels adults. Durant aquell temps, cada nit sentia des del llit en Yosef, el més gran dels meus germans, discutint amb el pare, fins que una tarda va pujar en un camió juntament amb altres nois i se'n va anar a la guerra, cosa que em va fer posar molt trista. Des de llavors, la mare no reia com abans i el pare parlava encara menys.

Uns quants dies després de la marxa d'en Yosef, vam sentir un terrabastall terrible. Sortint de l'escola, vaig veure tres avions enormes que volaven fregant els teulats de les cases. Va ser molt emocionant. La mare m'esperava al carrer, em va cridar amb una veu que no li havia sentit mai, i quan hi vaig arribar, em va abraçar tan fort que em va fer mal. Es va produir un gran enrenou al barri, i aquella nit, les veus dels veïns, normalment callats, amb prou feines deixaven sentir el locutor del programa de ràdio. L'endemà al matí, unes quantes famílies van carregar tot el que van poder i se'n van anar.

Va passar una setmana sense incidents, i com que no hi havia ni notícies ni esdeveniments, va semblar que la vida normal es tornava a instal·lar al barri. Fins i tot la mare va tornar a somriure una mica. Va ser llavors quan van arribar.

La mare m'havia enviat a buscar herbes a la botiga. L'avi estava malalt dels pulmons i necessitava infusions a les nits, així que vaig baixar al carrer amb la bossa de cuiro.

M'agradava molt passejar pel barri, el tragí de les mercaderies a les botigues, l'olor de pebre i clau a la teteria, les veus animades de la gent, la música i l'olor de menjar que sortia de les cases. Però el que m'agradava més d'aquestes escapades era que, per un instant, podia allunyar-me de les pulles dels meus germans i de les ordres de la mare.

Just quan vaig girar la cantonada em vaig aturar. El carrer, que aquelles hores solia estar ple de gent, semblava un desert. Les botigues tenien les persianes abaixades. I les que encara estaven obertes s'afanyaven a tancar les portes precipitadament. Vaig veure una dona que arrossegava un nen de la mà per ficar-se corrents a dins d'un portal. Quan es va adonar de la meva presència, la dona em va indicar amb un gest que anés amb ella, però vaig negar amb el cap. Llavors, el terra va començar a tremolar i un estrèpit de motors i engranatges metàl·lics va inundar el carrer. Fos el que fos, venia cap allà. Em disposava a marxar corrent quan els vaig veure.

Van aparèixer per la cantonada de l'edifici del davant. Aquelles cares, sota els cascos, em van semblar cisellades en marbre, com les escultures que havia vist una vegada que vam visitar el Louvre. Miraven al seu voltant amb arrogància i excitació. Jo encara no ho sabia, però aquelles eren les mirades dels fanàtics. Sabia que havia de fugir, però no em podia moure.

Un soldat em va veure i em va apuntar amb el fusell, però llavors es devia adonar que només era una nena, perquè va abaixar l'arma i va somriure ensenyant-me unes dents molt blanques.

—Estàs sola, *Mädchen*? —em va preguntar, mentre mirava a un costat i a l'altre.

No em va agradar la seva veu tensa. Vaig pensar que havia vist animals amb una mirada menys famolenca. Vaig fer un pas enrere, però l'home va ser més ràpid i em va aferrar pel braç. La seva mà es va tancar amb força fins que em va fer mal. Jo estava a punt de cridar.

—Calma.

Darrere d'ell van aparèixer tres homes més, no eren pas gaire més grans que el meu germà Adael. Duien el mateix uniforme gris i empunyaven les armes amb tensió mentre observaven al seu voltant.

—Què has trobat?

—Una fada del bosc.

—Fa tuf de *klops* acabat de fer.

No ho vaig pensar dues vegades, perquè si no, no m'hi hauria atrevit. Amb tota la força que vaig poder, vaig clavar les dents a la mà que m'agafava. El soldat va cridar. Em vaig desempallegar d'ell i, abans que pogués reaccionar, vaig fugir corrent.

Els peus gairebé no em tocaven a terra. Darrere meu va sonar un soroll metàl·lic, i al cap d'un segon vaig sentir una detonació. Vaig notar un moviment en l'aire a prop de les cames, i uns esquerdills van sortir disparats de terra. Vaig sentir una lleu cremor al turmell, però no em vaig aturar. Quan va arribar el següent tret, jo ja havia desaparegut pel carreró.

Al cap d'uns minuts em vaig aturar, panteixant. Vaig parar l'orella per captar algun soroll, però semblava que ningú no em perseguia. Vaig intentar calmar-me. Els batecs del cor em ressonaven a les orelles i respirava a batzegades. Coneixia el barri més bé que ningú, o sigui que si m'ho proposava, no em trobarien. Això em va tranquil·litzar una mica, però llavors em vaig adonar que havia d'avisar els meus pares de la presència d'aquells homes.

Just quan començava a veure els primers edificis del meu carrer vaig sentir els crits.

Em vaig amagar darrere d'un cotxe amb els vidres de les finestres esmicolats. Des d'allà vaig distingir un grup de gent congregada al davant de la porta de casa. Hi vaig reconèixer tots els meus veïns: el senyor Abraham i la seva dona, els Baur, els Neufeld amb els nadons acabats de néixer, que no paraven de plorar. També hi havia els meus pares, que s'abraçaven. Els meus dos germans eren al seu costat, amb la cara lívida de ràbia mentre abrigaven l'avi amb una manta. Anava descalç i tenia la mirada desorientada. Al voltant, un grup de soldats els escridassaven i els clavaven empentes amb les armes. Uns altres escorcollaven les cases. Des de les finestres sortien volant tot d'objectes que quedaven destrossats a les llambordes del carrer.

De sobte, vaig notar la mirada del meu pare. M'havia vist. Se'm va encongir el cor quan vaig veure que tenia la banda dreta de la cara ensangonada. Em vaig aixecar de l'amagatall per córrer cap al seu costat, però ell va fer que no amb el cap. Obedient, em vaig tornar a ajupir i em vaig quedar quieta.

Llavors va aparèixer un camió al fons del carrer. De dintre en van baixar mitja dotzena més de soldats, tots amb els mateixos uniformes grisos i botes altes. Es van posar en fila seguint les instruccions d'un home amb gorra que semblava que els dirigia. Tres es van ajupir al costat d'una metralladora apuntant al grup de veïns. Vaig veure que el pare alçava la mà i protestava just abans que esclatés una ràfega de detonacions ensordidores. Sense pensar, vaig tancar els ulls i em vaig tapar les orelles. Els edificis van reproduir l'eco dels trets. Quan vaig obrir els ulls, vaig descobrir que no quedava cap veí viu. El senyor de la gorra caminava amb parsimònia entre els cossos. De tant en tant, apuntava amb la pistola algun dels morts i disparava. En rebre la bala, les cames del que era a terra s'agitaven com les d'un nino.

Tot seguit, els soldats van calar foc en tres botigues, entre elles el nostre forn de pa, i després d'uns crits del senyor de la gorra, van pujar al camió i se'n van anar.

El sol es va ocultar i va començar a caure una pluja fina. Les flames sobresortien per sobre dels murs amb una resplendor ataronjada. La resta dels veïns van anar apareixent a poc a poc, atònits, encongits pel terror. Semblaven espectres. Alguns es van interessar per les víctimes. El quiosc de la cantonada es va ensorrar entre un núvol de pols.

Jo estava quieta i arraulida. Només sentia els espetecs de les flames que consumien el carrer. No m'atrevia a moure'm, i encara menys a acostar-m'hi, perquè sabia que si ho feia veuria tota la meva família morta.

Però al final hi vaig anar.

Estaven els uns a sobre dels altres formant una muntanya confusa de braços i cames. La sang tenyia els bassals i les mosques volaven sobre els cossos com si fossin bestiar mort. Vaig trobar el meu germà Adael. La seva armilla, de la qual estava tan orgullós, s'havia esquinçat per on l'havien travessat les bales. Els ulls clars, que miraven sempre entremaliats, estaven oberts amb un gest de sorpresa. Al seu costat hi havia l'altre meu germà, l'Isaac, arraulit com si estigués dormint al costat de l'avi, que havia canviat la mirada desconcertada per una altra sense llum. Els meus pares no eren gaire lluny, encara agafats l'un a l'altre. El pare, el meu *aba*, aquell home de mans sempre empolsinades de blanc que m'agafava entre els seus forts braços com si tingués por de trencar-me, ja no em tornaria a abraçar. I la mare... tot just feia un moment que havia parlat amb ella... L'arcada em va venir imparable. Em vaig repenjar a una paret i vaig buidar l'estómac.

No recordo res de les hores posteriors. Em vaig acostar a l'edifici on hi havia hagut casa nostra, ara reduït a una carcassa de parets esfondrades, bigues i mobles ennegrits. La resta dels veïns del barri havien aconseguit apagar el foc i que no s'escampés per tot el carrer. Per allà a terra hi vaig trobar la meva vella nina mig cremada. Una dona se'm va acostar i em va dir alguna cosa que no vaig sentir. Un vell que em cridava pel nom, però a qui no vaig reconèixer, em va oferir la mà, però me'n vaig apartar i em vaig posar a córrer sense pensar on aniria. Només volia allunyar-me d'allà.

Em van trobar l'endemà al matí, entre cartrons, bruta i balba, aferrada a la meva nina. Amb prou feines respirava. Em volia morir, esperava reunir-me amb els meus pares i els meus germans. Em van tractar amb amabilitat, però no vaig pronunciar ni una paraula. Les havia oblidat totes.

Alguns veïns es van apiadar de mi i em van dur amb una família que se n'anava i va consentir portar-me amb ells. Després em van abandonar. Em va acollir una organització que ajudava nens jueus. Van passar uns quants anys, durant els quals no vaig fer res més que fugir d'un lloc a un altre fins que vaig acabar en aquell poble al peu dels Pirineus. El mes de gener de 1944 arribava a la fi.

Els meus records tornen a volar cap a aquella casa del poble de muntanya. Allà eren amables amb mi, però tant me feia. Continuava sense pronunciar ni una paraula. No volia parlar amb ningú.

Una pilota feta amb draps nuats va caure sobre el meu llit. Algú va cridar alguna cosa, però no en vaig fer cas. Era un noi, que es va acostar i va recollir la pilota. Tenia els ulls de color avellana i un somriure amable.

—No vols jugar?

Vaig fer un bot de sorpresa, però no vaig contestar. El noi s'assemblava al meu germà Adael. Darrere seu, un dels nens va xiuxiuejar:

—Deixa-la, està boja.

El noi em va mirar amb un renovat interès. Abans d'anar-se'n, es va inclinar cap a mi i em va dir:

—Em dic Ezra, Ezra Levine.

No vaig respondre, però el vaig seguir amb la vista mentre es reunia amb la resta de nens. Després vaig desviar la mirada i els meus ulls es van aturar al finestral de l'habitació. A través de les cortines vaig entreveure les immenses ombres que planaven sobre nostre. Les muntanyes ens esperaven amb la paciència d'un gólem de molts caps.

27

En Miguel tancava la fila. Davant d'ell hi anava la Julia, que avançava pel sender sense parar de riure. Li encantava el seu riure. No ho havia dit a ningú, però en un sopar, mig any enrere, l'havia gravat mentre reia, i a partir de llavors, a les nits, quan no podia dissipar els núvols tempestuosos de la seva ment, escoltava la gravació.

Ell no era com els altres. El metge de la Seguretat Social li havia aconsellat que anés a un terapeuta, però ell no estava boig. No, de cap manera. Simplement, tenia els seus moments. De tant en tant, li venien pensaments funestos, però sempre era una cosa passatgera. Els seus amics no sabien res, només el consideraven el raret de la colla. Ningú se'l prenia seriosament. Però ara els demostraria de què era capaç.

La resta de la colla, l'Oriol, la Mercè i en Martí, caminaven uns metres més endavant. Eren molt escandalosos. L'Oriol anava a la seva, declamant en veu alta sobre algun tema molt profund, tal com li agradava fer, convençut que algú l'escoltava, mentre la Mercè, que era la seva nòvia des que eren petits, mirava al cel i sospirava sorollosament. En Martí era diferent. Anava cantant, sortia del sender i caminava entre els arbres. Amb aquells braços i cames llargs, sempre solia ensopegar amb tot. En Miguel sabia que acabaria amb la neu fins als genolls i els obligaria a tornar, de manera que s'havia d'afanyar.

Ho havia planejat fins al més petit detall. La idea de fer aquella caminada després d'esmorzar tots junts en una masia havia sigut seva. La ruta era molt poc coneguda, amb prou feines estava senyalitzada i es podia fer en tres hores, més o menys, tot i que a ell no li caldria tant de temps. Coneixia bé el camí perquè l'havia fet amb un tiet seu que era caçador. Precisament el tiet li havia regalat aquell matxet de muntanya per escorxar tan maco. Li encantava aquell ganivet.

Va continuar caminant en silenci mentre acabava de repassar el pla. La neu cruixia sota les seves botes com vidres trencats. Havia nevat la nit abans, però es podia avançar amb relativa facilitat. Els arbres semblaven escultures de gel de les quals en queia, de tant en tant, un pilot de neu amb un frec suau. Al seu voltant, el bosc semblava embolcallat d'un aire màgic. De fet, poques vegades l'havia vist tan bonic. El camí es va internar per una zona frondosa des d'on se sentia el riu, però en Miguel no se'n va ni adonar. No sabia si era pels nervis o perquè havia menjat massa al restaurant —o les dues coses—, però tenia cremor i l'acidesa li pujava per la gola com la lava d'un volcà. Es va posar la mà al front. Potser tenia febre i tot. No es trobava bé, però ara no es podia pas fer enrere.

Va mirar el rellotge, ja feia una hora que caminaven. Va cridar a la Julia per ensenyar-li unes empremtes que acabava de veure. Semblaven d'un animal gran, però en realitat tant era, l'únic que volia era que els altres s'allunyessin una mica més. Allà era un bon lloc, a la vora del riu, entre els arbres. Ningú no ho veuria. Quan els altres se n'adonessin, ja seria massa tard.

Just en aquell moment, la Julia va arribar al seu costat. Era l'hora.

—Què és això tan interessant?

En Miguel la va agafar de la mà, cosa que la va sorprendre.

—Què fas?

—Vine. Vull dir-te una cosa.

En Miguel la va dur a la vora del riu. Es va adonar que suava malgrat el fred que feia. No havia fet mai res semblant. Tot canviaria a partir d'aquell moment. Travessaria una frontera que no sabia si tenia retorn.

Es va col·locar davant d'ella, estava guapíssima amb els cabells recollits en una cua, mirant-lo amb els ulls expectants. Ella era tot el contrari d'ell. Plena d'il·lusió i de ganes de viure. Va empassar saliva i va intentar que la cremor de l'estómac no se li notés a l'expressió. La Julia va somriure, vacil·lant.

—Miguel, m'estàs espantant.

En Miguel va agafar aire i va treure la mà de darrere l'esquena mentre s'agenollava.

La Julia va començar a cridar.

En Miguel va alçar el cap bocabadat. Va intentar agafar-la pels braços, però ella el va apartar i va retrocedir. Tenia els ulls dilatats per l'horror. En Miguel va ensopegar i es va clavar un cop al genoll amb una pedra. El dolor li va ennuvolar la vista. Li va anar just de perdre la capsa amb l'anell que havia comprat a la millor joieria de la ciutat.

Llavors es va adonar que la mirada desorbitada de la Julia estava clavada en un punt fix darrere d'ell. Quan es va girar, al principi, no va entendre què estava mirant. Després li va semblar reconèixer les formes d'una cara. Un únic ull sense vida li tornava la mirada. La resta de la cara era una massa de carn sangonosa. El que quedava del cos penjava entre les branques d'un salze que s'inclinava cap a l'aigua. La neu del voltant estava tenyida de vermell com si fossin les pinzellades d'un pintor desequilibrat. La fetor era tan intensa que costava respirar. L'únic so era el brunzit d'un núvol de mosques irritades per la interrupció.

28

—La senyora Dalmau és tot un personatge —va comentar en Cassel mentre passava les pàgines d'un expedient. L'Àlex conduïa el jeep—. Des que va néixer en aquesta mateixa vall, s'ha passat la vida enclaustrada en aquella mansió.

—Per què?

—Té una malaltia molt rara. No es pot exposar a la llum del sol. Es veu que li provoca ferides molt greus a la pell i als ulls. A la llarga, sembla que la podria matar, com a un vampir.

—Viu sola?

—Sí. No té germans, de manera que després de la mort del seu pare, ha heretat tot el patrimoni dels Dalmau. I per si de cas encara li fessin falta més diners, els terrenys on hi ha les noves instal·lacions de l'estació d'esquí eren seus.

Per fi, l'Àlex va veure el trencant que conduïa a la mansió. Va agafar un camí estret i ascendent que, mig quilòmetre més endavant, va deixar de ser asfaltat.

Després d'avançar dos-cents metres per la pista de terra, va frenar amb un cruixit de la grava que hi havia a prop de l'entrada.

L'Àlex va sortir del tot terreny i la força del vent la va fer trontollar.

La residència dels Dalmau estava construïda al cim d'un turó i semblava un castell medieval. Tenia quatre torretes que corresponien a cada extrem de la gran planta de forma quadrada. L'heura s'enfilava pels murs, els arcs i les talles de pedra que poblaven la façana fins a dalt de tot. Només faltava que una princesa aparegués per una finestra i els saludés.

Des d'allà gaudien d'unes vistes immillorables de la colònia industrial. Els edificis formaven un conjunt bigarrat que s'estenia a la vora del riu. La nau de la fàbrica, l'edifici més proper al curs d'aigua, era enorme, i al flanc dret s'hi elevava una gran xemeneia. Estava ennegrida de la punta, com si estigués coberta de neu negra. Una mica més lluny es distingia l'eixam de cases dels treballadors, que formaven diversos carrers perpendiculars, totes iguals. També hi havia una església, un cementiri i altres edificis que l'Àlex no va saber identificar. Es va adonar que els obrers que havien viscut i treballat allà, tant si eren a la fàbrica, als patis o a casa seva, quan alçaven la vista sempre veien la casa de l'amo allà dalt encimbellada.

La veu d'en Cassel la va treure dels seus pensaments.

—Anem? Hi fa molt de fred aquí a fora.

L'Àlex va assentir i va avançar darrere del seu company cap a les escales que duien a la porta principal de la casa.

Vista de prop, van comprovar que la mansió dels Dalmau estava en pitjors condicions del que semblava a primer cop d'ull. Les parets necessitaven una mà de pintura urgentment. Les males herbes creixien entre les esquerdes. La fusta dels marcs de les finestres estava desgastada i els esglaons de pedra per on pujaven escrostonats. Quan hi van repenjar la mà, la barana de metall va trontollar perillosament.

Malgrat la decrepitud de la casa, l'entrada era magnífica. Incrustada en un arc de pedra, s'alçava una porta de fusta massissa el doble d'alta del normal. Un intricat gravat, que semblava que representava escenes de la Bíblia, la recorria de dalt a baix.

En Cassel va agafar el picaporta en forma de dimoni alat i va mirar l'Àlex amb expressió divertida.

—No podrien tenir un timbre normal? —va xiuxiuejar.

Abans que en Cassel pogués trucar, la porta es va obrir. Va aparèixer una vella a l'entrada. Era baixeta i escanyolida, amb una pell del color i la textura de la cera. Anava vestida de negre i duia els cabells recollits. Entre les mans arrugava un mocador. Els ulls envermellits els van escrutar i, sense dir res, es va apartar a un costat.

L'Àlex i en Cassel es van mirar amb sorpresa i van entrar en un vestíbul amb prou feines il·luminat. Després de tancar la portalada, l'udol del vent es va esvair darrere seu. Un silenci més propi d'una església ho ocupava tot.

—Que ens esperaven? —va preguntar l'Àlex.

La dona va assentir sense respondre i es va posar a caminar.

—Segueixin-me, sisplau —va dir, amb un fil de

veu—. Disculpin la falta de llum, els membres de la casa ja hi estem acostumats.

L'interior de la mansió, igual que per fora, semblava un castell. Mentre avançaven per un passadís en la penombra ple de portes, l'Àlex notava que la humitat i el fred li travessaven la sola de les botes. El terra, format per un complex joc de rajoles, donava una estranya sensació de volum. El sostre era tan alt que gairebé no es distingien els detalls de les talles. Els mobles estaven fets de fusta fosca de la zona, i tenien un aspecte tan antic i sòlid com la vella mansió. Unes cortines de color granat, que arribaven fins a terra, tapaven els estilitzats finestrals i evitaven l'entrada de llum exterior.

—*Mon Dieu!* Qualsevol diria que som a la mansió de Nosferatu —va xiuxiuejar en Cassel.

L'Àlex va somriure. En el fons, havia d'admetre que hi havia alguna cosa en aquella casa que la inquietava, si bé no pensava pas confessar-ho al seu company.

La serventa es va aturar. L'Àlex es va fixar que, tot i que intentava dissimular-ho, la dona estava a punt de plorar.

—Es troba bé?

Abans que pogués respondre, unes notes de música van sorgir a través de la porta tancada que tenien al davant. La vella va agafar aire i va trucar fluixet amb els artells. La música no es va aturar, però una veu inaudible va dir alguna cosa des de l'interior. La serventa va obrir la porta i amb un gest els va indicar que entressin. Després va desaparèixer pel passadís entre sanglots apagats.

L'habitació era a les fosques. Quan van traspassar el

llindar, la porta es va tancar darrere seu amb un espetec que els va fer estremir. La negror els va embolcallar completament i l'Àlex va notar una fiblada de pànic. El cor se li va accelerar i va començar a respirar amb dificultat. Va serrar les dents i es va obligar a calmar-se. *Estàs en una habitació sense llum. No passa res. No estàs en perill.* En Cassel, al seu costat, no semblava que s'adonés dels seus problemes.

El so de l'última nota va quedar suspès en l'aire fins que es va esvair, deixant rere seu el rastre d'una aroma indefinida. L'Àlex va intentar localitzar la font de la música, però estava massa fosc.

—Endavant. No tinguin por.

La veu tenia un to jocós. L'Àlex va avançar dos passos i en Cassel la va imitar.

—Es triga una mica, però ja veuran com de seguida s'hi acostumaran.

L'Àlex dubtava molt que enmig d'aquella foscor es pogués acostumar a res, però tot d'una es va adonar que començava a distingir els contorns de l'habitació.

Era molt més gran del que s'havia imaginat. Unes ombres allargades, que va atribuir a les grans cortines que hi havia per tota la mansió, també tapaven els finestrals per evitar l'entrada de llum natural. Les ombres d'unes estanteries com esquelets de peix ocupaven les parets. Al centre de l'estança hi va distingir un piano i una figura asseguda al davant.

—He d'admetre que podria encendre algun llum, però m'agrada la foscor. A vostès no?

—La veritat —va dir en Cassel— és que prefereixo veure el que tinc al davant en comptes de xocar-hi.

La riallada els va sorprendre. El seu to era tan alegre que, sense voler, en Cassel i l'Àlex també es van posar a riure. La figura es va aixecar de la banqueta del piano i es va desplaçar sense vacil·lar per l'habitació malgrat la foscor. D'una estrebada, va obrir les llargues cortines. Una llum tènue va il·luminar l'estança. Els vidres de les finestres estaven velats. L'Àlex va sospirar alleujada.

—Senyora Dalmau?

—Sí, bé, suposo que se'm pot considerar una senyora. Però preferiria que em diguessin simplement Béatrice.

—Ens sap greu molestar-la —va dir l'Àlex—. Soc la subinspectora Serra i ell és el meu company, el tinent Cassel, de la policia francesa.

—No són cap molèstia, al contrari —va respondre, amb una elegant inclinació de cap. Després es va apartar de la finestra i es va instal·lar en una butaca que quedava a la penombra. Amb un gest els va convidar a seure. L'Àlex la va observar mentre en Cassel i ella s'acomodaven davant seu. Va notar que el seu company contenia la respiració.

La Béatrice Dalmau no era el monstre vampiresc que s'havien imaginat. Devia rondar els quaranta anys, tot i que n'aparentava molts menys. Uns pantalons grisos de muntar li cobrien les cames estilitzades, i una camisa negra de màniga llarga s'ajustava al seu tors ben proporcionat. Mantenia les mans a la falda, protegides amb uns guants de cuiro. L'única part de pell que quedava a la vista era la de la cara prima. Era tan pàl·lida que semblava transparent. Els cabells ondulats, de tons daurats, els duia curts a l'estil *garçon*. Un tirabuixó li queia amb gràcia sobre el front. Els ulls, grans i expressius, de conjunt amb el somriure, resplendien plens de curiositat.

—M'han de perdonar. Em sap greu la dramatització d'abans, però m'encanta jugar i, per desgràcia, no tinc gaires oportunitats per fer-ho.

—No pateixi —va afirmar en Cassel, amb un to afectuós que va sorprendre l'Àlex.

—Suposo que han sentit a parlar de la meva malaltia. —La cara de la dona es va tornar seriosa per un instant, però es va recuperar de seguida—. Es devien pensar que venien a visitar el comte Dràcula.

En veure l'enrojolament d'en Cassel, la Béatrice es va tornar a enriolar de manera contagiosa. L'Àlex va pensar que reia com una nena enxampada fent una entremaliadura i que amb la rialla movia tot el cos d'una manera que la feia ser encara més atractiva.

—No l'hi tindré en compte, tinent. No pateixi, és una vella broma. —Va deixar caure la mà enguantada a l'avantbraç d'en Cassel, que va fer un petit bot—. La meva malaltia no deixa gaire espai per a la diversió, de manera que no puc perdre cap oportunitat. Mirin, des que vaig néixer he de viure lluny de la llum. La meva afecció té l'enrevessat nom de porfíria eritropoètica congènita, o tal com també es coneix de manera més tètrica, porfíria mutilant. Ja veuen quin nom... La foscor s'ha convertit en la meva millor amiga. Normalment, els qui pateixen aquesta malaltia arriben a l'adolescència amb el rostre terriblement desfigurat. En canvi, jo vaig tenir la sort que els meus pares fossin qui eren. A ells els ho dec tot. —Li van tremolar lleument els llavis—. Gràcies al fet de viure en aquesta gàbia d'or, ho he pogut evitar... vaja, gairebé.

Amb un gest delicat es va treure el guant esquerre. Les cicatrius li cobrien tota la mà. Els dits anular i petit no tenien les falanges distals.

—La mort d'en Daniel és terrible i em va impactar profundament. En què els puc ajudar? —va preguntar, mentre es tornava a tapar la mà.

—Vostè el coneixia, en Daniel Latour? —va intervenir en Cassel.

—I tant! Ens coneixíem des de fa anys. Era el fill d'en Guillem Latour, l'últim director de la Colònia i amic del meu pare. Des de molt petit, el va enviar a estudiar a fora.

L'Àlex no va poder dissimular la sorpresa. *Això indica que en Latour estava molt més relacionat amb els Dalmau del que ens pensàvem.*

—Que li passa res, subinspectora?

—No, no, perdoni. Continuï, sisplau.

—Durant molt de temps no vaig saber res d'ell, però de sobte va aparèixer, fa tres anys, i va intentar ingressar al seminari, però la cosa va anar malament i en va haver de marxar. Per sort, va trobar feina en aquella empresa d'enginyeria i, per casualitats de la vida, va tornar a la vall per segona vegada, aleshores per la feina a les obres de Vall de Beau.

—Tinc entès que el van contractar a Aiffege gràcies a una recomanació seva.

La Béatrice va fer un gest per treure-hi importància.

—Jo no diria tant. Simplement, sabia que buscava feina i nosaltres tenim molts contactes. El pare segur que hauria aprovat aquesta ajuda al fill del seu antic director.

—Tenim constància que aquestes últimes setmanes la va visitar molt sovint. Ens podria dir el motiu d'aquestes visites?

—No és cap misteri. Solíem parlar del món exterior. És una cosa que sempre demano a la gent que em ve a veure: que m'expliquin coses d'allà a fora.

—En algun moment li va comentar si estava amoïnat per alguna cosa o si passava per alguna dificultat?

—No, la veritat és que no. En Daniel era un home bastant segur de si mateix. De fet, es tenia en molt bona consideració. No em va comentar res sobre això.

—Sap si tenia algun enemic?

—Em sap greu, però ho desconec. En Latour tenia les seves coses, i suposo que algun en devia tenir, com tothom.

—Vostè també té enemics?

—Jo? Ja m'agradaria. Tot i que segur que hi ha gent que deu envejar la meva posició econòmica. En canvi, donaria tot el que tinc per poder notar la llum del sol a la pell, encara que només fos una vegada.

L'Àlex va esbufegar. Allò era una pèrdua de temps. Llavors es va fixar en la manera com en Cassel mirava la dona. Semblava que l'inspector no pensava el mateix que ella. De sobte, li va venir a la memòria la fotografia que havien trobat a la cel·la d'en Latour. Encara la duia a sobre. La va treure de la butxaca de la jaqueta i l'hi va ensenyar.

—Per casualitat no coneix pas alguna d'aquestes persones?

La senyora Dalmau va examinar la fotografia amb interès. Va agafar aire i va sospirar.

—És una foto molt antiga. Sens dubte això és la fàbrica de la Colònia. El del mig, aquest d'aquí —va assenyalar—, sembla el meu pare. El que hi ha al seu costat deu ser el pare d'en Daniel, en Guillem Latour, i el jove corpulent amb el gos gairebé segur que és en Simón, que aleshores era el capatàs. Les altres persones, per desgràcia, no les reconec. La Colònia va tancar quan jo tenia vuit o nou anys, i no en guardo gaires records. D'on l'han tret? —va preguntar.

L'Àlex va allargar la mà perquè li tornés la fotografia.

—La guardava en Latour entre les seves coses. Se li acut per què?

—Suposo que la devia tenir com a record del seu pare. No va tenir oportunitat de coneixe'l gaire, la veritat. La necessiten? És que no tinc gaires fotos del meu pare quan era jove. M'agradaria tenir-la.

—N'hi farem arribar una còpia —li va oferir en Cassel.

—L'hi agrairia molt, tinent.

Quan van sortir de la mansió, el vent els va sacsejar els abrics. L'Àlex va sospirar alleujada. A dins d'aquella casa l'aire estava enrarit, com l'habitació d'un moribund. Va mirar en Cassel i es va adonar que mirava amb interès cap a una de les finestres de la mansió.

—Què ha passat aquí dins?

—Què vol dir?

—És evident que no ha apartat els ulls de la senyora Dalmau —va contestar l'Àlex, dissimulant un somriure.

—He d'admetre que trobo que és una dona fascinant —va respondre, mentre entrava al cotxe evitant la mirada de l'Àlex—. I molt valenta. S'imagina com deu ser viure amb una malaltia com aquesta?

—Tancada en una gàbia d'or —va dir l'Àlex, mentre posava les claus al contacte—. Suposo que el seu atractiu físic li ha passat desapercebut.

—No m'hi he ni fixat.

En aquell instant, els seus mòbils van començar a sonar al mateix temps.

29

—L'han devorat! —va exclamar l'Alain amb una barreja de repugnància i fascinació mentre es movia pel voltant i premia el disparador de la càmera.

Uns metres enrere, l'Àlex, en Cassel i la jutge Andrés observaven en silenci mentre els flaixos il·luminaven intermitentment les restes d'en Simón. El cos del vell havia quedat en una posició molt poc natural, mig penjant d'unes branques. A l'Àlex li va recordar una marioneta abandonada un cop acabat l'espectacle. La cara deforme d'en Simón era una màscara de sang seca. Però això no els va impedir reconèixer la P dibuixada de manera tosca al front.

—L'han trobat uns excursionistes. Els han pres declaració i les dades personals per si fes falta. Pel que sembla, un dels nois havia planejat fer una petició de mà romàntica. Però vaja, no li ha sortit gaire bé —va explicar l'Andrés. La jutge va esbossar un intent de somriure que va quedar a mitges—. Hem tingut sort, perquè si no arriben a passar per aquí, els animals haurien pogut escampar les restes per tota la vall. És un lloc força apartat, sobretot ara a l'hivern.

—Quin final, *mon ami* —va murmurar en Cassel.

L'Àlex va buscar el paquet de cigarrets a la butxaca interior de la jaqueta i va remugar quan va veure que li tremolava la mà. Va alçar la mirada per sobre de les copes dels arbres. El sol de la tarda s'estava ponent rere les muntanyes i aviat no veurien res. Ella i en Cassel s'havien dirigit ràpidament cap al lloc dels fets mentre contactaven amb la resta de l'equip per dir-los que anessin cap allà al més aviat possible. L'Àlex va observar que la Vila coordinava amb eficiència la batuda de la zona amb diversos agents rurals, i que l'Alain començava a recollir mostres després de fer les fotografies corresponents.

La jutge va assenyalar un agent forestal que se'ls acostava.

—Els presento en Daniel García. És l'oficial responsable.

L'home, de poc més de cinquanta anys, amb els cabells curts i una mica blancs, tenia la cara colrada per l'aire de la muntanya, i això li destacava encara més els ulls blaus. L'Àlex es va fixar que evitava mirar el cadàver. Era un home d'estatura baixa i corpulent com el tronc d'un arbre vell. La mà, quan va estrènyer la seva, li va abastar tot el palmell, i per un instant es va pensar que li trencaria tots els ossos. Tanmateix, l'encaixada va ser suau.

—Hem trobat el braç esquerre parcialment devorat entre aquells matolls. Encara falta una part del braç dret i un peu —va informar—. Més enllà, hem trobat una motxilla destrossada. Els seus companys l'estan revisant. Malgrat que els animals n'han escampat part del contingut, hem trobat algunes pertinences de la víctima: una cartera, claus, menjar enllaunat, unes quantes capses de munició...

—Com creu que ha passat?

—L'home tenia una de les cames destrossada, la que no s'han endut els animals —va explicar l'agent rural—. Sembla que va ficar el peu al cep. Aquestes trampes són il·legals, s'utilitzen per a la caça major. Li va partir l'os. Segurament s'ha mort dessagnat i els animals l'han esquarterat. Està sent un hivern difícil.

—Quina mena d'animal ho fa, això?

L'agent rural es va gratar el cap.

—Això és el més estrany. Per les empremtes, pràcticament no hi ha dubte, però...

Tots el van mirar expectants.

—Juraria que l'ha atacat una bandada de llops. Cinc o sis animals. Cosa que és pràcticament impossible.

—Per què?

—Mirin, des de l'any 2000, amb prou feines s'han vist una quinzena de llops en tot el Pirineu català. I els que s'han vist eren llops solitaris. No anaven en bandada.

—I a això caldria afegir-hi que és molt estrany que els llops es comportin d'aquesta manera. Normalment acostumen a fugir en presència de l'home —va intervenir en Cassel.

Davant de l'expressió de sorpresa de l'Àlex i la jutge Andrés, en Cassel va arronsar les espatlles.

—Què passa? M'agraden els documentals.

—La veritat és que el seu company té raó —va assentir el forestal—. Són molt poc habituals els atacs de llops a persones. Jo no havia vist mai un acarnissament com aquest.

—L'home estava sagnant, atrapat, potser desmaiat. Era una víctima perfecta —va concloure la jutge Andrés.

—Sí, sí, és veritat —va admetre en García—. No obstant això, en Simón era conegut a la vall. Vivia allà dalt, a la vella Colònia. Qualsevol pot parlar-li del seu mal geni. Jo mateix hi vaig tenir una disputa quan el vaig enxampar caçant fora de temporada. Aquell dia vaig arribar a pensar que m'engegaria un tret. Es poden dir moltes coses d'ell, i no gaire bones, però tothom li dirà que era un excel·lent caçador, potser el millor de tota la comarca. —Va fer una pausa, com si busqués les paraules adequades—. Un accident així, amb algú de la seva experiència, és molt estrany. A més, he revisat el cep. Li falta una peça que permet obrir les dents per recollir-ne la presa.

—Està suggerint que algú el va manipular?

L'home va arronsar les espatlles.

—Sí, algú el va manipular. No sé dir-los amb quina intenció, però el que ho va fer es volia assegurar que, un cop disparada la trampa, ja no es tornaria a obrir.

Van agrair l'ajuda a l'agent rural. Ell va tornar amb el seu equip, que continuava buscant l'extremitat que faltava. Amb l'aprovació de la jutge Andrés, dos homes van desplegar una llitera i van retirar les restes a dins d'una bossa negra. L'Àlex va fer un tomb per allà, va agafar aire i va baixar a la fondalada fins a la clariana, on encara hi havia el cep. Amb un gest va aturar l'Alain, que es disposava a recollir-lo per ficar-lo a dins d'una bossa de proves. Havien tallat la cadena que el lligava a un arbre d'allà a prop. Es va ajupir. Va sentir el tuf d'escorxador que desprenia la terra i va empassar saliva. Les mosques brunzien a tot el voltant. Quan va agafar el cep amb les mans es va sorprendre de com pesava. Aquell objecte transmetia maldat. Es va preguntar quina mena de persones podien fer servir trampes com aquelles. Va posar els dits sobre les dents de metall, la sang va embrutar els guants de làtex. Va tancar els ulls i tots els sorolls que l'envoltaven van desaparèixer.

Com en una seqüència de pel·lícula borrosa, l'Àlex va veure el vell atrapat, va sentir la seva ràbia. Va observar com es regirava, malgrat el dolor, i s'arrossegava per terra. Va veure com lluitava per alliberar-se i com ho aconseguia però, poc després, ja sentia els udols dels animals. L'escena es va tornar confusa, violenta, hi havia grunys i crits d'ira i de por. Una lluita salvatge. Una confrontació esperada des de feia anys.

La imatge va desaparèixer tal com havia vingut. L'Àlex va tornar a sentir les veus, el borbolleig de l'aigua i el frec de les fulles dels arbres que s'agitaven amb el vent. Es va incorporar i fent un gest amb el cap li va indicar a l'Alain que ja es podia endur el cep.

30

El diari de la Raquel

En Franck Millet va aparèixer un dia abans del que estava acordat.

Durant les últimes hores havien detingut un centenar de persones que, igual que nosaltres, esperaven per passar la frontera. Els rumors deien que els duien al camp d'internament de Vernet, que gestionava la Gestapo amb el beneplàcit de les autoritats franceses. Tots sabíem que era el pas previ abans de ser enviat a Dachau o Auschwitz, llocs sobre els quals se sentien coses horribles.

Una casualitat afortunada, la confusió en l'adreça de la casa, havia fet que encara no haguessin vingut a detenir-nos. En Millet va venir a informar-se de la nostra situació, i quan ens va trobar a la casa, ens va proposar d'anar-nos-en immediatament. Vam fer tots els preparatius per marxar, aterrits per la possibilitat que els alemanys apareguessin en qualsevol moment.

Quan ho vam tenir tot a punt, abans de sortir, en Millet ens va comminar a anar en silenci fins a la sortida del poble. Ens va conduir pels carrers foscos d'Aulús, aturant-se a cada cantonada abans de continuar. Tota l'estona ens demanava amb gestos que ens afanyéssim. Quan vam passar per la plaça de la font, un gos va començar a bordar i ens va fer por que alertés tot el poble. Però aviat el vam deixar enrere sense que ens hagués vist ningú.

Dúiem posada tota la roba d'abric que ens havíem pogut posar, cosa que ens dificultava els moviments. Els adults portaven uns bastons que ens havien donat els amos de la casa on ens havíem amagat aquells tres dies, juntament amb uns farcells amb una mica de formatge, pa i terrossos de sucre que, tot i que estaven racionats, la bona dona ens n'havia embolicat un bon grapat amb un mocador. Les escasses pertinences que encara ens quedaven, les carretejàvem en maletes de cuiro i sacs de tela. Tancant la columna hi havia l'Adrien, el fill del guia, que no devia tenir més de disset anys, tot i que es veia musculós i robust com el seu pare.

Quan vam passar per sota el mur del cementiri, el vell rellotge del campanar de l'església marcava les tres de la matinada. El fred que duia l'aire de la nit era molt intens, i això que encara estàvem a recer.

No vam trigar gaire a deixar enrere l'última casa i a travessar el pont sobre el Riou. Tot i que amb tanta foscor no les veia, notava la força de les aigües que corrien per sota dels nostres peus mentre passàvem cap a l'altra banda. Si bé tots vam respirar alleujats per haver pogut sortir del poble sense que ens detinguessin, el fet d'allunyar-nos de la zona habitada ens va fer sentir vulnerables. Però en Millet no ens va deixar temps de pensar-hi gaire, ens va instar a endinsar-nos a l'arbreda seguint un sender que gairebé no distingíem.

Vam caminar un parell d'hores. Vam haver de travessar uns quants rierols glaçats que havíem de passar un per un. El nostre calçat de ciutat relliscava molt sobre el gel. Vam acabar xops i fatigats per la tensió de mantenir l'equilibri. Finalment vam arribar a una clariana entre els arbres. El paratge es deia Cascade d'Ars. En Millet es va aturar.

Amb un gest ens va ordenar que ens poséssim al seu voltant. Alguns esbufegaven per mirar de recuperar l'alè i era evident que ja no sabien com portar els embalums que carretejaven. Jo vaig aprofitar per beure una mica d'aigua mentre observava els membres del grup. Pràcticament cadascun de nosaltres procedia d'un lloc diferent.

En Ben i l'Ida Bendit, la parella que s'encarregava de mi, eren un jove matrimoni belga. Ell era rellotger i havia tingut una botiga que va haver de tancar després de diversos atacs i que desapareguessin els seus clients. El seu fill Elian, de dos anyets, dormia als braços de la seva mare i, al seu costat, l'àvia Dalit es fregava les cames sense dir res. Des que havíem sortit no s'havia queixat ni una vegada. Ara ells eren la meva família.

Davant nostre, a sobre d'unes roques, hi havia asseguts l'Ezra i el seu tiet, en Gabriel Levine, que era alt i prim. A la mirada se li endevinava una profunda tristesa per la pèrdua de l'Idra, la seva dona. Havia passat durant els primers incidents a Varsòvia, la ciutat d'on procedien. Vaig descobrir que l'Ezra, per infondre ànims al seu tiet, ocultava la seva pròpia tristesa per la desaparició dels seus pares, deportats a un camp de treball.

Finalment, un home amb molta papada i els cabells esclarissats es repenjava en un arbre mentre agafava unes grans alenades d'aire. Duia un abric de llana de qualitat que li arribava fins als turmells. Portava una maleta que, veient els esforços que havia de fer per carretejar-la, devia pesar molt. Tota l'estona mantenia la distància amb la resta del grup, excepte amb en Millet, al qual intentava seguir de prop mentre caminàvem. L'home es deia Jacob, no ens va voler dir res més. Per l'accent que tenia semblava alemany, però no ho hauria pogut assegurar. Argumentava que les circumstàncies ens havien unit però que, com que no érem ni amics ni familiars, no calia intimar. Havia pagat com qualsevol altre, o sigui que no hi havia gaire res a dir. Només sabíem que viatjava sol i que no es volia relacionar amb ningú.

El nostre guia ens va mirar amb posat greu abans de parlar amb el seu accent estrany.

—A partir d'aquells cingles d'allà —va afirmar, assenyalant unes ombres a la seva dreta— comença el sender cap al pas de Guillou, per on travessarem la frontera. Trigarem entre cinc i sis hores. L'Adrien i jo portem les úniques llanternes. No se separin de nosaltres. Si algú no pot més amb el pes de l'equipatge, que l'abandoni fora del camí. Si es queden enrere, moriran o seran detinguts perquè ningú no tornarà a buscar-los. Per tant, que quedi ben clar: estiguin en silenci i trepitgin amb molt de compte. Si ens descobreixen per culpa d'algun de vostès, jo mateix el mataré.

Després d'acabar el discurs més llarg que havia pronunciat des que el coneixíem, va reprendre la marxa i el vam seguir acceptant la nostra sort. Sabíem que érem tan a prop de la llibertat com d'una mort segura. La por i l'esperança convivien a l'interior de cadascun de nosaltres.

L'Adrien tampoc no era gaire xerraire, però des del seu lloc a la cua de la fila ens animava amb amabilitat a evitar que ens distanciéssim gaire del company que cadascú tenia al davant. Igual que el seu pare, pujava pel sender sense cap esforç.

De mica en mica vam anar agafant altitud. Cadascú posava el peu allà on l'havia col·locat la persona que tenia al davant. Els cruixits de les sabates i les puntes dels bastons sobre la neu i les nostres respiracions eren els únics sons que se sentien mentre pujàvem.

L'Ida, la dona de la família que m'havia acollit, al principi m'agafava de la mà, però aviat em va haver de deixar per poder aguantar bé el seu fill Elian.

Els arbres van quedar enrere per donar pas a uns extensos espais de prats d'alta muntanya i roques amb trams de neu. Vaig notar que el fred era més viu. El vestit de llana que duia no abrigava prou, tenia les mitges de cotó amarades i les soles de les sabates destrossades per les pedres del camí.

L'hora següent va transcórrer amb una lentitud desesperant, i el cansament del grup era cada vegada més gran. Em vaig fixar que en Millet no parava de mirar cap al cel amb cara de preocupació. Es va aixecar vent, i la neu, que no havia parat de caure des que havíem sortit, ens picava contra la cara i ens impedia veure per on anàvem.

—Hem de sortir d'aquí immediatament. Tenim el torb a sobre—ens va cridar en Millet per damunt del brogit del vent—. Agrupin-se i accelerin el pas.

Jo caminava a batzegades. L'Adrien va evitar que em quedés enrere un parell de vegades. El vent, cada vegada més fort, no ens deixava avançar amb facilitat. Jo estava entumida i començava a perdre el control del cos, que em tremolava pel fred. Cada pas que feia era com si trepitgés agulles amb les plantes dels peus. Només desitjava poder-me aturar, però em vaig aferrar a la nina i vaig continuar caminant.

Tot d'una vaig sentir una exclamació un tros endavant i la fila es va aturar. L'home ben vestit havia ensopegat amb un clot i havia caigut al mig del camí. Exhaust, es negava a deixar la maleta per continuar. L'Adrien hi va haver d'anar per ajudar-lo. Ningú no sabia per què el tractaven amb més condescendència que als altres, però tampoc no teníem forces per protestar.

Quan vam reprendre la marxa, vaig quedar l'última i, sense poder-ho evitar, al cap de pocs minuts vaig perdre el contacte amb el grup. La persona de davant meu es va anar allunyant de mica en mica fins que es va convertir en una taca borrosa engolida per la tempesta. Vaig intentar demanar ajuda, però no em va sortir res més que un xiuxiueig.

El sender feia un revolt pronunciat a la dreta. Vaig intentar alçar el peu per agafar impuls, però la cama se'm va quedar clavada al lloc. Ho vaig tornar a intentar, però el cansament va poder més.

Gairebé no vaig notar el cop contra el terra, però

durant uns segons se'm va tallar la respiració. Em vaig quedar allà, amb l'esquena repenjada contra una roca, aferrada a la meva nina. No tenia forces per aixecar-me. Llavors vaig mirar cap al cel. No havia vist mai una immensitat com aquella. Es va obrir una clariana entre els núvols i va aparèixer una miríada d'estrelles. Era tan bonic. Per un instant, em vaig oblidar del cansament i del dolor dels músculs que em tenallava. Vaig deixar que el fred m'embolcallés amb la seva abraçada. Vaig notar que el cos se m'adormia i, sense adonar-me'n, se'm van tancar els ulls.

El lleu so d'uns passos em va despertar. No sabia quanta estona havia passat. Darrere d'uns arbustos, uns quants metres avall, vaig captar un petit moviment. De sobte, una ombra gran va aparèixer sobre una roca. Encara no m'havia recuperat de l'ensurt quan va fer un salt i va aterrar sense fer soroll just a davant meu.

Era un llop. Un exemplar adult. Tenia un cos imponent cobert d'un pelatge gris fosc, tret de la pota del davant, que era de color blanc fins al jarret. Era tan a prop que sentia l'olor acre del seu cos. Els ulls li refulgien a través del baf que li pujava del morro. Va fer un gruny greu i continu que feia que se li veiessin els ullals. Va traçar uns quants cercles sobre si mateix sense parar de mirar-me. Els músculs se li agitaven al ritme de la respiració. De cop i volta, va prendre una decisió i va avançar. Gairebé no marcava la neu amb les seves petjades. Jo estava immòbil, fascinada per aquella visió tan preciosa. La por m'instava a córrer, però sabia que era inútil.

Vaig tancar els ulls i vaig plorar. Les llàgrimes em sortien a borbolls. No havia plorat amb la mort de la meva família. Tampoc ho havia fet durant els anys posteriors, malgrat les penalitats que havia patit, i ara que estava a punt de morir, descarregava el dolor per primera vegada.

Vaig notar la respiració de l'animal tan a prop que el seu alè m'agitava els cabells. Vaig tancar els ulls i vaig esperar que m'ataqués. Em vaig preguntar si em faria gaire mal. En canvi, els grunys es van anar espaiant fins que es van silenciar. No em vaig atrevir a mirar. Vaig notar que el llop es col·locava contra el vent i, fent-se un lloc, s'ajeia al meu costat. L'escalfor que desprenia el seu cos em va reconfortar fins que vaig parar de tremolar. La seva olor agra m'impregnava, però tant m'era. Em vaig acostar a l'animal i el vaig abraçar suaument. A través de la pell, sentia com li pujava i baixava el pit i els poderosos batecs del seu cor. Llavors vaig caure en un son profund.

31

L'endemà al matí, a la sala de reunions de la comissaria, l'Àlex va esperar que en Cassel, la Vila i l'Alain s'asseguessin. Unes hores abans, havia rebut una trucada d'en Cruz. El to de l'intendent havia estat tan desagradable com esperava. L'aparició de la nova víctima, aparentment del mateix assassí, era molt mala notícia. En Cruz la va informar que de cara als mitjans de comunicació intentarien fer passar la mort d'en Simón com un accident de caça, per guanyar temps. També li demanava que el seu equip fos discret. Si hi havia cap filtració, la culparia a ella. Volia resultats immediatament.

—A veure, què tenim? —va preguntar l'Àlex, mentre es pinçava el pont del nas amb els dits.

—En Simón vivia a l'antiga Colònia. Poca gent ho sabia, però hi havia treballat com a capatàs durant dècades. Un cop abandonada, la família Dalmau li va permetre viure en una de les cases fent funcions de guarda.

L'Alain va xiular mentre llegia una fitxa a la pantalla de l'ordinador.

—Tenia tot un historial d'agressions. Havia estat detingut cinc vegades en els últims dos anys. Normalment implicat en baralles en bars, de les quals sempre en sortien malparats els seus oponents, encara que fossin molt més joves que ell. A les denúncies s'hi descriuen ferides d'arma blanca, contusions, mossegades...

—Mossegades?

—Sí, es feia acompanyar per un gos gran i així acollonia tothom. En una ocasió, fins i tot el va incitar perquè ataqués una parella d'agents quan es disposaven a detenir-lo.

—Deixa'l córrer, el vell —va comentar en Cassel.

—No tenia permís d'armes, malgrat que tothom sabia que caçava. La llista de denúncies és bastant llarga. Tot i així, no va acabar mai a la presó. El bufet d'advocats dels Dalmau abonava les multes o dipositava les fiances.

En aquell moment va sonar el telèfon.

La Vila el va despenjar i, després d'un intercanvi de paraules, es va adreçar a l'Àlex tapant l'auricular.

—És el doctor Valet.

—Connecta el mans lliures —va dir l'Àlex.

—Hola?

La veu aguda del forense es va sentir ben clara a través de l'altaveu. De fons se sentien unes notes de música.

—Bon dia, doctor, soc l'Àlex Serra. L'escoltem.

—Bon dia, subinspectora, i bon dia a tothom. Tinc les anàlisis d'en Latour, ara mateix acaben d'arribar del laboratori. Aviam... —Es va sentir frec de papers.

—Sí que s'han afanyat —va dir la Vila.

—Aquest matí m'han trucat des de la Comissaria General —va esbufegar en Valet—. Aquest cas té prioritat. Ningú no vol un assassí actuant a poques setmanes de la presentació de la candidatura dels maleïts jocs aquests. —Va tossir—. Bé, tinc força feina. Si els sembla bé, ho resumiré.

—Endavant.

—No s'ha detectat res fora del normal, tret que en Latour tenia un percentatge excepcionalment alt de pentotal sòdic en el corrent sanguini.

—Això és... —va començar a dir en Cassel.

—Efectivament, tinent, el sèrum de la veritat. A més, el pentotal és un anestèsic molt comú que s'administra per via endovenosa i té efectes immediats. El subjecte queda inconscient al cap d'uns segons i es manté en aquest estat entre cinc i deu minuts. Si es fa servir en dosis petites, el subjecte queda adormit de manera superficial i, en teoria, pot respondre preguntes. He trobat dues puncions en el cos. M'atreviria a dir que l'assassí el va interrogar abans de tornar-n'hi a injectar una dosi més gran.

—Segons vostè, quants homes creu que van caldre per reduir en Latour?

—Jo diria que amb un n'hi va haver prou. Al contrari del que pugui semblar, no és necessari fer gaire força. Un adolescent o un vell podria haver-ho fet. Només calia sorprendre la víctima desprevinguda. La droga el va deixar totalment a la seva mercè.

—Gràcies, doctor.

—És la meva feina. Me'n torno amb els meus morts.

—Les notes de música va semblar que sortien amb més força per l'altaveu—. Ah, una última qüestió: el pentotal no té efectes analgèsics, sobretot per a llindars de dolor elevat. És a dir, que la víctima va notar el que li passava.

El forense va tallar la comunicació i el silenci va inundar l'habitació.

L'Àlex es va acostar a la pissarra que havien aconseguit gràcies a l'Alain, que coneixia algú d'intendència. Del plafó blanc en penjaven fotografies de l'escena del crim d'en Latour i d'en Simón. Diverses imatges mostraven clarament els talls profunds al front de tots dos.

—Marca les seves víctimes —va dir l'Àlex, reflexionant en veu alta—. Per què?

—Sembla una espècie de firma —va apuntar en Cassel.

—Sí, jo penso el mateix. I deu tenir algun significat, encara que només sigui per a l'assassí.

—Hi he estat treballant —va dir l'Alain, amb cara de decepció—, però de moment no he trobat res.

—En relació amb això —va intervenir la Vila—, la Policia Nacional, la Guàrdia Civil i la Interpol no tenen constància de cap altra víctima amb característiques similars.

L'Àlex va treure d'una carpeta la còpia ampliada de la fotografia que havien trobat a l'habitació d'en Latour i la va plantar al centre de la pissarra amb uns quants imants. Després, amb un retolador, va envoltar amb un cercle vermell la cara del jove Simón i va fer el mateix amb l'home situat al costat del pare Guifré.

—Dues persones relacionades amb aquesta fotografia han mort assassinades en l'espai de cinc dies.

—L'Àlex va assenyalar l'home amb sobrepès que mirava els altres amb expressió de desgrat—. En Daniel Latour era el fill del director de la Colònia, en Guillem Latour, mort fa deu anys. —Va desplaçar el dit fins al jove corpulent acompanyat per un gos enorme—. I en Simón Álvarez, que en el seu temps va ser el capatàs de la Colònia.

En Cassel es va aixecar i es va atansar a la pissarra.

—No sembla pas una casualitat. Què tenen en comú aquestes persones?

—A més d'aparèixer junts en una fotografia... Tots tenen alguna mena de relació amb la Colònia.

L'Àlex va escriure les paraules «Colònia Dalmau» a la part superior de la pissarra blanca.

—Si l'assassí està matant aquestes persones —va dir l'Alain—, o tal com ha passat amb en Latour, els seus descendents... No els hauríem d'avisar i oferir-los protecció?

L'Àlex va assentir amb el cap.

—Sí, però hi ha un inconvenient; no sabem la identitat de tots els que apareixen a la imatge.

—El rector n'és un, ell ens podrà ajudar.

—Això espero, tot i que no és l'únic tema que vull tractar amb ell —va dir l'Àlex—. En Latour va ser expulsat del seminari fa poc més d'un any per alguna cosa que va fer. Vull saber exactament què va passar.

—Creu que té alguna cosa a veure amb els assassinats? —va preguntar la Vila.

—No ho sé, però en aquest maleït cas sembla que tot té una relació.

—*Alors*... hi ha una altra qüestió que hem de tenir

en compte —va dir en Cassel, amb posat molt seriós—. També és possible que l'assassí sigui un d'ells.

Totes les mirades de la sala van convergir en la fotografia ampliada penjada a la pissarra i en els homes que hi apareixien retratats.

32

Quan van arribar a Sant Martí Clement, els van indicar que el rector era a l'ermita. Van preguntar com hi podien arribar, i els van mostrar un camí que rodejava el seminari per la vora del mur de l'església i pujava fins al cim d'un promontori.

L'Àlex i en Cassel van seguir el sender, amb prou feines visible. Al cap de poc de deixar enrere els murs del recinte, el camí es va tornar més difícil. No havien passat ni cinc minuts i a l'Àlex ja li faltava l'aire i li feien mal les cames. Va mirar en Cassel i va veure que el francès no estava pas gaire millor. Es va preguntar com s'ho feia el vell rector per pujar fins allà.

Es van aturar en un repetjó. Quan va alçar la vista, l'Àlex va estar a punt de perdre el poc aire que li quedava. Des d'allà semblava que, només allargant la mà, podia tocar el cel immens que s'obria sobre el seu cap. Als seus peus s'estenia el conjunt bigarrat d'edificis que formaven el seminari. Va veure que el sol estava molt baix. Quedaven poques hores de llum.

Van continuar pel sender que, per sort, s'havia convertit en un camí pla de terra. L'Àlex ja començava a pensar que s'havien perdut quan van descobrir que, darrere d'uns arbres, al final del camí i de la mateixa muntanya, s'hi alçava una ermita.

Era una construcció senzilla d'una sola planta. Les parets estaven construïdes amb pedra fosca de la zona. Els blocs de formes irregulars encaixaven uns i altres com si estiguessin soldats per la molsa que els cobria. Un teulat de pissarra revestida de males herbes feia de coberta.

—Pare Guifré! —va cridar en Cassel, obtenint com a resposta l'udol del vent.

Van donar la volta a l'ermita evitant el costat que limitava amb l'espadat. El vent assotava amb força aquella part del cim. Al final van trobar l'entrada: una obertura diminuta incrustada al mur. Una heura havia retorçat les branques fins a dibuixar-hi un marc al voltant. L'Àlex va sentir un repic suau, i quan va alçar el cap va descobrir una campana petita penjant d'un ferro recargolat i amb un tros de corda esfilagarsada. La campana sonava cada vegada que feia una ràfega de vent. Li va recordar el toc de difunts. En aquell moment va notar una presència darrere seu. Es va girar, però no va veure res més que roques i pins assotats per l'aire. Tot i així, li persistia la sensació que algú la vigilava.

En Cassel va empènyer la porta, que es va obrir amb un cruixit. De l'interior de l'ermita en va sorgir una bafarada d'aire com un sospir gelat. El cel, que feia un moment que estava clar, s'havia tapat amb una massa de núvols negres.

La foscor regnava a l'interior de l'ermita, malgrat les dues finestres petites i estretes que deixaven entrar una mica de llum de l'exterior. En Cassel va treure una llanterna i va il·luminar una petita sala rectangular amb quatre fileres de bancs.

—Veig que ja va més ben preparat.

—Sí, em vaig comprar l'equip complet dels joves castors.

L'Àlex va somriure. En Cassel tenia un sentit de l'humor estrany, però començava a caure-li bé.

La llum de la llanterna va il·luminar el refectori, situat al fons. Van avançar uns passos i es va sentir un cruixit. En Cassel va enfocar als seus peus i van descobrir que el terra estava fet de plaques de fusta que, per l'estat en què estaven, devien ser tan antigues com la resta de l'ermita.

De sobte, la claror que entrava per la porta oberta darrere d'ells va canviar. Una forma fosca ocupava el llindar.

—Què hi fan, aquí?

El pare Guifré els mirava amb les celles arrufades, però en adonar-se que els havia parlat tan bruscament va fer un somriure forçat i els va indicar que s'asseguessin mentre tancava la porta i es dirigia a un quadre elèctric encastat a la paret. Va accionar uns quants interruptors i uns llums groguencs es van encendre en els murs. El rector va seure al banc més pròxim als dos policies.

—És car de trobar —va dir en Cassel.

—Els dissabtes a la tarda, un cop al mes, pujo fins aquí dalt. S'ha de netejar l'ermita, comprovar que tot estigui bé...

—Ho fa vostè mateix? —va preguntar l'Àlex, estranyada.

El rector va arronsar les espatlles.

—M'agrada. La solitud d'aquí dalt em permet pensar lluny dels problemes del seminari. —Va alçar la vista—. Però no han contestat la meva pregunta, per què han vingut?

—Hem de parlar amb vostè. No sé si sap que s'ha trobat una altra víctima.

El capellà es va sobresaltar i immediatament es va persignar.

—Què diu, ara? Qui?

—És possible que el conegui. És en Simón Álvarez, el vell que vivia a la Colònia abandonada.

El rector va assentir. A l'Àlex li va semblar que ho feia alleujat.

—Una pobra ànima turmentada i plena d'ira. És molt lamentable, espero que ben aviat detinguin el responsable.

—Per això som aquí. Necessitem la seva ajuda.

El vell va sospirar.

—Vostès diran.

L'Àlex va treure la còpia de la fotografia i l'hi va ensenyar. El pare Guifré va repenjar l'esquena al respatller del banc.

—Reconeix aquestes persones?

El rector va mirar l'Àlex amb sorpresa.

—D'on l'ha tret?

—La tenia en Latour.

—En Daniel... —El pare Guifré va deixar anar un gemec i es va passar la mà pel front—. Aquesta foto té molts i molts anys.

—Sisplau, és important.

L'home es va ajustar les ulleres i va examinar l'antiga fotografia.

—Això devia ser quan jo acabava d'arribar a la Colònia. Durant un temps vaig ser el responsable de la parròquia. Jo era molt jove, com poden veure... —Va mirar la fotografia i se li va endurir l'expressió—. A part de l'August Dalmau i d'en Simón, no reconec ningú més. Ho sento —va respondre al cap d'uns segons mentre els tornava la còpia.

L'Àlex va mirar en Cassel de cua d'ull i va veure que el seu company també s'havia adonat que el pare Guifré mentia.

—Em sap greu no poder-los ajudar. Si em disculpen, tinc feina. —Es va començar a aixecar.

—Encara hi ha una altra cosa —el va interrompre l'Àlex—. Voldríem que ens expliqués què va passar perquè en Latour hagués d'abandonar el seminari.

El rector va parpellejar unes quantes vegades abans de parlar.

—Per què? No sé quina relació pot tenir amb la seva investigació.

—Si li sembla bé, pare, això ho valorarem nosaltres.

El rector va agafar aire i va inclinar el cap. De manera inconscient, es va començar a fregar les mans. L'Àlex no sabia si era pel fred o pels nervis.

—És una història tràgica. Mirin, tot està relacionat amb el company de cel·la d'en Latour, el professor Virgile Avril. Des de molt petit va estar intern al seminari. No tenia pares, saben? Avril és un d'aquells cognoms que es posen als orfes a França. Com Expósito al nostre país. Era un jove brillant. De fet, enormement brillant, amb una capacitat d'estudi il·luminada per Déu. De tracte amable i proper, es va guanyar fàcilment l'afecte de tots els que vivíem al seminari. De manera natural, va aconseguir un lloc com a professor d'ètica. Hauria arribat lluny, si hagués volgut fer carrera eclesiàstica. Però el seminari i aquesta vall que ens envolta eren la seva llar, no li interessava el món exterior. Gairebé no sortia d'aquests murs, excepte per anar a córrer. Coneixia a la perfecció els senders de la muntanya. Era molt aficionat a l'esport. Deia que quan estava en contacte amb la natura se sentia més a prop de Déu.

—I què va passar?

El rector va fixar la mirada en les ombres del fons de l'ermita. Els ulls li brillaven, els tenia negats. Van passar uns segons. Es va redreçar i, amb un estossec, va continuar.

—Per desgràcia, fa potser un any i mig es van començar a difondre certs rumors sobre ell.

—Quina mena de rumors?

La cara del rector es va enfosquir.

—Terribles. Mentides producte d'un dels pecats més abjectes: l'enveja. A veure, és que en Virgile era un home molt agraciat, posseïa una bellesa molt peculiar i tenia un caràcter delicat que podia portar a la confusió.

—Què vol dir?

—Es va escampar la mentida que era un... sodomita. Això és una comunitat molt petita, i de cop i volta, alguns dels companys, Déu els perdoni, van començar a fer-li el buit i els alumnes van deixar d'anar a les seves classes. Dues setmanes després, em vaig veure obligat a suspendre la seva assignatura d'aquell trimestre. Tal com deia, en Virgile era una persona sensible i això el va afectar profundament, potser més del que ens hauria afectat a qualsevol de nosaltres. Un dijous, fa just un any, va sortir a córrer tal com feia normalment, abans de l'albada. Però aquell dia ja no va tornar al seminari.

—Què va passar?

—Quan va sortir el sol, es va tirar despullat daltabaix de la presa que es va construir per proveir d'energia la Colònia. Va ser horrible. Uns pastors van trobar el cos. Les roques del fons l'havien destrossat. Estava irreconeixible. Tots els meravellosos dons que Déu li havia concedit, espirituals i físics, van desaparèixer per sempre.

El rector ja no s'aguantava les llàgrimes. Va ajuntar les mans per controlar el tremolor, va agafar aire i els va tornar a mirar.

—Han d'entendre la meva situació. Des de llavors arrossego una enorme tristesa, i també em sento culpable. No vaig saber veure la gravetat del que estava passant. No vaig fer res per impedir-ho.

—És veritat que en Latour va ser el responsable d'escampar aquests rumors? —va preguntar en Cassel.

—Qui els ho ha dit, això?

—Contesti la pregunta, sisplau —va dir l'Àlex, bruscament.

El rector es va reclinar al banc. Semblava molt més vell.

—No es va poder demostrar. Però es va convidar en Daniel a anar-se'n.

—Per quin motiu ho devia fer?

El rector va negar amb el cap.

—No ho sé. Només ell els ho hauria pogut dir.

33

En Cassel conduïa a poc a poc evitant la neu que s'acumulava als dos vorals de la carretera. Pels altaveus se sentien els acords de «Creep» en una versió de Moby. En el seient del copilot del jeep, a través de la finestra mig abaixada, l'Àlex observava en silenci els carrers abandonats a mesura que s'acostaven a la Colònia. Va apagar la ràdio. Ella preferia la veu de Thom Yorke. Va tancar els ulls. El vent li va portar el soroll del riu.

El forense Valet els havia explicat per telèfon que les marques del turmell d'en Simón coincidien amb les dents del cep que havien trobat a la clariana. També els va corroborar que s'havia mort per la pèrdua de sang. Havien comptat vint-i set queixalades. Tot seguit, els va detallar els diferents esquinços i ferides. Els animals no s'havien conformat amb menjar. S'havien rabejat amb el cos. Per últim, tot i que havia sigut complicat, li van poder trobar marques de punxades al coll, iguals que les que presentava el cadàver d'en Latour. L'anàlisi de sang confirmava que es tractava de la mateixa droga.

Els mitjans de comunicació no s'havien cregut la història de l'accident. En diverses portades de diaris del cap de setmana van aparèixer fotografies del lloc de l'assassinat amb titulars sensacionalistes, remarcant l'existència d'un assassí misteriós que deixava les seves víctimes marcades.

Tot i que ja havia vist la Colònia des de lluny quan van visitar la mansió Dalmau, un cop allà l'Àlex va quedar impressionada. Les tres zones en què es distribuïen els edificis es diferenciaven clarament. Per una banda, hi havia l'àrea industrial, on la fàbrica, amb l'enorme xemeneia, destacava com l'edificació més important. Era una nau allargada de grans dimensions, amb centenars de finestres rectangulars que a l'Àlex li van recordar un rusc d'abelles. La fàbrica estava construïda a la vora del riu que fluïa uns metres més avall, al final del terraplè. Una resclosa permetia el desviament de les aigües cap al canal que entrava per un lateral, on hi havia la zona de les turbines. Després l'aigua acanalada sortia per l'altra banda i queia de nou al llit del riu a través d'un tobogan vertiginós. Paral·lela a la fàbrica hi havia una zona de magatzems, que ara tenien els teulats ensorrats. Una mica més enllà, en una elevació, s'hi alçava una casa que devia pertànyer al director de la Colònia. L'entrada principal de la fàbrica, un reixat format per un arc de ferro amb una inscripció al capdamunt, pel qual els obrers havien de passar cada dia, encara es conservava en condicions. L'Àlex va pensar en una imatge similar que havia vist a la televisió: la porta d'un camp de presoners de la Segona Guerra Mundial.

Van deixar enrere la fàbrica, i després de travessar el petit pont de fusta que salvava el rierol, van arribar a la zona més elevada. Aquesta part de la Colònia la formaven una sèrie d'edificis llargs disposats en paral·lel al voltant d'una plaça ovalada de la mida d'un camp de futbol. Era el lloc on vivien els treballadors i les famílies.

L'Àlex va trobar increïble que tot allò hagués pogut estar tants anys amagat del món.

En Cassel va aparcar a la banda esquerra de la plaça. Quan va baixar del tot terreny, l'Àlex va llegir els rètols destenyits dels edificis que els envoltaven: el banc, l'escola, el forn... En un espai separat de la resta, entre arbres de branques retorçades, s'hi conservava una església amb un humil campanar.

Tots els edificis estaven tancats i amb clars senyals d'abandonament. Les restes del terrible incendi que va arrasar aquell lloc encara eren visibles. A tot arreu s'hi veien parets esfondrades, finestres sense vidres o tapiades amb taulons, teulats bombats o directament ensorrats pel pes de la neu, i la pintura ennegrida i escrostonada de les façanes, com si fos la pell d'un leprós.

En Cassel va anar cap al seu costat i va agafar aire.

—Que bé que s'hi respira, aquí.

L'Àlex no va respondre el comentari del company. Va mirar per sobre dels edificis. A certa distància, s'alçava la mansió dels Dalmau amb la seva curiosa semblança a un castell medieval. Tot d'una, li va fer la sensació que la seva ombra s'allargava fins a uns límits impossibles i queia a sobre d'ells i a sobre de tota la Colònia, fins que es va adonar que era un núvol que, arrossegat pel vent, tapava el cel a poc a poc. Li va venir una esgarrifança, la temperatura ja tornava a baixar.

—Va, som-hi, abans que es faci tard.

No van trigar a trobar la casa d'en Simón. A diferència de la resta d'edificis, semblava acabada de pintar. L'Àlex va obrir amb les claus que havien trobat a la motxilla del vell i van entrar.

La distribució de l'habitatge era senzilla: un passadís curt que feia de rebedor donava a un petit menjador. Des d'allà es podia accedir a la resta d'estances: un dormitori, una cuina i un lavabo, tot en una sola planta. Les parets conservaven el color crema descolorit de la pintura original. A dins hi feia gairebé tant de fred com a fora.

—No hi ha cap mirall —va apuntar en Cassel.

—No li devia agradar veure's, no és gens estrany.

L'Àlex va veure uns quants feixos de llenya apilats a dins d'un espai al costat de la llar de foc que, encastada a la paret, estava neta, amb uns quants troncs preparats per encendre. A l'hivern, en aquelles muntanyes, quan algú havia de sortir per poc temps procurava deixar la calefacció engegada per trobar la casa caldejada a la tornada. Era evident que en Simón no pensava tornar aviat. I ara ja no tornaria.

—Sabia que en aquests pocs metres quadrats hi vivia una família sencera? —va explicar en Cassel, mentre travessava el menjador en direcció al lavabo—. Pagaven de lloguer una quarta part del sou mensual. I passava el mateix amb les botigues on compraven menjar o amb els serveis, com la barberia. Fins i tot tenien un banc on podien dipositar els estalvis o sollicitar préstecs. D'aquesta manera, gairebé tots els diners que guanyaven tornaven a la butxaca de l'industrial, en aquest cas, als Dalmau. Un negoci rodó.

—Ah, sí? —va preguntar l'Àlex, distreta, mentre feia una ullada a la cuina de gas.

Era vella, però estava perfectament conservada. El cassó, la tassa i la cullera que en Simón devia haver fet servir l'última vegada que va esmorzar estaven nets al costat de la pica de marbre. L'Àlex va obrir la nevera i hi va veure algunes verdures, formatge i uns quants filets. Res en mal estat.

—Els obligaven a omplir la casa. —La veu d'en Cassel se sentia amb eco a través de la porta—. Si hi havia un accident, es posaven malalts o es moria algun treballador de la família, ja es podien espavilar a buscar algú que volgués compartir l'espai i cobrir la resta del lloguer. Si no, al final eren expulsats, que era el mateix que ser sentenciats a morir.

—En sap molt, de colònies...

—Aquí no hi ha res. Està tot impol·lut. Tampoc no hi ha miralls. Com es devia afaitar? —va preguntar en Cassel mentre sortia del lavabo. Es va repenjar al marc de la porta i es va gratar la nuca—. M'he documentat una mica. La història d'aquests llocs és apassionant, durant una època van ser molt importants en diversos països europeus. I aquesta, a més, és molt especial.

—Per què? Què té d'especial?

—És una colònia que no hauria d'haver existit mai.

L'Àlex es va girar cap al seu company perquè li va percebre una certa emoció en el to de veu, però es va adonar que tenia l'expressió neutra.

Va entrar al dormitori. Igual que a la resta de la casa, les parets estaven buides. A sobre de la tauleta, que estava enganxada al lateral del llit, hi va trobar un penjoll amb la cadena enrotllada com una petita serp de metall. Semblava fora de lloc en aquella casa. L'Àlex el va agafar i el va aguantar en l'aire. De la senzilla cadena en penjava un medalló en forma de capsa ovalada. Va pressionar a un costat i es va obrir, revelant una fotografia en blanc i negre amb la imatge d'una jove. En un racó hi havia la impressió parcial d'un segell il·legible. La noia del retrat duia els cabells recollits amb un mocador. Anava vestida amb roba senzilla de màniga llarga amb un davantal a sobre, i tenia alguna cosa cosida al braç dret. Va encendre el llum de la tauleta i va examinar la fotografia de més a prop per intentar discernir què era. L'Àlex hauria jurat que es tractava d'una estrella de David. Li van tornar a venir a la memòria les imatges de la Segona Guerra Mundial. Era evident que la noia se sentia incòmoda posant per a la fotografia, tot i que mirava la càmera amb posat desafiador. A més, era molt guapa. *Per què devia guardar aquest penjoll, en Simón? Quina és la història d'aquest home?*, es va preguntar l'Àlex. En la majoria d'ocasions, els records que guarda una persona la defineixen més bé que qualsevol altra cosa. Va tancar el medalló i se'l va guardar.

—Aquesta colònia va ser molt diferent de les altres —va sentir que deia en Cassel des del menjador—. A part de la gent de la vall, ningú no sabia que existia fins que es va iniciar el projecte de l'estació d'esquí. És una de les últimes que es van construir i està situada lluny de qualsevol lloc. Sembla força absurd alçar una colònia industrial en un lloc tan inaccessible, tan llunyà de les conques del Llobregat o del Ter, on hi ha la resta de les colònies. Ningú no sap el motiu que va dur en Dalmau a construir-la aquí, si bé era conegut per les seves idees extravagants. —Quan va veure que apareixia l'Àlex, li va allargar les mans—. Doni'm les claus.

L'armari del menjador semblava el moble més cuidat de la casa. En Cassel va obrir les portes i va deixar anar un xiulet.

—Déu n'hi do, quin arsenal! —va exclamar, quan va veure l'equip del vell—. No hi ha dubte que en Simón era un caçador expert.

—Acabar devorat pels llops trobo que és, com a mínim, irònic.

En Cassel es va inclinar i va revisar els calaixos interiors.

—A veure què tenim aquí...

El francès va trobar una carpeta de tapes gruixudes a sota d'un munt de revistes de caça. Quan la va obrir, un escampall de fulls va caure sobre les capses de munició. L'Àlex va reconèixer el logotip de l'empresa Aiffege a l'extrem superior de cada una de les pàgines.

En aquell moment, per sobre dels seus caps, van sentir el soroll d'uns passos acuitats.

34

—Com s'hi puja, aquí dalt? —va xiuxiuejar l'Àlex.

En Cassel va fer un gest per indicar-li que el seguís. En l'espai entre la cuina i el menjador hi havia una porta de color verd clar que l'Àlex s'havia pensat que era un rebost. En Cassel va fer girar el pom a poc a poc. Uns esglaons d'obra, plens de pols, pujaven fins a perdre's en la foscor.

L'Àlex va passar davant d'ell, va repenjar l'esquena a la paret i, empunyant l'arma amb les dues mans, va començar a pujar. Va somriure quan va sentir els murmuris disconformes del seu company.

A mitja escala, l'Àlex va trobar un interruptor a la vora de la paret. El va accionar i un parell de tubs fluorescents penjats al sostre van començar a parpellejar. La llum va il·luminar unes golfes de sostre baix. Hi va veure una taula de despatx amb una cadira bolcada i un arxivador tirat per terra amb el contingut escampat pertot arreu.

De sobte, va intuir un moviment darrere seu. Abans que pogués reaccionar, una voluminosa estanteria de ferro va caure molt a prop d'ells acompanyada d'una pluja d'objectes. L'Àlex va sentir que en Cassel renegava i va veure com s'entrebancava escales avall. Una ombra va travessar l'habitació com una exhalació i va sortir per la finestra entre un núvol de fusta i vidres.

L'Àlex no s'ho va pensar dues vegades, va acabar de pujar els esglaons de dos en dos i va saltar darrere l'ombra. Després d'un vol breu, va caure a sobre d'un monticle de neu. El cop la va deixar sense alè. Va rodolar sobre si mateixa i, quan es va aixecar, va ofegar un crit. No podia moure el braç. Un dolor molt fort a l'espatlla l'hi impedia. Per sort, no havia perdut la pistola, que havia quedat als seus peus mig colgada entre la neu. La va recollir i va descobrir un rastre de sang. El seu atacant estava ferit. Des de la seva posició va veure que l'individu travessava la plaça i estava a punt de desaparèixer per la cantonada del següent edifici. Aguantant-se les fiblades de dolor, va sortir corrent darrere d'ell. Si no l'atrapava abans que entrés en algun edifici, enmig d'aquell laberint no el trobarien mai.

Va avançar en diagonal entre els blocs de cases. Ja es pensava que l'havia perdut quan va sentir el cop d'una porta que es tancava al final del carrer. S'hi va acostar corrent i va veure que era l'antic economat. Encara hi havia el rètol penjant d'uns claus rovellats. Es va ajupir i va entreobrir la porta. Va fer una ullada a l'interior.

Va deixar anar un renec i hi va entrar sense cap precaució. El sostre i la paret del fons de l'antiga botiga havien desaparegut. Només quedava dreta la façana per on havia entrat. A l'interior hi havia una pila de reblum sota el qual encara s'hi conservava un taulell de fusta corcada. L'individu corria carrer avall, allunyant-se cada vegada més. Per sort, ella sabia on es dirigia.

L'Àlex va arribar a l'entrada de la fàbrica just a temps de veure com accedia a l'edifici principal. Va entrar darrere d'ell amb cautela. Un cop a dins, es va trobar en una nau enorme. Uns quants finestrals permetien el pas de la llum, però estaven tan bruts que amb prou feines hi entrava claror. Enmig de la penombra, un centenar de telers mecànics esperaven en silenci unes treballadores que no tornarien més. Les enormes màquines cobertes de greixum i de pols formaven llargs passadissos que es perdien al fons de la nau. Del sostre en sortia un entramat de bigues i politges, de les quals en penjaven unes amples cintes de cuiro que connectaven amb els costats dels telers. Malgrat les dècades d'inactivitat, feia l'efecte que la fàbrica podia reviure en qualsevol moment.

L'Àlex va avançar silenciosa pel primer dels passadissos que formaven les màquines. Va intentar escoltar algun soroll que delatés el seu atacant, però res no va alterar la quietud que l'envoltava. Va continuar avançant. Es preguntava on devia ser en Cassel quan, uns metres més endavant, li va semblar veure una figura que es movia entre els passadissos.

—Alto! Policia! —va cridar l'Àlex.

La figura es va girar cap a ella i, després d'uns instants d'incertesa, va fugir passadís avall. L'Àlex va remugar, va abaixar l'arma i es va posar a córrer disposada a atrapar-lo d'una vegada. Abans que pogués fer dues passes, l'infern va esclatar al seu voltant.

Es van encendre desenes de focus. Acostumada a la penombra, aquella llum tan intensa la va encegar a l'instant. Al mateix temps, els cent telers van reviure de cop i es van posar en marxa amb un soroll eixordador. L'estrèpit era tan gran que l'Àlex no podia ni sentir els seus propis pensaments.

Els sentits se li van col·lapsar. El cor li bategava desbocat. Es va mirar les mans amarades de suor: li tremolaven sense control. Va notar com se li començava a tancar la gola mentre l'espetec de les llançadores contra els bastidors feia vibrar el terra.

—No... —va mussitar, mentre s'encongia com si li haguessin clavat un cop.

L'atac de pànic la va sacsejar com una barca al mig d'un tifó. Va avançar a batzegades amb els ulls mig tancats mentre al seu voltant els bastidors dels telers continuaven picant sense parar. Va intentar fixar la vista. Un halo d'irrealitat cobria tot el que mirava, com si estigués a dins d'un túnel i la sortida s'anés allunyant d'ella fins a fer-se inabastable. El sentiment de terror era aclaparador. La ment li deia a crits que estava a punt de morir-se.

Sense saber com, va arribar fins al final de la sala i va topar amb una porta metàl·lica. La va obrir i la va travessar sense pensar què es trobaria a l'altra banda. Havia de sortir d'allà dins.

Tot just traspassar la porta, l'estrèpit va disminuir, substituït pel brogit d'un torrent d'aigua. La sala on havia entrat era un espai buit amb el sostre molt alt. Unes màquines immenses en la penombra ocupaven el fons, i l'Àlex va suposar que eren generadors. Per un dels laterals entrava el canal d'aigua que recorria la sala i passava per sota de les turbines per tornar a sortir a l'exterior.

Li costava aguantar-se dreta. Va buscar les pastilles, però la butxaca de l'abric estava buida. Li devien haver caigut durant la persecució. Una fiblada de pànic li va provocar un gemec d'angoixa. Era tot a la seva ment. S'havia de calmar. Podia fer-ho. Es va concentrar a respirar de manera lenta i profunda. La sensació de pànic passaria i tot tornaria a la normalitat. Només havia de recuperar el control. Només...

Quan va percebre el moviment darrere seu ja va ser massa tard. Va rebre el primer cop a l'espatlla dislocada i li va provocar un dolor tan intens que li va ennuvolar la vista. Va caure de genolls. El següent cop li va impactar en un costat del cap. Va intentar protegir-se amb el braç il·lès, però no va servir de res. L'atacant la va tornar a colpejar, aquesta vegada als ronyons, i l'Àlex es va desplomar. Gairebé inconscient, va notar que l'agafava per les cames i l'estirava.

L'individu l'arrossegava cap al canal. El corrent d'aigua formava remolins i impactava amb força contra les parets de ciment. A punt de desmaiar-se, l'Àlex va pensar que s'hi havia de resistir, però el seu cos no reaccionava.

De cop i volta, va sentir un gemec i l'atacant la va deixar anar. L'Àlex va quedar ajaguda a terra. Un jove amb rastes i ulleres rodones es va desplomar al seu costat. Al cap d'un segon, va aparèixer en Cassel en el seu angle de visió.

—Què és aquesta fressa insuportable?

35

El diari de la Raquel

L'Ezra em va trobar arraulida contra una roca com si fos la cria d'un animal, tal com ell mateix em va explicar. Em cobria una fina capa de neu i tenia la cara xopa de llàgrimes. En una mà encara hi tenia la nina. Quan va comprovar que respirava, va sospirar amb alleujament.

—És aquí! —va cridar.

Mentre esperava als altres, em va abraçar i em va fregar el cos per fer-me entrar en calor. El seu contacte em va retornar la consciència. Vaig obrir els ulls i vaig buscar el llop al meu voltant, però no n'hi havia ni rastre.

—Tranquil·la, ja ha passat tot.

Entre l'Adrien i el tiet de l'Ezra em van ajudar a aixecar-me. Després em van fer beure una mica de licor i em van abrigar amb una manta. Al principi em costava caminar, però a mesura que m'anava fluint la sang, encara amb rampes a les cames, vaig aconseguir aguantar-me dreta tota sola.

En Millet s'esperava amb els braços creuats en un recolze del sender. Escampat per allà a prop, hi havia la resta del grup. Quan hi vam arribar, les dones se'm van llançar a sobre per comprovar que estava bé.

—Ens hem endarrerit molt —va protestar el senyor Jacob, assegut sobre la seva maleta.

—Si ens podem aturar per vostè, també ho podem fer per ella —va replicar l'Ezra, amb aspror.

L'home el va mirar amb sorpresa. No estava acostumat que un jove li parlés d'aquella manera. Es va incorporar, però quan va veure les mirades furioses dels altres, s'ho va repensar i va tornar a seure.

En Millet es va ajupir davant meu. Em va examinar amb les mans rudes la ferida que tenia al turmell i les esgarrinxades a les cames. Va fingir que no havia vist el rastre de llàgrimes a la cara. Va obrir els ulls amb sorpresa quan va reconèixer l'olor que desprenia. Tot i que era tènue, encara se sentia. Em va mirar fixament durant uns instants.

—Pots caminar?

Vaig assentir.

—Bé.

Va mirar darrere meu, cap a les muntanyes.

—Si no arriba a ser per aquest noi... Ha sigut l'únic que s'ha adonat de la teva absència i ha insistit perquè ens aturéssim. Ell, el seu tiet i l'Adrien han tornat enrere per buscar-te. Ves amb compte, ara. No hi haurà una pròxima vegada.

Per un segon, la seva expressió d'alleujament el va delatar; després, quan se'n va adonar, va tornar a emmascarar l'expressió i es va girar amb un gruny. Sense dedicar-me més atenció, es va adreçar a la resta del grup.

—El pas ja no està gaire lluny. Aquesta vegada, que ningú es quedi ressagat.

Es va ajustar les trinxes de la motxilla i va tornar a enfilar el camí seguit per tots els altres.

A partir d'aquell moment, l'Ezra es va col·locar al meu costat i no em va deixar sola ni un segon. M'explicava històries de la seva ciutat natal en veu baixa per distreure'm del cansament i de la monotonia del camí. M'ajudava en cada pas difícil o vigilava que estigués ben abrigada. Jo continuava callada, però m'agradava la seva companyia. Només en una ocasió, l'Ezra em va explicar el que havia passat.

—És un miracle que t'hagis pogut mantenir calenta. Feia gairebé una hora que et buscàvem, i ja estàvem a punt d'abandonar.

Faltava poc per arribar al port de Guillou. Vam deixar enrere diverses formacions rocoses. En Millet ens va explicar que entre aquelles roques s'hi amagaven excel·lents refugis per al mal temps. Ningú no va dir res. Des de feia una bona estona, cap de nosaltres era capaç de parlar i agafar aire al mateix temps.

—Per l'amor de Déu, descansem una mica —va esbufegar el senyor Jacob. Tenia el front amarat de suor i li baixava fins als plecs del coll. Per una vegada, tots estàvem d'acord amb aquell home.

Tot i que no li agradava la idea, en Millet va fer un cop d'ull a les nostres cares esgotades i va accedir a fer una pausa. Ens vam deixar caure allà on érem mentre l'Adrien s'avançava per comprovar les condicions del camí un tros amunt.

La primera llum de l'albada va portar color al cel, per a gran joia de tots. El sol ens escalfaria i faria la travessia una mica més còmoda. Tanmateix, a en Millet no li va fer gens de gràcia. Per culpa meva anàvem massa endarrerits.

—Vinga, ja es poden començar a preparar per continuar. Amb la claror del dia és més fàcil que ens descobreixin.

—Senyor Millet, li pago per... —va començar a dir el senyor Jacob mentre l'assenyalava amb el dit quan, de sobte, uns lladrucs el van interrompre—. Què és això? —va preguntar, amb el rostre lívid.

En aquell moment va aparèixer l'Adrien corrent pel camí.

—Una patrulla! Una patrulla alemanya! Els acompanyen uns gendarmes. Són més avall i arribaran aquí en qualsevol moment.

El pànic es va apoderar de tots. Ens vam aixecar de cop i vam recollir les coses de pressa i corrents.

—No hi ha temps! —va cridar en Millet—. Han de deixar-ho tot ara. Anem!

El vam mirar desolats.

—No podem abandonar les nostres coses aquí —va protestar l'Ida Bendit, amb un fil de veu.

—Vostè mateixa, o l'equipatge o la vida.

Entre sanglots i paraules de desànim, la majoria es va desprendre de les maletes i les bosses que havien arrossegat amb tant d'esforç. Eren les últimes coses que els quedaven al món. Objectes que els recordaven qui eren, d'on venien i el lloc on pertanyien, encara que aquell lloc ja no existís.

—Vostè també —va dir l'Adrien al senyor Jacob.

—No.

La papada li va tremolar amb la forta negativa. L'home abraçava la seva maleta i el mirava per sobre de les ulleres, com si el desafiés a prendre-l'hi. L'Adrien va identificar la bogeria en aquella mirada i va preferir deixar-ho córrer. Els alemanys ja s'ocuparien d'ell. Però quan s'encaminava cap al sender, la veu del seu pare el va aturar.

—Adrien, ajuda'l amb la maleta.

—Què?

—Fes el que et dic.

El noi va tornar enrere i va agafar la maleta de les mans rodanxones del senyor Jacob. Pesava molt més del que s'esperava. L'Adrien no entenia com havia pogut transportar aquell pes fins allà. Era evident que aquella maleta era realment molt important per a ell. Amb un esbufec, va aconseguir col·locar-se-la a l'espatlla i va emprendre la marxa seguit pel senyor Jacob, que li anava llançant mirades desconfiades.

Els lladrucs se sentien cada vegada més a prop i el grup es va afanyar. L'Ezra em va agafar de la mà i em va mirar amb posat greu. Després em va estirar cap endavant. La por va fer que tots caminéssim ràpid malgrat el cansament acumulat.

Però tot i que ho intentàvem, no podíem seguir el ritme dels altres, que de mica en mica es van anar distanciant. Llavors, l'Ezra es va distreure un moment, va relliscar i va caure a terra.

Li vaig allargar la mà per ajudar-lo a aixecar-se, però quan va repenjar el peu a terra un dolor intens li va recórrer tota la cama. Es va deixar caure de nou al camí i es va mossegar els llavis per no cridar. El turmell li cremava de dolor. Se l'havia torçat, o alguna cosa pitjor.

—No puc caminar.

Els lladrucs, juntament amb unes veus que parlaven alemany, se sentien clarament.

—Ves-te'n —em va cridar—. Fuig amb els altres. Tu pots fer-ho.

En comptes de fer-li cas, el vaig agafar per les aixelles i el vaig començar a aixecar. Malgrat que només era una nena, més o menys era tan alta com ell i la desesperació m'infonia forces.

—Què fas? Deixa'm.

Li vaig assenyalar el que havia descobert uns metres a la dreta del sender. Gairebé imperceptible, entre un grup de roques com les que havia esmentat en Millet s'hi distingia una escletxa allargada. Des d'allà no es veia si era una cova o una simple esquerda a la pedra, però era l'únic lloc que ens podia servir per amagar-nos.

L'Ezra es va repenjar en mi i ens vam dirigir cap a les roques a batzegades. Jo resava perquè no m'hagués equivocat. Mentrestant, darrere nostre se sentien les veus dels soldats cada cop més a prop. Esbufegant, vam aconseguir arribar al lloc. L'escletxa era una cavitat estreta i fosca. Semblava prou ampla per passar-hi, però no sabíem què ens trobaríem a l'altra banda.

Els cruixits de les botes sobre les pedres van fer que ens giréssim a l'instant. Els primers homes pujaven corrent pel sender. Quan alcessin la vista ens veurien. No hi havia temps. Ens vam agafar de la mà i vam passar a través de la bretxa.

Vam deixar anar un sospir quan vam caure a terra, que per sort era a poca altura, tot i que l'Ezra es va endur la pitjor part per culpa del turmell.

La claror de l'exterior ens va permetre distingir el lloc on érem. Es tractava d'una cavitat d'uns dos metres d'altura i cinc o sis de profunditat. Les parets estaven ennegrides a causa del fum d'antics focs de pastors.

Amb molt de compte, vaig treure el cap per l'escletxa. Vaig comptar set soldats i dos gendarmes. S'havien aturat just al lloc on l'Ezra havia ensopegat pocs minuts abans.

Alleujada, vaig observar que el camí que duia fins a la roca estava net de neu. Si no, només els hauria calgut seguir les nostres petjades. Em vaig preguntar on devien ser els gossos que havia sentit.

De sobte, vaig notar una presència darrere meu. Em vaig deixar caure al costat de l'Ezra i ens vam abraçar, mentre jo no parava de resar perquè no m'haguessin vist. Un grapat de terra ens va caure a sobre. Vam sentir un lladruc i el so d'uns passos per sobre dels nostres caps. Havien trobat la bretxa.

Ens vam enganxar contra la roca. Un soldat va treure el cap però, igual que nosaltres abans, no va veure res a dins. Va conversar amb un company, i al cap de poc el feix de llum d'una llanterna va recórrer la cavitat. Nosaltres érem just a sota i la llum va passar a pocs centímetres dels nostres peus.

El soldat va dir unes paraules i el cap del pastor alemany es va ficar a l'escletxa. Malgrat la foscor, vaig sentir que el gos ensumava l'aire. No ens atrevíem a moure'ns. Si ho fèiem, ens descobriria.

De sobte, l'animal va gemegar i amb les potes del davant va gratar la terra amb intenció d'apartar-se de l'obertura mentre el soldat cridava i forcejava amb la corretja. El gos va lladrar unes quantes vegades més fins que va aconseguir alliberar-se amb una estrebada i va marxar corrent. Vam sentir uns crits i passos que s'allunyaven corrent de les roques.

—Sé una mica d'alemany —va xiuxiuejar l'Ezra en la foscor quan va estar segur que havíem quedat sols—. El soldat ha dit que el gos tenia por.

36

L'Àlex va observar el noi a través de la finestra de mirall. Estava assegut amb el cap cot i les rastes li tapaven la cara. Li havien embenat la mà ferida. Emmanillat, s'inclinava cap endavant en una posició incòmoda, perquè la distància entre la cadira —clavada a terra— i la taula no li permetia repenjar els colzes.

La sala d'interrogatoris era una habitació rectangular amb les parets nues i pintada d'un blanc esmaltat. L'única il·luminació provenia d'una pantalla estanca amb dos tubs fluorescents encastada al sostre. Un dels tubs parpellejava cada cinc segons i emetia un brunzit elèctric constant. La sala no tenia finestres i feia pudor de suor, menjar ranci i por.

—Aquest fluorescent no el canviem, perquè al final els posa nerviosos —va comentar l'oficial a càrrec del sistema de gravació.

L'Àlex va apartar la vista, a ella també la feia posar nerviosa. L'intendent Cruz també hi era, i observava el detingut amb gravetat mentre intercanviava unes paraules amb un altre agent.

L'Àlex va brandar el cap i va entrar seguida d'en Cassel a la sala d'interrogatoris, on s'esperava el detingut. Havien decidit que el francès conduiria l'interrogatori.

L'espai era més petit del que es pensava i, per un instant, li va fer la impressió que les parets li queien a sobre i que no podria sortir d'allà dins. Va començar a notar la falta d'aire. Va tancar els ulls i es va repetir unes quantes vegades que no s'ofegava, que només ho tenia a la ment. Tot a dins de la ment dels collons. Al cap d'uns segons, la sensació es va atenuar. Quan va obrir els ulls, es va trobar amb la mirada curiosa del noi.

L'Àlex es va quedar dreta, repenjada a la paret, mentre que en Cassel va seure a la cadira que hi havia a prop del noi i va col·locar la gravadora entre tots dos. Després, de la butxaca de la jaqueta en va treure una llauna d'Aquarius i un kebab embolicat amb paper d'alumini que havia comprat dos carrers enllà de la comissaria. Ho va posar a l'abast de les mans del noi.

—Suposo que tens gana i set.

El noi no va contestar, però va agafar el refresc i el kebab. No va trigar ni un segon a fer una bona queixalada al rotllet de carn. L'Àlex va arrufar el nas per la intensa olor de xai rostit que desprenia.

En Cassel va esperar que s'empassés la segona queixalada i va engegar la gravadora.

—*Allons-y*... Com et dius?

El noi el va mirar com si li sabés greu que li interrompés el menjar.

—Antoine. Antoine Closas.

—T'has ficat en un bon embolic, Antoine, però això ja ho saps, pel que hem vist —va dir, i va començar a llegir l'informe de la carpeta que duia—: Estafa. Furt. Detingut onze vegades... No hi ha dubte que tens experiència.

—Vaig complir la condemna. Ara estic net —va contestar, després de beure de la llauna i fer un rot.

Quan li va sentir la veu, l'Àlex finalment va recordar on l'havia vist abans. Era el jove que sortia a les entrevistes de televisió com a portaveu d'un dels grups mediambientalistes que protestaven contra la construcció de l'estació d'esquí.

—Ho saben els teus companys de l'ONG? —va preguntar ella, amb un somriure.

En Closas la va mirar amb posat desafiador abans de respondre.

—Per descomptat que ho saben. Em respecten per la meva transformació en una persona amb un propòsit.

—Un propòsit?

—Gaia està en perill. Les seves accions irresponsables ens porten a l'extinció de la vida en el planeta. Nosaltres som els seus defensors. La seva última esperança.

—Et recordo que això no és un programa de televisió.

El jove va arronsar les espatlles com a resposta i va fer una altra queixalada al kebab.

—Què hi feies a casa d'en Simón?

—No he robat res.

—No t'acusem pas de robatori —va intervenir l'Àlex—. Hi ha coses més greus, com agredir una agent de policia, per exemple.

—Només em defensava. No sabia qui eren. Estava espantat.

La seva cara va reflectir una aflicció profunda. Tot el seu llenguatge corporal transmetia un penediment sincer. L'Àlex va tenir la temptació de perdonar-lo, però al cap d'un segon es va maleir. *Com s'ho fa?*, va pensar. Era evident que el noi tenia un do per aconseguir la simpatia de la gent. L'espatlla ferida li va fer una fiblada i l'Àlex va recordar que per poc no havia acabat sota l'aigua. A l'hospital li havien fet una bona feina col·locant-li l'espatlla al seu lloc, però l'embenatge li tibava una mica.

—On eres dimecres a la nit entre les onze i la una de la matinada?

—A aquella hora... a la meva habitació de l'hostal.

—Hi ha algú que ho pugui corroborar?

Va negar amb el cap.

—La resta del grup havia sortit a sopar.

Va fer el gest per agafar la llauna de beguda, però l'Àlex se li va avançar i l'hi va arrabassar.

—Vostè és la poli dolenta, oi?

—El dissabte passat també eres a l'hostal, o vas sortir a fer un volt?

—Per què em fan totes aquestes preguntes? No hauria de tenir un advocat o alguna cosa així?

—Només estem parlant —va intervenir en Cassel—. Si vols un advocat, el pots demanar, però llavors les coses es complicaran.

—No em fan por. La causa que defensa Planeta Verde és la supervivència de la humanitat. Hi ha res més important?

—Cap causa justifica l'homicidi —li va etzibar en Cassel.

El noi el va mirar directament per primer cop.

—Homicidi? Quin homicidi?

—Ahir a la tarda en Simón va ser trobat mort.

Els ulls d'en Closas es van il·luminar rere les ulleres rodones i va somriure. L'Àlex va pensar que si no fos per la maldat que destil·lava la seva expressió, aquell somriure era capaç de desarmar qualsevol.

—Han matat el puto vell? De debò? Fuà! Me n'alegro.

—Ah, sí?

—Esperi un moment, per què soc aquí? —La seva expressió de sorpresa semblava autèntica. El seu to va canviar—. Jo no ho vaig fer.

—Hem trobat restes del teu ADN a les seves mans —va mentir l'Àlex, atès que els resultats de l'anàlisi encara no havien arribat—. Coincideix amb la sang que vas deixar a la finestra quan vas sortir de casa seva.

—Aquell vell era un animal. Enganyava a tothom amb el seu bastó, però era teatre. Una nit me'l vaig trobar a l'habitació de l'hostal. M'estava esperant. Em va clavar una pallissa. Tenia uns punys que semblaven pedres. Encara en tinc les marques. —Va assenyalar uns quants morats als braços i a la cara.

—Per què ho va fer?

—Per la mobilització contra l'estació d'esquí. Em va amenaçar de matar-me si no desapareixíem de la vall.

—I llavors tu vas decidir venjar-te'n.

La cara del jove va adoptar una expressió d'incredulitat.

—Jo? De cap manera. L'únic que volia era no tornar-me a trobar amb aquella bèstia. Per això he fugit corrents quan he sentit soroll, em pensava que era ell.

—Si l'home et feia tanta por, per què t'has ficat a casa seva?

El jove va esquivar la mirada de l'Àlex.

—No estàs en situació de quedar callat.

—Buscava una cosa —va murmurar.

—Es pot saber què?

En Closas va mirar a terra com si no hagués sentit la pregunta.

L'Àlex va decidir canviar d'enfocament abans que el noi es negués a continuar parlant.

—Quina relació hi tenies, amb en Daniel Latour?

—Latour? No sé qui és.

—Hem comprovat les trucades que va rebre la nit que el van matar, i just abans de morir en va rebre una del teu mòbil.

Per una vegada, en Closas va semblar que dubtava.

—D'acord —va claudicar—. El coneixia. M'hi vaig posar en contacte al cap de poc de venir a la vall.

—Per què?

—Tenia intenció de treure-li una mica de pasta. Era un dels beneficiaris.

—Beneficiaris?

En Closas va alçar la mirada, els ulls li ballaven divertits.

—Vaja, ja veig que no ho saben tot, oi?

—Il·lumina'ns.

—La propietat de la vall no és només de la família Dalmau. Quan es va morir el vell Dalmau els terrenys es van dividir entre diversos propietaris. Un d'ells era en Latour. M'hi vaig posar en contacte i li vaig oferir l'aturada de les protestes a canvi d'una bona picossada.

—Vaja, la causa mediambiental té un preu.

—Li vaig trucar per quedar amb ell, però em va respondre que estava ocupat i que li truqués al cap d'una hora. Ho vaig fer, però no em va contestar.

L'Àlex va reconèixer que això concordava amb el registre horari de les trucades al mòbil d'en Latour.

—Això no explica la teva presència a casa d'en Simón.

El jove va esbufegar.

—Mira, t'ajudaré una mica.

L'Àlex va deixar caure a sobre la taula la carpeta que havien trobat al fons de l'armari d'en Simón.

—Que potser hi buscaves això? —Va estendre els plànols i els informes de l'estació d'esquí amb el logotip de l'empresa Aiffege—. Codis d'accés, procediments per desactivar alarmes... Saps què penso? Que tu ets el responsable dels sabotatges que ha patit l'estació aquestes darreres setmanes. Crec que t'havies posat d'acord amb en Latour, però com que ets ambiciós, li vas demanar una part més gran de l'acord, ell s'hi va negar, vau arribar a les mans i llavors el vas matar.

En Closas va negar amb el cap. Tenia el rostre lívid.

—També crec —va continuar l'Àlex— que el vell va descobrir el teu joc quan va anar a l'hostal. Et va prendre aquesta documentació. Volia denunciar-te. Per això també el vas matar. Per això eres a casa seva, per recuperar aquesta carpeta.

En Closas tremolava a la cadira. Donava cops a la taula amb les mans emmanillades i es va posar a cridar.

—No vull continuar parlant! Vull un advocat!

En Cassel i l'Àlex es van aixecar al mateix temps. Quan van obrir la porta per sortir, van sentir la veu ronca del noi darrere seu.

—No saben res. Es pensen que em tenen collat, però resulta que no. —Va fer una riallada seca—. Jo tinc una missió. He sigut escollit. Això només és una prova més! —La seva expressió era la d'un fanàtic—. No aconseguiran aturar-ho. Hem convocat una gran manifestació. Vindrà gent de tot el país, fins i tot de l'altra banda de la frontera. Quan se sàpiga que m'han detingut, és igual del que m'acusin, tothom es pensarà que és un muntatge per aturar les protestes. Aquesta vall es convertirà en un infern.

L'Àlex conduïa en silenci. La cadena de pensaments en què estava perduda es va trencar quan va sentir per primera vegada la veu del seu acompanyant.

—Em sembla que al final el trencarà —va dir en Cassel.

L'Àlex es va mirar les mans crispades al volant. Tenia els nusos blancs i els dits adolorits de la força que feia. Va deixar anar un sospir. Va relaxar els braços i tot el cos se li va destensar. Va fer una llambregada a en Cassel, que la mirava amb curiositat.

—Sap què? El seu tot terreny és increïble. Un jeep Wrangler, ni més ni menys. M'he fixat que té la suspensió adaptada. Suposo que és molt útil a la ciutat.

Abans que l'Àlex contestés, el seu telèfon va vibrar i va saltar la trucada al mans lliures.

—Truco per avisar-los. —L'Àlex va reconèixer la veu de la jutge Andrés a través de l'altaveu—. Acabo de parlar amb l'intendent Cruz. L'oficina, a través de la Delegació del Govern, ha convocat una roda de premsa per demà al matí per anunciar la detenció d'Antoine Closas i la fi de les investigacions.

—Com pot ser? No és una mica precipitat? —va preguntar l'Àlex, sorpresa.

El silenci de l'altra banda de la línia va ser molt evident. La jutge va tossir abans de continuar parlant.

—Mirin, aquest cas s'ha de tancar. La candidatura dels Jocs d'Hivern està en perill. La roda de premsa és idea de l'intendent Cruz, i al delegat del Govern li ha semblat fantàstica. S'ha de destacar l'efectivitat dels cossos de seguretat de l'Estat, l'exitosa cooperació entre països, etcètera, etcètera.

—Però...

—Subinspectora —la va interrompre—, ja sap com va, això. —Va fer una pausa—. Ho sento, però és el que hi ha.

L'Àlex va clavar un cop al volant amb ràbia.

—No pateixin. El seu esforç serà reconegut.

—No és precisament això el que m'amoïna —va respondre l'Àlex amb aspror.

—Pel que sembla, la detenció d'en Closas no ha sigut fàcil. M'han dit que n'ha resultat ferida.

—No és res.

Va recordar l'atac de pànic que la va deixar indefensa, a mercè del jove. Però el pitjor era saber que podia haver ferit algú una altra vegada. S'havia convertit en un perill. No podia continuar així.

—La veritat és que... —va començar.

—En Closas coneixia molt bé la Colònia —la va interrompre en Cassel—. Potser ens ha sorprès, però la ràpida actuació de la subinspectora Serra ha evitat que s'escapés.

L'Àlex el va mirar amb sorpresa.

—Molt bé —va respondre la jutge—. Sembla que el seu superior tenia raó, subinspectora.

En Cassel va fer un somriure a l'Àlex, que el va fulminar amb la mirada.

—La fiscalia té intenció d'imputar-li càrrecs per desordre públic i coacció, i dos homicidis amb acarnissament i premeditació —va resumir la jutge. A través de l'altaveu es va sentir clarament com sospirava—. Esperem que, realment, amb la detenció d'en Closas s'hagi acabat tot aquest assumpte. Sisplau, tinent, transmeti el meu agraïment als seus superiors.

—Així ho faré, gràcies, senyoria.

La jutge Andrés es va acomiadar, però abans els va exhortar a veure's durant la roda de premsa.

El tot terreny va quedar en silenci mentre continuaven avançant per la carretera. L'Àlex va mirar en Cassel de reüll. El policia francès tornava a mirar el paisatge per la finestra. L'Àlex no estava acostumada a donar les gràcies perquè sempre s'espavilava sola. No necessitava ningú. No depenia de ningú. Per això preferia treballar pel seu compte. D'aquesta manera tot era més fàcil. Però ara —va tornar a mirar en Cassel— tenia un company.

Va notar que li costava articular les paraules, però tot i així ho va fer.

—Volia donar-li les gràcies.

En Cassel va arronsar les espatlles.

—Som companys. Vostè hauria fet exactament el mateix per mi.

—El que ha passat a la sala dels telers...

—No cal que em doni cap explicació.

Es va fer silenci fins que l'Àlex el va tornar a trencar.

—Potser necessito fer-ho...

—Doncs en aquest cas, crec que ja comença a ser hora que ens tutegem, no et sembla?

37

—La meva germana va desaparèixer per culpa meva.

L'Àlex i en Cassel havien demanat un parell de cerveses i estaven asseguts a la taula més discreta del local. A aquelles hores el bar estava gairebé buit, i l'amo, després de servir-los, es va ficar a la cuina per preparar els esmorzars de l'endemà al matí.

—Recordo perfectament què vaig sentir quan vam arribar aquí per primera vegada. No havia vist mai unes muntanyes com aquestes. El sol semblava incapaç de superar els cims i, tot i que era a l'estiu, sempre em feia la sensació que una ombra es projectava a sobre nostre. Aleshores no ho volia admetre, però tenia por. Des de la mort de la meva mare em feien por moltes coses.

L'Àlex va beure un trago llarg de cervesa, que va trobar més amarga del que s'esperava.

—La mort de la meva mare va ser un cop fort per al pare. Va començar a beure. La meva germana i jo ens el vam trobar un parell de vegades tirat al portal de casa demanant perdó sense parar amb la veu pastosa. Em vaig espantar moltíssim. Jo era petita. La Lia també, però ella sempre sabia què s'havia de fer. Les dues vegades que això va passar, el vam pujar a casa i el vam ficar al llit amb la roba del carrer posada. Encara recordo el tuf agre del seu alè. A més de la tristesa per la mort de la mare, sabia que el pare se sentia culpable, creia que ens havia fallat.

L'Àlex va notar que se li encongia l'estómac. No sabia per què li estava explicant tot allò a en Cassel, però les paraules li sortien de la boca com un broll que havia retingut massa temps.

—El pare va perdre la feina. Era biòleg i formava part d'un equip d'investigació de la Universitat de Barcelona. En realitat, la va deixar per cuidar la mare. Després, quan tot es va acabar, no el van voler readmetre. Van passar setmanes, que es van convertir en mesos, i al cap d'un any continuava sense trobar feina. La situació es va tornar molt difícil. Estaven a punt de fer-nos fora de casa perquè no pagàvem el lloguer. I llavors va rebre aquella trucada.

L'amo del bar se'ls va acostar amb dues cerveses més sense que, aparentment, les hagués demanat ningú. L'Àlex es va sorprendre que les primeres s'haguessin acabat tan ràpid.

—Un amic del pare —va reprendre la història—, li va comentar que buscaven una persona disposada a viure a la muntanya. Es tractava d'un projecte europeu d'observació de la fauna salvatge. Pagaven un sou raonable. Era l'oportunitat de tornar a començar. El lloc es deia Os de Civís, un puntet minúscul al mapa, dins de la taca fosca del Parc Natural de l'Alt Pirineu, enganxat a Andorra. Jo no havia sentit mai a parlar d'aquest poble, i després he trigat molt de temps a poder-lo oblidar.

»A causa de la feina del pare, vivíem en una cabanya lluny del poble, situada a més de dos mil metres d'altitud, a prop del pic de Salòria. Estava ben condicionada, però era una cabanya austera, envoltada de boscos i a prop de diverses pistes que s'endinsaven a la muntanya. Teníem l'imprescindible per viure, i la meitat de l'espai estava ocupat per instruments de mesura que el pare necessitava per a la feina. A qualsevol altre li hauria semblat una condemna. A nosaltres ens va semblar una meravella.

—Aquesta és la cabanya on t'estàs ara.

L'Àlex va afirmar amb el cap.

—Teníem molt de temps lliure. Havíem fet amics a la vall. Organitzàvem excursions. Rondàvem per la muntanya com si fóssim antics exploradors. Tampoc hi havia gaire res més per fer. S'acostava el bon temps. Semblava que gaudiríem d'un estiu fantàstic, tan dolçament avorrit com podia esperar una nena... fins que vam descobrir el búnquer.

L'Àlex no va alçar la mirada de la taula. La presència silenciosa d'en Cassel, que l'escoltava amb paciència, la feia sentir bé. Excepte al seu terapeuta, no havia explicat mai a ningú aquella història.

—Saps què és la línia P? —Davant la negativa d'en Cassel, va continuar—. Durant els mesos posteriors a la desaparició de la meva germana, vaig investigar pel meu compte. Vaig buscar l'origen d'aquella construcció, el lloc on tot havia començat. El búnquer era un antic assentament que pertanyia a aquell projecte. Uns anys després de la Guerra Civil, Franco va decidir muntar una línia defensiva als Pirineus en previsió d'una invasió des de França. Durant una dècada, es van construir centenars de búnquers, nius de metralladora, trinxeres, quilòmetres de túnels sota terra... fins que es va abandonar el projecte quan es van adonar que era una estupidesa. Actualment, gairebé ningú no sap com localitzar aquelles antigues instal·lacions militars. Els documents que les ubiquen estan perduts en algun lloc de l'Arxiu General Militar d'Àvila. Ho sé perquè els vaig demanar, però me'ls van denegar.

Es va acabar la cervesa i una altra ampolla es va unir als envasos buits.

—Havíem trobat una de les galeries més extenses, si bé aleshores no ho sabíem. Vam estar dies explorant el búnquer. Després, vam fer una aposta absurda per demostrar qui era el més valent. Vaig fer trampes per guanyar perquè m'agradava la manera com els nois miraven la Lia. Jo volia que em miressin igual. Volia deixar de ser la germana insignificant que sempre era al seu costat. Jo... a vegades l'odiava. Era tan perfecta... tan especial... —L'Àlex va callar durant uns segons. Malgrat tota la cervesa que s'havia begut, es notava la gola seca—. Quan es va acomiadar de mi aquella tarda, mai no m'hauria imaginat que no la tornaria a veure més.

Va sentir una sensació d'ofec, però de seguida li va passar.

En Cassel no va dir res, només va assentir amb l'expressió seriosa. L'Àlex es va sorprendre quan va veure que els seus dits fregaven els de l'home sobre la taula plena de quintos de cervesa. Què estava fent? De sobte, tot el cansament i la tensió dels últims dies li van caure amb tot el seu pes a les espatlles. Va enretirar la mà esperant no ser gaire brusca. En Cassel no va semblar que captés la seva incomoditat.

—Bé devien fer una investigació...

—Els detectius van interrogar els meus amics. Tots van assegurar que, quan van arribar al sender que conduïa al poble, es van acomiadar de la Lia. També es va explorar el búnquer a fons, però no van trobar res. Cap empremta, cap rastre. Només es va poder comprovar que no va arribar mai a casa. Al cap de dues setmanes es van suspendre les batudes. Un any després es va arxivar el cas.

L'Àlex mirava cap endavant com si en Cassel no hi fos.

—Des de llavors no he parat de pensar que si jo no hagués canviat aquella carta, ella seria aquí.

—En aquest cas, és possible que t'hagués passat a tu.

—És possible, però... saps què és viure sabent que ets culpable de la desaparició de la teva germana? Saps com se suporten aquests remordiments?

En Cassel va callar, no tenia una resposta.

—No es poden suportar, simplement el dolor t'acompanya cada minut de la teva vida, sempre és aquí, com una ferida mal curada que es torna a obrir una vegada i una altra.

L'Àlex va agafar l'ampolla, però s'ho va repensar i la va deixar de nou a la taula. Ja havia begut prou.

—Érem petites. La Lia tenia tot el futur per davant. L'esperava una vida meravellosa...

—I el teu pare?

—Quan van acabar les batudes, es va enfonsar. Després de perdre la dona, va perdre la seva filla gran. Va tornar a beure. Es va refugiar en el silenci. El contracte de treball es va acabar, però ell va decidir quedar-se aquí, suposo que, d'alguna manera, per ser a prop de la Lia. Dues setmanes després, la meva tieta, la germana de la mare, em va venir a buscar. Me'n vaig anar a viure amb ella a Barcelona. Quan vaig fer dotze anys, la tieta va demanar la meva custòdia i el pare no hi va posar cap pega. No vaig tornar mai més a la muntanya ni a veure'l a ell.

—Mai? En tot aquest temps? —En Cassel no va poder dissimular la sorpresa.

L'Àlex va negar amb el cap.

—Ni una trucada de telèfon. Al principi, el pare ho va intentar, però jo sempre em negava a parlar amb ell. Era el nostre pare, ens havia de protegir. Com havia pogut permetre que passés allò? N'hi vaig donar la culpa. De totes maneres, ell no hi va insistir gaire. Simplement va deixar que jo decidís pels dos. Suposo que en part també me'n culpava a mi.

—Només eres *une petite fille*... tot just una nena.

—Sí, tens raó.

En Cassel va agafar aire i va beure un trago de l'ampolla. L'Àlex va dubtar de si li havia d'explicar la resta de la història. Però de seguida es va adonar que ho volia fer.

—Al cap d'un mes, ja quan era a Barcelona, vaig començar a tenir els primers atacs.

Va apartar la vista. No podia mirar en Cassel, que continuava en silenci. Escoltant. Era com si estigués parlant sola, però al mateix temps, sabia que tenia un testimoni de les seves paraules. Algú en qui... confiava.

—Sense cap motiu. A vegades, estant sola. D'altres, envoltada de gent. Els atacs de pànic es van fer cada vegada més freqüents i prolongats. Vaig deixar de dormir. Em feia por sortir al carrer. A casa m'ofegava. Saps què és sentir tota l'estona que estàs en perill, que estàs a punt de morir-te i que el cos et demana que fugis però no hi ha enlloc on anar? Arriba un moment en què desitges morir-te de debò perquè tot s'acabi.

—Devia ser molt dur.

—Fins que no vaig anar a un terapeuta no sabia què em passava. Em pensava que m'estava tornant boja. Vaig estar dos anys anant al psiquiatre. Em va costar, però em vaig recuperar, vaig tornar a ser jo. Els atacs de pànic van desaparèixer... fins fa poc.

—El que t'ha passat a la fàbrica.

L'Àlex va afirmar amb el cap.

—Feia molt de temps que no tenia un atac, però a principis d'any em vaig quedar paralitzada al mig d'un operatiu. —Va tancar els ulls i es va mossegar els llavis mentre rememorava l'escena—. Va ser tan inesperat, que vaig oblidar totes les eines per combatre'l. El pànic es va apoderar de mi i vaig disparar a un company. Em van suspendre. Vaig tornar al psiquiatre. Saps què pensa un policia de qualsevol company que va al curabojos?

En Cassel va afirmar amb el cap.

—Que no s'hi pot confiar.

—Exacte.

Van passar uns segons en silenci. Llavors l'Àlex va notar la mà d'en Cassel estrenyent la seva.

—Jo confio en tu.

Va alçar el cap, sorpresa, i va trobar el somriure del francès. Es va notar una onada d'escalfor al pit.

En Cassel va enretirar la mà i es va aixecar.

—Crec que he de fer una visita al lavabo.

L'Àlex el va observar mentre s'allunyava pel passadís del bar, reclinada a la cadira. Parlar l'havia fet sentir bé. Però no ho havia explicat tot. No podia. En Cassel no ho entendria. Com podia explicar-li que la seva germana se li apareixia? Després de tants anys, aquelles visions havien tornat de la mateixa manera que els atacs d'ansietat. Tampoc pensava parlar-li de l'estranya aparició del llop a la cabanya. Ni ella mateixa no sabia si havia sigut real o un producte de la seva ment desequilibrada.

Va negar amb el cap mentre apartava l'ampolla a un costat de la taula.

L'Àlex no pensava permetre que el seu nou company sabés que estava sonada.

38

El diari de la Raquel

Quan vam estar segurs que la patrulla se n'havia anat, vam sortir del refugi i vam reprendre el camí. L'Ezra havia escoltat les indicacions d'en Millet i sabia que el sender ens conduiria fins al següent punt de la travessia. Esperàvem poder-nos retrobar allà amb la resta del grup. Si no, estaríem sols.

El turmell de l'Ezra ja estava millor, aparentment només se l'havia torçat. Vaig esquinçar un tros de vora de la meva faldilla i l'hi vaig embenar ben estret, tal com havia vist fer al meu pare amb els meus germans. Tot i que estava adolorit, l'Ezra podia caminar. Tanmateix, no va rebutjar la meva espatlla per repenjar-se i, d'aquesta manera, durant la següent hora vam avançar en silenci, l'un al costat de l'altre, morts de por per la possibilitat de tornar a trobar la patrulla.

Vam travessar la frontera quan el sol ja era ben amunt del cel. Les vistes eren precioses. Seguia fent fred i estàvem esgotats, però l'escalfor del sol ens reconfortava. Vam deixar enrere el port de muntanya i vam iniciar el descens. L'Ezra es va entrebancar unes quantes vegades, i si jo no l'hagués tingut agafat, hauria caigut.

Al cap de mitja hora vam trobar les restes d'un vell corral a la vora d'una arbreda. L'Ezra em va demanar que paréssim uns minuts. Va repenjar l'esquena contra el mur i es va deixar caure a terra. Jo volia fer el mateix, però tenia molta set i vaig decidir anar a buscar aigua. Potser hi havia algun rierol allà a prop.

Em va semblar que sentia aigua corrent i em vaig dirigir cap a l'origen del so. Vaig rodejar la construcció en ruïnes i vaig caminar uns quants metres entre arbres i bardissa.

Vaig estar a punt de cridar d'alegria. En unes roques cobertes de vegetació sorgia un broll d'aigua. Un tros d'escorça feia de canella. L'aigua queia en un barril metàl·lic tallat per la meitat que devia fer d'abeurador.

Vaig ficar les mans sota el raig d'aigua gelada i el fred em va eriçar la pell. Vaig beure amb avidesa fins que vaig perdre la sensibilitat als llavis. Em vaig incorporar, havia de portar l'Ezra fins allà, necessitava beure tant com jo.

Llavors vaig sentir un soroll darrere meu. La por em va tornar a tenallar. Rere el mur del corral em va semblar veure una ombra que es movia. Vaig buscar pel meu voltant i només vaig veure un tronc, que vaig agafar amb les dues mans.

Entremig dels matolls va sortir un home. Jo vaig alçar la meva arma improvisada. Llavors, l'home va somriure, i quan va parlar amb el seu accent estrany, vaig sentir un gran alleujament.

—Però d'on surts, tu?

En Millet havia acordat amb el grup que s'esperessin en una clariana que hi havia un tros més avall per descansar, i ell havia pujat fins allà per veure si apareixíem, tot i que es pensava que ja érem de camí cap a un camp de treball. Estava a punt d'anar-se'n quan em va sentir. Ens va donar una mica de formatge i pa sec que duia a sobre i vam emprendre la baixada amb ell.

Al cap de poc, ens vam reunir amb la resta del grup. El tiet de l'Ezra es va alegrar tant de veure'ns, que va plorar mentre ens abraçava. Tots els altres també es van mostrar afectuosos, excepte el senyor Jacob, esclar, que s'estava un tros lluny i no parava de protestar en veu baixa pel temps perdut.

—Vinga, ja n'hi ha prou de demores. —En Millet va agafar la motxilla de terra—. Encara ens queda un bon tros de camí per abandonar la muntanya.

En el moment en què tots ens posàvem en marxa, es van sentir unes veus i vam callar de cop.

—S'acosta algú.

Van aparèixer quatre homes i dues dones joves a la clariana. De seguida vam reconèixer, per la roba que duien, que era un altre grup que també travessava la frontera. Al capdavant hi anava el guia, un noi robust que, a diferència d'en Millet —que es negava a fer servir armes—, duia una escopeta creuada a l'esquena. No em va agradar gens com ens va mirar, i encara menys el seu somriure. Es deia Simón.

En Millet i ell van conversar uns instants. En Simón li va proposar que féssim el camí junts.

Em vaig adonar que al nostre guia no li agradava la

idea, però difícilment s'hi podia negar. A la muntanya tothom s'ajudava. Per tant, formant un sol grup, vam reprendre el camí cap al que més tard coneixeria com l'estany de Romedo.

39

L'Àlex va remugar quan el mòbil va començar a sonar amb aquell timbre estrident. Va veure que a la pantalla retroil·luminada el rellotge marcava les vuit del matí. Es va notar la llengua com si fos un drap, i encara tenia el gust agre de les cerveses de la nit anterior. Després de deixar en Cassel, malgrat tot el que havia begut, no havia aconseguit agafar el son fins a les quatre de la matinada. Va agafar el telèfon, disposada a engegar a la merda qui fos que s'atrevia a despertar-la.

—Senyora Serra?

Va afirmar amb el cap fins que es va adonar que l'interlocutor no podia veure el seu gest.

—Sí?

La veu li va sortir de la gola com un grall. Necessitava un cafè amb tota la cafeïna. Tant li feia que estigués contraindicat amb la medicació, si de totes maneres tampoc no podia dormir.

—Espero no haver-la despertat. Soc el doctor Joan

Canellas. El metge del seu pare. M'ha costat molt localitzar-la.

—Ja.

—Li truco per demanar-li que em vingui a veure a la consulta de l'hospital.

—Ara?

—Bé... com més aviat millor. Si ara no té res millor per fer...

El to de veu del metge la va fer empipar, però quan es disposava a contestar-li amb brusquedat, una punxada a la templa li va dir que valia més acabar la conversa ben ràpid. Ja li explicaria després al metge que ella no volia saber res del seu pare, tal com el pare no havia volgut saber res d'ella. Era una de les poques coses en què havien estat d'acord. A més, després de la roda de premsa havia de tornar a Barcelona. Havia rebut una trucada del comissari Martí i li havia ordenat que tornés immediatament.

—D'acord. D'aquí a una hora seré aquí, més o menys.

L'Àlex va penjar i va deixar caure el cap al coixí. Almenys el sostre no reflectia la seva imatge. Estava segura que no li agradaria el que veuria.

Dues hores més tard, l'Àlex tornava a travessar les portes de l'hospital. L'olor de desinfectant li va tornar a fer pujar la bilis a la gola. Va preguntar pel doctor Canellas i una infermera la va acompanyar fins a un despatx estret on només hi cabien dues taules i una estanteria. Una de les taules estava ocupada per un jove metge concentrat en l'ordinador.

Va trucar suaument a la porta i el metge va alçar el cap. Tenia un somriure bonic, tot i que l'Àlex va pensar que somriure quedava fora de lloc en aquell despatx.

—Alexandra? Bon dia. Segui, mentre m'acabo de barallar amb el sistema.

La seva veu era més càlida en persona que per telèfon. No obstant això, no va aconseguir rebaixar la incomoditat que sentia l'Àlex de tornar a ser allà. Va seure i va mirar el rellotge. Faltaven tres hores per a la roda de premsa sobre la detenció d'en Closas, i després ella se n'aniria, aquesta vegada per no tornar mai més.

—Perdoni... —es va excusar el metge, mentre apartava uns papers i els canviava d'una pila a una altra—. Quan em vaig fer metge, ningú no em va dir que dedicaria més temps a la paperassa que no pas a curar malalts.

L'Àlex no va dir res.

—Miri, li he trucat perquè em van comentar a la recepció, on es va registrar per entrar a l'hospital, que el senyor Joan havia rebut la visita de la seva filla. El cas és que no sabíem... perdoni'm, que existia.

L'Àlex va arronsar les espatlles.

—Fa molt de temps que el meu pare i jo no mantenim el contacte. No ens vèiem gaire.

El metge la va mirar amb curiositat, però no va dir res.

—Bé, la qüestió és que ara és aquí i és el seu únic familiar.

—Suposo.

—Em va semblar pertinent que tinguéssim una conversa per comentar-li l'estat del seu pare.

L'Àlex va afirmar amb el cap i va tornar a mirar

l'hora. L'agulla dels minuts gairebé no s'havia mogut. Que se li havia parat el coi de rellotge?

—Té pressa?

—La veritat és que sí.

—A què es dedica?

—Soc subinspectora de policia.

—Ah. Ara entenc per què em sonava tant el seu nom. La vaig veure a les notícies.Vostè és la responsable d'investigar aquells assassinats que hi ha hagut a la vall.

—Exacte —va respondre l'Àlex, amb aspror—. Per tant, si no li sap greu, ens hauríem d'afanyar.

—Per descomptat. Seré molt breu: el seu pare s'està morint.

L'Àlex ja tornava a ser davant de la porta de l'habitació. Aliena al tragí del passadís, va contemplar el vell que hi havia estirat al llit. Estava dormint. La llum del matí, que s'esquitllava entre les escletxes de la persiana abaixada, li il·luminava la cara relaxada. Un tub li envoltava el cap i s'introduïa per les fosses nasals. Quan el va veure així, tan indefens, li va recordar un nen envellit.

Va pensar que seria fàcil anar-se'n. El seu pare no s'havia adonat de la seva presència. Si marxava ara, seria com si no hi hagués estat mai.

Va entrar a l'habitació. Va seure en una butaca al costat del llit. S'havia hagut de posar uns guants i una mascareta. El metge li havia dit que, a causa de l'estat del seu pare, havien fet tot el possible perquè tingués una habitació per a ell sol. En Canellas li havia explicat que el pare havia agafat una grip de tipus A. Aquell hivern estava sent especialment virulent. Llavors, tot s'havia complicat a causa de l'edat i de l'historial mèdic. Igual que el mecanisme d'un rellotge antic al qual se li afluixa una petita molla i acaba desmuntant-se del tot. El seu pare feia anys que tenia una malaltia pulmonar, i la grip li havia causat una sèrie de complicacions fins a provocar-li una disfunció multiorgànica. Li havien curat la infecció vírica, però ara li fallaven els ronyons, el fetge i alguns òrgans més que ella ja no va sentir. També li havia afectat el cap.

La mà de l'Àlex va tremolar quan la va posar amb cura sobre la del pare i la va recollir entre els seus dits. La pell se li va arrugar com el paper de seda sota el tacte del làtex. Va notar, a través del guant, la duresa d'aquella pell, producte d'anys de treball. La mateixa duresa que notava de petita quan el pare tornava a casa després de la jornada laboral i li acariciava les galtes. Tenia les ungles massa llargues i els dits tacats de nicotina després d'anys de fumar Ducados. Incrèdula, va percebre l'olor de tabac a la bata. Que fumava d'amagat? Per descomptat, era capaç d'això i més.

Va veure un pot de crema hidratant a la tauleta alta amb rodes que hi havia al costat del llit. Es va treure el guant, es va posar una mica de crema al palmell i l'hi va untar pel braç, del qual en penjava només una pelleringa. Quan va veure els morats que li esquitxaven la pell a causa de la mala circulació, va pensar en un petit mar amb les seves illes. En aquell moment, el vell va obrir els ulls i la va mirar. La seva boca es va obrir amb un somriure dubitatiu.

—Natàlia?

L'Àlex es va apartar del llit i va notar l'antiga rancúnia a dins del cor.

—Que tornaràs a marxar?

L'Àlex no va respondre. Només es va inclinar i es va deixar envoltar per aquells braços esquelètics que se li van acostar sense forces. Amb un estremiment, va notar les costelles del pare a través de la roba: el seu pare s'havia convertit en una carcassa. La va atraure cap a ell, la galta sense afaitar li va esgarrapar la pell de la cara. Barrejada amb l'olor de tabac, va reconèixer la fragància afustada de Brummel, la colònia que feia servir des que ella era petita. Amb un fil de veu vacil·lant, el pare li va xiuxiuejar a l'orella:

—Filla, t'he estat buscant.

—Ja ho sé, pare. Ja soc aquí.

40

Els flaixos de les càmeres i dels telèfons mòbils centellejaven mentre l'intendent Cruz i el subdelegat del Govern s'instal·laven al costat del traductor a la taula plena de micròfons i gravadores. La jutge Andrés, que havia entrat a la sala amb ells, va buscar un seient lliure darrere de la gent de la premsa. Els murmuris dels periodistes es barrejaven amb les veus dels fotògrafs reclamant l'atenció dels ocupants de la taula. Tot i que a fora tornava a nevar, allà dins hi feia calor. La sala, que s'havia condicionat precipitadament, amb prou feines tenia espai per acollir-los a tots.

L'Àlex va arribar i es va aturar a la porta. Venia directament de l'hospital. En Cassel la va veure, la va saludar amb la mà des de l'altra banda de la sala i li va assenyalar una cadira buida al seu costat, però ella va rebutjar la idea d'anar fins allà. El xivarri de la gent la incomodava. Va agafar el pot dels ansiolítics i el va esclafar fins que va notar una fuetada de dolor entre els dits. La sensació de pànic estava controlada, de moment.

S'havien acreditat els principals mitjans espanyols i francesos. Els assassinats d'en Latour i en Simón havien ocupat moltes pàgines als diaris i molts minuts a les tertúlies de ràdio i televisió. A ningú no li passava per alt que la candidatura compartida dels Jocs Olímpics d'Hivern provocava aquell enrenou. La detenció del responsable dels crims era una notícia de primera. En Cruz ho sabia i per aquest motiu somreia.

Va inclinar el micro i es va aclarir la gola. Els altaveus van grinyolar.

—Sisplau, vagin seient. Estem a punt de començar la roda de premsa.

En Cruz va agafar aire i va recordar que havia d'adoptar un posat greu. Estava en el seu element, ell sabia com parlar als periodistes. Sabia que la càmera l'estimava. Era la seva oportunitat. Quan el van nomenar intendent de la Regió Policial del Pirineu Occidental, va pensar que l'estaven arraconant, enviant-lo al destí més llunyà. Després, quan li van ordenar que coordinés la seguretat de la candidatura olímpica, va concebre esperances. Fins que va arribar la subinspectora Serra. A dins del cos no hi tenia gaires valedors i la seva posició, havia d'admetre-ho, era insignificant. Però aviat tornaria a Barcelona i abandonaria aquella maleïda vall. La resolució dels crims i la seva impecable gestió de la crisi provocarien un gir a la seva carrera professional. Aquell mateix matí havia rebut una trucada de Presidència. Volien donar-li ànims, comentar-li que el Govern el necessitava i, de passada, li van deixar caure que si resolia bé aquell assumpte podria aspirar a una bona posició. Ell ja pensava en quin destí triaria.

A sobre de les càmeres es van encendre els llums vermells. En Cruz les va mirar directament i va adoptar un posat que projectava una imatge sòlida i de confiança. Va deixar que s'esvaïssin els últims murmuris de la sala i va començar a parlar:

—Bon dia a tothom. Gràcies per venir.

El traductor va repetir les paraules de benvinguda per als mitjans francesos.

—Aquesta nit passada, Antoine Closas, un home de vint-i-sis anys, activista de l'organització Planeta Verde, ha estat posat a disposició judicial. D'acord amb les proves obtingudes, és el responsable dels homicidis de l'enginyer Daniel Latour i de Simón Álvarez. Així mateix, tot apunta que també és el responsable dels sabotatges que han afectat les instal·lacions de Vall de Beau durant les últimes setmanes. Les forces de seguretat de l'Estat, en coordinació amb la Delegació del Govern, han fet possible aquesta ràpida resolució.

Va deixar que traduïssin les seves paraules mentre mantenia una expressió neutra.

Tot seguit, el subdelegat va passar a remarcar la col·laboració entre els països i la garantia que la candidatura als pròxims Jocs Olímpics gaudia dels màxims estàndards de qualitat.

Quan el traductor va acabar, l'inspector va anunciar:

—Iniciem el torn de preguntes.

Es van alçar unes quantes mans. En Cruz va donar pas a la primera pregunta. El periodista era un home alt i amb barba que en Cruz va reconèixer com a responsable de successos de *La Vanguardia*.

—Quin ha sigut el motiu d'Antoine Closas per cometre aquests crims?

—Òbviament, en Closas és un jove desequilibrat i amb antecedents. El seu objectiu últim era sabotejar la candidatura. La mort d'un dels enginyers responsables de l'obra va en aquest sentit. En el cas de Simón Álvarez, sospitem que el va sorprendre en un dels seus intents de sabotatge.

Es va alçar una altra mà.

—És possible que se li imputin càrrecs de terrorisme?

—Estem a l'espera dels càrrecs que decideixi imputar-li la fiscalia.

—En Latour era un ciutadà francès. Han treballat en coordinació amb les autoritats franceses?

—La relació amb els nostres col·legues de l'altra banda de la frontera és immillorable. La coordinació amb els seus serveis i la feina entre els diferents cossos de les forces policials dels dos països ha sigut exemplar.

L'Àlex es va fixar que els missatges de l'intendent estaven calant entre els periodistes, malgrat que la detenció d'en Closas havia sigut una simple casualitat i no fruit de la feina d'investigació, tal com insinuava Cruz en les seves declaracions.

Va desviar la vista cap a l'altra banda de la sala. La jutge Andrés observava l'escena darrere dels periodistes sense ocultar una certa tensió.

Una periodista d'un programa de televisió matinal es va aixecar a les files del darrere mentre s'allisava la faldilla excessivament curta. En Cruz va inclinar el cap i li va somriure. El rubor de la jove el va satisfer. S'ho estava passant bé.

—Quina explicació donen a l'estat en què s'han trobat els cadàvers?

—Tal com he dit, en Closas és un pertorbat.

—Hi ha rumors que diuen que podria pertànyer a una secta satànica.

—També n'hi ha que afirmen que als Pirineus s'hi veuen ovnis, però amb el fred que fa aquí és més probable que prefereixin la costa de Màlaga —va intervenir el subdelegat, amb una rialleta.

La broma va arrencar uns quants riures forçats entre el grup de periodistes.

Llavors va alçar la mà un periodista baixet que era a primera fila. Es va presentar com a reporter de *La Dépêche du Midi*. Parlava espanyol amb bon accent. L'intendent Cruz el va assenyalar per donar-li la paraula.

—Pel que sembla, el sospitós coneixia les seves víctimes. És veritat? I tinc una altra pregunta... —Va mirar un instant les seves notes—: Els sabotatges que ha patit l'estació d'esquí potser han sigut poc importants, però són molt concrets. Aquest activista necessitava una informació precisa de les instal·lacions. Com pot ser que un jove pertorbat hagi aconseguit aquesta informació? És possible que hi hagi més gent del seu grup o d'un altre col·lectiu involucrada?

En Cruz va contenir la temptació d'acostar-se la mà al coll de la camisa, que de manera inesperada es trobava més estreta. Va somriure al periodista, que el mirava impassible.

—Alguns detalls encara s'estan aclarint i s'ha de mantenir el secret de sumari. Els anirem informant més endavant. Però està confirmat que l'Antoine Closas actuava sol. No obstant això, el que considerem més rellevant és que s'ha detingut el responsable d'aquests crims i que d'aquesta manera es garanteix la seguretat de tots els ciutadans.

El periodista no semblava gaire satisfet i va començar a alçar la mà una altra vegada, però la veu de l'intendent va impedir que hi insistís.

—Això és tot. Gràcies per venir. L'oficina de comunicació els entregarà un dossier amb els detalls i la nota de premsa de la Delegació del Govern.

Amb el grinyol de les cadires, acompanyat d'una onada de murmuris i els flaixos de les últimes fotografies, es va donar per acabada la roda de premsa.

L'Àlex va observar que en Cruz se n'anava de la sala acompanyat d'un somrient subdelegat del Govern. La jutge Andrés continuava asseguda amb expressió pensativa. No se la veia gaire contenta.

41

L'Àlex es va acostar la mà a la cara. Malgrat que amb prou feines era perceptible, encara notava el frec d'uns dits a la seva galta. Va baixar a poc a poc del sofà, i quan va posar els peus nus sobre el terra glaçat va reprimir un gemec. Va mirar al seu voltant, res no havia canviat. Els documents de l'expedient del cas que havia estat revisant a la tarda continuaven escampats per sobre la taula. El foc s'havia consumit del tot i les brases il·luminaven amb un to vermellós la sala d'estar de la cabanya. Tot estava en silenci. Tanmateix, no es podia treure de sobre la sensació que, mentre dormia, algú havia estat allà.

En aquell moment va sentir el cruixit de l'esglaó.

Va evitar encendre el llum per no foragitar l'intrús i va avançar amb precaució fins al peu de l'escala. Va pujar sense fer gens de soroll, evitant l'esglaó atrotinat. Quan va arribar a dalt, va descobrir la trapa de les golfes ajustada i l'escala per accedir-hi desplegada. No recordava haver-la obert, però tampoc n'estava completament segura.

De petita odiava les golfes. Li feien por. Sempre que jugaven a tocar i parar, per fer-la enfadar, la Lia sempre s'hi amagava. Després, l'Àlex es passava una setmana sense parlar-li.

Quan va treure el cap a la trapa, una columna de fum li va sortir de la boca. Allà dalt hi feia molt més fred. La llum de la lluna entrava per una finestra en forma d'ull de bou i il·luminava les caixes embalades i els mobles vells tapats amb teles que abarrotaven tot l'espai i arribaven a tocar el sostre inclinat.

Va avançar amb dificultat per un passadís estret i sinuós fins que va aconseguir arribar a la finestra. No estava tancada i, amb cada ràfega d'aire, colpejava constantment contra el marc. Quan va agafar la maneta va notar un calfred. Les golfes es van desdibuixar al seu voltant i, de sobte, li va aparèixer a la ment la imatge d'un llac cobert d'una capa vegetal i envoltat d'un bosc amb arbres deformes. Les seves aigües desprenien una fetor pestilent.

Sense esperar-s'ho, es va veure a si mateixa trepitjant la terra humida de la vora del llac, que havia deixat de ser una imatge i ara s'estenia davant seu. Sense saber com, va ser conscient que si entrava a l'aigua fosca que li fregava els peus no en sortiria mai més.

Tot d'una, la fetor es va fer molt més intensa i putrefacta. La capa de vegetació que surava sobre les aigües es va remoure i en va sortir un cap. Donant-li l'esquena, molt a poc a poc, l'espectre de la seva germana va sortir de l'aigua en direcció a la riba oposada. Seguia semblant una nena i duia la mateixa camisa de dormir blanca. Aquesta vegada, se li enganxava al cos creant angles estranys, com si a sota de la tela li faltés part de la carn. Un instint atàvic li deia a l'Àlex que havia de fugir d'aquell lloc, al qual no pertanyia. Però no es podia moure ni deixar de mirar. Va veure com la Lia finalment arribava a la riba i, sense girar la cara, l'assenyalava.

Es va estremir tota ella i li va venir una intensa sensació de nàusees. De sobte, tornava a ser a les golfes. Encara tenia la mà a la maneta de la finestra. Es va adonar del mal que li feien els dits a causa de la força amb què l'agafava. Va tornar a sentir la pudor en l'aire, però abans que es fes més intensa, va tancar la finestra de cop. La pudor de mort i desolació es va esvair. Quan va abaixar la vista, sobre la pols d'una caixa de cartró, un dit invisible va començar a escriure un nom...

L'Àlex es va despertar cridant. Li tremolava tot el cos, però no sabia si era pel fred o per la desesperació que havia notat en la seva germana. Va agafar aire i el va deixar anar lentament. Llavors es va aixecar i va anar a la cuina.

Molta estona després, encara era allà dreta, contemplant la muntanya a través de la finestra, amb una tassa de cafè a la mà. A fora, començava a clarejar i les ombres fugien a buscar altres llocs més recòndits del bosc. Va desviar la mirada cap a la motxilla repenjada al sofà, preparada per carregar-la al jeep i marxar en direcció a Barcelona al cap d'unes hores.

42

L'absència de llum evidenciava molt més l'olor dels calabossos. Els netejaven cada dia, però no hi havia cap producte que pogués eliminar el tuf que ho impregnava tot.

L'Àlex va avançar pel passadís deixant enrere unes quantes cel·les a l'esquerra. Al seu pas, els ocupants es regiraven i la miraven de reüll, però quan veien que no s'aturava, continuaven dormint. Tret d'algun murmuri, ningú no li va dir res. L'oficial de guàrdia li havia indicat que l'Antoine Closas estava en règim d'aïllament, a l'última cel·la. A les nou del matí el traslladarien al jutjat. Era l'única oportunitat que tindria.

Quan va arribar a la seva cel·la, el va trobar estirat a sobre del matalàs, tapat amb una manta descolorida. Rere els barrots, l'Antoine semblava molt més jove, gairebé un vailet. Ningú no l'hauria cregut capaç d'assassinar dues persones a sang freda. *Si va ser capaç d'atacar-me a mi...* va pensar l'Àlex.

La subinspectora va picar les barres de ferro.

—Antoine, lleva't. Ja sé que no estàs dormint.

En Closas es va incorporar i va somriure mentre es gratava les rastes. Duia la samarreta reivindicativa i els texans gastats que portava durant l'interrogatori. *Tot i haver passat la nit a la cel·la, i amb aquesta pinta, continua transmetent encant. Quina llàstima,* va pensar l'Àlex. Però de seguida va tensar la mandíbula quan va recordar el moment en què va estar a punt d'acabar sota l'aigua per culpa d'ell. No podia oblidar que, darrere del seu atractiu i de la seva aparent vulnerabilitat, aquell noi era perillós.

El jove es va acostar als barrots arrossegant les vambes sense cordons. Tampoc duia les ulleres. En el moment d'entrar als calabossos, als detinguts se'ls retirava qualsevol objecte que poguessin utilitzar per cometre una agressió o per autolesionar-se.

—La poli dolenta. Què hi fa aquí? —va preguntar en Closas, amb desdeny.

—Tinc unes quantes preguntes.

—Potser no les vull contestar.

—Tu mateix —va dir l'Àlex, i tot seguit va girar cua i es va encaminar cap a la sortida. Quan era a mig passadís, va sentir la veu d'en Closas darrere seu.

—D'acord, d'acord. Què vol saber?

L'Àlex va tornar enrere dissimulant un somriure. La petulància inicial havia desaparegut en l'actitud del noi, però mantenia aquella expressió provocadora.

—És molt dura, vostè, oi? No com el seu company, que sembla sortit d'un col·legi *pijo*... —va dir en Closas, i va fer una pausa dramàtica—. D'acord, pot preguntar, però li respondré amb una condició.

—Quina?

—A canvi de les meves respostes, jo vull fer-li una pregunta. I me l'haurà de respondre amb sinceritat.

L'Àlex va reflexionar uns instants la proposta inesperada del noi i, a poc a poc, va afirmar amb el cap. En Closas va ampliar el somriure, satisfet. Tal com hauria fet un nen quan se surt amb la seva, es va afanyar a seure a terra i va alçar les mans per indicar-li a l'Àlex que ja podia començar l'interrogatori.

—Vull que m'expliquis com vas aconseguir la carpeta d'Aiffege.

—Vol que parli sense la presència del meu advocat un altre cop, subinspectora?

—Agafa-t'ho com una conversa entre amics. No porto gravadora. No et pot sentir ningú excepte jo. El vídeo... —L'Àlex va assenyalar cap a la càmera situada al sostre— ... només enfoca el passadís i no grava àudio.

—Com ho sé que em puc fiar de vostè?

—És possible que jo sigui la teva última esperança. Soc l'única que creu que no vas matar aquells homes.

El jove va semblar que reflexionava uns segons sobre aquestes paraules.

—Els documents de l'estació d'esquí els vaig rebre per correu, juntament amb un altre sobre amb diners i un paquet amb un telèfon mòbil.

—En Daniel Latour no en sabia res, d'això, oi?

—No. Jo només vaig contactar amb en Latour una vegada, per intentar arribar a... a un acord. No vam arribar a veure'ns.

—Doncs qui creus que t'ho va enviar, tot allò?

En Closas va arronsar les espatlles.

—No en tinc ni idea. La veritat és que no em va importar. Vaig pensar que m'havia tocat la loteria. —Aquesta vegada, l'Antoine va somriure ingènuament.

L'Àlex se'l va creure.

—He contestat les seves preguntes. Ara em toca a mi.

—Endavant.

—L'he observat. Percebo coses que els altres no veuen. Sé què significa aquesta seva mirada. No és el primer cop que la veig. A vegades veu coses, oi? Coses que no pot explicar.

L'Àlex es va sobresaltar, va empassar saliva i va intentar mostrar-se impassible.

—Digui'm la veritat. Si em menteix ho sabré —va insistir el noi.

Va tenir la temptació de negar-se a respondre, però ella complia els tractes. Va afirmar amb el cap.

—Qui és, qui se li apareix?

—La meva germana. Va desaparèixer fa anys.

—Ah, ja ho entenc... —Ara parlava en un xiuxiueig—. Se sent culpable... Creu que la persegueix per això.

—No és veritat. No em sento culpable.

—Li he dit que res de mentides. Excepte... que vostè també se les cregui.

—S'han acabat les preguntes —va dir l'Àlex, i es va disposar a marxar.

En Closas es va agafar als barrots i va acostar la cara a l'Àlex.

—Vaig veure el que li va passar...

L'Àlex va trobar els ulls del noi clavats en els seus. Estaven molt a prop l'un de l'altre. Va dissimular la inquietud que la rosegava per dins i va intentar fer un pas enrere, però els peus no l'obeïen.

—Vaig veure com cridava i queia a terra entre els telers.

Sense dir res més, es va apartar dels barrots i es va tornar a estirar al matalàs. Es va posar les mans a la nuca i la va ignorar. L'Àlex el va mirar per última vegada i va anar cap a la sortida. Darrere seu, mentre s'allunyava de la cel·la, va sentir la veu d'en Closas ben clara.

—Sempre apareixerà en els seus somnis, subinspectora.

L'Àlex va trucar al timbre, l'oficial de guàrdia va obrir la porta i va sortir de la zona dels calabossos.

43

L'Àlex va trucar a en Cassel i van quedar que es trobarien al cap de mitja hora a la rotonda nord de l'entrada a la Seu d'Urgell. El tinent francès li havia expressat la seva sorpresa, però no s'hi havia negat. Després de pujar al jeep, l'Àlex li va relatar la visita a en Closas, al calabós, obviant l'estranya pregunta que li havia fet el noi sobre les seves visions. Després d'una hora de trajecte, van veure que despuntava el perfil de la mansió Dalmau.

—Què hi fem, aquí? —va preguntar en Cassel, mentre baixava del tot terreny—. Suposo que tens present, subinspectora, que el cas està oficialment tancat.

—Per a mi no.

En aquesta ocasió, l'habitació on els va acompanyar la vella serventa no estava tan a les fosques com la primera vegada. Per a sorpresa de l'Àlex i en Cassel, la Béatrice Dalmau estava ajaguda en un sofà, amb una manta que li tapava les cames. Encara que semblés impossible, se la veia encara més pàl·lida que en la seva anterior visita. Darrere seu hi havia un suport metàl·lic del qual en penjava una bossa plena d'un líquid fosc que li arribava fins al braç a través d'un tub prim i transparent. Quan es va adonar de la seva presència, la Béatrice va alçar el cap per mirar-los i, per un instant, l'Àlex va tenir una sensació familiar, però de seguida va passar. La dona els va fer un gest lànguid perquè s'hi acostessin.

—Endavant, sisplau.

La seva veu sonava tan dolça com l'altra vegada, però potser una octava més baixa. L'Àlex i en Cassel van entrar a l'habitació i van descobrir que la Béatrice no estava sola. Hi havia un home gran al seu costat, assegut en una cadira. Tenia un maletí obert als peus i li estava prenent la pressió.

—Es troba bé? —va preguntar en Cassel.

A l'Àlex no se li va escapar el to preocupat del seu company.

—Sí, sí... —va contestar la Béatrice amb un somriure que va semblar que il·luminés l'habitació—, només és aquesta maleïda malaltia. A vegades tinc episodis de fatiga. Però per sort, em cuiden especialment bé.

—Si vol podem venir en una altre moment —va dir en Cassel.

—No, no, sisplau. Això és momentani —es va afanyar a dir, mentre es redreçava entre els coixins—. No sé si coneixen el doctor Foix.

El metge es va aixecar de la cadira i els va saludar amb una enèrgica encaixada. Era un home d'edat avançada, prim, els cabells blancs i molt curts i una barba ben cuidada. Vestia amb elegància un trajo de tres peces gris fosc. Els ulls, de conjunt amb el trajo, van escrutar els dos policies amb interès.

—Ve expressament des de Tolosa per fer-me les revisions periòdiques —va continuar la Béatrice Dalmau—. No confio en ningú més. Fa tant de temps que em visita que ja forma part de la família.

El doctor Foix va assentir.

—Bé, és que abans vaig ser el metge dels seus pares —va explicar als dos policies, amb una arronsada d'espatlles—. I el d'ella, sempre. Al capdavall... jo mateix la vaig portar al món.

L'expressió de la Béatrice Dalmau es va enfosquir uns segons, però de seguida es va transformar en una cara riallera.

—No puc estar en més bones mans. El doctor, aquí on el veuen, és una eminència internacional.

L'home va inclinar el cap i va fer un moviment amb la mà per treure importància a les paraules de la Béatrice, tot i que l'Àlex es va fixar que somreia amb suficiència. Pel que es veia, no era pas tan indiferent als elogis. De sobte, la seva cara li va recordar la de l'home de bata blanca de la fotografia antiga.

—Vostè treballava a la Colònia quan estava en funcionament?

En Foix va respondre uns segons tard, a penes delatant la sorpresa que li havia produït la pregunta.

—Exacte. Fa molt de temps d'això. L'August Dalmau necessitava un metge per atendre els treballadors. Aleshores, jo era un jove inexpert que tot just començava a exercir.

—No et treguis mèrits —va exclamar la Béatrice, rient—. Les seves investigacions sobre genètica són l'admiració de tot Europa. Molts avenços mèdics han estat possibles gràcies als seus treballs.

—Ets molt amable, reina, però actualment només soc un simple professor a la facultat de Tolosa.

El metge es va col·locar l'estetoscopi al voltant del coll i va retirar amb compte la banda elàstica del tensiòmetre del braç de la dona. Abans que se'l tapés amb la màniga del vestit, l'Àlex va distingir un braç esvelt i fibrós. La pell, gairebé transparent, tenia un aire irreal, com si fos el cos d'un ésser màgic. *Una bonica fada del bosc*, va pensar l'Àlex. Per la cara d'encís que feia, es va adonar que el seu company Cassel també pensava el mateix, si bé per raons ben diferents.

—Bé, doncs jo ja me'n vaig —va sospirar el metge. Els va mirar amb posat seriós. En els ulls del vell, l'Àlex hi va detectar una duresa que no hi havia captat abans—. Sisplau, no l'esgotin innecessàriament.

—No pateixi, doctor —va assegurar en Cassel.

Quan el metge se'n va haver anat, l'Àlex va seure a la cadira que havia deixat buida sense que l'hi haguessin convidat, mentre que en Cassel es va quedar dret.

—No la volem pas molestar, però li hem de fer unes preguntes.

—Endavant. Em complaurà poder-los ajudar. Tot i que no entenc què necessiten, em pensava que ja havien atrapat el responsable d'aquells assassinats.

—Es tracta d'unes comprovacions, per acabar de lligar caps.

—Molt bé. Endavant.

—Suposo que vostè també coneixia la segona víctima, en Simón Álvarez, perquè vivia en un dels habitatges de la Colònia, de la qual la seva família és propietària.

—Exactament, subinspectora Serra. Crec que això ja l'hi vaig comentar... —va respondre. La cara se li va enfosquir—. En Simón va ser el capatàs de la Colònia durant trenta anys, o més. Era la seva llar. No volia anar enlloc més, i tampoc coneixia res més. Fer-lo fora d'allà hauria sigut inhumà. És veritat que va morir atacat pels llops?

—Sí, és veritat.

La Béatrice es va acostar una mà a la boca i va negar amb el cap.

—Així, el destí s'ha rabejat amb ell...

—Per què ho diu?

—En Simón sempre va estar obsessionat amb un llop. Tenia la cara desfigurada per l'atac d'un animal quan era capatàs. Va passar molt abans de néixer jo. Però allò es va convertir en una obsessió. En Simón sempre m'explicava aquella història quan jo era petita. Fins que la meva mare ens trobava i el feia callar. Malgrat el pas dels anys, sempre insistia que caçaria l'animal que el va atacar, per molt que jo li assegurés que sens dubte aquell llop ja es devia haver mort de vell molts anys enrere. Era com el capità Ahab, però la seva balena blanca tenia una altra forma. Han llegit *Moby Dick*?

—Una novel·la meravellosa —va afirmar en Cassel.

—Li agrada llegir, tinent? És una de les poques distraccions per les quals val la pena estar aquí confinada. Com poden veure —va afegir, assenyalant la biblioteca que els circumdava— tinc milers de llibres a la meva disposició.

—Sap si en Simón —va interrompre l'Àlex— tenia algun enemic, o algú que li desitgés la mort?

—En Simón tenia un caràcter difícil que li va generar una certa animadversió a la vall. No obstant això, no se m'acut ningú que li volgués mal de debò, i encara menys provocar-li la mort. Al capdavall, no era res més que un vell. Crec que han detingut un sospitós, oi?

—Sí, exacte —va respondre l'Àlex.

—Li agraden les flors? —va preguntar de sobte la Béatrice, mentre s'aixecava.

—Eh... sí, suposo. Com a tothom —va contestar l'Àlex.

—Crec que ja s'ha fet prou fosc... —va dir la Béatrice, mirant per la finestra. Tot d'una, va trontollar.

—Es troba bé? —va preguntar l'Àlex.

—Sí, sí. És un efecte secundari de la transfusió de sang. És passatger. —Va agafar aire i va semblar que recuperava el color—. Acompanyin-me, sisplau.

La van seguir fora de l'habitació i ella mateixa els va guiar pel fosc passadís travessant una estança rere l'altra.

—No hauria de descansar? —va preguntar en Cassel.

—La inactivitat em fa posar nerviosa.

Van arribar al pati interior de la mansió i, després de baixar uns esglaons, la Béatrice es va dirigir cap a una porta metàl·lica mig amagada. Abans d'obrir, es va girar cap a ells.

—Aquest és el meu lloc preferit de la casa. Els aconsello que deixin els abrics aquí.

L'Àlex es disposava a fer el que li havia dit la dona quan li va cridar l'atenció un quadre que hi havia penjat en un costat del pati. Era el retrat d'una dona d'una bellesa espectacular. Duia un discret vestit gris i mantenia una actitud de fermesa, amb les mans creuades sobre el ventre. Portava els cabells recollits, cosa que li feia destacar encara més els angles de la cara. Però el més captivador de tot era la seva mirada, fosca i freda com el fons d'un glaciar. L'Àlex va pensar que alguns homes serien capaços de fer qualsevol bogeria per una dona com aquella.

La Béatrice li va seguir la mirada i es va avançar a la seva pregunta.

—És la meva mare, la Camille Folcaux.

—Preciosa.

—Sí que ho era.

I sense dir res més, va obrir la porta i una alenada d'aire calent els va rebre.

Van entrar en un hivernacle de generoses dimensions. L'estructura feia pensar en una construcció modernista, feta totalment amb fusta i acer. La coberta estava formada per grans làmines de vidre que devien permetre l'entrada de la llum solar. Els laterals i el centre estaven ocupats per unes llargues taules de pedra repenjades en uns suports robustos. Com si fossin unes jardineres enormes, estaven plenes de terra, roques i plantes de tota mena. Un complex sistema de rec distribuïa l'aigua per tot el recinte, i un canal d'alumini recorria els costats de les taules i recollia la que sobrava.

L'Àlex es va fixar que hi havia una harmonia en cada detall. La disposició de cada roca i de cada planta no era casual, de manera que, en conjunt, conformaven un jardí d'una bellesa singular. Es va adonar, amb sorpresa, que l'envaïa una profunda sensació de benestar.

—Ho nota, oi?

L'Àlex es va girar cap a la Béatrice, que somreia.

—L'harmonia és un remei per al dolor. Quan vinc aquí, totes les tensions desapareixen. Les preocupacions es queden a la porta. El meu estimat pare el va fer construir per a mi. Té unes condicions climàtiques especials que permeten controlar variables ambientals com la temperatura, la humitat, la llum o el nivell de CO_2. Només hi puc venir quan es fa fosc, però és suficient.

La dona va avançar pel passadís de la dreta, seguida de l'Àlex i en Cassel, que s'ho mirava tot amb admiració.

—Saben que després dels Alps —va continuar la dona—, els Pirineus són el segon territori amb més biodiversitat de flora de tot Europa? En aquestes muntanyes, s'hi poden trobar més de quatre mil cinc-centes espècies diferents. Mirin... —Es va aturar al costat d'una roca de la qual sorgia un arbust amb unes petites flors grogues—. Aquesta planta tan meravellosa es diu *Borderea pyrenaica*. Va sobreviure a l'era glaciar. És tota una lluitadora. Pot arribar a viure dos-cents anys.

Va fer un gest que abastava tot el que els envoltava amb la mà.

—La veritat és que aquest lloc és un espai únic. Com que es poden determinar les condicions en atmosfera controlada, les plantes floreixen fora de la seva temporada natural. En realitat, pràcticament cap flor d'aquí hauria d'existir. Si les poséssim a l'exterior, es moririen en poc temps. Ara comprenen per què em sento identificada amb elles, oi?

A cap dels dos se'ls va escapar el to trist amb què la Béatrice va pronunciar aquestes últimes paraules.

—Aquestes flors tan precioses... —va continuar explicant, mentre assenyalava una planta amb unes flors de color vermell viu—. Aquesta es diu *Daphne cneorum*, o tal com es coneix habitualment, matapoll. Aquella d'allà, la de les flors violetes, es diu *Ramonda myconi*, també coneguda com a aurícula.

L'Àlex es va fixar en la delicadesa amb què tractava les flors. Els seus dits acariciaven els pètals de colors d'una manera que resultava sensual. Dedicava molta estona a cadascuna, com si fossin alguna cosa més que simples plantes.

—Ah... —Es va aturar quan va arribar a l'extrem de la taula central—. Aquesta és la meva preferida. Es diu *Saxifraga longifolia*, malgrat que tothom la coneix com a corona de rei.

L'Àlex va reconèixer aquelles fulles estretes i carnoses de color gris verdós. Creixien molt juntes formant un rosetó que s'assemblava a una corona.

—Veig que la coneix.

L'Àlex va alçar la vista.

—Sí, l'havia vist alguna vegada.

—Ja deu saber que només creix en fissures de roca. Passa entre sis i deu anys sense mostrar cap flor, i un bon dia, de sobte, floreix de manera espectacular. Una única vegada. Després, consumeix totes les seves energies abans d'escampar les seves llavors i caure morta al peu del penyal.

—És una mica tràgic, no li sembla?

—Però aquesta és la gràcia precisament. Què faríem a la vida sense la tragèdia?

—En sap molt, de plantes —va apuntar en Cassel.

—Ja els he dit que tinc molt de temps per llegir. Saben què? Aquest assassí seu em recorda una mica aquesta planta.

—Ah, sí? Com és?

—Pel que m'han explicat, va dedicar un considerable esforç a cometre els assassinats de manera vistosa. És possible que volgués comunicar alguna cosa amb tot això, no troben?

44

El diari de la Raquel

Vam fer un alto una hora després de deixar enrere l'estany de Romedo. Amb l'altre grup hi anaven una parella, en David i la Meredith Kraus, i la Ruth, la germana d'aquesta última. Eren de la ciutat de Bremen. A ell l'havien acomiadat de la fàbrica per la seva condició de jueu i a tots els seus familiars els havien deportat. Ells se n'havien escapat per casualitat.

A en Simón l'acompanyaven dos homes més que no ens van dir absolutament res. Malgrat que en Simón era molt més jove que ells, l'obeïen sense replicar. No m'agradava com ens miraven ni com xiuxiuejaven entre ells. En Simón era el que em feia més por. Tenia uns rampells d'ira durant els quals feia la sensació que podia passar qualsevol cosa. Em vaig adonar que en Millet també els observava amb atenció i intentava no donar-li mai l'esquena a en Simón. Si bé no ens en va dir res, era evident que no se'n fiava. Allò va ser una premonició.

Durant un descans, en Simón va seure davant del senyor Jacob. El mirava amb insistència mentre amb una navalla tallava uns trossos de taronja que després es ficava a la boca. L'home, conscient d'aquell escrutini, es va remoure molest sobre la soca d'un arbre on s'havia assegut.

—Que li passa res? —va acabar preguntant-li.

En Simón va somriure i va negar amb el cap.

—No.

En Simón va assenyalar als seus peus amb la navalla.

—Sembla molt pesada.

El senyor Jacob va perdre el color de la cara i es va aferrar a la maleta com si en Simón hagués intentat prendre-l'hi, però el guia no es va moure, només va eixamplar el somriure quan va veure la cara d'espantat de l'home. Llavors, en Millet se'ns va acostar amb posat seriós i va ordenar que continuéssim la ruta. Va observar en Simón mentre s'allunyava per unir-se als seus homes. Tot seguit va cridar al seu fill i li va donar unes instruccions a cau d'orella que no vaig poder sentir.

Vam continuar caminant cada vegada amb més ànims, ja que sabíem que cada pas que fèiem ens acostava una mica més a la llibertat. Tot i el cansament, els somriures apareixien amb més freqüència. Era veritat que la Guàrdia Civil vigilava aquelles muntanyes i deien que ho feien ajudats per patrulles de soldats alemanys. Tot i així, es respirava un ambient més optimista.

Al cap de poc vam arribar a la vora d'un torrent de quatre metres d'ample amb un corrent que picava contra les pedres amb tanta força, que sortien les esquitxades saltant en l'aire.

—Hem de travessar, però hi ha més aigua de la que m'esperava. Posarem una corda d'una banda a l'altra i passarem un per un —va ordenar en Millet.

L'Adrien es va ficar a l'aigua i va nedar fins a l'altre costat. Després, va assegurar la corda en un arbre. Agafats a la corda, tant jo com l'Ezra i el seu tiet Gabriel vam passar sense problemes, trepitjant les pedres que ens indicaven. L'aigua corria amb força per sobre dels nostres genolls, però la corda ens ajudava a mantenir l'equilibri. A les dones els va costar una mica més, sobretot a l'àvia Dalit i a l'Ida —que duia l'Elian a coll—, però l'Adrien i un home d'en Simón es van ficar a dins del riu per ajudar-les. Llavors va arribar el torn del senyor Jacob.

El poc equipatge que ens quedava l'havien passat els guies d'una banda a l'altra, però el senyor Jacob s'havia negat a desprendre's de la seva maleta i es va entestar a travessar el riu amb l'equipatge a sobre. Al principi semblava que passaria sense problemes, però quan estava a punt d'arribar a l'altra riba, ho va voler fer massa ràpid, va repenjar el peu a sobre d'una pedra plena de molsa, va relliscar i va caure a dins de l'aigua gelada. La maleta es va precipitar contra les pedres de la vora. El crit d'angoixa de l'home ens va paralitzar a tots. Sense fer cas dels que van córrer a ajudar-lo, va intentar nedar fins a la maleta, però ja era massa tard, el corrent l'arrossegava i aviat aniria a parar al mig del riu. Quan ja ens pensàvem que la perdria sense remei, va aparèixer en Simón i va aconseguir atrapar-la abans que s'enfonsés. Després va sortir de l'aigua subjectant-la amb un somriure triomfal. El senyor Jacob va sortir del torrent amarat de dalt a baix amb l'ajuda de l'Adrien i en Gabriel Levine. Sense ni tan sols donar-los les gràcies, amb dues grans gambades es va plantar al davant d'en Simón.

—Torni-me-la.

—Sembla que aprecia més aquesta maleta que la seva pròpia vida.

—No n'ha de fer res.

—Mmm... Potser hauríem de mirar què hi guarda.

—Com s'atreveix? —La veu aguda del senyor Jacob es va elevar, indignada.

Amb una rapidesa inesperada, el senyor Jacob va agafar la maleta per la corretja que assegurava la tanca i la va arrabassar a en Simón. El guia no es va immutar i va deixar que el senyor Jacob s'allunyés amb el seu trofeu. Tanmateix, quan encara no havia fet ni un parell de metres es va sentir un espetec. Potser a causa dels cops durant el viatge, o per l'efecte de l'aigua del torrent, la corretja estava malmesa i es va trencar. La maleta es va obrir i va abocar tot el contingut per terra. A sobre la neu hi resplendien mitja dotzena de barres de color daurat.

El senyor Jacob va caure de genolls i, sanglotant, va començar a guardar de nou els lingots d'or, però es va aturar quan el canó de l'escopeta d'en Simón el va apuntar al pit. Quan va alçar la mirada va rebre un cop a la templa i va caure a terra com un arbre talat. Una taca de sang es va escampar sota el seu cap a la neu.

Els homes d'en Simón van empunyar les armes i ens van apuntar. En Simón va assenyalar en Franck Millet i a l'Adrien, que s'acostaven corrent encara sense saber què passava.

—Mateu-los.

Jo era just al mig. Els canons de les escopetes m'apuntaven. Em vaig quedar paralitzada, sense saber què fer. L'Ezra va aparèixer al meu costat i em va tirar a terra.

Els trets van esclatar sobre els nostres caps. En Millet i el seu fill van caure fulminats. Del pit destrossat del nostre guia en va brollar la sang a una velocitat inaudita, embassant l'herba del voltant del seu cos, mentre que la cara de l'Adrien havia desaparegut i s'havia convertit en una massa de carn irreconeixible. Després de retorçar-se uns segons, tots dos van quedar immòbils.

En David Kraus, l'home de Bremen, es va llançar sobre un dels assassins, però un cop a l'estómac el va deixar sense alè i va caure a terra. La seva dona, la Meredith, va córrer a ajudar-lo. Abans que en Ben Bendit i el tiet de l'Ezra poguessin reaccionar, es van trobar amb un canó d'escopeta apuntant-los entremig dels ulls.

—Tots aquí junts i de genolls.

Vam obeir sense poder-nos creure encara el que estava passant.

—Quina sort que hem tingut de trobar-vos —va somriure en Simón—. Al final ha resultat ser un matí excel·lent.

—Per... per què els han matat? —va preguntar horroritzat en Ben Bendit, mentre abraçava la seva dona Ida i el seu fill.

—No eren res més que un destorb —va respondre el noi, mentre tirava un escopit a terra.

—Què faran amb nosaltres?

—Ens entregaran als nazis?

En Simón ens va mirar amb sorpresa fingida.

—Entregar-los? No, no. Vostès són molt útils.

Van fer que el tiet de l'Ezra i en David Kraus arrosseguessin els cossos d'en Franck Millet i el del seu fill fins a una arbreda. Després ens van lligar les mans i amb una altra soga van unir un dels nostres turmells amb el turmell d'un altre de nosaltres. Després ens van fer seure a terra i un dels homes es va quedar vigilant-nos. L'Ida i en Ben abraçaven el seu fill, que plorava, i l'àvia Dalit estava tan trasbalsada que semblava que hagués perdut el cap. Al senyor Jacob el van arrossegar i el van deixar caure al nostre costat. Malgrat les atencions de la Ruth, no es va despertar. Dues hores després ja era mort.

El sol es va pondre rere les muntanyes i el fred va fer que ens acostéssim els uns als altres. El pas del temps costava molt de mesurar, però abans de mitjanit ens van fer aixecar a cops i, durant un parell d'hores, ens van conduir per un sender. El paisatge va començar a canviar i cada vegada hi havia més arbres i el vent no era tan fort. El camí es va anar fent ample fins que vam arribar a una intersecció. Allà s'esperava un camió.

45

El pare Guifré va mirar darrere seu i, després de comprovar que ningú no l'observava, va tancar la porta de la seva cel·la i va sortir al passadís amb sigil. Un cop al pati, va avançar paral·lel al mur de pedra de dos cossos d'alçada que circumdava el seminari. Les campanes de l'església feia poc que havien anunciat les vespres.

No tenia por de ser descobert, ja que estava segur que ningú, excepte ell, coneixia l'existència d'aquella porta amagada, malgrat que mai no era sobrer prendre alguna precaució. Quan va heretar la biblioteca del rector anterior, va descobrir que tenia en el seu poder els antics plànols del seminari. El va sorprendre que ningú els hagués estudiat abans. Era increïble la quantitat de túnels excavats sota el complex d'edificis. Els havien construït durant el segle XII perquè els monjos poguessin fugir amb els tresors del monestir en cas que es produís un atac. Alguns eren tan extensos, que no els havia pogut explorar en tota la seva totalitat;

altres, com el que transitava ara, sabia exactament on s'acabaven.

Mentre avançava pel túnel amb la llum de la llanterna, es va fregar les mans suades amb la roba. El sorprenia veure que estava tan nerviós. Com si tornés a ser un nen petit. Li va venir al cap el record del pare Malraux i la petita parròquia de Seysses, el poble on havia nascut. La seva veu ronca pel vi, els dits callosos i l'olor agre que li feia l'alè. Va recordar aquelles primeres trobades amb ell, plenes d'incertesa i de dolor. També de culpabilitat, no havia resat mai tant en tota la seva vida. El pare Malraux no parava de dir-l'hi: els nens són una temptació del diable, porten la llavor del pecat. Es va estremir i va fer un esforç per tornar a guardar aquells records en el racó més profund de la memòria.

Llavors va pensar en la nota que guardava a la butxaca. Quan la va trobar sobre el llit de la cel·la, no s'ho podia creure. De seguida en va conèixer la lletra. Gairebé no podia aguantar el paper mentre amb els ulls recorria les frases una vegada i una altra sense entendre'n el significat, fins que va aconseguir asserenar-se i rellegir-ho més a poc a poc. En Virgile l'havia citat tres dies més tard al lloc i a l'hora habituals.

Quan es va calmar una mica, el va assaltar un dubte. I si aquella nota era una broma macabra dels estudiants? Després de la tragèdia, ell mateix havia vist el seu cadàver al tanatori de la Seu d'Urgell. L'havia identificat, malgrat que el cos havia quedat irreconeixible. Havia oficiat la missa i havia assistit a l'enterrament. Havia plorat la seva mort durant setmanes. La seva pèrdua li havia deixat un buit que ningú no havia pogut omplir des de llavors.

Era impossible.

Malgrat tot, només ells dos coneixien aquell lloc. A més, també hi havia la coincidència de la data, que no podia ser casual: aquell dia era l'aniversari de la seva primera trobada. No sabia quina mena de miracle s'havia produït però, en contra de tota lògica, en Virgile estava viu.

L'espera durant aquells tres dies havia sigut una tortura. Pràcticament no havia menjat. A les classes estava despistat. Es va pensar que es moriria de l'excitació que s'apoderava d'ell a les nits, imaginant-se la trobada. Ni l'Alfons, el noi que acabava d'ingressar aquest segon trimestre, li havia servit per alleujar el desfici que el consumia. La nit anterior fins i tot l'havia enviat de nou a la seva habitació, perquè li desagradava el seu contacte.

El pare Guifré es va aturar. Davant seu s'obrien dos túnels. No es va ni molestar a mirar la petita creu gravada a la roca del passadís de la dreta. L'altre descendia cap al riu. Es va endinsar pel túnel que ara pujava en un suau pendent. A desgrat seu, va haver de reduir la marxa, perquè necessitava agafar aire.

Uns minuts més tard, va arribar al final del passadís. Una paret de roca impedia el pas. Va somriure. Si no sabies què havies de buscar, era fàcil pensar que havies de tornar enrere. Va enfocar la llanterna entre els peus, la llum va il·luminar un antic segell incrustat a terra. El va pressionar i la paret de roca es va desplaçar a un costat.

Va entrar en una habitació a les fosques. Era una

recambra. A la dreta hi havia un sofà i una tauleta al costat d'una xemeneia de pedra. El terra estava cobert amb catifes. A l'altra banda hi havia una estreta taula de treball i una vella llibreria que cobria la paret. Allà hi guardava alguns llibres que escandalitzarien en Bouxet. Una porta connectava amb una altra habitació que feia de dormitori.

Feia molts anys que aquella zona de l'antic monestir estava abandonada. Aquelles habitacions formaven part d'un edifici situat al nord del complex religiós. Originalment, s'utilitzava com a allotjament per als seglars que treballaven com a servents dels monjos. Més tard es va fer servir durant anys com a magatzem, però després es van ensorrar unes parets i es va abandonar.

En una de les seves exploracions per la galeria de passadissos, havia trobat aquella entrada per casualitat. Aleshores no sabia que es convertiria en un lloc important per a ell. Al seminari els secrets eren tan importants com l'oxigen per respirar, i aquell descobriment, igual que el dels túnels, no el va comunicar a ningú. No va trigar gaire a adonar-se que era el racó perfecte per a les seves trobades o quan volia una mica d'intimitat. Durant setmanes el va anar arreglant amb discreció, fins que el va deixar habitable.

Va accionar l'interruptor, però l'habitació va continuar a les fosques. A vegades fallava el subministrament elèctric. Va renegar per dins. Per sort, li semblava recordar que tenia espelmes en algun lloc. Va avançar il·luminant el terra amb la llanterna. Llavors va sentir un soroll a l'habitació i va alçar el cap.

El pare Guifré es va adonar que, fins a aquell moment,

no s'ho havia acabat de creure; però allà el tenia, davant seu, tan ben plantat com el recordava. Era un miracle. Va deixar la llanterna a un costat sense deixar de mirar-lo. El cor va estar a punt d'aturar-se-li quan li va allargar la mà. Quan els seus dits es van fregar, un estremiment va recórrer tot el cos del pare Guifré. I llavors va saber que res, res en absolut, li importava ja.

46

L'Alícia Vila tenia l'expedient d'en Simón obert a sobre la taula, i al costat, el penjoll que havien trobat a casa seva. Va obrir el medalló i va observar el retrat. La jove desconeguda semblava que li tornava la mirada desafiant-la a descobrir el seu nom.

La pissarra magnètica tornava a ser blanca, lliure de fotografies i esquemes, i les taules estaven apilades al fons. La sala de reunions tornaria a ser un magatzem en poques hores.

El cas estava oficialment tancat, però a la Vila no li agradava que quedessin coses pendents. La subinspectora Serra li havia encarregat una feina i pensava acabar-la.

Es va adonar que li sabia greu que s'hagués acabat la investigació. Aquells dies s'havia sentit policia de debò. La subinspectora i el tinent tornarien als seus llocs d'origen i ella es quedaria allà, de nou cap a l'excitant món dels furts menors, les multes de trànsit i les detencions de borratxos.

Va sospirar i va marcar el número que li havia

aconseguit l'Alain. El noi havia resultat ser un bon company. A l'interior dels seus gairebé dos metres d'altura, s'hi amagava un jove intel·ligent i de bon cor. I amb un ordinador a les mans, era increïble. Llavors deixava de ser el noi introvertit i insegur que tothom coneixia a la comissaria. A ell també el trobaria a faltar.

—Centre Sefarad-Israel, digui'm?

—Voldria parlar amb el responsable d'estudis de la fundació.

La persona li va donar un nom i la va desviar a una altra extensió. Després de tres tons de trucada, des de l'altra banda de la línia li va arribar una veu juvenil.

—Sí?

—Senyor Ruda? Abraham Ruda?

—Soc jo, amb qui parlo?

—Soc l'agent Vila, de l'Àrea d'Investigació Criminal de la Seu d'Urgell.

—Caram, en què la puc ajudar?

A la Vila li va fer gràcia el to entusiasmat que venia de l'altra banda de la línia. Devia ser un estudiant en pràctiques. Era així com la subinspectora la veia a ella?

—Vostè és especialista en història jueva?

—Suposo que es pot qualificar així, sí.

—Esperava algú menys...

—Jove? No es deixi enganyar per la meva veu, si em veiés en persona, em tindria en més mala consideració. —Va riure—. Miri, soc catedràtic d'història, tot i que en realitat em passo gairebé tot el dia enterrat entre papers antics, o sigui que més aviat semblo un rodamón furgant contenidors. Suposo que esperava que l'atengués un vell rabí, guardià de la Torà, però no en tinc cap a mà. Em sap greu decebre-la.

—No, no, perdoni'm, sisplau. —La Vila no va poder evitar fer un somriure—. A vegades ens deixem portar per la primera impressió.

—Un mal del nostre temps. No pateixi. En què la puc ajudar?

—Estem tancant una investigació i voldria demanar-li la seva opinió sobre una fotografia que vam trobar durant un escorcoll. És el retrat d'una dona amb una estrella de David cosida a la camisa. Hi ha alguna manera de fer-l'hi arribar?

El jove investigador li va facilitar un correu electrònic i ella li va remetre la imatge escanejada.

—La té, ja?

—Ara mateix obro la imatge, un moment.

La Vila va esperar uns instants, fins que va sentir el fregadís de l'auricular. El to del jove investigador havia canviat. Sonava prudent.

—On... On l'han trobat?

—En un habitatge d'una colònia industrial.

—Una colònia industrial! Sí, tal com em pensava... Puc saber quina?

—La Colònia Dalmau.

—Déu meu.

Es va fer un silenci a l'altra banda de la línia.

—Hola? És aquí?

—Sí, sí.

—Em pot explicar per què li ha provocat aquesta reacció la fotografia?

—Sí, esclar, esclar. Vaja, crec que sí. Té temps?

La Vila va mirar el rellotge de la paret del despatx. Hauria d'haver marxat d'allà feia una hora. En Joan, la seva parella, ja devia tenir el sopar preparat a taula. La devia estar esperant. Però a qui volia enganyar? Igualment, tampoc no tenia gana.

—Per descomptat. Tot el temps del món.

—Suposo que coneix els fets que van afectar els jueus durant la Segona Guerra Mundial, encara que sigui de manera general.

—Sí, bé, com tothom.

—Efectivament. Tothom ha sentit a parlar de la repressió i de l'assassinat massiu que vam patir per part de les autoritats nazis durant el conflicte. Deu haver-ne vist pel·lícules i documentals, o potser n'ha llegit algun llibre. En canvi, hi ha episodis menys coneguts que acostumen a quedar ocults pels fets més cèlebres, per dir-ho d'alguna manera. Un d'ells és, sens dubte, el paper que va jugar Espanya en tot això.

La Vila va seure i va repenjar els peus a la taula.

—Quan la situació a Europa es va fer insostenible per l'ocupació alemanya, molts jueus van haver de fugir per escapar-se de la mort. En aquelles terribles circumstàncies, travessar els Pirineus es va convertir en una de les esperances més grans de salvació. Es van organitzar diverses rutes d'evasió amb l'ajuda dels serveis secrets aliats, algunes organitzacions de resistència jueves com l'Armée Juive o l'Œuvre de Secours aux Enfants, i la participació particular de guies, gent de la zona que coneixia molt bé la muntanya i que oferia els seus serveis a canvi d'una bona picossada.

—La necessitat d'alguns fa la riquesa d'altres.

—Per descomptat, eren temps difícils per a tothom. Tot i així, hi ha constància de nombrosos casos de solidaritat dels habitants dels pobles de les muntanyes pirinenques, que van acollir i fins i tot amagar centenars d'evadits. —La Vila va sentir el so d'unes tecles—. Més de vint mil jueus van passar la frontera entre França i Espanya entre els anys 1939 i 1944. D'aquests, al voltant de quatre mil ho van fer pel Pirineu de Lleida. El seu objectiu era arribar a un port per embarcar amb rumb als Estats Units, Amèrica del Sud o Palestina.

—Tot això és molt interessant, però...

—Tingui paciència —la va interrompre—. Si no es coneix l'origen de les coses, difícilment entenem el final —va afirmar el jove de l'altra banda de la línia amb un to més professional que inquisidor.

—Continuï, sisplau.

—Durant els primers anys, travessar la frontera va ser relativament fàcil. Per aquelles mateixes rutes també hi passaven soldats aliats, membres de la resistència i, en general, opositors del nazisme a milers. Tanmateix, durant l'etapa del govern de Vichy, tot va començar a ser més complicat. I després de la completa ocupació nazi de França, el novembre del 42, les condicions per passar es van endurir moltíssim amb la presència de patrulles de la Wehrmacht; fins i tot es va destinar un batalló austríac d'alpinistes i esquiadors per perseguir els fugitius.

La Vila va sentir que el seu interlocutor agafava aire.

—Les condicions eren duríssimes. Els fugitius havien recorregut mitja Europa per arribar a Tolosa i, des d'allà, cap als pobles francesos enclavats a la muntanya.

Estaven exhaustos i aterrits. En algunes ocasions viatjaven nens sols perquè havien perdut la família o perquè els pares, internats en camps de França, els enviaven cap allà perquè se salvessin. Imagini's com devia ser travessar una cadena muntanyosa de més de tres mil metres d'altitud per un port assotat pel vent, la pluja o la neu, pobrament equipats, amb la roba que duien des de feia setmanes i amb calçat de ciutat. De nit. Arrossegant com podien les poques pertinences que havien aconseguit salvar i que, en algunes ocasions, havien d'abandonar pel camí mentre eren perseguits pels gendarmes francesos, els carrabiners, la Guàrdia Civil i fins i tot pels alemanys que van ocupar la frontera a partir de 1942. Un cop havien travessat, alguns eren capturats per les autoritats espanyoles i, la majoria, enviats a la presó de Sort. Altres, menys afortunats, eren entregats als nazis i acabaven en camps d'extermini. Per tot això, era normal que es produïssin accidents mortals a la muntanya, i fins i tot hi ha constància d'algun guia sense escrúpols que va assassinar els seus clients per robar-los les pertinences, però són casos coneguts i comptats. Tanmateix, durant l'últim període, de 1943 a 1944, es registra un nombre inusualment elevat de desaparicions en les rutes del Pallars Sobirà i la Vall d'Aran que mai no hem pogut aclarir.

La Vila va sentir el soroll de frec de papers.

—L'any 85, apareix per primera vegada el nom de la Colònia Dalmau en uns documents de la Delegació del Govern. Ningú no sap explicar l'existència d'aquest complex industrial. Pràcticament no en sabem res, llevat que sempre va tenir un tracte de favor per part del règim franquista i que el seu aïllament al nord de la

Cerdanya, allunyat de tot, va afavorir que es pogués mantenir en secret la seva activitat. Durant anys hem sospitat que la Colònia va recórrer a mà d'obra esclava amb la connivència de les autoritats. Es tractaria de jueus que fugien dels nazis i que eren enganyats quan intentaven escapar-se pels Pirineus. Segurament devien utilitzar les rutes més allunyades per no crear sospites. Aquesta fotografia és el primer document gràfic que ho demostraria. Està retallada, però sembla la fitxa d'una treballadora. Si disposéssim del document complet, seria increïble.

—Em sap greu, però és l'únic que tenim.

—És una llàstima. Aquests últims cinc anys he intentat visitar la Colònia i investigar en els seus arxius, però sempre he rebut una resposta negativa.

—Qui li ha denegat el permís?

—Al cap de pocs dies d'enviar una sol·licitud, rebia una carta dels advocats de la família Dalmau exhortant-me amb molt bones paraules a desistir dels meus propòsits.

—Escolti'm, creu que és possible identificar aquesta jove?

Es va fer un silenci a l'altra banda de la línia. La Vila gairebé podia sentir els pensaments del jove investigador.

—És pràcticament impossible, però ho intentaré.

Després de donar-li les gràcies i un número de contacte, la Vila va penjar. Es va reclinar al seient mentre es posava les mans a la nuca. Tenia la sensació que havia trobat alguna cosa. Va mirar el rellotge. El sopar ja devia ser a la nevera.

La porta de la sala de reunions es va obrir. L'Àlex va

entrar i va assentir per saludar-la, es va deixar caure a la cadira més propera i va repenjar el cap a la taula. L'entrevista amb la Béatrice Dalmau no havia servit de gaire res. El viatge de tornada a la Seu d'Urgell havia transcorregut en silenci i, en arribar a la ciutat, en Cassel li havia demanat que el deixés en un aparcament on suposadament hi tenia el cotxe. Es va adonar que, en tot aquell temps, no li havia preguntat on s'allotjava. Li semblava recordar que en Cassel havia esmentat un hotel, o potser no? En fi, ara ja tant era. S'havien acomiadat amb la sensació que allò era un adéu definitiu.

Estava esgotada. Malgrat que continuava estant convençuda de la innocència d'en Closas, no podia fer res per evitar que es tanqués el cas. Fins i tot havia parlat amb l'intendent Cruz, però no l'havia volgut escoltar de cap manera.

Llavors es va adonar de l'hora que era.

—Què hi fas aquí, encara?

—Acabant un parell de cosetes —va respondre la Vila.

La jove agent la va informar de la conversa amb l'expert del Centre Sefarad-Israel. Quan va acabar l'explicació, va ofegar un badall.

—Has fet una bona feina —va reconèixer l'Àlex.

—No ha servit de gaire res. Continuem sense saber per què era important aquesta fotografia per a en Simón.

L'Àlex va arronsar les espatlles.

—És possible que no ho sapiguem mai. Potser no tenia res a veure amb la investigació. Només es tractava d'una intuïció. Amb el temps t'adonaràs que una part important de la nostra feina es basa en el fet de deixar-se endur pels instints. De totes maneres, és igual, el cas està tancat. Vila —va afegir—, és hora de tornar cap a casa.

La noia va assentir. La seva expressió alegre es va transformar en un gest de resignació, però no va dir res. Va recollir les coses i se'n va anar. L'Àlex la va observar mentre marxava. Aquella noia es convertiria en una bona policia. Era intel·ligent i aprenia ràpid. També era gairebé tan tossuda com ella i igualment capaç de deixar de banda la seva vida per la feina.

Ella també se n'havia d'anar. Passaria l'última nit a la cabanya i a primera hora tornaria a Barcelona. El comissari Martí li havia tornat a trucar, volia saber per què no s'havia presentat al seu despatx. Ella s'havia inventat unes confuses explicacions improvisades. El comissari les havia acceptat amb reticències, però deixant-li clar que no volia més excuses. Havia de tornar.

Es va sorprendre quan es va adonar que no en tenia ganes. No trobava a faltar el pis de Barcelona, potser perquè no l'esperava ningú en aquell apartament buit. Tampoc enyorava els seus companys, amb els quals gairebé no tenia relació personal. No tenia família ni parella ni amics a qui enyorar.

Va sospirar i es va aixecar de la cadira. Va agafar aquella tassa horrible amb la taca de sang impresa. Se l'enduria de record. Quan va agafar el mòbil de sobre la taula va veure que emetia una llum blavosa. Abans havia activat el mode silenci. Tenia unes quantes trucades perdudes a la bústia de veu. Mentre parlava amb la Vila, el pare Guifré li havia trucat quatre vegades en un interval de menys d'un minut.

47

El diari de la Raquel

El trajecte amb el camió va ser terrible. Vam viatjar en una foscor absoluta, amagats entre la càrrega a sota la lona. Vam avançar per un camí de terra ple de sots i revolts. Les sacsejades i els canvis bruscos de direcció ens provocaven marejos i nàusees. Continuàvem anant lligats i també ens havien emmordassat, de manera que si algun de nosaltres vomitava, era possible que es morís asfixiat, cosa que em provocava un autèntic pànic. Per sort, l'Elian s'havia adormit. Els nostres captors estaven disposats a matar el nen si continuava plorant. L'àvia Dalit semblava que havia perdut el seny i no parava de murmurar una antiga cançó de bressol a través de la mordassa. Els altres tampoc estàvem gaire segurs de no estar vivint un malson creat per les nostres ments.

No sabíem on ens duien ni què pretenien fer amb nosaltres. Quan vam fugir de les nostres ciutats per salvar-nos dels nazis, la majoria havíem perdut el contacte amb la resta de la família i els amics. Molts estaven morts o en parador desconegut. Passaria molt de temps abans que algú es preocupés per la nostra desaparició.

Després de requisar-nos les poques coses de valor que dúiem, en Simón ens havia ordenat que abandonéssim la resta de les nostres pertinences, fet que va provocar algunes protestes que van silenciar immediatament clavant-nos uns quants cops. La meva nina, l'únic record que conservava dels meus pares, va quedar allà, a la muntanya.

Em vaig acostar a l'Ezra i vaig notar que tremolava quan els meus dits es van entrellaçar amb els seus. L'únic consol que tenia era la seva presència al meu costat. Tots dos ploràvem en silenci.

En una ocasió, el camió es va aturar i vam sentir que els nostres captors conversaven amb algú. Potser era un punt de vigilància de la Guàrdia Civil. Ser detinguts per les autoritats espanyoles era preferible a aquell captiveri, de manera que vam començar a clavar cops de peu als costats del remolc, però a fora només hi vam sentir riallades. El conductor va dir alguna cosa sobre els animals que transportava. Després, quan ens vam allunyar un parell de quilòmetres, ens vam tornar a aturar. En Simón va pujar al remolc i, sense dir res, va colpejar en Ben Bendit amb una barra de ferro fins que el va deixar mig mort sobre un bassal de sang. Tot seguit, va baixar del remolc i el camió es va tornar a posar en marxa. No ens vam tornar a moure.

Jo estava tan adolorida i exhausta que em pensava que em moriria allà mateix. Sense adonar-me'n, em vaig adormir repenjada a l'espatlla de l'Ezra.

Al cap d'una hora, o potser dues —ja no sabia quant de temps havia passat—, em van despertar uns crits, i els llums d'unes llanternes van recórrer la cabina del remolc. El camió s'havia aturat. Ens van fer baixar, ens van treure les mordasses i ens van deslligar. Malgrat els llums que m'enlluernaven, vaig distingir una plaça i les ombres de diversos edificis. Una mica més lluny, em va semblar veure una construcció allargada de la qual en sobresortia la xemeneia més alta que havia vist mai. Se sentia el brogit d'un riu i a l'aire hi surava una olor intensa que no vaig saber identificar.

—Benvinguts a la Colònia Dalmau. La vostra nova llar.

48

El rector Guifré es va despertar i va intentar cridar, però la cinta que tenia enganxada a la boca l'hi va impedir. El dolor que li recorria tot el cos era tan intens, que per un moment es va pensar que era a l'infern. Quan va obrir els ulls ho va acabar de confirmar.

Encara era a les seves habitacions privades, però a penes les reconeixia perquè estava tot capgirat. Llavors es va adonar que era ell el que estava penjat pels peus. Unes cordes li laceraven el cos nu i el mantenien lligat a una columna de pedra de l'estudi. Va recordar sant Pere, que va ser crucificat de cap per avall per haver-se declarat indigne de morir igual que Jesús.

Va intentar esbrinar què havia passat per acabar lligat d'aquella manera, però no recordava res de les hores prèvies. El front li cremava com si l'haguessin ferit amb alguna cosa, i les intermitents fiblades de dolor que li provocaven les cordes a la carn no el deixaven pensar amb claredat.

Tenia una cita a primera hora del matí amb el seu secretari. En Bouxet s'adonaria de la seva absència i el buscaria. Només havia de resistir fins llavors. Des d'on era podia veure la finestra del quarto, i li va semblar endevinar que a fora encara era de nit. Tot i així, no devia faltar gaire per a l'albada. Va intentar aferrar-se a aquella esperança.

Llavors va pressentir que no estava sol. Va sentir uns passos sigil·losos darrere seu. Una ombra es va allargar pel terra fins que va desaparèixer, i en el seu lloc hi va aparèixer ell. Estava inclinat i feia cara de preocupat. Portava l'hàbit d'un benedictí i a les mans hi tenia un exemplar del Llibre d'Enoc.

—Té unes lectures molt interessants, pare.

El rector va intentar enfocar la vista. Sense les ulleres ho veia tot borrós.

Quan es va adonar de la dificultat, l'home li va acostar la cara i els seus ulls freds el van mirar sense pietat. En Guifré es va estremir.

—Ha sigut un pecador tota la vida, pare. És hora de pagar pels seus pecats.

—Mmmmm.

Sense fer cas de les súpliques silenciades per la cinta americana, es va redreçar i va tirar el tractat a terra, a la vora de la columna. En Guifré es va adonar que sota el seu cap s'hi amuntegava una pila de llibres i papers. Va reconèixer els seus estudis sobre el pecat. Tota la seva feina de l'últim any llençada per terra. De fet, ja no li calia investigar més, havia trobat la resposta. La tenia al davant.

Abans que pogués pensar en el significat d'allò, es va

estremir quan va notar que un líquid li corria per les cames, i va tancar els ulls quan va notar que li mullava els genitals i se li escampava pel pit fins a arribar-li a la cara. De seguida va notar una intensa coïssor i l'olor de gasolina el va marejar. Desesperat, va intentar desfer-se de les cordes, però no tenia forces.

Ell va tornar. A les mans hi tenia una petita espelma que va deixar meticulosament entre els llibres, just a sota del cap, cosa que el va obligar a elevar el tors per apartar-se de la flama.

—Li donaré temps perquè posi en ordre la seva ànima.

El pare Guifré va fer una cosa que no practicava des de feia temps: va resar. Fins que no va poder més i va deixar caure el cap.

49

L'Àlex conduïa el Wrangler tan ràpid com podia. Al mateix temps, intentava comunicar-se amb en Cassel, però després de tres tons, sempre saltava el contestador. Impacient, repicava amb els dits contra el volant mentre la llum dels fars del tot terreny escombrava els revolts de dreta a esquerra. Va deixar anar l'aire retingut quan, per fi, va divisar la silueta del seminari retallada contra el cel fosc.

L'Àlex va aturar el tot terreny a l'entrada. Va trucar a la porta i va esperar. A fora del cotxe hi feia molt de fred. Es va embolcallar amb la jaqueta i va picar de peus contra el terra gelat. Anhelava un cigarret, però es notava fiblades al pit, un principi d'asma. Va pensar a anar a buscar l'inhalador. El tenia a la guantera del cotxe. Llavors es va posar a nevar. Va mirar cap al cel esperant veure-hi alguna estrella, però estava tapat per uns núvols enormes que es retorçaven sobre el seu cap com anells de serp.

Va trucar dos cops més. Per fi va sentir passos a la

grava. A l'altra banda de la reixa hi va aparèixer un home. Sota l'abric sobresortia la sotana. Per l'expressió que feia no semblava gaire content. Va entreobrir la reixa, però es va interposar al mig de l'obertura.

—Sap quina hora és? Això és un indret d'estudi i recolliment.

—Vinc a veure el rector.

—Impossible. A aquestes hores no rep ningú. Haurà de venir demà.

L'Àlex va pressionar els punys per contenir la ràbia que notava que li creixia per dins. Va rebuscar per la jaqueta i li va ensenyar les credencials d'agent de policia.

—Creu que he vingut fins aquí a mitja nit perquè sí? El pare Guifré m'ha trucat unes quantes vegades aquesta tarda, i ara no respon les meves trucades.

—Ho hauré de comprovar. Esperi's aquí.

L'Àlex estava a punt de replicar quan un esgarip procedent de l'edifici la va interrompre.

—Déu del cel misericordiós! —va exclamar l'home mentre es persignava—. Què ha sigut això?

L'Àlex el va apartar d'una empenta, va empunyar l'arma i va travessar el pati corrent. Quan va arribar al peu de les escales de l'entrada al seminari, va distingir un halo de llum ataronjada i una columna de fum que sortia d'una finestra de dalt de tot, a l'edifici més proper al precipici.

Va traspassar les portes mentre escoltava el repic frenètic d'una campana. Es va trobar en un vestíbul amb un taulell de recepció que, en aquell moment, estava buit. Al davant hi havia una escala, a la dreta un passadís i a l'esquerra un altre. A l'Àlex li va semblar recordar que en aquella planta hi havia alguns despatxos, el menjador i les cuines.

Va pujar els esglaons de dos en dos. Al pis de dalt es va trobar amb dos passadissos que s'obrien davant seu. Va triar el de l'esquerra, en la direcció cap on havia vist el foc. Uns quants seminaristes alarmats sortien de les respectives habitacions. L'Àlex en va reconèixer un.

—Bouxet! —va cridar.

El jove bibliotecari es va girar i va balbucejar molt sorprès:

—Què hi fa aquí, subinspectora? Què passa?

—Necessito ajuda —va dir amb la veu entretallada mentre intentava recuperar l'alè. Es va posar una mà al pit. *Merda, per què no he agafat l'inhalador?* Li va indicar on havia vist el foc.

—Però allò és una zona abandonada del seminari —va dir en Bouxet, perplex.

—Guiï'm fins allà.

El jove va assentir amb posat greu i es va posar en marxa seguit de l'Àlex, que va treure el mòbil i va marcar el número de la comissaria.

—Soc la subinspectora Serra. Soc a Sant Martí Clement. Necessito suport. Un possible assassinat.

El bibliotecari va esbatanar els ulls quan va sentir això.

—Senyora...

—Ara no. Continuï!

Van deixar enrere el passadís i van arribar al peu d'una escala que connectava amb el pis superior. El so estrident d'una alarma d'incendis va començar a sonar. L'Àlex va pujar rere el seminarista mentre intentava agafar aire, cada vegada li costava més respirar. Va marcar el número d'en Cassel, una altra vegada sense resultat: *on coi t'has ficat?*

—És una ala molt apartada del seminari, subinspectora. Està en molt mal estat i no la fem servir gaire, excepte com a magatzem.

Van travessar diverses portes i un pati, fins que van entrar en una zona on els murs eren de pedra més fosca. Després de pujar unes altres escales, el bibliotecari es va aturar.

—És allà —va assenyalar en Bouxet.

No calia que l'hi indiqués. El fum que sortia per sota de la porta era suficient. Quan s'hi van acostar, tots dos van notar l'escalfor procedent de l'altra banda. L'Àlex es va embolicar la mà amb la màniga de l'abric i va girar el pom, però la porta estava barrada.

—Pare Guifré! —va cridar.

—Senyor! —El bibliotecari es va llançar al seu costat colpejant la porta amb els punys.

Van sentir un gemec apagat.

Darrere seu, van aparèixer un grup de seminaristes alertats pels crits.

—Aparteu-vos tots.

L'Àlex va agafar l'arma, va apuntar i va prémer el gallet dues vegades. Les detonacions en aquell passadís estret van ser eixordadores. El pany va volar per l'aire. L'Àlex va clavar una puntada de peu a la porta i es va apartar. Una llengua de foc va reptar pel sostre com si les flames fossin vives. L'onada d'escalfor els va fer retrocedir.

—Déu meu!

—Oh, pare misericordiós!

L'Àlex es va treure l'abric i va entrar a l'habitació seguida d'en Bouxet. Es van protegir el nas i la boca amb el braç. Tot i així, el fum i l'olor de combustible els va fer tossir. La calor era insuportable. Tota l'habitació estava envoltada de flames. L'incendi ho devorava tot al seu pas, cortines, mobles i centenars de llibres de l'estanteria. Amb prou feines es podia respirar.

Al mig de l'habitació, on el foc cremava amb més virulència, a l'Àlex li va semblar veure-hi una figura lligada a una columna de pedra. Malgrat la calor, s'hi va acostar. El pare Guifré penjava retorçat com si fos una estàtua posada de cap per avall. Pràcticament no li quedaven restes de cabells i la cara se li havia deformat com una màscara fosa. El rector feia el gest de cridar, però no li sortia cap so de la boca.

Dos professors van arribar carregats amb extintors, i entre diversos estudiants es van afanyar a apagar les flames que consumien el rector i la resta de l'habitació. Uns quants seminaristes van ajudar fent servir mantes i recipients amb aigua. A poc a poc, el foc va començar a remetre i una pudor de carn socarrimada va inundar l'estança. Un dels joves no ho va poder aguantar i va vomitar. Altres companys van sortir de l'habitació amb el rostre lívid.

L'Àlex va buscar en Bouxet.

—Hi ha alguna altra sortida?

L'home va semblar que no la sentia. Tenia els ulls clavats a les restes ennegrides del pare Guifré, penjat com una bèstia sacrificada.

L'Àlex el va agafar per la camisa i el va sacsejar.

—Bouxet! Té alguna altra sortida això, a part d'aquesta porta?

—No... em sembla... que no —va respondre, balbucejant.

L'Àlex va notar una esgarrifança malgrat la tremenda calor que encara feia allà dins. Va mirar al seu voltant. Moguda per una intuïció, va apartar del mig el commogut bibliotecari i va travessar l'estança sense fer cas de les brases que encara persistien.

La porta quedava oculta enmig de la densa fumerola. Es tractava d'un dormitori de dimensions reduïdes que no havia quedat afectat pel foc. A la dreta del llit hi va trobar el que buscava.

La finestra donava a una cornisa de mig metre d'amplada. La neu que la cobria estava trepitjada. L'Àlex va alçar la vista i va distingir, retallada contra el cel, una figura vestida de monjo que s'allunyava corrent pel teulat.

50

L'Àlex no s'ho va pensar dues vegades. Es va repenjar a l'ampit i, quan tenia mig cos a fora, es va incorporar sobre la cornisa. L'aler era ample i permetia caminar-hi. Tot i així, va avançar amb precaució. Un pas en fals suposaria una caiguda de conseqüències mortals.

Al costat de la finestra sobresortien uns agafadors metàl·lics que permetien pujar cap a la part alta del teulat. Quan es va agafar a la primera nansa, el fred li va travessar la pell de les mans com si li clavessin agulles. Ignorant el dolor, va pujar tan ràpid com li van permetre els seus limitats pulmons.

Quan va arribar a dalt es va haver d'ajupir per no perdre l'equilibri amb la força del vent. Els flocs de neu la picaven pel costat i li impedien alçar la vista. Allà dalt el fred era molt intens, i va trobar a faltar la jaqueta i els guants. Però ara ja era massa tard per tornar a la seguretat de l'habitació, de manera que va seguir endavant.

El monjo, a penes una ombra indistingible en la

foscor, caminava amb l'habilitat d'un equilibrista per la intersecció de la teulada. L'Àlex va avançar tan de pressa com va poder sense perdre de vista on posava els peus. A cada pas que feia notava com li relliscaven les soles de les botes. De sobte, el monjo va desaparèixer del seu camp de visió. L'Àlex va mussitar un renec i, sense gaires miraments, es va posar a córrer evitant mirar cap al precipici que s'obria a banda i banda del teulat.

Quan va arribar al punt on el monjo havia desaparegut, va entendre què havia passat. Després de saltar, havia lliscat per la teulada fins a una altra cornisa uns metres més avall, i ara s'allunyava en direcció al claustre de l'església. L'Àlex va saltar, i quan va caure, es va desprendre una teula que va acabar trencant-se contra la canal metàl·lica de la vora. El soroll va cridar l'atenció del monjo, que es va girar cap a ella. En aquell instant es va obrir una clariana entre els núvols. L'Àlex va poder distingir que duia un hàbit de tela basta i de color gris fosc que li cobria tot el cos. Anava emboçat i la resta de la cara li quedava oculta per les ombres de la caputxa. L'Àlex va desenfundar l'arma i el va apuntar. No es notava els dits al voltant de l'empunyadura de la pistola.

—Alto!

El monjo va fer per fugir, però l'Àlex va disparar per sobre del seu cap i es va aturar a mig fer el moviment. Sense girar-se, va alçar els braços lentament. L'Àlex ho va aprofitar per acostar-s'hi uns quants metres més. Es va estremir quan va notar sota les botes els cruixits de la neu de les teules.

—Gira't a poc a poc. Molt a poc a poc —li va ordenar.

El monjo la va obeir i es va girar, però mantenint la cara oculta.

L'Àlex va empassar saliva. Cada vegada que agafava aire els seus pulmons sonaven com una manxa espatllada. Fins i tot li costava parlar.

—Les mans... on jo les pugui veure.

Obedient, el monjo va obrir els braços a poc a poc i va mostrar les mans cobertes amb els guants. No duia cap arma a la vista. La tranquil·litat amb què estava actuant aquell paio l'estava fent posar nerviosa.

—Destapa't —li va ordenar.

El monjo no es va moure.

L'Àlex, acompanyant-se amb un moviment de l'arma, va repetir l'ordre.

—Destapa't!

Llavors, el monjo va fer una cosa inesperada: va assenyalar els peus de l'Àlex.

La inspectora no ho va entendre fins que va sentir un espetec. Quan va mirar cap avall, només va tenir temps de renegar. La placa de neu sobre la qual es repenjava va cedir i va caure d'esquena. El cop la va deixar sense alè. La pistola va sortir disparada i va relliscar pel teulat fins que es va perdre en la foscor. Tot seguit, ella també va començar a relliscar i va recordar que aquella part del seminari donava al precipici que vorejava la terrassa on els monjos cultivaven herbes.

L'Àlex va començar a fer manotades intentant trobar alguna cosa on aferrar-se per frenar la caiguda, però cada cop baixava més de pressa. Les mans nues, insensibles pel fred, buscaven a les palpentes sense trobar cap lloc on aferrar-se. Va notar que els peus perdien contacte amb la rampa que formava la teulada. Després les cames, i va continuar lliscant fins que el seu cos va quedar surant en el buit. Va tancar els ulls i va cridar.

La caiguda es va aturar en sec. Va notar una punyida de dolor a l'espatlla ferida. Va alçar la mirada i es va trobar amb el monjo agenollat a la vora de la cornisa. La seva mà enguantada l'agafava amb força pel canell. Va intentar veure-li la cara, però les ombres continuaven amagant-li el rostre. Amb un gruny, la va estirar fins que l'Àlex es va poder aferrar a una gàrgola de pedra que sobresortia de la teulada. Llavors, sense dir res, el monjo se'n va anar.

L'Àlex va deixar anar un exabrupte. Va evitar mirar al buit i es va aixecar amb dificultat. Respirava a batzegades. Li feia la sensació que el cor li sortiria per la boca. Havia estat a punt de morir-se. Va dirigir la mirada cap a la figura que s'allunyava, després es va tocar l'espatlla ferida, amb prou feines podia moure el braç. Va brandar el cap, es va posar dreta i va començar a córrer darrere seu.

Li duia uns quinze metres d'avantatge. El monjo va saltar al teulat d'un altre edifici i després va córrer per un pas angost fins a una escala que duia a la coberta de l'antiga església. L'Àlex va redoblar els esforços per atrapar-lo. Quan va arribar a l'escala, va veure que el monjo s'enfilava al mur exterior del seminari i hi corria per sobre com un acròbata de circ. Remugant, va saltar cap al mur i va caure clavant-se un cop fort als genolls. Va ignorar el dolor, es va aixecar i va continuar corrent. El monjo va arribar al final del mur, es va girar cap a ella, la va saludar i va saltar al buit.

L'Àlex va arribar a la cornisa uns segons després i va veure que el monjo rodolava per la neu, s'incorporava i corria cap al bosc. La caiguda era d'uns sis metres.

No pensava deixar-lo escapar. L'Àlex va imitar el seu salt i va caure alçant un núvol de neu. Quan es va aixecar, li va venir un mareig molt fort. Tot i així, va continuar endavant. El monjo ja no era res més que una ombra entremig dels arbres.

Les fiblades al pit es van fer tan intenses que l'Àlex avançava inclinada endavant. No es va adonar que estava marejada fins que es va repenjar a un arbre. Va començar a tossir, el gust de la sang li va inundar la boca. La seva ment no parava de repetir-li que el monjo se li escapava. Va intentar agafar aire, però els pulmons no l'obeïen. Va notar que les cames li fallaven. Va fer un pas però tot va començar a donar-li voltes. Li faltava oxigen. Va fer un altre pas. L'adrenalina que la mantenia dreta va semblar que s'evaporava de cop. Es notava la roba xopa i tenia un fred espantós. Va ensopegar i va caure a terra.

Quan es va despertar estava estirada a la neu, de panxa enlaire. No sabia quanta estona feia que era allà. Va mirar cap al cel. Els flocs de neu suraven per sobre seu. Era molt bonic. Gairebé no sentia el fred i les punxades al pit havien remès. No sabia per què, però creia que no era un bon senyal. Estava molt cansada. Les parpelles se li tancaven sense poder-ho evitar. Li va semblar que notava una presència. No tenia forces per incorporar-se. Va sentir un trot suau sobre la neu que, de sobte, es va interrompre.

Va girar el cap. El llop era allà, assegut a menys de dos metres d'ella. Va pensar que hauria de tenir por i, en canvi, no en tenia. La va inundar una sensació de pau. Una tranquil·litat que feia molt de temps que anhelava. El llop l'escrutava amb els seus ulls de color ambre. L'animal va mirar enrere, després va alçar el cap i va udolar. Era un so salvatge, tan ple de bellesa que la va fer estremir. L'última visió que va tenir l'Àlex abans de perdre el coneixement va ser la del llop avançant cap a ella.

IV

Supèrbia

I el guia em diu: «Aquests posats que tenen
d'anar tan ajupits gripauejant,
també el meu lluc de primer cop no encenen.
Mes fixa't, i aniràs descabdellant
que això que ve sota d'aquella roca
són gent que cops al pit es van donant».

51

El diari de la Raquel

La guerra es va acabar fa temps, no gaire després de la nostra arribada a la Colònia, segons tinc entès. Pel que vam saber més tard, molts jueus que com nosaltres travessaven la frontera fugint dels alemanys van ser enganyats per acabar aquí com a mà d'obra esclava. Nosaltres vam ser una de les últimes remeses. Però ha passat tant de temps des d'aquella nit de 1944 en què vam arribar a la Colònia, fa gairebé vint anys, que em fa l'efecte que la meva vida ha transcorregut sempre aquí.

La Colònia Dalmau està oculta entre les muntanyes, en una vall de difícil accés. Gairebé ningú no sap que existeix, ni que existim nosaltres. La feina a la Colònia sempre ha sigut molt dura. El so de la sirena ha marcat durant tots aquests anys el nostre ritme de vida. Sona a dos quarts de cinc de la matinada, quan el sol encara no ha sortit i fa un fred terrible. A les cinc, s'inicia la jornada a la fàbrica, que s'allarga fins ben entrada la tarda amb una aturada per dinar i una altra per berenar una mica.

Igual que els altres, jo també vaig aprendre el llenguatge de signes amb què tothom es comunica sempre a dins de la fàbrica. La fressa és tan ensordidora que és impossible que els qui hi treballen puguin parlar amb ningú.

A la Colònia hi vivim un centenar de famílies. Hem ocupat la mateixa casa des que vam arribar aquí. Un dels habitatges construïts per als obrers. L'he compartit sempre amb en Ben i l'Ida Bendit, que s'han convertit en els meus pares adoptius. L'Elian, el meu germanastre, ha crescut molt, és un vailet fort i l'han posat a treballar a les cardadores. L'àvia Dalit es va morir al cap de pocs mesos d'haver arribat aquí. No va recuperar mai més el seny.

En David i la Meredith Kraus van tenir dos nens i una nena, que va morir per unes febres. La germana de la Meredith, la Ruth, es va casar amb un altre obrer, també jueu. La vida continua, malgrat tot.

Els diumenges es descansa. S'ha d'anar a missa tot i que no professem la fe catòlica. Sé que alguns dels nostres companys celebren ritus jueus a les nits. Si els descobrissin, el càstig seria terrible.

A més de l'església, a la Colònia hi ha un economat, un forn de pa, barberia, biblioteca i fins i tot una escola per als nens. És com un poble, però en realitat és una presó de la qual no podem fugir. Estem aïllats del món exterior.

En Simón és el capatàs de la fàbrica. Aquests anys l'han fet més gran i més fort. Tots tenim por dels seus rampells d'ira. Ha enviat a la infermeria una desena de treballadors. A vegades, també desapareixen obrers que s'han atrevit a protestar per les condicions de vida que suportem. En Simón dirigeix una quadrilla d'homes que s'encarreguen de vigilar-nos. Però el que inspira més terror és el seu rottweiler. És un gos molt gros i ferotge que, segons diuen, li va regalar un oficial alemany. Alguns afirmen que li ha donat de menjar carn humana.

Durant els primers mesos vam somiar a escapar-nos. El tiet de l'Ezra es va unir a uns altres quatre homes, dos d'ells jueus, i una nit ho van intentar. En Gabriel li va demanar al seu nebot que anés amb ell, però l'Ezra s'hi va negar.

L'endemà, quan tots els treballadors ens dirigíem als nostres llocs, vam trobar els seus cossos ensangonats penjant d'unes sogues a la porta de l'entrada de la fàbrica. Tenien la panxa oberta en canal com si un animal s'hi hagués rabejat. La pudor era horrible, i un núvol de mosques cobria la sang que s'embassava a terra. En Simón era al costat de la tanca i somreia mentre mastegava tabac i acariciava el gos. Van haver de tancar l'Ezra perquè gairebé es va tornar boig de pena. Aquell dia vam perdre qualsevol esperança.

Per la resta, no em queda res important per ressenyar d'aquests anys passats en captiveri excepte una cosa evident: que ja no soc una nena. La nostra vida a la Colònia ha transcorregut sense gaires sobresalts, almenys fins l'any passat. Fins aquell dia de 1961 en què, sense que jo encara ho sospités, tot va començar a canviar.

Aquell dia estava nerviosa perquè l'encarregada de

la planta m'havia dit que passaria a la sala dels telers. Juntament amb les meves companyes, vaig travessar el pont que porta fins a la fàbrica. Un jove de cabells encrespats, alt i fornit va aparèixer per la cantonada més propera de l'edifici. No alçava la mirada sota la gorra que li tapava els ulls. Quan va passar pel meu costat, vam ensopegar i per poc no em tira a terra. Ell ho va evitar agafant-me pel braç. Després es va acostar una mà a la gorra amb un gest de disculpa i se'n va anar.

—Vigila per on vas —li vaig dir. Les companyes van riure i van fer bromes a costa meva.

Vaig seguir el meu camí sense mirar enrere. La sirena de la fàbrica va anunciar l'inici del torn. M'havia d'afanyar, però em vaig entretenir un moment per arreglar-me el vestit. Vaig veure que l'estrella de David que duia cosida a la màniga necessitava un cosit perquè estava a punt de caure. Llavors vaig mirar cap al llibre que duia a la mà i vaig veure la nota gairebé imperceptible que sobresortia de les pàgines. Tothom sabia que durant les breus pauses que fèiem m'agradava llegir i que sempre que podia agafava algun llibre de la biblioteca de la Colònia, de manera que a ningú no li va estranyar veure que el duia. Però ningú no s'havia fixat que abans d'ensopegar amb el noi de la gorra jo tenia les mans buides.

Vaig seguir el meu camí i, malgrat que intentava evitar-ho, somreia. No em podia contenir les sensacions contradictòries que sentia des de feia setmanes. Por i emoció.

De sobte, em vaig sentir observada. Vaig alçar el cap i em vaig trobar amb la mirada d'en Simón, que baixava per les escales que duien a la casa del senyor Latour, el director de la fàbrica, seguit del seu fidel animal. Últimament, en Simón em mirava d'una manera diferent, com si em veiés alguna cosa que no havia vist abans. Vaig veure que s'acostava i em vaig adonar que les meves companyes ja estaven entrant a la fàbrica.

Quan va ser davant meu, vaig arrufar el nas per la pudor de suor rància i de tabac. Em vaig guardar el llibre al cistell del dinar. Vaig intentar que els meus moviments fossin naturals, tot i que no podia parar de mirar el gos, que es movia inquiet al seu costat i semblava que sabés que amagava alguna cosa.

—Bon dia, Raquel.

Desconec per què, però des que havia començat l'estiu m'abordava tot sovint. Fins i tot un dia vaig trobar a l'ampit de la finestra un descuidat manat de geranis de bosc, i sospito que va ser ell el que l'hi va deixar. Vaig somriure. Vaig intentar mostrar-me amable.

—Bon dia, senyor. Arribo tard, si em disculpa...

—Espera't. Hi ha algú que vol parlar amb tu.

Em va sorprendre el seu to desanimat, així que vaig alçar la vista. Llavors vaig veure que amb la barbeta assenyalava cap enrere. A la seva mirada hi vaig detectar, durant un segon, un sentiment de rancúnia, però de seguida el va substituir per una expressió servil.

El senyor Dalmau era al costat de la caseta del guarda de la fàbrica. És un home alt i de complexió robusta. Porta un trajo que deu costar el sou d'un any de tots els treballadors. Sempre va amb els cabells engominats, pentinats enrere i amb un bigoti retallat meticulosament sobre els llavis molsuts.

En Dalmau intercanviava unes paraules amb en Latour, el director de la planta. Aquest, de manera servil, no parava de somriure i d'afirmar amb el cap. Es van donar la mà i el senyor Dalmau va començar a caminar cap a nosaltres. La por va fer que em mirés els peus com si fossin la cosa més interessant del món.

—Hola, noia.

Sense mirar-lo, vaig moure el cap com a salutació. Vaig notar que m'enrojolava. Em fa molta ràbia que em passi això, però la por no em deixa pensar.

—Tu ets la noieta jueva.

No vaig saber què respondre, perquè no era una pregunta.

—És difícil no fixar-se en tu. T'has convertit en tota una dona.

No vaig acabar de saber què em feia més por, si el fet d'haver merescut la seva atenció o la seva manera d'escrutar-me, com si em despullés amb la mirada.

—Com et dius?

—Raquel.

—Un nom encantador.

—Gràcies, senyor. He... he de marxar, la sirena ja ha sonat —vaig aconseguir mussitar.

—Així m'agrada, un compromís ferm amb l'empresa —va riure—. Endavant, ves-te'n, no et vull entretenir de les teves obligacions més estona de la necessària.

Sense mirar enrere, em vaig afanyar a unir-me a les altres, que acabaven d'entrar a la fàbrica i feien veure que no havien vist l'escena. Mentre m'allunyava, vaig notar el pes de la mirada del senyor Dalmau a sobre meu fins que vaig travessar la porta de l'edifici.

52

Va baixar les escales del soterrani sense encendre el llum. No li calia. Un murmuri d'aletejos de papallona va sorgir de l'interior de la gàbia de malla. Havien notat la seva presència.

Li va venir al cap la imatge de la subinspectora estirada a la neu. Era una dona increïblement tossuda. Havia d'admetre que l'havia subestimat. Va somriure quan es va adonar que fins i tot li provocava una certa admiració. Potser, si tot hagués sigut diferent, haurien pogut fer amistat. Però les coses eren com eren. No podia permetre que s'hi fiqués pel mig.

Va encendre el flexo i la seva mirada va recórrer la paret plena d'imatges, retalls i dibuixos. La fotografia que buscava estava penjada en un costat. La va mirar durant una bona estona. Va notar que els músculs del cos se li contreien a causa de la ira. Va recordar tot el mal del qual era responsable aquell home. Tots aquells nois vexats, perduts per sempre, llastats pel pes de la culpa i el remordiment. Tal com havia passat amb en Virgile Avril.

D'una estrebada, va arrencar la fotografia de la paret i amb dues gambades es va acostar a l'estufa de ferro colat. A dintre, encara hi havia una mica de brasa sota les cendres. Hi va tirar la foto i va contemplar com la intensa escalfor ennegria les puntes i cargolava el paper emulsionat com si una urpa ardent l'estigués rebregant. Al cap de pocs segons va sorgir la primera flamarada, després una altra, fins que el foc va devorar completament aquell indesitjable. L'últim que es va consumir van ser els ulls del pare Guifré tornant-li la mirada.

Al cap d'una estona, es va redreçar a la cadira. El seu cos va protestar amb una fuetada de dolor a l'estómac. Feia moltes hores que no menjava res. Sovint se n'oblidava. Va pensar que l'esgotament li feia cometre errors. No s'ho podia permetre, encara faltava feina per fer.

53

Silenci.

Un profund i absolut silenci l'envolta. Sent una pau que no recordava que existís. Aquí ningú no li pot fer mal. Està fora de perill.

De mica en mica s'obren pas els sons. El brunzit de l'aire quan passa pel respirador d'oxigen i el borbolleig de l'aigua. Uns passos acuitats. El xiulet discontinu d'una màquina. Nota un objecte estrany que li pressiona el nas i la boca. El toca per treure-se'l, però algú l'hi impedeix sense haver de fer gaire força; ella deixa caure el braç. Està cansada. És aquella mena de cansament que amb prou feines es diferencia de la mort. Una veu li diu alguna cosa, però les paraules són inintel·ligibles. Deixa que el sopor l'envaeixi. Els sons s'allunyen fins que desapareixen. Es deixa endur. Vol tornar al silenci. On no passa res. On tot està bé.

Llum. Els sons tornen de cop. Arrasen la quietud que l'envoltava com un capoll. L'Àlex rondina. Per què no la deixen en pau? Intenta desempallegar-se'n, però la llum és massa forta i els sons persisteixen. Ho ocupen tot fins que donen pas al dolor. Es desperta.

—Bon dia, subinspectora Serra.

Un home amb expressió pensativa, vestit amb una bata blanca, es va inclinar a sobre seu. Va somriure amb una expressió amable mentre els seus ulls, darrere de les ulleres, la miraven fixament. Un tros enrere, des dels peus del llit, en Cassel l'observava creuat de braços i amb el front arrugat.

—*Chérie*, com estàs? —va xiuxiuejar.

El seu català amb accent sonava tan preocupat que commovia. L'Àlex va girar el cap i es va notar els músculs del coll com si fossin de cartró. Va reconèixer els detalls d'una habitació d'hospital. Va intentar incorporar-se, però el dolor li va recórrer tot el cos. Va descobrir que tenia els braços embenats. El metge li va posar una mà a l'espatlla.

—Tranquil·la. Agafis-s'ho amb calma.

—On soc?

—A la Fundació Sant Hospital, a la Seu d'Urgell. Soc el doctor Mulet.

L'Àlex va entretancar els ulls i va contenir les ganes de tapar-se la cara amb el llençol. Dins del seu cap semblava que hi hagués un grup de percussió.

—Quant fa que soc aquí?

—Des d'ahir al vespre. La van trobar coberta de neu, amb un principi d'hipotèrmia, insuficiència respiratòria i un bon grapat de morats i esgarrapades.

—A qui se li acut voltar per aquí fora sense roba d'abric? —va dir en Cassel, col·locant-se a un costat del llit.

L'Àlex va esbufegar per la broma del seu company.

—Ell la va trobar —va dir el metge, assenyalant-lo—. Li ha salvat la vida.

En Cassel va arronsar les espatlles amb un gest tímid.

—Gràcies —va dir l'Àlex. Va intentar somriure, però li feia mal la boca.

—Li hem hagut d'administrar corticoides per desinflamar les vies aèries i broncodilatadors per obrir-les —va explicar el metge. Després va alçar la mà i li va ensenyar l'aparell de Ventolin—. L'ha de portar sempre a sobre.

—Ho faré. Té un cigarret? —va preguntar l'Àlex, mentre començava a incorporar-se.

—On es pensa que va?

L'Àlex es va aturar i va mirar el metge amb posat seriós.

—Tinc res greu?

—Eh... està fora de perill, però...

—Molt bé, doncs me'n vaig.

El metge la va mirar com si fos una malalta mental. L'Àlex va pensar que no podia descartar-ho.

—Seria aconsellable, molt aconsellable, que es quedés en observació, almenys vint-i-quatre hores més. Li hauríem de fer una espirometria.

—No tinc temps.

Quan va apartar el llençol i va posar els peus a terra, l'Àlex va descobrir que només duia una bata curta de color verd descolorit mal lligada que li deixava l'esquena i part del cul a l'aire.

—Fantàstic. Senyors, ja es poden girar d'esquena si no volen rebre un cop de puny. Ara mateix.

Després d'entregar els formularis de la baixa voluntària, l'Alex es va acomiadar del metge. Tot seguit, ella i en Cassel van baixar per les escales de l'entrada de l'hospital i es van dirigir a l'aparcament.

—He portat el teu jeep. —En Cassel li va ensenyar les claus fent-les dringar—. Condueixo jo.

L'Àlex va assentir. No ho volia admetre, però encara es trobava dèbil i una mica marejada. Va estar en silenci fins que van agafar la carretera.

—Et vaig trucar, però no et vaig localitzar. On eres? —va preguntar l'Àlex.

En Cassel es va remoure incòmode al seient.

—No vaig veure les teves trucades fins que vaig arribar a la comissaria i em van comunicar la teva petició de suport. Quan vam arribar a Sant Martí, vaig trobar en Bouxet gairebé histèric. Em va dir que t'havies tirat per una finestra. Vam fer una batuda al voltant del seminari. Va ser pura casualitat que et trobés.

—I en Guifré?

En Cassel va negar amb el cap.

—Una mort horrible... —va sospirar l'Àlex, mentre tancava els ulls i li tornava a la memòria el foc i aquella olor de cendra que ho impregnava tot.

—És evident que en Closas no és culpable —va dir en Cassel—. L'assassinat del rector, si bé no l'exculpa del tot, torna a obrir el cas.

—No puc evitar pensar que, en aquesta investigació, anem a cegues... —va afirmar l'Àlex.

—He rebut una trucada de Tolosa. Estan preocupats.

—Si vols parlo amb ells...

—No, no cal —es va afanyar a respondre en Cassel,

i va somriure—. Ja en tens prou amb l'intendent Cruz. No para de reunir-se amb el subdelegat del Govern. Es veu que t'està carregant tota la responsabilitat del que ha passat. Tal com se sol dir, et volen fer portar el barret.

L'Àlex no va poder evitar riure per la traducció literal d'en Cassel; el francès volia dir que li carregarien el mort. Ja s'ho esperava això, d'en Cruz, i tant li feia.

—L'Alain i la Vila han revisat a fons les habitacions del pare Guifré —va continuar en Cassel—, però no han trobat cap empremta. El foc, de totes maneres, també es va encarregar que no quedés res per trobar. Han portat el cadàver a en Valet per fer l'autòpsia.

Van quedar callats una estona, fins que en Cassel va trencar el silenci.

—Explica'm com va anar.

L'Àlex li va relatar tot el que va passar des que va arribar al seminari fins que va perdre el coneixement. Va decidir no explicar-li res sobre l'aparició del llop. Ella mateixa dubtava que fos real. La falta d'aire i la hipotèrmia podrien ser el motiu d'aquella visió.

—Vaig ser-hi tan a prop...

—No li vas poder veure la cara en cap moment?

L'Àlex va negar amb el cap.

—Porta un hàbit de benedictí, com si fos un antic monjo. Coneix molt bé el seminari. És... és eficient i sap el que fa.

—Hi ha una cosa que no entenc. Podria haver fugit, però es va aturar per salvar-te... per què?

—No ho sé. —Des que s'havia despertat, l'Àlex no parava de donar voltes a aquesta mateixa idea.

—Vam fer una batuda al voltant del seminari, però no vam trobar cap rastre. És com si aquest monjo s'hagués esfumat en l'aire.

—Doncs potser és veritat que és un fantasma.

L'Àlex va voler posar un to irònic a les seves paraules, però no ho va aconseguir.

—Les úniques empremtes que vam trobar van ser les teves i... bé, les altres —va dir en Cassel, sense apartar els ulls de la carretera.

—Ah. Les altres? Quines altres?

—Quan vaig arribar allà on eres, vaig veure unes quantes petjades al teu voltant. Eren força grans. No hi entenc gaire d'animals, però diria que eren d'un gos o alguna cosa així.

—Coneixent les teves habilitats a la muntanya, segur que eren les meves petjades —va respondre l'Àlex, intentant que la veu no la traís. Després es va girar cap a la finestra. El bosc passava com una vella pel·lícula reflectida al vidre. Més enllà dels arbres, tot era foscor i silenci.

Quan van arribar a la cabanya, el sol ja es ponia rere les muntanyes. En Cassel li va preguntar almenys tres vegades si estaria bé, fins que l'Àlex el va amenaçar amb disparar-li. Quan va travessar la porta de l'entrada, el fred de l'interior li va fer enyorar l'hospital. Tanmateix, quan va encendre la llar de foc l'ambient es va fer ben agradable.

L'Àlex va deixar anar un sospir d'alleujament. Es va apartar del foc disposada a treure's les botes i la jaqueta.

Llavors va notar la vibració del mòbil a dins de la butxaca interior. Tenia unes quantes trucades perdudes de la jutge, una de l'intendent Cruz, dues d'en Cassel i una altra de la comissaria de Tolosa. Va decidir que ja tornaria les trucades l'endemà, ara tenia mal de cap una altra vegada. Necessitava dormir una mica. Quan estava a punt de desconnectar el telèfon, va veure que a la icona de la bústia hi havia un globus vermell. Tenia un missatge de veu.

No reconeixia el número de telèfon. Va prémer el *play*. Al principi només se sentia un lleu sanglot acompanyat d'una respiració agitada. Com si no s'haguessin adonat que ja estava gravant. Tot seguit, algú començava a parlar. Les paraules se sentien entretallades, segurament perquè la persona de l'altra banda tenia una cobertura deficient.

«És... quí. És ell. L'àngel... Ve... entre els morts. Ve a fer-me pagar. Déu... per... els meus pecats... Déu. Déu meu... perdona els meus peca...».

La resta del missatge era inintel·ligible, i al final la trucada es va tallar i es va fer el silenci. L'Àlex havia reconegut la veu del pare Guifré.

54

—El monjo fantasma!

L'Àlex va observar sense moure's com voleiaven els diaris en l'aire. L'intendent Cruz, assegut a la cadira del seu despatx, mantenia els punys crispats com si estigués a punt de clavar una atzagaiada a la seva frustració. Les taques de suor li marcaven les axil·les i li amaraven la camisa de l'uniforme, tot i que encara era d'hora. A sobre la taula s'hi amuntegaven altres diaris amb titulars semblants. No l'havia convidat a seure.

—Ara perseguim un esperit?

L'Àlex va arronsar les espatlles. En Cruz va agafar un altre dels diaris i va llegir en veu alta:

—«Segons el testimoni de dos sacerdots del seminari, l'assassí va volar... Va volar! —va repetir l'intendent Cruz amb un crit— ... per sobre de la teulada del seminari. Duia un hàbit benedictí propi d'un monjo del passat. Un instant després, va desaparèixer en l'aire».

—La veritat és que la descripció és correcta.

—No fotem, Serra.

—Bé, almenys podem descartar en Closas.

L'intendent va alçar la mirada cap a la subinspectora.

—Després d'això —va dir, mostrant una de les portades on es llegia «El monjo fantasma ataca de nou»—, no hem tingut cap més remei que deixar-lo marxar aquest matí. L'advocat de l'ONG s'ha presentat aquí a primera hora. Han abonat la fiança que va estipular el jutge. En Closas és sospitós dels sabotatges a la Vall de Beau, però no podem provar res. En tot cas, els càrrecs són lleus. A més, no parem de rebre trucades de mitjans de comunicació preguntant si és que intentem sufocar les protestes contra la construcció de l'estació detenint els seus líders. No vull ni pensar en els diaris d'aquest proper cap de setmana.

Unes hores abans, en Cruz havia rebut un altre tipus de trucada. Els seus superiors no estaven gens contents. Gairebé no podia contenir la ràbia i la vergonya que sentia després del que li havien dit. A partir d'un cert moment, ni tan sols havia escoltat. Només tenia clara una cosa: les seves esperances de sortir d'aquella maleïda vall s'esvaïen. Però encara confiava que tot canviaria, si aconseguien resoldre els crims i detenien el veritable responsable al llarg dels pròxims dies.

L'intendent va assenyalar l'Àlex amb el dit i li va clavar la mirada.

—Hem d'atrapar aquest monjo o com coi n'hi vulgui dir. Vull resultats, ara mateix. Entesos? No ens podem permetre més errors!

Mentre avançava pel passadís de la comissaria, l'Àlex es va ficar un parell d'ansiolítics a la boca i va beure un trago de l'ampolla d'aigua que, sortint del despatx d'en Cruz, havia trobat abandonada al costat de la màquina del cafè. Estava mig buida, però ja en tenia prou.

La sala de reunions la va rebre amb l'habitual pudor de claveguera i la veu entusiasmada de l'Alain.

—És possible que realment sigui un fantasma?

—No diguis ximpleries —va respondre la Vila.

A la pissarra ja hi havia penjades les fotografies de l'escena de l'assassinat del rector Guifré, juntament amb les d'en Latour i en Simón.

—Com s'ho fa per desaparèixer d'aquesta manera? Mig centenar de persones van fer una batuda a la zona, i ningú no va trobar cap mena de rastre. Jo mateix hi vaig ser. És un fantasma —va concloure l'Alain.

—Em sembla que llegeixes massa novel·les de fantasia. Al final et fondran el cervell.

Malgrat que renyava el seu company, a la Vila se la veia igual de contenta que l'Alain davant la perspectiva de continuar amb la investigació. Quan es van adonar de la presència de l'Àlex, van adoptar una expressió formal que va fer somriure la subinspectora.

—On és en Jean? —va preguntar la Vila.

L'Àlex va quedar sorpresa quan va veure que la jove agent es ruboritzava després d'adonar-se que havia fet servir el nom de pila del francès. Era evident que la Vila sentia un cert interès per en Cassel. *De fet, és un home atractiu... amb les seves maneres pausades, aquells ulls de color mel i aquell accent tan graciós*, va pensar l'Àlex. *Fins i tot la seva malaptesa a la muntanya és commovedora. I la Vila és mot guapa. No va dir que tenia parella?*

—Ja vindrà —va respondre l'Àlex, amb més aspror de la que pretenia.

Tots tres van seure al voltant de la taula. L'Àlex els va informar breument de la seva conversa amb l'intendent. Van repassar les diferents línies d'investigació que havien seguit fins llavors i es van centrar en el missatge de veu rebut per l'Àlex.

—Hem comprovat —va començar la Vila— que l'assassí va utilitzar el mòbil del pare Guifré per gravar-lo en plena agonia i trucar-te.

—Per què em va triar a mi per fer aquesta trucada? No té gaire sentit... —va comentar l'Àlex.

—Potser és un primer contacte. Està desitjant explicar els motius pels quals comet els assassinats... —va intervenir en Cassel, que acabava d'entrar al despatx per la porta oberta i va saludar-los a tots amb un gest abans de seure.

—Això encaixaria en un perfil típic d'assassí en sèrie. El narcisisme, la necessitat de ser reconegut —va dir l'Alain.

—O potser es vol fer passar per un assassí en sèrie —va puntualitzar la Vila.

—També és una possibilitat —va admetre l'Àlex—. Tot i així...

—Jo crec que és més que una possibilitat —va dir la Vila, inclinant el cos endavant—. Vaig comprovar la declaració de l'Antoine Closas sobre la propietat dels terrenys de la Colònia i vaig tornar a parlar amb l'antic treballador del bufet d'advocats que es cuidava dels assumptes dels Dalmau. Em va insistir molt en el fet que era una informació confidencial... En el projecte de l'estació d'esquí està previst reconvertir l'antiga Colònia en un complex residencial d'alt nivell. A finals de l'any passat, una constructora va adquirir mitjançant un precontracte els drets de compra sobre tots els edificis per vint-i-sis milions d'euros —va explicar la Vila, amb gravetat—. La venda es farà efectiva quan comencin les obres.

En Cassel va deixar anar un xiulet.

—És a dir, que la nostra rica hereva encara és més rica...

—Doncs no del tot —va continuar la Vila—. El que en Closas va declarar durant l'interrogatori era veritat. Abans de morir, l'August Dalmau va enviar als seus advocats un acord sobre la Colònia. En un dels punts va fer que s'establís que si la propietat es venia, els beneficis que se'n derivessin es dividirien a parts iguals entre diversos beneficiaris.

—Quina generositat per part seva —va apuntar en Cassel.

—Sí, i resulta especialment estrany, perquè aquest contracte es va firmar just el dia abans de la seva mort. Però això no és tot —va continuar la Vila—. Existeix una clàusula per la qual si algun dels beneficiaris es mor i no té descendència, tal com és el cas d'en Latour, d'en Simón i del pare Guifré, el seu percentatge es reparteix entre la resta.

—Fet que converteix en cadascun dels supervivents en sospitosos... —va concloure l'Àlex.

—Per descomptat, aquesta quantitat de diners és un mòbil excel·lent —va dir en Cassel.

—En aquest contracte... —va començar a dir l'Àlex, però la Vila la va interrompre:

—Sí, hi apareixen els noms dels beneficiaris!

Sense dissimular un gran somriure, la jove va deixar caure al mig de la taula un feix de papers esgrogueïts. Va anar passant els fulls, que cruixien com a protesta pel seu entusiasme, fins que va arribar a l'últim. A sota de cada signatura, sobre les línies de punts, s'hi llegia un nom complet escrit a màquina. Sis firmes, sis noms.

Al mig del document, sota la seva rúbrica ampul·losa i gran, hi havia el nom d'August Dalmau; a la seva esquerra, amb una guixada il·legible, hi havia signat en Guillem Latour; més avall hi havia estampat la seva signatura el pare Guifré. L'Àlex es va fixar que la seva cal·ligrafia semblava la d'un nen. Al costat, en Simón Álvarez havia escrit el seu nom amb la lletra d'una persona semianalfabeta; a la dreta del full, amb una lletra acurada i ordenada, signava el doctor Frédéric Foix; i a sota hi havia la signatura il·legible d'un tal Johan Kreuz.

A l'Àlex no li va sorprendre veure el nom del metge entre els beneficiaris.

—M'hi jugo qualsevol cosa —va afirmar en Cassel amb entusiasme— que tant el doctor Foix com aquest Johan Kreuz són els dos homes que ens faltaven per identificar a la fotografia.

La Vila es va aixecar i va escriure a la pissarra els noms de Kreuz i Foix juntament amb els altres.

—Necessitem saber si en Johan Kreuz encara està viu, on és i si té o no descendents —va dir l'Àlex—. A la fotografia, en Kreuz també porta l'estrella de David cosida a la camisa. Per tant, era jueu. Consulteu-ho amb l'expert del Centre Sefarad-Israel, aviam si ens pot ajudar a identificar-lo.

Es va fer silenci a l'habitació. Tots eren conscients que allò era un avenç important.

—Alguna cosa més? —va preguntar l'Àlex.

—Precisament —va intervenir en Cassel—, després de trobar-nos amb el doctor Foix a la mansió Dalmau, i després que ens expliqués la seva relació amb la Colònia, ahir vaig estar indagant en el seu passat. Com que és ciutadà francès, tinc un accés més fàcil a la informació.

—Doncs si et sembla bé compartir-la... —va somriure l'Àlex.

En Cassel els va fer una ganyota abans de continuar.

—He fet unes quantes trucades. Pel que sembla, en Foix prové d'una família adinerada. Va estudiar medicina i psiquiatria a Montpeller. Va ser un bon alumne. Quan es va acabar de doctorar, el va contractar un hospital privat de gran reputació. No obstant això, no hi va estar gaire temps, perquè va cometre un greu error en una intervenció. El vell director amb qui he parlat no l'aprecia gaire, en Foix. Segons ell, una nit que estava de guàrdia va arribar ebri a la sala d'operacions i, en aquell estat, no va poder actuar amb la celeritat necessària quan un part que va entrar d'urgències es va complicar. Van morir la dona i el nadó. Els diners i les influències dels pares d'en Foix van evitar que es produís un gran escàndol i li retiressin la llicència. Però això sí, el van fer fora de l'hospital. Aquí es perd la seva pista. Ningú no m'ha sabut dir on va anar.

—Ara sabem que durant aquell temps va estar a la Colònia —va apuntar la Vila.

—Exacte —va assentir en Cassel, amb un somriure que va torbar la jove policia—. Després de vint anys —va continuar el relat—, el doctor va reaparèixer de sobte i va publicar els seus extraordinaris estudis genètics, gràcies als quals actualment gaudeix d'un gran prestigi en l'entorn acadèmic. Alguns no entenen com pot ser que no hagi fet carrera en alguna de les destacades universitats que, en el seu moment, li van oferir un lloc, i en canvi preferís quedar-se a Tolosa.

—Que estrany. El doctor Foix no sembla el tipus de persona que rebutgi una oferta com aquestes.

—Potser té a veure amb algunes de les crítiques que també va rebre. Vaig parlar per telèfon amb el senyor Guillaume Ledun, catedràtic del Departament de Biomedicina de la Facultat de Medicina i Ciències de la Salut de París. El professor Ledun em va explicar que les investigacions d'en Foix sobre fisiopatologies relacionades amb la psique humana, que li van suposar tant de reconeixement, tenen alguns punts foscos. Ledun em va explicar que en Foix no va acabar d'aclarir mai d'on sorgia la població d'individus amb els quals va experimentar, ni altres detalls difusos de les seves investigacions. Ledun admet que els treballs d'en Foix són brillants, però alguns paràmetres i conclusions dels seus estudis van ser controvertits en aquella època, ja que s'assemblaven molt als mètodes d'investigació utilitzats pels metges nazis en els camps de concentració. Un d'aquests mètodes el trobareu molt interessant...

Tot l'equip es va quedar expectant, pendent de les paraules del francès.

—Pel que sembla —va dir en Cassel, sense ocultar el seu entusiasme—, el doctor Foix utilitzava la narcoanàlisi per estudiar el subconscient dels subjectes que examinava, completant el treball biomèdic amb l'estudi psiquiàtric. La narcoanàlisi és un mètode pel qual al subjecte se li injecta per via intravenosa un narcòtic que l'adorm lleument i el fa parlar i respondre a les preguntes que se li fan, de manera que aflora a la consciència el material inconscient reprimit. Endevineu quin tipus de narcòtic feia servir?

No va caldre que ningú respongués. La llista de sospitosos tenia un nou nom.

55

El diari de la Raquel

I si no hi anava?

Amb prou feines distingia les formes dels edificis al voltant de la plaça. No hi havia cap llum a les finestres dels habitatges dels treballadors. Tots dormien. El rellotge de l'església marcava mitjanit. A dintre meu una veu em deia a crits que estava boja d'estar-me allà, esperant. Si algú em veia, seria la meva ruïna. Ja havia decidit tornar cap a casa quan em va semblar veure que una ombra s'acostava per un carrer lateral.

El cor em va fer un salt i vaig somriure. Vaig alçar la mà per indicar on era, però em vaig quedar paralitzada a mig fer el gest. Una ombra més petita i animal es va unir a la primera. Llavors vaig reconèixer el caminar del mastí. Em vaig enganxar al mur de l'església desitjant fondre'm entre els maons. Els batecs del cor eren tan forts que em ressonaven a les orelles.

En Simón va travessar la plaça i es va aturar al costat dels arbres de l'entrada de l'església. Vaig veure que empunyava l'escopeta. Per sort, el gos encara no m'havia ensumat i les ombres m'ocultaven, però si s'acostaven més em descobririen. No podria explicar què feia fora de casa després de l'última sirena.

Em vaig desplaçar molt a poc a poc per evitar fer soroll. Anava fregant el mur amb la mà mentre m'allunyava tant com podia. La paret es va acabar abruptament, i vaig reconèixer la porta lateral de l'església. Vaig intentar ocultar-me en aquell racó. En Simón va reprendre la marxa. Vaig observar alarmada que, amb passos decidits, es dirigia directament cap al lloc on m'acabava d'amagar. El gos començava a estar més inquiet. No podia fer res més que quedar-me allà.

De sobte, una mà em va tapar la boca al mateix temps que m'agafaven pel braç i m'estiraven. Vaig caure al terra empedrat de l'església. Una ombra es va abalançar cap a la porta i la va tornar a tancar sense fer soroll. Llavors, l'atacant es va girar cap a mi. El meu crit va quedar ofegat quan vaig reconèixer la cara somrient de l'Ezra.

Es va posar un dit als llavis mentre escoltàvem el so dels passos sobre la grava, acostant-se, fins que es van aturar a l'altra banda de la porta. El pom es va moure sense fer soroll, però la porta no es va obrir. Se sentia un grunyit sord. Després d'uns instants que se'm van fer eterns, vam sentir que els passos s'allunyaven.

L'Ezra em va allargar la mà per ajudar-me a aixecar-me de terra.

—Com estàs?

Com a resposta li vaig clavar un bon cop de puny a l'estómac.

—Idiota. Quin espant que m'has fet —vaig xiuxiuejar—. Me'n vaig ara mateix.

—No, no, sisplau —em va suplicar, encongit.

La seva expressió de pena fingida em va fer somriure. L'Ezra sempre aconseguia arrencar-me un somriure. Era el meu millor amic.

Aquests anys també l'han canviat. El noi que va tornar enrere per buscar-me enmig d'una tempesta de neu ara era un jove alt i fornit. Al contrari que jo, que soc de pell molt clara, tenia la pell morena a causa de la feina a l'aire lliure. L'Ezra formava part de les quadrilles que construïen la presa riu amunt. Era una feina dura i arriscada. No feia ni tres dies s'havien mort dos obrers engolits per les aigües.

—Va, segueix-me.

Vaig mirar cap a la porta una altra vegada i després, deixant anar un sospir, el vaig seguir.

Ens vam endinsar pel passadís central de l'església. Estava a les fosques i amb prou feines distingia el contorn dels bancs dels costats. Vaig dubtar un segon fins que vaig notar la seva mà sobre la meva. En aquell moment vaig agrair la foscor, que evitava que l'Ezra descobrís el rubor a les meves galtes.

—Què hi fem aquí?

—Ja ho veuràs.

L'Ezra em va guiar fins al lateral del transsepte del petit edifici. Va obrir una porta que donava a una escala de cargol.

—Aquest dilluns passat ens van enviar a en Johan Kreuz i a mi a arreglar uns desperfectes a la teulada del campanar, causats per la tempesta del cap de setmana —m'explicava mentre pujàvem.

—El pare Guifré devia estar content de poder tenir dos nois tan ben plantats a la seva església.

—Ja ho pots ben dir —va riure—. Es va passar tota l'estona buscant una excusa per quedar-se a soles amb en Johan.

Les escales s'anaven estrenyent a mesura que pujaven, i al capdamunt hi havia una estança petita. Quan hi vam entrar, vaig tornar a sentir la frescor de la nit. El vent entrava a través dels arcs oberts de pedra. Vaig treure-hi el cap amb molt de compte i vaig veure les ombres fosques dels edificis d'habitatges dels treballadors. Una mica més enllà, cap al riu, es percebia la forma immensa de la fàbrica. I després, desviant la vista, es distingia la casa, que s'alçava sobre la Colònia com una aranya sobre la seva teranyina. Per un moment vaig pensar que algú em veuria.

—Vine.

L'Ezra em va agafar de la mà i em va fer seguir-lo. El sostre era inclinat i ens obligava a anar ajupits per esquivar les gruixudes bigues de fusta. Vam vorejar la campana i ens vam aturar davant d'uns taulons. L'Ezra els va apartar i va descobrir una porta oculta. Amb un somriure, em va ensenyar una clau molt gran. El grinyol de les frontisses va ser tan escandalós que vaig pensar que es despertaria tota la Colònia i que en Simón es presentaria allà amb tots els seus homes. No obstant això, la sorpresa va fer que oblidés les meves pors.

L'habitació estava gairebé buida, tret d'un orgue vell que hi havia arraconat en un costat. Les flames de mitja dotzena de ciris mig gastats creaven formes capritxoses a les parets. Unes mantes velles cobrien el terra. A sobre d'una taula baixa hi havia un cistell tapat amb un tovalló de quadres.

—Ningú no sap que aquest lloc existeix. Ningú no puja fins aquí, ni tan sols el pare Guifré —em va explicar l'Ezra mentre entràvem a dins i ell tancava la porta.

Va seure al meu costat i va col·locar el cistell entre tots dos.

—Aixeca el tovalló.

A dins hi havia un quart de formatge, unes quantes llesques de pa i una ampolla de vi.

—D'on ho has tret tot això?

—Ho he comprat a la senyora Ruth de l'economat.

—Et deu haver costat tot un sou.

L'Ezra només somreia i arronsava les espatlles.

Vam menjar en silenci gaudint de la mútua companyia. Em vaig adonar, amb sorpresa, que el meu amic estava nerviós i evitava mirar-me als ulls.

—Que et passa res?

—Tinc una cosa per a tu.

D'un racó, en va treure un paquet i me'l va oferir. Quan vaig apartar el paper d'estrassa que l'embolicava, la llum de les espelmes va il·luminar una llibreta amb tapes de cuiro granat. Vaig acariciar amb cura les cobertes i la vaig obrir. Vaig passar els fulls entusiasmada. El paper, d'un blanc enlluernador, era el de més bona qualitat que havia vist mai.

—Això és caríssim. Com...?

—Fa una setmana, en Latour va anar a revisar les obres de la presa. El van avisar de casa i, amb les presses, es va oblidar la cartera.

—No ho puc acceptar —vaig dir, atemorida, mentre li tornava la llibreta.

Ell va negar amb el cap i me la va tornar a posar a les mans.

—En tenia més. Ni tan sols s'adonarà que n'hi falta una.

Vaig quedar callada.

—No sé com agrair-t'ho.

—Amb aquesta mirada en tinc prou —va dir, mentre repenjava l'esquena a la tela que tapava l'orgue—. Com que volies escriure...

—Sí —vaig dir, sense poder evitar el to de decepció—. Però només és un somni.

L'Ezra em va agafar pels braços i em va mirar amb els seus ulls de color mel.

—Si vols, el pots fer realitat. Aquest i tots els que tinguis.

—Què vols dir?

—Marxem d'aquí. Junts.

—Que ets boig? —El vaig mirar amb incredulitat.

—Ho tinc tot planejat —va dir, excitat—. Ja saps que el cotó en bales es recull a l'estació de tren de Puigcerdà i arriba en carros tirats per bous cada dijous. Aquestes bales pesen més de quatre tones, són vehicles molt grans. Estan tapats amb lones. Es descarreguen al magatzem del final de la fàbrica. Després, el nostre torn és qui ha de carregar-los amb els fardells de teles. Un dels conductors està disposat a amagar-nos i a treure'ns d'aquí en el pròxim enviament a canvi d'una bona picossada. He estat estalviant durant tot l'any i ja tinc els diners necessaris. Quan se n'adonin, ja serem lluny de la Colònia.

—És molt arriscat. Ja saps què passa si t'atrapen.

—T'imagines tot el que podrem fer quan siguem lliures? Anirem a Barcelona, i des d'allà, agafarem un vaixell per anar a qualsevol lloc del món. Podries convertir-te en escriptora. En el que volguessis!

Vaig inclinar el cap.

—No ho sé... no sé si puc fer-ho. La Colònia és casa meva. És l'únic que conec.

Vaig intuir la desesperació en la seva mirada.

—No ha de ser necessàriament així.

—Per què no te'n vas tu?

—Pel mateix motiu pel qual no vaig voler marxar aquell dia amb el meu tiet.

Vaig quedar muda. Les seves paraules van quedar surant en l'aire. De sobte, em vaig sorprendre pensant que jo tampoc no podia concebre la vida sense ell. *Quan ha passat això?*, em vaig preguntar, i de seguida ho vaig saber: *Des del dia que el vaig conèixer en aquella casa de França.*

Llavors em vaig adonar que les nostres mans s'havien unit i que podíem notar la respiració agitada de l'altre. Alguna cosa es va desfermar a dintre meu i l'escalfor dels sentiments retinguts durant anys em va abrusar.

Ell va apartar la mirada, aclaparat, però vaig acostar-li la mà a la barbeta i amb una carícia li vaig fer alçar la cara. Els nostres llavis es van trobar. Jo no havia fet mai cap petó a ningú, però una sensació de familiaritat em va assaltar. Ens vam besar com uns antics amants que després d'anys separats tornen a trobar-se i descobreixen que res no ha canviat. Vam començar a poc a poc, però després vam explorar les nostres boques amb avidesa intentant recuperar el temps perdut. Els meus dits es van afanyar a descordar-li la camisa. Vaig veure la sorpresa en els seus ulls, però tant me feia. No hi havia res al món que desitgés més. Els meus temors van desaparèixer, farta de viure sempre amb por.

Al mateix temps, ell va buscar amb poca traça els botons de la meva roba. Vaig frenar-li les mans i em vaig posar dreta. Amb un moviment ràpid em vaig treure el vestit pel cap. La llum de les espelmes va lliscar pel meu cos nu. Em va venir una esgarrifança quan vaig notar l'aire fregant-me la pell. Els seus ulls de color mel em van mirar com cap home ho havia fet mai. Quan ens vam abraçar va ser com si em fongués amb el sol.

56

—Voldria veure els agents encarregats de la investigació dels assassinats.

L'Àlex, que sortia del despatx per anar a buscar alguna cosa per menjar, va reconèixer la veu. A l'entrada de la comissaria, en Bouxet parlava amb un agent. Duia pantalons de pana i l'habitual camisa negra, i a sobre, una jaqueta d'hivern. No parava de retorçar-se les mans. L'Àlex, des del fons, va fer un gest amb la mà a l'oficial perquè deixés passar el seminarista. Gairebé va notar a la cara el sospir d'alleujament d'en Bouxet.

—Què hi fa aquí, Francesc?

—Necessito parlar amb vostès, sisplau.

L'Àlex va quedar sorpresa quan va veure que feia ulleres i que tenia la cara desencaixada.

—Per descomptat. Segueixi'm.

Quan va passar per davant de la porta del seu despatx, va fer un senyal a en Cassel, que, quan va reconèixer el bibliotecari, es va aixecar de seguida i els va seguir fins a la sala d'interrogatoris.

—Aquí estarem més tranquils. Segui. Vol un cafè?

En Bouxet va negar amb el cap sense alçar la mirada, va seure i va creuar les mans com si es disposés a resar. L'Àlex i en Cassel es van mirar perplexos i també van seure.

—Senyora Serra, dono gràcies a Déu que es trobi bé. Quan va saltar per la finestra em pensava que es mataria.

L'Àlex va somriure.

—Sí, bé, no va servir de gaire res...

—Potser no és possible atrapar un esperit —va afirmar el jove seminarista amb la veu tremolosa.

L'Àlex va pensar que el bibliotecari estava a punt de tenir un atac de nervis. En Cassel es va aixecar i li va portar un got d'aigua.

—Tranquil·litzi's —va dir l'Àlex—. Està entre amics, fora de perill.

L'home va assentir, les mans li tremolaven tant mentre bevia que va esquitxar la taula.

—Digui'ns, què ha volgut dir amb això?

—Amb prou feines he dormit des de l'incendi. Aquest matí he sortit del seminari. Feia més de tres anys que no traspassava aquells murs. —Els va mirar a tots dos amb els ulls humits—. Allò és casa meva, saben? Si m'obliguessin a anar-me'n d'allà... no... no sabria on anar.

—Escolti, ningú no l'obligarà a anar-se'n d'enlloc —el va tranquil·litzar en Cassel.

L'Àlex es va fixar que el jove no parava de moure entre els dits un rosari de fusta que havia tret de la butxaca de la jaqueta.

—Per què ens volia veure? —va preguntar l'Àlex.

—Els he d'explicar una cosa. Després del que ha passat, no puc callar més. —Va beure un trago d'aigua. Els policies li van donar temps—. S'ho mereixia —va deixar anar al final, amb un sanglot—. El pare Guifré s'ho mereixia. —Va semblar que en Bouxet estava a punt de vomitar—. Aquella mort horrible és un càstig. Un càstig de Déu pels seus pecats —va afegir, clavant la mirada en els ulls de l'Àlex.

—Què vol dir? —va preguntar ella.

—Aquelles habitacions... allà on vam trobar el rector, no les coneixia ningú. És una zona abandonada del seminari. Des de feia anys, el rector obligava... alguns estudiants a... mantenir tractes carnals amb ell en aquell lloc.

Es va fer silenci. A través de la porta oberta se sentien les converses dels ocupants dels altres despatxos, i tot d'una semblaven llunyanes, com si haguessin abaixat el volum de cop.

—N'està segur? En té alguna prova? —va preguntar l'Àlex.

En Bouxet va desviar la mirada. Les llàgrimes li rodolaven galtes avall. L'Àlex va notar que la ira l'envaïa. Va mirar en Cassel i va veure que ell també es contenia. Va allargar la mà i la va posar sobre la del bibliotecari, que la va enretirar com si el contacte el cremés.

—Si vol que ho deixem córrer... —va dir l'Àlex.

—No! —va exclamar en Bouxet, amb la cara congestionada—. He vingut a explicar-ho i ho faré. —Va agafar aire i va començar—: A Sant Martí acollim un percentatge d'estudiants que provenen de llars problemàtiques. La majoria de vegades no tenen família. Ningú no els reclama. Quan comença el curs, en Guifré té... perdó, en Guifré tenia el costum d'escollir un dels nois estudiants, normalment un que fos prou indefens, i llavors... el convertia en el seu amant.

En Bouxet va agafar aire abans de continuar.

—Almenys una vintena de nois han passat per aquelles habitacions del pecat durant aquests últims anys.

—Ningú no l'ha denunciat? —va intervenir en Cassel.

—Sí, i tant que hi va haver alguna denúncia, però no va tenir conseqüències. En Guifré tenia amics poderosos. Al cap de poc de produir-se, ens informaven del trasllat de l'estudiant a un altre seminari. Quan això passava, el pare Guifré s'enfurismava i durant els dies posteriors l'ambient al seminari era horrible.

L'Àlex va observar l'expressió tensa d'en Cassel. Va recordar que el seu company francès li havia dit que havia estat en un internat. Potser també era orfe, de manera que això devia afectar-lo molt més.

En Bouxet es va acabar l'aigua. Se'l veia més alleujat, ara que havia començat a parlar. L'Àlex es podia imaginar l'infern que devia haver viscut aquell jove.

—Hi ha més coses. —Els va mirar amb gravetat—. Sé qui ha matat el pare Guifré.

Els dos policies es van regirar al seient. El bibliotecari els va mirar compungit i va alçar una mà demanant paciència.

—He de començar pel principi, si no, no ho entendran.

L'Àlex sabia que els testimonis necessitaven explicar les coses a la seva manera.

—No pateixi. Parli amb confiança.

En Bouxet va assentir amb el cap mentre s'eixugava les llàgrimes amb un mocador.

—Entre els amants del pare Guifré n'hi va haver un de molt especial. Un que va fer que perdés el cap. —Va sospirar—: En Virgile Avril.

—El company de cel·la d'en Latour... —va apuntar en Cassel en un xiuxiueig—. El rector ens va explicar que aquest noi es va suïcidar. També ens va mentir sobre això? —va preguntar.

El jove va negar amb el cap.

—No. Això és cert... tot i que estic segur que no els va confiar tota la veritat.

L'Àlex es va inclinar, molt atenta.

—Endavant, Francesc, expliqui's...

En Bouxet va tancar els ulls i va agafar aire.

—En Virgile Avril era molt petit quan va arribar al seminari, però es va fer una excepció. El cas és que en Virgile va créixer i es va educar entre els nostres murs. Van passar els anys i es va transformar en un jove ben plantat i intel·ligent. Tothom es va adonar que era especial. —Va sospirar—. Jo vaig arribar uns anys més tard i vaig coincidir amb ell a les classes.

»Va anar passant el temps. No els vull avorrir... —En Francesc Bouxet s'havia ficat de ple en el seu paper de narrador—. En Virgile, tal com tothom esperava, va aconseguir un lloc com a professor. Tot i que hauria pogut aspirar a molt més, ell no va voler marxar mai del seminari. A mi... em van nomenar bibliotecari. La veritat és que recordo aquella època amb felicitat. Llavors, fa potser uns tres anys, va arribar en Daniel Latour. Pel que ens van dir, havia estat estudiant a França seguint el consell patern i després treballant a l'estranger. Però es veu que va tenir uns problemes i va decidir deixar-ho tot per convertir-se en seminarista.

»Tots tres coincidíem en edat i vam travar amistat. En Daniel no em va agradar mai, però com que era company de cel·la d'en Virgile i ell no veia gens de maldat en els altres, vaig acceptar començar a tractar-lo. De totes maneres, sempre em va estranyar que en Daniel hagués triat el camí de Déu i que ho fes tan tard... així que tenia les meves sospites. Després del que ha passat, he vist que no m'equivocava.

»Una tarda, quan gairebé ja fosquejava, en Latour em va demanar uns llibres i vam anar junts a la biblioteca. Entre les prestatgeries, assegut a terra, hi vam trobar en Virgile plorant. Després de molt insistir ens va explicar què li passava. El pare... el pare Guifré feia temps que abusava d'ell. El seu desconsol era immens. Se sentia culpable. Creia que havia fallat a Déu. El vaig exhortar a posar fi a aquelles relacions carnals, a denunciar-ho... No obstant això, ell ens va explicar que el pare Guifré sabia alguna cosa del seu passat, una cosa que concernia a terceres persones. Aquesta revelació ho canviava tot. En Virgile no podia fer res, no podia enfrontar-se al rector sense que altres en paguessin les conseqüències. En Daniel, que fins llavors no havia dit res, es va mostrar interessat a esbrinar els detalls, però en Virgile no va voler explicar res més. Nosaltres li vam prometre que guardaríem el secret i que l'ajudaríem perquè pogués evitar en Guifré.

»Al cap d'una setmana, va començar a circular el

rumor que en Virgile era l'amant preferit del pare Guifré. També es deia que, per aquest motiu, havia aconseguit el lloc de docent. La resta del professorat va començar a ignorar-lo i els estudiants no assistien a les seves classes. La pitjor condemna en qualsevol seminari és el rebuig de la comunitat. En Virgile es va ensorrar. El seminari era casa seva, tal com ho és per a mi, i no podia concebre la vida fora dels murs de Sant Martí Clement.

—El rector no va fer res? —va preguntar en Cassel.

En Bouxet va negar amb el cap.

—I no he entès mai per què.

Jo sí, va reflexionar l'Àlex. *En Daniel era el fill d'en Guillem Latour, el director de la Colònia; un dels components del grup que apareixen a la fotografia. Al rector i al pare d'en Daniel els unia molt més que una imatge junts, compartien un passat fosc, i qui sap quines obligacions.*

—El cas és que —va continuar en Bouxet— és que jo... també li vaig fallar. No sabia com ajudar-lo i... quan me'n vaig adonar ja era massa tard.

En Bouxet es va tapar la cara amb les mans. En Cassel, agafant-lo suaument per l'avantbraç, el va animar a continuar.

—Van trobar el... cos a la base de la presa. —Va empassar saliva—. Estava destrossat per la caiguda. La seva cara, tan perfecta, va quedar irreconeixible. Al seminari va quedar tothom consternat. Al cap d'un temps, vaig descobrir que l'impulsor d'aquells rumors havia sigut en Daniel. Vam tenir una forta discussió. Va ser llavors quan se'm va revelar com el que era. Envejava en Virgile d'una manera malaltissa. «La seva perfecció era antinatural —va arribar a dir—. Li he donat una lliçó d'humilitat». Quan es va saber que ell havia iniciat els rumors que havien portat en Virgile a llevar-se la vida, el van expulsar de Sant Martí Clement.

»Després d'un any sense ell, va semblar que la pau tornava al seminari, però llavors, fa cosa d'un mes, en Latour va tornar a la vall d'improvís. Va demanar per allotjar-se a la seva antiga cel·la i el rector l'hi va concedir, cosa que ens va sorprendre molt a tots. Va ser a partir d'aquell moment quan van començar a produir-se les aparicions... —va concloure en Bouxet, gairebé en un murmuri.

L'Àlex es va inclinar cap endavant.

—Com diu? Aparicions?

—Durant les últimes setmanes, el pare Guifré estava molt nerviós, i tots ho vam atribuir a l'aniversari de la mort d'en Virgile. Llavors, una nit, el vaig trobar al seu despatx fora de si. Em va confessar que l'havia vist. Que havia vist en Virgile encarnat en l'esperit d'un monjo.

—El pare Guifré havia perdut el seny, la seva mala consciència li feia imaginar coses... —va argumentar en Cassel.

—No ho entenen. És que jo també el vaig veure!

—Què diu? —va dir l'Àlex.

—Fa uns dies, poc més d'una setmana, una nit que no podia dormir. Vaig decidir baixar a la biblioteca per acabar una feina pendent. Quan vaig passar per davant de la cel·la que havien ocupat en Latour i en Virgile, vaig veure llum per sota la porta, vaig treure el cap a dins i vaig descobrir una figura al costat del llit del meu pobre amic. Estava d'esquena i portava una espelma a la mà. Era molt fosc, la llum de l'espelma li distorsionava el cos i no vaig poder distingir la roba que duia. Em disposava a cridar-li l'atenció, pensant que es tractava d'un dels estudiants, quan es va girar cap a mi i el vaig veure. El vaig veure a ell —va afirmar en Bouxet, espantat.

—A qui? —va preguntar l'Àlex.

—A en Virgile. —La veu se li va tornar aguda.

—N'està segur? —va preguntar l'Àlex.

—Totalment. L'hauria reconegut a qualsevol lloc. No en tinc cap dubte, perquè quan es va girar, la llum li va il·luminar la cara i vaig distingir-li perfectament els trets. A més, també vaig reconèixer la vestimenta que duia: un hàbit de monjo benedictí. L'orde que va alçar l'antic monestir que alberga el seminari.

—I què va passar després? —va preguntar en Cassel, reclinant-se a la cadira.

—Vaig caure de genolls, vaig tancar els ulls i vaig pregar demanant perdó pels meus pecats. Vaig notar com passava pel meu costat. Feia una olor molt dolça, com de fruites. Em va repenjar la mà sobre l'espatlla. Vaig sentir el fred de l'infern que m'entrava a dins del cos i em recorria les venes, i llavors em vaig desmaiar. Uns estudiants em van trobar a trenc d'alba estirat allà a terra.

L'Àlex va mirar en Cassel, que va alçar les celles. En Bouxet, amb la mirada perduda, va sentenciar:

—En Virgile és qui va assassinar el pare Guifré. Va tornar per fer-li pagar els pecats al rector. Ja ho diuen les Escriptures. Apocalipsi, vint-i-u, vuit: «Però els covards, els descreguts, els corromputs, els homicides, els immorals, els malèfics, els idòlatres i tots els falsaris tindran la seva part a l'estany de foc atiat amb sofre, que és la segona mort».

57

La Facultat de Medicina de Tolosa era al sud de la ciutat, al districte de Rangueil. El campus del complex universitari Paul Sabatier s'estenia en una àrea que superava les cent vint hectàrees al llarg del Canal du Midi, tal com estava comprovant l'Àlex mentre en Cassel conduïa.

Per fi van deixar enrere l'avinguda Pierre-Georges Latécoère i es van sumar al trànsit dens de la carretera de Narbona.Van reconèixer a la seva esquerra els edificis de la facultat perquè, a aquelles hores d'un divendres a la tarda, nombrosos estudiants amb bates blanques sortien en grups per iniciar el cap de setmana.

Van aparcar el cotxe a l'aparcament reservat a les visites. Els havien informat que el doctor Foix seria al seu despatx, situat a l'última planta, al Departament de Biomedicina.

Sortint de l'ascensor, els va rebre una jove de trets asiàtics i ulls foscos emmarcats per unes ulleres d'estil retro. La noia els va guiar per un passadís mentre caminava amb lleugeresa sobre uns talons de vertigen. Mentrestant, parlava pel mòbil. Amb un gest, els va indicar que s'asseguessin en un sofà de color blanc. Mentre la noia es dirigia cap a la seva taula, l'Àlex li va repassar la figura i va pensar que devia haver anat en una botiga infantil a comprar-se aquell vestit de ratlles blaves i blanques. Les talles com aquella no es trobaven a la planta de dona.

Al cap d'uns minuts, mentre la noia continuava conversant per telèfon, els va fer entrar indicant-los la porta.

El despatx del doctor Foix s'organitzava en dos espais diàfans en forma de vuit. La primera sala era més àmplia, envoltada per una llibreria de vidre que ocupava tot l'espai de les parets. A primer cop d'ull, l'Àlex va veure que hi havia manuals de medicina, exemplars d'antropologia, llibres de fotografia de Ray, Warner i Riefenstahl i fins i tot la Sèrie Noire, aparentment completa, de Gallimard. El terra era de marbre i estava impecable. En un costat, perfectament disposada, hi havia una tauleta de Philippe Starck amb les seves corresponents butaques de lectura i el llum Arco. Al fons s'obria l'altre espai, presidit per una enorme taula de pedra enterrada per una muntanya de documents i llibres. Al darrere, un seient ergonòmic de cuiro blanc. Un finestral d'una sola peça, que ocupava tota la paret, mostrava unes vistes impressionants del capvespre sobre el riu Garona i el centre de Tolosa.

L'Àlex es va preguntar quin motiu podia impulsar una universitat a mantenir un despatx com aquell. Va allargar la mà cap a un exemplar de *National Geographic* sobre anatomia quan una veu greu la va sobresaltar.

—*Bonjour.*

El doctor Foix va aparèixer darrere d'ells. Fent un gest amb la mà, va indicar a l'Àlex i en Cassel que s'asseguessin mentre ell feia el mateix i creuava les cames amb un moviment precís. En aquesta ocasió, duia un trajo gris fosc que se cenyia a la perfecció al seu cos prim.

L'Àlex va pensar que li recordava a algú, però no va saber a qui fins que li va venir a la memòria una antiga imatge de la Segona Guerra Mundial que havia vist en un documental. En Foix era igual que un d'aquells oficials nazis rígids i elegants amb els seus uniformes d'Hugo Boss.

—Recordo que ens vam veure a la casa Dalmau —va dir el metge—. Diguin-me, què pot voler de mi, la policia?

L'Àlex va percebre un lleu dubte darrere de la seva imatge impecable.

—*Bon* ... suposo que està al cas dels assassinats que s'han produït —va començar en Cassel. Estaven en el seu territori, i l'Àlex va pensar que era millor que ell portés la conversa.

—Vaig veure les notícies. Aquest cas tan llastimós no s'ha seguit amb tant d'interès a França, però me'n vaig informar a través dels canals espanyols. És una sort que detinguessin el culpable.

—Malauradament, no ha estat així. Quan van assassinar el pare Guifré, fa cinc dies, el sospirós estava tancat en una cel·la.

El doctor Foix es va pessigar els llavis amb el polze i l'índex com un acte reflex. El sobresalt de reconèixer el nom del rector havia sigut evident, i ell mateix es va adonar que l'Àlex ho havia vist.

—Sabem que vostè coneixia en Guifré, de la mateixa manera que coneixia en Simón i el pare d'en Daniel Latour, ja que apareix amb ells en aquesta imatge. —En Cassel va col·locar a sobre la taula una còpia de la fotografia del grup de la Colònia—. Algú està assassinant sistemàticament les persones que apareixen aquí... o els seus descendents, si ells són morts, com en el cas d'en Latour. Té alguna idea de per què?

—Si la tingués, els ho diria, però ho desconec. De fet, ni tan sols recordo els noms de la resta de persones del grup —va afegir—. Sincerament, crec que és una enorme estupidesa pensar que aquests crims tenen alguna relació amb una fotografia antiga —va dir, empenyent-la cap a en Cassel.

—Recorda quan els la van fer?

—La veritat és que no.

—Aleshores vostè era bastant jove...

El doctor Foix va agafar aire i el va deixar anar lentament.

—Sí, jo tot just començava a exercir la meva professió.

—És estrany que un metge tan prometedor volgués treballar en un lloc tan apartat de tot.

—Home, la Colònia va ser una experiència extremament satisfactòria.

El somriure del metge li va recordar a l'Àlex un animal llepant-se el morro, i li va produir una esgarrifança.

—Li ha anat molt bé des de llavors —va apuntar en Cassel mirant al seu voltant.

—No em queixo pas. M'ha costat una bona feina.

—Quantes vegades ha visitat Espanya aquestes últimes setmanes?

Si el sorprenia el rumb que prenia la conversa, el metge no ho va demostrar.

—Només per atendre la senyora Dalmau. Acostumo a anar-hi un cop per setmana.

—Quina relació hi manté, amb els Dalmau?

—Estrictament mèdica. Com van poder comprovar, atenc la senyora Dalmau.

—La seva vida corre algun perill? Des del punt de vista mèdic, esclar —va preguntar en Cassel.

—No sé si he de respondre aquesta pregunta.

—Pot fer-ho, és una investigació oficial —va mentir l'Àlex.

—L'estat de salut de la Béatrice Dalmau, dins dels problemes que ocasiona la seva malaltia, és excel·lent; gràcies a les meves atencions, per descomptat. Saben quin és l'índex de supervivència d'un malalt amb porfíria eritropoètica congènita? Es tracta d'una malaltia extremament rara. Hi ha menys de dos-cents casos en tot el món. Des que se li va diagnosticar la malaltia, quan era un nadó, l'he tractat jo. He pogut controlar-li l'anèmia i altres seqüeles, també s'han evitat les mutilacions greus, però... sempre està exposada.

—Perdoni, doctor, però... el senyor o la senyora Dalmau també tenien aquesta malaltia? Tinc entès que és una malaltia hereditària, oi? —va preguntar en Cassel.

El metge va observar el policia amb un renovat respecte.

—Veig que ha estat investigant pel seu compte. Té

raó, és hereditària. La malaltia de Günther, tal com es coneix, es genera perquè es produeixen mutacions en el gen UROS, que codifica l'enzim del mateix nom. Cada persona té dues còpies de cada gen, una heretada de la seva mare i una altra del seu pare. Per desenvolupar la malaltia, la persona ha de tenir dues còpies del gen mutat, cadascuna heretada d'un progenitor, encara que ells no haguessin desenvolupat la malaltia, com, de fet, va passar en el cas dels Dalmau. És pura aleatorietat. La veritat és que és una malaltia terrible.

L'Àlex no entenia per què en Cassel insistia en aquella línia d'interrogatori. No obstant això, no volia ficar-s'hi.

—Així, no té cura?

—Actualment, una de les possibilitats seria un trasplantament de medul·la òssia. Es necessita un donant de medul·la òssia idèntica. Si la Béatrice tingués un germà o una germana seria fàcil, però no és el cas. S'hauria de trobar un bessó genètic, per dir-ho d'alguna manera. La mitjana de temps que transcorre des del registre fins a l'aparició d'un donant compatible que acabi en donació efectiva, sol estar entre set i vuit anys. Tanmateix, tot això és igual, perquè ella s'ha negat a ser intervinguda.

—Per què?

—L'operació comporta molts riscos i el postoperatori és molt dur. La Béatrice va patir molt de petita. Es va haver de sotmetre a diverses intervencions per algunes afeccions com a conseqüència de la seva malaltia. D'altra banda, crec que s'ha habituat a aquesta vida enclaustrada i té por. No els passaria el mateix, a vostès?

—Així, el seu estat és delicat.

—Podríem dir que és estable. Conec pocs esportistes amb una capacitat atlètica com la seva. El seu pare va insistir molt perquè es cuidés el cos. Tal com la veuen, amb aquesta imatge de fragilitat, podria participar perfectament en una competició d'esquí de fons i no dubto que guanyaria. Ja deuen haver observat que té un esperit increïble.

—Ha sigut molt generós, accedint a assistir-la tot aquest temps.

—Bé, els ho dec als seus pares.

—Potser també hi té alguna cosa a veure el fet que vostè és beneficiari d'una enorme quantitat de diners gràcies a l'August Dalmau —va intervenir l'Àlex. Eren a França per trobar informació, no per elogiar el doctor.

En Foix va arronsar les espatlles.

—Mirin, jo soc força gran, no tinc fills. Els diners no m'importen gaire, la veritat. Només em preocupa tenir temps per culminar els meus estudis. La Béatrice és un espècimen molt interessant. Jo soc, sobretot, un investigador. I això em recorda... —va dir, mirant el rellotge de polsera— que tinc una reunió del claustre d'aquí a mitja hora.

—Una última qüestió —va insistir l'Àlex—. Suposo que com a metge està familiaritzat amb el pentotal. N'utilitza sovint?

—El pentotal? —La seva expressió d'estranyesa semblava sincera, però els ulls se li van entretancar cautelosos i l'Àlex va captar-li a la mirada una duresa que havia ocultat fins llavors—. Sí, esclar que el conec, però no en faig servir. De fet, no n'he utilitzat mai. De totes maneres, és un fàrmac que està en desús.

Es va aixecar del seient i l'Àlex i en Cassel van fer el mateix. El doctor Foix els va acompanyar fins a la porta.

—Senyor Foix —va dir en Cassel—, crec que hauria d'acceptar la protecció policial. La gendarmeria està dis...

—Ximpleries. Aquest seu assassí no té res a veure amb mi.

Quan es disposava a traspassar el llindar de la porta, l'Àlex es va fixar en una escultura sobre un pedestal que no havia vist quan havien entrat. Reproduïa uns bessons a dins de la bossa amniòtica en un tall transversal del ventre de la seva mare. La composició li va produir inquietud. El rostre contret dels dos nadons reflectia dolor i la dona semblava que agonitzava.

—Li agrada l'art, subinspectora?

—Eh? Sí, sí, m'agrada —va contestar l'Àlex, sorpresa enmig de les seves reflexions.

El doctor Foix va acariciar l'escultura d'una manera que l'Àlex va trobar obscena.

—Representa una dona morint en un part. —Va somriure—. Naixement i mort, els dos fets essencials de la vida.

58

El diari de la Raquel

Crec que mai no he sigut més feliç. Esperava l'arribada de totes les nostres cites nocturnes amb ansietat. Desconeixíem els secrets de l'amor, però en vam aprendre ràpid. Els nostres cossos anhelaven el contacte de l'altre. No calien les paraules.

En una ocasió, mentre recuperàvem l'alè, despullats sota les mantes, l'Ezra va rebuscar a la seva bossa i amb un somriure enigmàtic em va donar una petita capsa de cartró amb uns quants forats petits. La vaig agafar entre les mans amb molt de compte, i de sobte la capsa es va moure com si tingués vida pròpia. Em vaig espantar i gairebé em va caure. Quan l'Ezra va acabar de riure, em va animar a obrir-la a poc a poc.

Vaig entreobrir la tapa, i de l'interior de la capsa va sortir volant la papallona més bonica que havia vist mai. Tenia les ales verdes solcades de vetes de color marró vermellós. Desorientada, es va posar un moment a la meva mà i després va tornar a aletejar, va fer unes quantes voltes sobre nosaltres fins que va trobar un forat a la finestra i es va perdre en la foscor.

—L'Andrés m'ha explicat que es diuen graèllsies —em va dir l'Ezra mentre m'abraçava—. Els agrada la nit, com a nosaltres.

L'única cosa que pertorbava la nostra felicitat, malgrat que alhora l'alimentava, era saber que s'acostava la data que l'Ezra havia acordat amb el carreter per fugir d'allà. Jo no acabava de decidir-me. No tenia por per mi, però sabia que no podria suportar que ell es morís. A més, em feien patir les conseqüències que tindria la nostra fugida per a la meva família adoptiva.

Quan arribava a casa després d'alguna de les nostres trobades, els sentiments contradictoris amb prou feines em deixaven dormir. Tot i el cansament, la monotonia de la jornada de treball era un alleujament. Fer el que coneixes et dona sensació de seguretat. No obstant això, la rutina es va trencar de la manera que menys esperava.

Un matí, quan vaig arribar a la fàbrica, vaig rebre una nota de l'encarregada de la sala de telers. Havia d'anar-la a veure durant el descans per dinar. Vaig estar tot el matí intentant esbrinar què havia fet o deixat de fer per rebre aquella nota. Vaig arribar a pensar que ens havien descobert, però aviat ho vaig descartar, perquè en aquest cas, ja ens haurien portat amb en Simón.

A la Colònia, les relacions íntimes entre treballadors estaven totalment prohibides fora del matrimoni i havien de tenir el beneplàcit de l'August Dalmau. El càstig per infringir aquesta norma era molt dur.

Vaig entrar en el petit habitacle de vidre, que semblava una illa envoltada pel centenar de telers. Les meves mans, incapaces d'estar-se quietes, retorçaven la vora de la bata que duia sobre el vestit. L'Eva Graft era una dona que s'acostava als seixanta anys, una antiga treballadora a qui li tremolaven les mans i que havia perdut oïda, tal com passaria a tota la gent de la fàbrica, tard o d'hora. Ara s'ocupava de controlar la distribució de les comandes i els temps de descans, a més de comunicar les incidències al director de la fàbrica. També denunciava qualsevol indici de rebel·lia, de manera que ningú no li tenia gaire simpatia.

Sense desenganxar la mirada del llistat de comandes que estava repassant, em va dir amb veu gastada:

—S'ha requerit la teva presència immediata a la casa.

Un calfred em va recórrer tot el cos. La casa, amb aquella forma tan semblant a un castell, ens produïa un temor reverencial a tots. Des d'allà dalt, l'amo, el senyor Dalmau, vigilava constantment la Colònia i els seus habitants. Des d'aquell lloc es decidien els designis de les nostres vides.

—No ho entenc. Per què?

La dona va alçar la vista i em va mirar amb fastigueig.

—Faig cara de ser informada de les decisions que surten d'allà?

Vaig negar amb el cap.

—Només sé que han insistit molt que has d'anar-hi immediatament, quan acabis el torn.

I es va tornar a concentrar en el llistat.

Vaig sortir del despatx i, quan estava tancant la porta, vaig sentir que mussitava per si mateixa:

—Ves amb compte, mossa.

Quan vaig acabar el torn, em vaig dirigir cap a la casa tal com m'havien ordenat. El servent em va fer esperar una bona estona. Quan em pensava que ja s'havia oblidat de mi, va aparèixer i em va acompanyar fins a una sala d'estar moblada d'una manera que no tenia res a veure amb la senzillesa a la qual jo estava acostumada. El foc de la xemeneia estava encès tot i les dates en què estàvem, i una agradable sensació d'escalfor em va fer eriçar la pell. Dos homes conversaven asseguts en unes butaques al costat de la llar, sense fixar-se que ja no estaven sols. Pels ulls brillants de tots dos i les copes a les mans, vaig deduir que feia una estona que estaven bevent.

Jo vaig esperar en silenci, al costat de la porta, fins que el senyor Dalmau es va adonar de la meva presència.

—Home! Ja és aquí, per fi.

La seva mirada tenia una intensitat fosca. Quan va posar-me els ulls a sobre, em vaig sentir incòmoda. Va riure del meu malestar mostrant-me unes dents blanques perfectes.

—Ho veu com tenia raó, estimat amic?

L'home a qui s'adreçava, al contrari que el senyor Dalmau, era baix i escanyolit. El seu rostre afilat, de barbeta prominent, quedava marcat per unes ulleres de pasta negra amb uns vidres tan gruixuts que li deformaven els ulls; tenien l'aspecte dels ulls d'una mantis. Les mans de dits allargats es movien sense saber on aturar-se. Fins aquell dia, jo no l'havia vist mai de tan a prop. Era el doctor Foix, el metge de la Colònia. Els treballadors explicaven històries terribles sobre ell: pacients amb una malaltia lleu que empitjoraven misteriosament després de visitar-lo, o d'altres que, simplement, no els havien vist mai més. Es deia que si et posaves malalt, era millor dissimular i intentar recuperar-te resant abans que anar-lo a veure a ell.

—Per descomptat. —Em va mirar de dalt a baix com si fos un animal de laboratori—. Tenia raó, i m'atreveixo a dir que l'envejo profundament.

Tots dos van riure la seva broma particular fent que em sentís cada vegada més incòmoda.

—Nena, ets molt afortunada —va dir en Dalmau, amb veu pastosa—. Des d'avui mateix deixes la fàbrica i passes a treballar aquí.

Una fuetada de temor em va recórrer l'esquena.

—Però... jo no en sé pas, de treballar en una casa —vaig començar a dir.

—No pateixis. Ja n'aprendràs. —En Dalmau va acompanyar les paraules amb un gest desdenyós amb la mà.

Va fer dringar una campaneta que tenia al seu costat, a sobre d'una tauleta, i al cap de pocs segons es va presentar a la porta una jove vestida d'uniforme. Vaig calcular que devia tenir la meva edat, tot i que per les formes semblava una dona gran.

—Senyor?

—Matilda, des d'avui aquesta noia és la nova donzella.

La dona em va mirar sense dissimular el desgrat.

—Vull que li ensenyis les seves obligacions, li facilitis la roba adequada i li indiquis quina és la seva habitació.

—Però... —Abans de poder protestar, la dona ja m'havia agafat del braç i m'arrossegava fora de la sala d'estar.

—Tingues la boca ben tancada —em va xiuxiuejar.

La vaig acompanyar fins a la cuina, on em van saludar amb desgana els tres servents que hi havia. Després em va conduir escales avall, cap als soterranis. En aquella zona hi havia els dormitoris del personal de la casa. Vam recórrer un passadís fins que vam arribar a l'última porta.

—Soc la majordoma de la mansió. El que et digui jo va a missa, entesos?

Va obrir la porta i em va indicar amb un gest que entrés a dins. Era una estança diminuta, amb un simple jaç en un racó i un armari de fusta basta. Al costat del llit hi penjava una petita campana. En un racó, a sobre d'una cadira, hi havia un rentamans amb una gerra i una pastilla de sabó. No vaig veure cap finestra.

—Renta't, no els agrada la pudor de fàbrica. Després canvia't de roba, trobaràs un uniforme a l'armari. La que portes la cremarem.

—Cremaran la meva roba?

—Presenta't a la cuina quan acabis. Les teves obligacions seran servir els esmorzars, els dinars i els sopars, arreglar les habitacions, rentar la roba i qualsevol altra cosa que es decideixi. A la cuina hi mengem i fem vida els servents de la casa mentre estem de servei. Molt important: la campana —va assenyalar—. Quan soni, i pot fer-ho en qualsevol moment del dia o de la nit, hauràs d'anar immediatament i sense cap excusa al saló privat del senyor.

—He d'avisar els meus pares.

—Ja ho faran per tu.

—Però...

—Es treballa sis dies a la setmana i en lliuraràs un, sempre que algú cobreixi el teu torn. Ningú no s'adreça directament a la senyora Dalmau, ni se la molesta quan és a les seves habitacions.

—Jo no he pas demanat per ser aquí —vaig dir, a punt de plorar.

—Ningú no ho fa —va sospirar—. Com més aviat aprenguis que aquesta és la teva nova vida, millor per a tu i els teus, i la meva feina serà més fàcil —va explicar, obrint la porta. De sobte, el seu to de veu es va tornar més esquerp—. Si m'ho poses difícil sabràs què és viure en un veritable infern.

59

L'Alain no va triar pertànyer a l'equip d'investigació. A ell ja li anava bé al laboratori. Tenia els seus ordinadors, els seus aparells de mesura, les seves eines d'anàlisi. Treballava sol i ningú no el molestava. Alguns el consideraven el millor en la seva feina. Era feliç. Però tot això va canviar el dia que es va jubilar el vell director del servei.

Quan va arribar el nou responsable, l'Albert Arias, el seu món perfecte es va esquerdar. L'Arias venia amb moltes ganes de fer canvis, i el primer va ser prendre-li la independència de la qual gaudia. El va sermonejar sobre la importància del treball en equip amb frases extretes d'algun dels manuals d'autoajuda que l'Arias acumulava en una prestatgeria del despatx.

A partir d'aquell moment, la seva vida professional es va convertir en un calvari, fins al punt d'impulsar-lo a sol·licitar el trasllat. L'hi havien denegat tres vegades. Fins que va arribar la subinspectora Serra.

Ell havia demanat un trasllat a un altre laboratori, no

a un equip de camp. Al principi el va aterrir la idea, però davant l'alternativa que tenia, va decidir que no tenia cap altre remei.

A la Vila la coneixia d'abans. No s'havia atrevit a parlar amb ella una mica cohibit pel seu atractiu físic, però havia acabat sent una companya excel·lent a qui no li importaven els seus tartamudejos ni els seus rubors continus.

Per la seva banda, el tinent francès era molt agradable i intel·ligent. L'Alain respectava molt la intel·ligència, però hi havia alguna cosa que li impedia confiar en ell completament, com si la seva simpatia fos una mica impostada.

Finalment, la subinspectora havia demostrat ser una dona de caràcter fort. Era una líder nata, molt perspicaç i intuïtiva. L'equip funcionava al voltant d'ella. Es va sorprendre pensant que li agradava. No semblava que ningú més se n'adonés, però darrere de tota aquella capa de duresa, la subinspectora era una persona que patia. Ser introvertit et fa ser observador, i ell era molt introvertit. Sabia que l'Àlex Serra arrossegava ferides profundes encara que no ho demostrés. A ell tant li feia això, cadascú tenia la seva vida i les seves penes. Ella confiava en ell i això era més que suficient. Per descomptat, no pensava fallar-li.

Va mirar l'hora. Les nou tocades. Des de la finestra de la sala d'estar tenia unes bones vistes de les muntanyes. Allò era el millor d'aquell apartament diminut on vivia tot sol. Si hagués tingut visites, li haurien preguntat si estava de trasllat. Tot i fer més de tres anys que hi vivia, no tenia quadres penjats perquè li agradaven les parets nues, i tenia tants llibres que els guardava en caixes amb les quals anava ensopegant per totes les habitacions i pel passadís de la casa. Tenia previst comprar prestatgeries... algun dia.

La cuina, contràriament al que un es podria esperar, no estava envaïda per un munt de restes d'embolcalls de menjar ràpid. Era l'estança més gran del pis juntament amb la seva habitació. Tenia el taulell al centre, com una illa, on estava treballant amb el portàtil. A la distància d'una mà, sobre el foc, el contingut d'una cassola borbollejava i desprenia una olor fantàstica. Una ampolla oberta de Venda del Puerto s'oxigenava al costat d'una copa. Ningú no ho sabia, però una de les seves passions, a més del món informàtic, era la cuina. Com a mínim un parell de les caixes disperses pel pis estaven plenes de llibres de gastronomia. Preparar algun d'aquells plats exquisits el relaxava. L'únic que li sabia greu era que menjava sempre sol, tot i que, d'altra banda, ja hi estava acostumat.

Va mirar el rellotge digital del forn. Deu minuts i ja podria apagar el foc. Va continuar teclejant. La pantalla semblava un eixam de finestres obertes. Era dissabte a la nit i allà estava, davant de l'ordinador. La seva mare li deia que havia de sortir més. Trobar una noia... Va fer petar la llengua i es va tornar a concentrar en la cerca que estava fent.

No parava de donar voltes a les paraules del bibliotecari del seminari. L'home estava realment convençut que l'esperit d'un antic company havia assassinat el pare Guifré d'aquella manera tan terrible, com un càstig diví. Era culpable del pecat de la luxúria, havia dit.

Un repic electrònic el va distreure dels pensaments. Una finestra va saltar a la pantalla de l'ordinador. Era d'un xat online que mantenia amb un grup d'apassionats pels jocs de rol ambientats en els universos ficticis de *Món de tenebres*. Ell hi participava de tant en tant. L'Alain va enviar una emoticona que indicava que estava ocupat, va minimitzar la finestra i va continuar treballant.

El so de campanetes va tornar a sonar. Una nova finestra va ocupar el centre de la pantalla. Un altre dels membres del xat havia compartit la imatge d'un nou joc de rol que havia trobat. Al principi, l'Alain no li va fer gens de cas i es va disposar a sortir del xat perquè no el molestessin més. Però llavors el dit se li va quedar clavat en l'aire sobre del ratolí. Es va fixar una mica més en la imatge del joc que imitava un vell gravat. Representava la trobada de dos homes amb vestidures pròpies de l'època del Renaixement amb un ésser alat, segurament una mena d'àngel. L'àngel assenyalava el front d'un d'ells. A sota, en lletra diminuta, hi havia una llegenda.

Va ampliar la imatge amb el cursor. El text estava en italià, però més o menys el va entendre. Va tornar a mirar la imatge. Va obrir els ulls, sorprès: l'àngel no estava assenyalant, estava escrivint. Tot d'una, es va posar tan nerviós que es va equivocar diverses vegades mentre teclejava. Va rebre la resposta al cap de pocs segons, però li va fer la sensació que trigava una eternitat a arribar. Quan va llegir les paraules a dins de la bafarada del xat, va saber el que havia de fer.

Els dits li volaven per sobre el teclat. Va obrir i tancar una desena de llocs web fins que va trobar alguna cosa.

Va mirar les primeres pàgines i se li va eriçar la pell. Va tornar a buscar clicant enllaços i introduint paraules clau. Mentre llegia un text rere l'altre va començar a prendre notes i a obrir enllaços a noves finestres. Estava tan absort amb aquells progressos que no va sentir l'alarma del rellotge de la cuina. Aquella nit, de totes maneres, no podria sopar.

60

Mentre l'Àlex conduïa el jeep, pels altaveus de la ràdio se sentien les veus atropellades d'una tertúlia. Discutien sobre la situació política al país, encara afectat per l'atemptat d'Atocha de l'any anterior. No obstant això, l'Àlex no l'escoltava.

Després de la confessió d'en Bouxet, havien esbrinat que el pare Guifré, abans d'arribar a la vall, a principis dels anys cinquanta, havia sigut el rector d'Òrrius, una petita localitat propera a Mataró. De sobte, si bé de manera molt discreta, l'havien retirat del lloc. No quedava clar què havia motivat aquesta sanció. Eren altres temps i qualsevol acció immoral dins de l'Església quedava tan oculta que era com si no hagués passat mai.

Pel que sembla, en Guifré era conegut dels Dalmau, en concret de la dona, la Camille Dalmau. Per petició expressa de la família, el van traslladar a la parròquia de la Colònia. Quan aquesta va tancar, el van enviar al seminari. Era un misteri com havia arribat a ser nomenat rector. Ningú no s'ho explicava, tenint en compte el seu passat.

L'Àlex va sospirar sorollosament. Pensava en la situació en què es trobaven. La investigació no semblava que avancés gaire. Si havia de dir la veritat, no havien anat en cap moment pel bon camí. L'assassí sempre anava un pas per davant d'ells. Era molt necessari que identifiquessin aviat l'esmunyedís Johan Kreuz. Al capdavall, en Kreuz podia ser l'home que buscaven o, si no ho era, potser podria aportar una mica de llum sobre el passat a la Colònia.

Hi havia una altra cosa que l'amoïnava. En Cassel li havia formulat una bona pregunta quan estava ingressada. Una qüestió que ella no parava de repetir-se des que s'havia despertat: per què l'assassí l'havia salvat?

A la seva esquerra, va veure l'entrada a l'aparcament de l'hospital i va deixar de banda les seves reflexions. Les visites al pare, lluny del dolor que es pensava que suposarien, s'havien convertit en un moment de treva.

Va aparcar en una de les escasses places lliures que quedaven. Només baixar del cotxe, va veure el doctor Canellas fumant un cigarret en un banc a la vora de l'entrada de l'hospital. El metge la va reconèixer i va somriure.

—Em pensava que fumar era dolent per a la salut —va dir l'Àlex.

—I ho és. Però ja sap... els metges som com els pares, els diem el que no han de fer però nosaltres ho fem.

L'Àlex va somriure per la cara de divertida culpabilitat del metge.

—També treballa els diumenges?

En Canellas va arronsar les espatlles.

—Em tocava guàrdia. No em fa res. Però si li he de dir la veritat, també esperava poder-la veure...

L'Àlex va somriure, però va optar per desviar la conversa.

—Com està, avui?

—L'he anat a veure fa una estona. —La seva jovialitat va desaparèixer—. El seu pare pertany a una generació molt resistent. En el seu estat, nosaltres no duraríem res. Intentarem que estigui el màxim de confortable possible.

L'Àlex l'hi va agrair. Es va acomiadar del metge fent un gest amb la mà i va pujar les escales cap a les portes d'entrada a l'hospital.

L'Àlex va seure al costat del llit. L'habitació estava en penombra, havien abaixat la persiana i la llum del final de la tarda amb prou feines es filtrava entre els llistons de PVC.

Aquell dia se'l veia una mica millor. Tot just arribar, les infermeres li havien fet un resum: el seu pare havia menjat i fins i tot havia fet broma amb una d'elles quan l'afaitava. Va recordar la vergonya que sempre tenia de petita quan el pare flirtejava amb qualsevol dona que se li acostés. Eren bromes que trenta anys abans ja estaven passades de moda. El pare estava convençut que a les dones no els molestava i que la majoria coquetejaven amb ell. Resultava que era veritat. Tot i així, a ella, que anava agafada de la seva mà, aquelles situacions l'avergonyien. No podia evitar enrojolar-se, i això donava peu a un seguit de bromes fins que el pare acabava dient-li que la seva mare, la seva germana i ella eren el seu únic amor. Després de la mort de la mare, no va veure que ho fes mai més amb ningú.

Ara semblava que descansava. Va seure en silenci al seu costat. Quan es va girar, va veure que el pare la mirava.

—Em dones una mica d'aigua?

L'Àlex va omplir un got de plàstic blanc amb aigua mineral de l'ampolla que hi havia a la tauleta i l'hi va acostar. El pare es va inclinar per poder beure. El tremolor dels llavis, que tendien a enfonsar-se-li a la boca per l'absència de la dentadura postissa, va fer que l'aigua li rellisqués per la barbeta i esquitxés els llençols. L'Àlex es va afanyar a agafar unes gases i a eixugar-li la cara. El pare va deixar caure el cap sobre els coixins amb un sospir i es va quedar mirant el sostre amb els ulls aquosos.

L'Àlex va començar a preguntar-li com es trobava, però es va aturar a mitja paraula. Com podia parlar-li com si no passés res? Què podia dir-li a una persona que s'estava morint? Era el moment d'acomiadar-se, de dir-se tot el que no s'havien dit quan n'havien tingut ocasió? Ella no era així. No li faria un petó, perquè això ho havien fet en comptades ocasions. Tampoc li diria que l'estimava, perquè no acostumaven a dir-s'ho. La veu del pare la va sobresaltar.

—Has d'anar a veure la teva germana.

El pare es va remoure al llit per girar-se cap a ella i la va agafar de la mà amb una força inesperada.

—Escolta, l'Alexandra és molt sensible. No és tan forta com tu, que ets igual que la mare. Ella és molt valenta, però el seu cor la supera. És la teva germana petita, Lia. Et necessita. L'Alexandra sempre t'ha necessitat.

—Pare, per què no l'has trucat mai, a l'Àlex?

El pare la va mirar amb sorpresa.

—Perquè es diu Alexandra, no Àlex.

En canvi, a la seva germana sí que li deia pel diminutiu. L'Àlex va somriure mentre negava amb el cap. Hi havia coses que no canviaven.

—A la mare li agradaven molt les velles històries de les famílies aristocràtiques, ves a saber per què —va continuar el pare—. Va decidir que us diríeu com dues reines. Tu com la reina Natàlia de Sèrbia, de qui ningú no havia sentit a parlar, només ella; i la teva germana com l'emperadriu de Rússia, Alexandra. Cada vegada que pronuncio els vostres noms m'enrecordo de la mare.

L'Àlex havia sentit moltes vegades aquella història. A ella li havia tocat la que moria assassinada, esclar.

Després d'aquelles paraules, el pare va quedar en silenci una bona estona, fins al punt que l'Àlex es va pensar que s'havia adormit. Però de sobte va tornar a parlar.

—La teva germana sempre ha patit més del compte. Quan vas desaparèixer, ella es va sentir culpable, malgrat que no tenia cap culpa del que va passar. I es va tancar en si mateixa. D'alguna manera, també la vaig perdre.

Va tornar a callar mirant el sostre. L'Àlex va esperar.

—Jo... jo la vaig voler ajudar, però no vaig saber com fer-ho. Ens vam distanciar. Vaig pensar que era el millor per a ella. Ara que has tornat, la buscarem i tornarem a ser una família.

—Sí, pare. —L'Àlex va intentar sense èxit que no se li notés el tremolor de la veu.

De sobte, el pare es va posar a riure.

—L'Alexandra sempre va tenir molt de caràcter. T'enrecordes que va passar una nit al ras perquè t'havíem castigat?

L'Àlex es va tensar a la cadira. Ho havia esborrat de la memòria, però de sobte, se'n va recordar.

Havien anat a passar un cap de setmana junts en una casa rural del Montseny. La mare ja estava malalta, però ningú no ho sabia, encara. Cap d'ells no es podia imaginar que es passarien els següents cinc anys lluitant contra la malaltia, i que perdrien. En aquella època encara eren tots feliços i la mare somreia com si la vida no pogués ser més meravellosa.

Dissabte a la tarda, la Lia es va portar malament i els pares la van castigar a quedar-se a la seva habitació.

A l'hora de sopar, l'Àlex els va demanar que perdonessin el càstig a la seva germana, i els pares s'hi van negar. Llavors, ella es va negar a sopar i va dir que no pensava passar ni un minut més en aquella casa. Va sortir al porxo i va seure a terra.

Era la tardor i a la nit refrescava. Tot i així, ella no es va moure d'allà, malgrat el munt de vegades que la mare va sortir per intentar convèncer-la que entrés. Només va acceptar una manta, que li van deixar allà al costat.

A mitja nit amb prou feines es podia contenir els tremolors pel fred, però no va voler entrar de cap manera. Al final es va adormir, i just quan el sol despuntava, es va despertar. Una agradable escalfor l'embolcallava. El pare era allà amb ella. L'havia agafat entre els braços i l'havia mantingut calenta tota la nit. Junts van veure l'albada. Després li va fer un petó al cap i, sense dir res, van entrar a esmorzar amb la seva mare i la seva germana. La setmana següent va haver de fer llit, ben constipada.

El pare es va adormir. El va mirar durant molta estona mentre algunes escenes del passat li tornaven a la ment com velles pel·lícules en blanc i negre. Va recordar les seves abraçades, les nits en blanc al costat del seu llit quan tenia varicel·la, la seva alegria quan va guanyar una cursa de natació, les seves mirades d'orgull, les seves confidències, els secrets compartits només entre ells dos. Recordava la mare rient d'ells. Afectuosament, els deia Xip i Xop, perquè xiuxiuejaven com aquells esquirols dels dibuixos animats.

Es va aixecar de la cadira. Tot allò havia sigut abans de la mort de la mare i de la desaparició de la Natàlia. Ho havia esborrat de la seva ment, com si hagués formatejat els seus records per substituir-los per la rancúnia i la culpa.

L'Àlex va sortir de l'habitació i es va treure els guants de làtex i la mascareta de paper. Els va llençar al cubell de material contaminant. Els guants eren incòmodes, però la mascareta encara era pitjor, perquè li produïa una sensació d'ofec constant.

Va treure el Ventolin de la butxaca dels pantalons. Es va posar el broquet entre les dents. Va prémer l'inhalador alhora que inspirava amb força. Al cap de pocs segons, l'aire de l'hospital li va semblar meravellós, tot i l'olor de desinfectant i de malaltia.

Es va dirigir cap als ascensors, però quan va aixecar el cap es va aturar. En Cassel estava assegut en un banc amb les cames i els braços creuats. Quan va veure l'Àlex, va alçar la mà per saludar-la.

L'Àlex va tensar les mandíbules i va reprendre la marxa. Sense aturar-se quan va arribar a l'altura d'en Cassel, va continuar fins als ascensors i va prémer el botó. El seu company es va afanyar a seguir-la. Un cop a dins de l'ascensor, l'Àlex li va preguntar, sense mirar-lo:

—Què hi fas, aquí?

—Mira, he pensat que potser et venia de gust convidar-me a un cafè.

61

L'Àlex va sortir al porxo de la cabanya i en Cassel la va seguir amb una tassa fumejant entre les mans. Havia començat a nevar. Els flocs, arrossegats pel vent, formaven ràfegues blanques en l'aire.

—Saps que no hi ha dos flocs de neu iguals?

En Cassel va negar amb el cap. L'Àlex va aspirar amb força l'aire fred.

—Ho sents?

—El què? No sento res.

—Exacte. Quan neva, tot queda en silenci.

Davant de la cara de desconcert d'en Cassel, l'Àlex va riure. Ella mateixa es va sorprendre. Es va adonar que feia molt de temps que no reia.

—Els flocs de neu estan fets de cristalls microscòpics de gel que formen estructures geomètriques. Això sí que ho deus saber... —En veure que en Cassel assentia dubitatiu, va continuar—. A mesura que van caient, els flocs atrapen les partícules que suren en l'aire i amplifiquen les ones sonores, de manera que eliminen tot el soroll de l'ambient.

—Ah.

—El millor —va continuar l'Àlex, aliena a la mirada escèptica del seu company—, és que el silenci es manté quan acaba de nevar. Això passa perquè milers de flocs de neu que s'han anat acumulant a terra no es compacten i retenen aire a l'interior, o sigui que absorbeixen el so que els envolta. Quan la neu s'endureix, s'acaba la màgia.

Van dirigir la vista cap al paisatge que s'estenia davant d'ells. Ara nevava amb més intensitat. L'Àlex es va acostar la tassa als llavis mentre gaudia de l'escalfor de la ceràmica entre les mans.

—Ja havia oblidat que m'agraden aquests moments.

Van passar uns minuts contemplant la nevada.

—Tinc la sensació que l'assassí sempre va per davant nostre —va dir l'Àlex—. El que ens va explicar en Bouxet sobre el rector... I si totes les víctimes són pecadors?

—És una idea interessant, però això suposa creure que es tracta d'una mena d'àngel venjador que els està fent pagar els seus pecats.

—Crec que hem d'indagar una mica més sobre això.

—Potser en Bouxet mateix ens hi podria ajudar.

L'Àlex va assentir pensativa mentre bevia un altre glop de la tassa.

—El meu pare s'està morint.

Ho va dir sense voler. Els llavis se li van moure abans que ho pogués pensar. Va notar la incomoditat d'en Cassel i va preveure les seves paraules de consol. No les necessitava. Només volia alliberar aquella pressió que sentia al pit.

—Em sap greu. Si puc fer res...

Va sentir en Cassel com en un eco llunyà. Va alçar el cap quan es va notar la humitat als ulls.

—És difícil saber què sento. M'he passat molts anys odiant-lo, i en realitat, mai no n'ha tingut la culpa. No puc continuar responsabilitzant-lo del que va passar ni del fet que la desaparició de la meva germana li destrossés la vida. Amb la meva va passar el mateix. Tot aquest temps lluny l'un de l'altre... I ara no sé com acomiadar-me d'ell.

—Potser ja ho estàs fent.

—Sí, pot ser, però no puc parar de pensar que les coses podrien haver anat d'una altra manera.

Sense adonar-se'n, s'havien acostat l'un a l'altre. L'Àlex va notar que el cos se li tensava, la temptació de fer un pas enrere era molt forta. Seria fàcil. Tota la vida ho havia fet. Apartava la gent del seu costat, això és el que feia. Preferia la solitud, perquè no volia que tornés a passar el que va passar amb la Lia. No volia perdre ningú una altra vegada.

En Cassel li va agafar la tassa de la mà i la va deixar sobre la taula, al costat de la d'ell. Les seves cares van quedar tan a prop que l'Àlex li va notar la respiració. No s'havia adonat que els ulls d'en Cassel eren d'un daurat tan intens. No estaven sols. La por els acompanyava, a punt de saltar.

Llavors, l'Àlex el va agafar amb força per la camisa i el va atraure cap a ella. A en Cassel se li va dibuixar una expressió de sorpresa. Els seus llavis, més que trobar-se, van xocar. L'Àlex va notar el gust de la sang a la boca i va pressionar amb més força. Els alens es van fondre. Els seus cossos es van atraure l'un a l'altre. L'Àlex va alçar la camisa d'en Cassel i les seves mans van explorar-li la carn calenta sota de la tela. Tampoc s'havia adonat que estigués tan fort. Quan ell va voler fer el mateix, l'Àlex li va apartar les mans i va fer un pas enrere.

Es van mirar, tots dos tenien el pit agitat, intentant recuperar l'alè.

—Hauria d'anar-me'n... —va començar a dir en Cassel.

L'Àlex no va respondre. El va agafar de la mà i el va conduir a l'interior de la cabanya.

Quan l'Àlex es va despertar, en Cassel no hi era. Es va incorporar i va furgar per les butxaques dels texans, que estaven tirats per terra, al costat de les calcetes. La samarreta i els sostenidors no havien passat del passadís. Per fi va trobar el paquet de cigarrets. La llum de l'albada s'esquitllava pels porticons. El foc s'havia apagat. No obstant això, es trobava a gust nua, asseguda al terra de la sala d'estar, embolicada amb una manta mentre notava com se li eriçava la pell pel fred que entrava a través de les escletxes de la fusta.

Recordava el que havia passat com una successió d'imatges. Una punxada de dolor li va fer tocar-se el llavi. Tenia el cos masegat. Es va passar la mà per l'espatlla i va descobrir que tenia la marca vermellosa d'una mossegada. Havia sigut com un combat. Pràcticament s'havien arrencat la roba. No recordava la vegada anterior: anava tan borratxa que no en va ni gaudir. Aquesta vegada el sexe havia estat bé. De fet, molt bé. I havia notat la mateixa ànsia en en Cassel, la mateixa solitud. Era evident que tots dos ho necessitaven. Es va adonar que no sabia gairebé res d'ell. Potser tenia nòvia, estava casat o ves a saber què. La veritat és que tant li feia.

62

El diari de la Raquel

La feina a la casa era menys esgotadora que a la fàbrica, però igualment exigent. Em llevava a una hora semblant. Vaig haver d'aprendre a servir una taula, a airejar i fer llits, a rentar roba delicada i un munt de tasques més, però amb una setmana en vaig aprendre prou perquè la Matilda ja no em fes mala cara a cada moment.

El senyor Dalmau i la seva dona dormien en llits separats i no solien menjar a la mateixa hora, de manera que coincidien ben poc. Els companys del servei em van explicar que ella no podia quedar-se embarassada per culpa dels avortaments que havia tingut. Des de llavors, es passava la major part del temps tancada a les seves estances. Resava sense parar i celebrava actes de contrició per demanar a Déu que li permetés tenir fills. El senyor Dalmau, per la seva banda, passava molt de temps fora. Els primers dies de la meva estada allà no el vaig veure, ja que va estar tota la setmana a Barcelona.

La senyora Dalmau em feia por. Havia convertit la

seva habitació en una mena de santuari. Les cortines, el mobiliari, fins i tot les parets, tot era de tons grisos o negres. Ella mateixa es vestia sempre amb roba d'aquests colors, com si fos una vídua. Tot i ser una dona jove i molt bonica, la seva primesa extrema i el seu posat ombrívol feien que semblés una vella. Amb prou feines menjava, i passava les hores resant en una petita capella que havien construït per a ella i que comunicava amb el dormitori a través d'una porta. La seva habitació estava plena de creus, espelmes i rosaris, i feia la mateixa olor que l'església de la Colònia. L'única vegada que la senyora Dalmau es va adreçar a mi, quan em disposava a arreglar la seva habitació, va ser per saber si jo era creient. Quan li vaig dir que era jueva, em va fer fora i no va voler que tornés a entrar a les seves estances ni que tornés a servir-li el menjar. No la vaig tornar a veure més, cosa que per a mi va ser un alleujament.

Jo menjava amb la resta del personal a la cuina. Les racions de menjar a la casa eren molt més generoses que les que ens podíem permetre a la fàbrica. El meu estómac no s'hi va adaptar gaire bé, i un parell de vegades vaig vomitar tot el que havia menjat.

La campaneta de l'habitació no va dringar durant aquells dies, però a les nits em ficava al llit i l'observava amb temor. En la meva ingenuïtat desconeixia què significava en realitat, però intuïa que quan aquella campaneta sonés, m'enfrontaria a una cosa terrible.

Però el que més em rosegava l'esperit era la impossibilitat de comunicar-me amb l'Ezra. No havia pogut anar a les nostres reunions nocturnes. El trobava a faltar com si m'haguessin pres una part del cos. Ignorava si ell sabia que jo era a la casa. Potser es pensava que ja no volia saber res d'ell. Només d'imaginar-me aquesta possibilitat, sentia una gran angoixa. Per sort, va arribar el diumenge.

Per fi vaig poder sortir de la casa, encara que fos per anar a la missa de la tarda amb la resta de treballadors. Els meus pares i els meus germans adoptius —així com algunes de les meves companyes— em van rebre amb mostres d'alegria i afecte, però em vaig adonar que tots em tractaven de manera diferent, amb certa contenció, i això em va fer sentir molt malament.

Quan vaig entrar a l'església, vaig veure que l'Ezra travessava el passadís lateral amb altres companys seus i, un segon després, el vaig perdre de vista. La meva angoixa es va duplicar. Vaig descartar seure amb la meva família i em vaig instal·lar en un dels últims bancs; no volia tenir la sensació que darrere meu hi tenia tota la Colònia observant-me. Mentre el pare Guifré començava l'ofici, es van produir uns moviments a la meva dreta i dues persones es van aixecar per deixar-ne passar una altra. No em va caldre moure el cap per saber que era l'Ezra. Em va costar molt contenir-me, volia abraçar-lo i omplir-lo de petons. El vaig mirar de reüll. Ell mirava cap endavant com si no ens coneguéssim. Em va donar una de les bíblies amb què cantàvem els salms. En el moment d'agafar-la, els seus dits van fregar els meus i em vaig estremir. Vaig obrir el llibre per la pàgina corresponent al cant d'aquell moment i vaig trobar-hi una nota: «Quan s'acabi, al rentador».

Amb prou feines em vaig poder centrar durant la resta de la cerimònia. Quan es va acabar, em vaig acomiadar ràpidament dels meus pares prometent-los que hi aniria a sopar i vaig córrer cap al rentador. Els diumenges al matí era un lloc molt concorregut, però després de la missa del vespre ningú no baixava el sender que portava fins a aquell edifici de la vora del riu.

Quan vaig traspassar la porta, l'Ezra se'm va llançar a sobre i em va fer un petó. No volia separar-me mai més d'aquells llavis, però al final ho vam fer. Encara abraçats, vaig notar-li la respiració entretallada contra el meu cor.

—Aquests dies han sigut un infern —vaig dir.

—Per a mi també.

L'Ezra es va separar dels meus braços i vaig veure que em mirava tal com ho havien fet els altres. Vaig notar que la ràbia se m'encenia per dins.

—Què passa?

—Es diuen moltes xafarderies sobre la teva marxa a la casa —va mussitar, amb el cap cot.

—Quina mena de xafarderies?

—Hi ha qui diu que l'amo s'ha encaterinat de tu, que per això has anat a servir a casa seva i... al seu llit.

El vaig mirar, atònita.

—No ha passat res d'això, ni passarà mai.

Ell em va mirar. Els ulls li brillaven per les llàgrimes contingudes.

—Podria ser l'oportunitat d'una nova vida per a tu.

La veu li tremolava. M'hi vaig acostar i el vaig atraure fins a la meva boca. Quan vam separar els nostres llavis, vaig deixar sortir les paraules que retenia a dintre meu. Quan les vaig pronunciar, vaig saber que res no tornaria a ser igual.

—Jo no puc viure sense tu.

—Així, vindràs amb mi?

Vaig afirmar amb el cap. Em vaig adonar del que havia sabut sempre. Si volíem ser feliços havíem de fugir, recuperar la nostra llibertat. En aquell lloc no hi havia espai per a l'esperança d'un futur.

63

Aquell matí, quan va entrar a la sala de reunions, l'Àlex va buscar en Cassel amb la mirada. El francès estava parlant amb la Vila, que reia sense posar-se vermella, cosa que era tot un èxit. Quan les seves mirades es van trobar, en Cassel no va fer cap gest que revelés els seus pensaments respecte al que havia passat la nit anterior. *Millor així*, va pensar l'Àlex. Ja tindrien temps de parlar més endavant.

—L'Alain ha trucat, ja ve cap aquí —va anunciar la Vila—. Em sembla que se li han enganxat els llençols.

—Comencem —va contestar l'Àlex—, ja s'hi afegirà quan arribi.

—Divendres a la tarda —va començar la Vila, quan van estar asseguts— vaig tornar a tenir una llarga conversa amb l'expert del Centre Sefarad-Israel. Creu que en Kreuz podria ser un antic llibreter de Bremen que va fugir dels nazis el 1943. Si és el mateix home, el nostre Kreuz va viatjar a França des d'Alemanya amb el suport de l'Armée Juive, i l'últim que se sap d'ell és que va arribar sa i estalvi a Sent Gironç, un poble del departament francès de l'Arieja, al peu dels Pirineus. La seva intenció era travessar la frontera espanyola i agafar un vaixell a la Corunya en direcció a l'Argentina, però la seva pista es perd aquí. És un dels desapareguts.

—Si va acabar com els altres treballant a la Colònia, podria ser el nostre home —va reflexionar l'Àlex, i va afegir—: Però on és ara? Encara és viu? Té fills? També hauríeu de consultar les bases de dades de Perpol i Europol. Hem de trobar el senyor Kreuz o, en la seva absència, els seus descendents.

—Poden ser centenars de persones —va dir la Vila.

—Comencem per localitzar els que viuen a prop de la frontera, tant a França com a Espanya.

La Vila va assentir mentre prenia notes.

—Per cert, al Centre Sefarad-Israel t'han pogut donar alguna informació sobre la noia del medalló que guardava en Simón? —va preguntar l'Àlex.

La Vila va negar amb el cap.

—Encara no. Creu que pot ser un dels nens que van desaparèixer entre 1942 i 1944, però que, en aquest cas, serà molt complicat saber qui és. Moltes vegades els nens viatjaven sense identificació. S'ha compromès a continuar investigant. Mentrestant, ens ha enviat un llistat de jueus desapareguts durant el pas dels Pirineus. És una llista força llarga.

—Demana al bufet d'advocats dels Dalmau els antics arxius de la Colònia —va ordenar l'Àlex—. Segur que hi ha algun registre dels obrers. Reviseu els dos llistats i comproveu si hi ha alguna coincidència, si algun nom us diu alguna cosa.

L'Àlex encara no sabia com encaixava aquella noia en aquell assumpte. Era conscient que potser tot allò seria una feina inútil, però l'instint li deia que havien de seguir investigant.

La porta es va obrir d'una revolada i tots es van girar a l'unísom. L'Alain va aparèixer carregat amb el seu portàtil. Intentava parlar, però li faltava l'alè. Unes ulleres pronunciades li marcaven encara més els angles de la cara. Finalment, va agafar aire i va dir:

—He trobat una cosa!

—Quan... quan el bibliotecari del seminari, el senyor Bouxet, va venir a la comissaria —va començar l'Alain, mentre apartava papers de la taula i s'asseia—, va dir que el rector havia pagat pels seus pecats. Em vaig preguntar per què ho havia dit, i vaig començar a indagar sobre això, però fins que no vaig xatejar amb el grup de rol, no hi vaig caure. Total, que m'he passat tota la nit en blanc.

—Un grup de rol? Com hi vas contactar? —va preguntar la Vila.

L'Alain es va ruboritzar.

—En soc un dels membres.

Tots van dissimular el somriure, i el jove agent va fer veure que no se n'adonava i va continuar parlant.

—Mireu, el pecat és tan antic com la presència de l'home a la Terra. Segur que heu sentit la història del pecat original, Adam i Eva i tot això... Hi ha moltes fonts sobre el pecat, però potser, després de la Bíblia, el document més important que parla sobre el pecat és la *Divina Comèdia*.

—És un llibre, no? —va dir la Vila, amb sorna, mentre es reclinava al seient.

L'Alain va posar els ulls en blanc i va teclejar a l'ordinador.

—És molt més que això —va esbufegar—. Dante Alighieri va ser un poeta florentí que va viure entre els segles XIII i XIV. Està considerat un dels grans autors clàssics, sobretot perquè és l'autor de la *Divina Comèdia*. Perquè us feu una idea de la seva importància, Dante, en escriure aquesta obra, va marcar la transició del pensament medieval al renaixentista.

L'Àlex va tossir i va mirar cap al sostre, començava a pensar que tot allò era una autèntica pèrdua de temps.

—Es tracta d'un poema dividit en tres parts —va continuar l'Alain, mirant-la de reüll— que es diuen càntics. Els títols són «Infern», «Purgatori» i «Paradís», i alhora es divideixen en trenta-tres cants cadascun. Sumats al cant introductori, l'obra té justament cent cants.

—Això és molt interessant, Alain, però no sé on vols anar a parar...

En comptes de respondre a l'Àlex, el jove agent va donar un cop al teclat i va girar l'ordinador cap a ella amb un gest triomfal. La pantalla mostrava la imatge d'un llibre de grans dimensions.

—Això és un facsímil digitalitzat de la *Divina Comèdia* —va anunciar, mentre movia el dit per sobre del ratolí i començava a passar pàgines—. Bé, cal dir que Dante només la va titular *Comèdia*, i això de «Divina» va venir després, quan Boccaccio... Fixa't! Aquí.

Amb l'índex va assenyalar un antic gravat que ocupava tota la pantalla.

—Aquí hi ha representats els tres càntics. Dante comença el recorregut de la mà de Virgili. El primer és l'«Infern», aquesta mena d'embut dividit en nou cercles decreixents. Als cinc primers Dante els anomena Alt Infern, i a la resta, Baix Infern.

L'Àlex va distingir dins dels cercles que marcava el jove amb entusiasme un gravat que representava una ciutat amb mesquites vermelles envoltada per una muralla. També va reconèixer sepultures, pous, llacunes pantanoses i precipicis. Al cim del con, un boc s'alçava triomfant: Llucifer. Les formes recargolades i fosques semblava que es remoguessin. Per un instant, li va semblar que tot el gravat cobrava vida i va sentir que el pànic foradava la seva fina resistència i s'obria pas. Va tancar els ulls, va agafar aire i la sensació va passar. Es va maleir. Només es tractava d'un dibuix.

—Per a Dante —va continuar l'Alain—, l'infern comença a la superfície boreal i es va estrenyent gradualment cap al centre del globus terraqüi. Les penombres representen el mal, les profunditats de la terra fins on pot descendir l'home.

—*Pardon* —va interrompre en Cassel—, però segueixo sense entendre quina relació té tot això amb...

—Si no ho explico tot, no ho entendreu. Mireu, en cadascun dels cercles s'hi descriuen diferents culpes i també... —L'Alain va fer una pausa dramàtica— els seus càstigs.

L'Àlex i en Cassel es van inclinar per observar el gravat amb més atenció.

—Després de baixar pels cercles de l'infern, Dante i Virgili ascendeixen per una muntanya que s'alça en una illa de l'hemisferi austral, aquesta d'aquí. Com podeu veure, té forma de con, i al seu voltant hi giren, en sentit ascendent i a la dreta, set cornises.

En el gravat, la muntanya tenia una porta. Al costat, un àngel semblava que vigilés l'entrada. Al cim truncat, a l'Àlex li va semblar que hi distingia una espècie de jardí. La visió d'aquesta segona part del gravat era menys traumàtica, però alguna cosa a dintre seu es va remoure amb una por poderosa.

—Què és això?

—El lloc que hem estat buscant sempre: el purgatori.

Un ambient tens s'havia apoderat de la sala de reunions. Ara ja no l'interrompia ningú.

—Mireu el gravat: una esquerda comunica l'infern amb la base del purgatori. Dante ha fet la primera etapa del seu viatge i aquí s'inicia el segon càntic. És una muntanya perquè representa el camí dels pelegrins quan es dirigien a Roma o a Santiago de Compostel·la. Aquest és el lloc on s'expien els set pecats capitals: supèrbia, enveja, ira, peresa, avarícia, gola i luxúria. Les ànimes es purifiquen a mesura que pugen la muntanya, i si arriben al cim, aconsegueixen el paradís.

La mirada de l'Àlex, que ja tornava a estar impacient, el va fer estossegar.

—A veure... em penso que això us interessarà molt. Quan Dante arriba a la porta del purgatori, troba un àngel que guarda l'entrada. En el cant IX, el vers cent dotze diu el següent:

> I amb la punta del glavi, tot d'un raig,
> set Pes al front va escriure'm: «Tu procura
> rentar, a dintre, les nafres que ara et faig».

—Què? —va exclamar la Vila, gairebé aixecant-se de la cadira.

—Efectivament! —La cara de l'Alain reflectia una gran satisfacció—. L'àngel grava al front de Dante set lletres P, que representen els set pecats capitals, estigmes que aniran desapareixent a mesura que vagi pujant les set cornises en què es divideix el purgatori.

—Són les marques al front de les víctimes! —va exclamar en Cassel.

—Però això no és tot.

L'Alain va teclejar amb rapidesa i, després d'ajustar-se les ulleres, va llegir:

> I com als orbs la llum del sol no arriba,
> així a aquells miserables esperits
> la llum celestial se'ls torna esquiva.
> Llurs parpres amb filferro són cosits,
> tal com s'estila amb l'esparver salvatge
> per mor de fer-lo estar quiet als dits.

—Exactament l'estat en què es va trobar el cos d'en Latour! —va afirmar entusiasmada la Vila. Els altres van assentir.

—Aquests versos apareixen en el cant XIII del «Purgatori». D'aquesta manera, Dante descriu el càstig que s'infligeix a les ànimes culpables del pecat de l'enveja —va apuntar l'Alain—. De la mateixa manera, Dante descriu els càstigs dels altres pecats capitals. També he buscat en altres fonts. En alguns documents de l'època medieval, es parla del bany en aigua gelada com a càstig per als envejosos. M'he passat la nit llegint.

L'Àlex va mirar en Cassel, que observava la pantalla

amb cara de concentració. *Que bé que m'aniria un cigarret, ara*, va pensar. En comptes d'això, es va aixecar i va anar fins a la pissarra.

—Segons aquesta teoria, l'assassí tria les víctimes segons els seus pecats.

—I vol que expiïn la seva culpa amb la mort —va dir la Vila.

—Potser per això es vesteix de monjo —va apuntar l'Alain.

—Aviam... —L'Àlex es va ordenar els pensaments—. Ens han explicat que en Latour, fill de l'antic director de la Colònia, envejava la posició d'en Virgile Avril i, per aquest motiu, va difondre rumors sobre ell fins al punt que va provocar el seu suïcidi. Com a resultat, va ser castigat amb l'aigua gelada i les parpelles cosides.

L'Àlex va escriure la paraula «ENVEJA» sobre el retrat de l'enginyer.

—Tanmateix, en Virgile no pot ser el nostre monjo, perquè està mort... —va comentar en Cassel.

—Aquí ja hi arribarem —va sentenciar l'Àlex, donant a entendre que no volia interrupcions—. Poc després, es mor en Simón, l'antic capatàs de la Colònia. Tothom que el coneixia ens ha comentat que tenia un caràcter violent. Va ser detingut unes quantes vegades per aquest motiu.

L'Àlex va escriure la paraula «IRA» al costat de les fotografies de l'escenari del crim d'en Simón. Va sentir una espurna d'entusiasme. Començaven a tenir alguna cosa sòlida.

—La tercera víctima és el pare Guifré. En aquest cas, el rector és cremat viu. Pel que ens va dir en Bouxet, i també pel que vam descobrir del seu passat, era un pederasta.

Va mirar l'Alain, que ràpidament va buscar al seu ordinador.

—A la *Divina Comèdia*, els culpables del pecat de la luxúria són abrusats pel foc i la set —va afirmar el jove policia.

L'Àlex va escriure la paraula «LUXÚRIA» a la pissarra, sobre les imatges del rector, i es va girar cap als seus companys.

—Aparentment, l'assassí tria la víctima entre els que apareixen en aquesta fotografia —va dir, assenyalant la imatge dels sis homes—. D'alguna manera que se'ns escapa, li atribueix la comissió d'un pecat capital i la condemna a mort. Si la possible víctima mor abans que hagi pogut expiar la seva culpa, llavors l'assassí castiga el seu descendent directe. Això explicaria per què va assassinar en Daniel Latour tot i que, en aquest cas, sembla que també s'ho mereixia.

—Llavors, tant el doctor Foix, com la senyora Dalmau i en Johan Kreuz o els seus fills són víctimes potencials del nostre monjo —va afirmar la Vila.

—Si donem per bona aquesta teoria, sí —va contestar l'Àlex—. Tot i que té alguns inconvenients.

—Quins? Jo trobo que encaixa molt bé —va dir la Vila.

—Tenim tres possibles víctimes que, al mateix temps, i això no ho podem oblidar, també són sospitoses. I encara hi ha quatre pecats capitals per adjudicar: la gola, la peresa, la supèrbia i l'avarícia. —L'Àlex els va afegir a la pissarra, juntament amb els noms dels supervivents que apareixien a la fotografia de grup, però sense arribar a associar-los—. L'assassí pretén completar els set pecats, o simplement els fa servir a l'atzar? En el primer cas, ens faltaria una possible víctima, o potser dues, si un d'ells és l'assassí. —Va posar els braços fent nansa i va fer petar la llengua—. No acaba d'encaixar. Alguna cosa se'ns escapa.

Tots van quedar en silenci mirant la pissarra. Els noms dels pecats escrits en vermell brillaven al costat dels noms de les seves potencials víctimes sota la llum dels tubs fluorescents. L'Àlex es va preguntar qui seria el següent que moriria.

64

El doctor Foix va entrar amb el seu Mercedes Benz classe M al garatge de casa. Se li havia fet tard a la facultat. Tenia pendent l'elecció de dos nous becaris per al pròxim trimestre. La llista de sol·licituds del seu departament era molt extensa, no tindria pas problemes per trobar un parell d'alumnes brillants. Era el professor més reconegut, tothom volia col·laborar amb ell. Al capdavall... era lògic, es va dir, i va somriure satisfet.

Viure a Aulús li suposava gairebé dues hores de camí, però valia la pena. Casa seva era un antic molí construït al costat d'un afluent del Garbet, i ell l'havia restaurat amb minuciositat. La casa quedava una mica allunyada de tot, ja que per arribar-hi s'havia de sortir del poble i, al cap d'un parell de quilòmetres sense altres habitatges, travessar un pont per salvar les aigües agitades del riu. Tenia tres pisos i els contraforts li donaven solidesa. Però el que a ell li agradava més era la torre, amb unes vistes espectaculars de les muntanyes.

La Sofia, la seva dona, sempre s'havia queixat que estava massa aïllada i, sobretot, que era massa gran per a ells dos sols. No deixava escapar cap oportunitat per recordar-li la seva impossibilitat de tenir fills. La infertilitat havia sigut una benedicció a la llarga, perquè això li havia permès bolcar-se en el que realment li importava: els seus estudis. La seva vida en comú no havia sigut gaire diferent de la de qualsevol altre matrimoni en aquelles circumstàncies, o almenys això era el que ell pensava. Cadascú tenia la seva parcel·la, i ell, simplement, esperava que la Sofia el molestés el mínim possible. A mesura que avançaven els anys, havien anat parlant cada vegada menys, i aquesta situació era ideal per poder treballar en l'ambient adequat. Ella no va arribar a entendre mai la importància del que feia el seu marit, tot i que va saber mantenir-se obedient al seu costat fins que un limfoma se la va emportar deu anys enrere. Durant l'última setmana que va estar ingressada a l'hospital, quan ja sabien el fatal desenllaç, li va fer l'estranya sensació que la Sofia se sentia alleujada. Va morir sense dirigir-li la paraula.

Des de la mort de la Sofia, aquella casa es va tornar encara més silenciosa i adequada a les seves necessitats. Durant el primer any, va instal·lar el seu despatx i el seu equip de treball a la torre. Compartia l'espai amb les feixugues moles de l'antic molí que decoraven les parets. Amb el temps ho va anar ampliant, fins que va disposar d'un laboratori més complet que el que li havien habilitat a la mateixa universitat. Era el lloc on havia aconseguit aprofundir més en els seus estudis. També era el lloc on guardava tota la documentació dels seus progressos durant l'època de la Colònia. Va sospirar.

Aquells sí que van ser bons temps. Sense restriccions ni lligams, amb unes possibilitats d'experimentació úniques. Gairebé va fregar la punta dels dits de Déu. Va notar molt a prop l'essència mateixa de la vida. No tenia cap dubte que aquells estudis eren els que li havien donat més satisfaccions. Li van permetre publicar articles al *Journal of the American Medical Association*, a la *Revue de Médecine Interne* o a *The Lancet* que van impressionar els seus col·legues i, com a conseqüència d'això, va ser convidat a fer conferències a les universitats de Harvard, Cambridge, Zuric i París, les més destacades del món en la seva àrea. Fins i tot li van arribar a oferir altíssims llocs acadèmics, però els va rebutjar i va decidir acceptar la plaça que ocupava a la Universitat de Tolosa. En el fons, sabia que no podia allunyar-se gaire de l'origen dels seus èxits. Sense tot el que va poder fer a la Colònia, difícilment hauria aconseguit l'estatus i el prestigi dels quals ara gaudia. Sí, aquella època va ser realment fantàstica.

Com que era tard i no tenia gana, va decidir que no menjaria res. Solia sopar de manera tan frugal, que si no ho feia no suposaria cap diferència. Però abans d'anar cap al despatx, va fer el recorregut habitual per la casa.

Ho feia sempre abans d'anar a dormir. Era un costum que li venia de l'època de la Colònia. S'assegurava que les portes estiguessin tancades amb clau, els forrellats passats i els porticons de les finestres ben tancats. Si se n'anava al llit sense haver-ho fet, dormiria tan intranquil que al final es despertaria i ja no podria agafar el son fins que es llevés per confirmar que tot estava ben tancat. No cedia aquesta tasca a ningú, ni tan sols a en Lloris i la seva dona, la parella que s'encarregava de la casa quan ell no hi era i que ja feia quinze anys que estava al seu servei. Com que preferia la solitud, no passaven la nit allà, i a aquelles hores ja devien ser a casa seva, al poble.

Va començar assegurant l'entrada principal, que donava a la gran sala d'estar. Va anar recorrent les diferents estances comprovant poms, ajustant baldons i confirmant que havia posat la clau corresponent a cada pany.

Un cop efectuada la inspecció amb el rigor de costum, es va disposar a treballar unes quantes hores i es va dirigir cap al seu despatx, a la torre. Sempre se sentia relaxat i segur quan acabava la revisió de portes i finestres, però la visita del tinent i de la subinspectora espanyola a la facultat l'havia alterat.

Ell es pensava que ja estava fora de perill d'aquestes coses. Un dels policies s'assemblava una mica a algú que coneixia, de manera que es va passar una bona estona recreant mentalment la seva cara. No obstant això, coses de l'edat, no havia aconseguit associar aquella cara amb ningú del passat. Els caps per lligar eren una cosa que no suportava. Després d'intentar-ho una estona més, finalment es va rendir. Tot i així, abans de deixar-se endur per l'estudi, va decidir que l'endemà incorporaria a la seva agenda de treball la necessitat d'indagar en les vides de la subinspectora Serra i del tinent Cassel.

Va intentar concentrar-se en els documents que tenia oberts sobre la taula, però no podia parar de donar voltes a la conversa que havien mantingut. Quan li van ensenyar la maleïda fotografia, amb prou feines va poder ocultar la irritació. Si els coneixia, li havien preguntat. Esclar que els coneixia, a tots i cadascun d'ells. I algun d'aquells homes era un assassí, havien suggerit! Era per petar-se de riure. En realitat —en Foix es va delectar amb la seva agudesa—, tots els que apareixien en aquella fotografia ho eren, d'una manera o altra.

Per a la subinspectora i el tinent era evident que aquella imatge i els assassinats estaven relacionats. Fins i tot ell podia acceptar la possibilitat que les accions dels membres del grup en el passat tinguessin alguna cosa a veure amb aquest assumpte, tal com havien suggerit tàcitament els policies. Ara bé, a ell no li calia en absolut la protecció de les autoritats, perquè sabia perfectament de qui s'havia de protegir. Sabia qui era l'assassí.

Els seus pensaments van ser interromputs pel so estrident del timbre.

Algú trucava a la porta.

62

El diari de la Raquel

Els dies posteriors van ser molt atrafegats. La Matilda s'enfadava molt fàcilment i ens duia a tots els servents de cap. Vam netejar, ordenar i endreçar a fons la mansió de dalt a baix. La casa havia d'estar en perfectes condicions. També em van manar que ajudés a la cuina, perquè s'havien de preparar menjars com si s'hagués de celebrar un casament. Per culpa de l'acumulació de feina i dels nervis, el meu estómac continuava sense poder retenir gaire res, de manera que al vespre queia rendida al llit. Tota aquella mobilització tenia un motiu.

La notícia de la tornada de l'amo a la vall va coincidir amb un missatge que l'Ezra em va fer arribar a través d'un mosso de quadra: la data acordada amb el carreter per fugir de la Colònia era la nit del següent dissabte.

La setmana va passar molt ràpid, ja que amb prou feines podíem pensar amb tanta feina que teníem. El dissabte al matí ens van ordenar a tots que forméssim a fora, al costat de l'entrada de la mansió. Feia fred, però ningú no va gosar protestar. Davant nostre s'hi va col·locar en Simón amb els seus homes. Tenia el gos ajagut als peus. Malgrat la seva aparent indolència, estava segura que en qüestió de segons aquell animal era capaç de saltar al coll de qualsevol si l'hi ordenaven. Com que aquella nit era la que teníem planejat escapar-nos, un calfred em va recórrer tot el cos. Llavors em vaig adonar de la mirada d'en Simón. M'observava sense treure'm els ulls de sobre. Em va fer l'efecte que li costava contenir-se la fúria. L'expressió del seu rostre reflectia la maldat d'una manera que no li havia vist mai abans. Amb tot, vaig aconseguir convence'm que devia ser per alguna circumstància que no tenia res a veure amb mi o simplement que era el caràcter del capatàs, i vaig deixar de pensar-hi quan vam sentir el so d'un clàxon.

Quan el luxós automòbil del senyor Dalmau es va aturar, el xofer va baixar del vehicle i li va obrir la porta del darrere. Al peu de les escales, perpendicular a la nostra fila, l'esperava la senyora Dalmau amb cara de fastigueig perquè li havien interromput les oracions matutines.

El senyor Dalmau va passar pel nostre costat sense saludar-nos, però quan va arribar a la meva alçada es va aturar. Jo vaig dubtar un moment i vaig mirar la Matilda de reüll. Amb un gest sec em va indicar que saludés. Vaig fer una petita inclinació de cap i vaig evitar mirar-lo a la cara. No obstant això, vaig notar els seus ulls a sobre meu durant uns instants que se'm van fer eterns, i llavors va continuar el seu camí. Va pujar les escales amb la seva dona mentre la Matilda ens esperonava perquè entréssim a la casa per la porta lateral de servei i ens ocupéssim immediatament de les nostres tasques.

Al vespre, mentre servíem el sopar, vaig abordar l'Adela, una noia una mica curta que servia a la taula amb mi.

—Em trobo fatal i he de tornar a anar al lavabo.

—Ai, nena, estàs blanca com si haguessis vist un fantasma.

—Sí, dec estar malalta. Em pots substituir aquest vespre a la cuina?

Vaig veure que feia una ganyota, però abans que s'hi negués vaig continuar parlant.

—Sisplau. Fa un moment he estat a punt de tirar la sopa per terra. No vull que la Matilda s'enfadi amb mi. A canvi, et substituiré els pròxims diumenges.

Se li van il·luminar els ulls i va assentir.

Quan vaig acabar el servei me'n vaig anar a l'habitació, em vaig despullar i em vaig canviar l'uniforme per una vestimenta més adequada per al viatge. Era un vell vestit de caça de la senyora Dalmau que ella ja no es posava. L'havia agafat del magatzem de la bugaderia. M'anava una mica estret, però era el més confortable que m'havia posat mai.

Vaig revisar la bossa, on guardava el meu diari, alguna muda i una mica de menjar que havia aconseguit reunir apartant restes dels sopars. Ho havia fet amb molt de compte i havia anat agafant una mica de menjar cada nit durant uns quants dies, perquè ningú no se n'adonés. També hi guardava els diners que havia pogut estalviar quan treballava als telers. No era gaire.

Vaig esperar fins que es va fer fosc. Vaig sentir que la mansió s'anava buidant de sorolls. Els meus companys es van recloure a les habitacions fins que el silenci es va instal·lar a la casa. Els meus dits no aconseguien tancar la bossa de tants nervis que tenia. Vaig mirar la meva habitació per última vegada i vaig anar cap a la porta. La vaig obrir uns centímetres. El passadís estava desert. Vaig agafar aire i em vaig disposar a fer el meu primer pas cap a la llibertat. Llavors, darrere meu, va començar a repicar la campaneta que tenia a la vora del llit.

Em vaig quedar paralitzada sense saber què fer. Si no hi anava immediatament, la Matilda vindria a veure què passava i s'adonarien de la meva absència. Descobririen la nostra fugida abans que poguéssim sortir de la vall. Però si hi anava, no arribaria a la meva cita amb l'Ezra i el carro se n'aniria sense nosaltres. No tenia opció.

Vaig sortir al passadís i, tan de pressa com vaig poder, em vaig dirigir cap a les cuines. Al magatzem hi havia una portella per la qual abans introduïen el carbó. Prèviament ja havia comprovat que ningú no s'havia cuidat de bloquejar-la per fora, i per dins només tenia un baldó. Em vaig enfilar al cim d'unes caixes que contenien llaunes de menjar en conserva. La finestreta quedava uns centímetres per sobre meu. La vaig obrir i el fred de la nit es va esquitllar cap a dins. Vaig agafar embranzida i, amb força dificultat, em vaig arrossegar per la grava fins que vaig treure mig cos, i després vaig aconseguir acabar de passar les cames, evitant que es tanqués la portella amb un cop fort.

Vaig mirar al meu voltant, vaig percebre la presència de les ombres del bosc i de les muntanyes. El silenci de la nit seria testimoni de la meva fugida. Vaig notar una fiblada producte de la por, però no podia perdre temps, de manera que em vaig incorporar i em vaig allunyar de la casa.

Vaig caminar pel sender que conduïa directament a la zona industrial. El lloc de la cita era el magatzem de descàrrega, al costat de la fàbrica. Vaig mirar unes quantes vegades enrere esperant veure les finestres de la casa il·luminades i un grup d'homes organitzant-se per buscar-me. Però cada cop vaig comprovar molt alleujada que tot estava en calma.

Quan vaig passar per davant de la botiga de queviures, vaig notar que m'observaven. Em vaig aturar paralitzada. Havia preparat una excusa per si de cas em topava amb algú. Diria que tenia un encàrrec de la Matilde per a una de les joves filadores. Però no vaig veure ningú.

66

L'Àlex va observar les flames que s'allargaven i es contreien en el seu intent inútil d'escapar-se dels límits de la xemeneia. La llum ataronjada s'ondulava sobre els gravats antics i les fotografies que cobrien el terra de la cabanya com una catifa improvisada. Estava asseguda a terra, amb les cames creuades i l'esquena repenjada al sofà.

A la comissaria li havien imprès tots els documents que l'Alain havia trobat en relació amb els pecats capitals i els seus càstigs. El jove policia havia fet una feina fantàstica. S'havia ofert per descarregar els arxius en un portàtil del departament, però l'Àlex preferia llegir sobre paper. Potser en aquest aspecte era una mica antiquada, però un full de paper li transmetia més sensacions que una pantalla.

No sabia quantes hores feia que llegia. Havia fullejat diversos tractats medievals que descrivien càstigs cruels per als pecadors, cadascun més horrible que l'anterior. També havia aconseguit pel seu compte, a la biblioteca de la Seu d'Urgell, un vell exemplar de la *Divina Comèdia*. Va trobar increïble que en tinguessin un.

En companyia de Dante i amb les notes de l'Alain, l'Àlex havia recorregut el purgatori. Havia localitzat i copiat els versos que descrivien el càstig corresponent a cada pecat. Algun apartat se li havia resistit. Amb aquell llenguatge alambinat, esquitxat de nombrosos símbols i figures al·legòriques, no sempre era fàcil entendre el que el poeta florentí pretenia dir.

Va agafar la còpia d'un antic gravat de Gustave Doré. Era molt semblant als que havia vist a la sala de reunions, que li havien causat tanta inquietud. L'hàbil artista havia dibuixat una espècie de muntanya esglaonada. Cada pis corresponia a un dels set pecats capitals. Les figures humanes, que representaven les ànimes torturades, es retorçaven en l'ascens demanant misericòrdia.

L'Àlex va deixar caure el cap enrere contra el sofà al mateix temps que deixava el gravat a terra amb la resta dels papers. Volia cridar de frustració.

No hi havia cap dubte, el monjo s'inspirava en la *Divina Comèdia* per materialitzar els seus crims. Aquesta certesa implicava un fet transcendental per a la investigació: l'assassí havia de conèixer molt bé les seves víctimes per atribuir-los la culpabilitat d'un pecat o d'un altre. En principi, després de les primeres indagacions, semblava lògic pensar que tots els beneficiaris supervivents de la venda de la Colònia eren sospitosos. El doctor, per exemple, havia utilitzat pentotal sòdic en el passat amb fins immorals i els havia mentit quan li havien preguntat sobre això; tanmateix, la seva edat avançada inclinava a descartar-lo, a priori; passava el mateix amb la Béatrice Dalmau, a causa de la malaltia. Quedava en Johan Kreuz. Però podria estar mort o ser un vell xacrós. Les bases de dades nacionals i internacionals no havien donat cap resultat. Tot i així, havien emès una ordre de recerca, si bé només disposaven d'aquella fotografia antiga.

Però l'Àlex no estava completament satisfeta amb aquests raonaments. Realment es tractava d'una simple qüestió de diners? En aquest cas, l'assassí hauria construït la relació entre els seus crims i els pecats capitals com un subterfugi, un muntatge concebut per dificultar la investigació. Amb tot, les víctimes eren veritablement culpables dels pecats que se'ls atribuïen. *No, alguna cosa no quadra, alguna cosa se m'escapa tota l'estona*, va reflexionar l'Àlex. Quin paper hi jugava el passat en tot allò?

Va tornar a pensar en les persones que apareixien a la fotografia des d'un altre punt de vista. Tots els que envoltaven l'August Dalmau a la imatge eren culpables de delictes i accions execrables, i quan el mateix Dalmau els va acollir a la Colònia, es trobaven en una situació desesperada. A canvi, només tenien una obligació: servir-lo fidelment. Algun d'ells no només havia sobreviscut, sinó que fins i tot havia prosperat. El pare Guifré, de ser un simple capellà amb un passat tèrbol, havia passat a dirigir un dels més reconeguts seminaris d'Europa. El doctor Foix, expulsat d'un hospital per negligència, s'havia convertit en un prestigiós investigador biomèdic. La Vila havia descobert que el pare d'en Latour, en Guillem Latour, abans d'ocupar el lloc de director de la Colònia, bevia en excés i havia estat acomiadat de diverses empreses. El mateix Simón era un psicòpata que hauria acabat mort o a la presó, si no hagués sigut perquè en Dalmau li va donar una feina a través de la qual pogués canalitzar el seu mal geni. Desconeixia què havia fet en Johan Kreuz, però estava convençuda que devia ser alguna cosa semblant a la dels altres.

D'altra banda, quina relació tenia tot allò amb el suïcidi d'en Virgile Avril? En Bouxet afirmava que havia vist el jove vestit de monjo. El coneixia en persona, havia conviscut amb ell durant anys. El bibliotecari era un bon home. L'Àlex no dubtava que digués la veritat, però, si fos així, l'assassí era un mort.

Hi ha alguna cosa més del que veiem a simple vista, però se m'escapoleix de les mans constantment, com si m'acabés de despertar d'un somni i se'm fes fonedís, va pensar l'Àlex.

Li hauria agradat compartir les seves reflexions amb en Cassel. Aquell matí, a la comissaria, l'havia evitat, però després havien coincidit a soles a la màquina del cafè. Va tenir la temptació de demanar-li que l'acompanyés a la cabanya, però va descobrir amb certa sorpresa que ella també dubtava. En Cassel era un home atractiu, amb aquella seva pinta de despistat i la mirada dolça. S'ho havien passat bé, però estava clar que cap dels dos volia anar més enllà. Eren adults. Tenia la sensació que no era una bona idea repetir-ho. *O potser estic actuant com sempre, allunyant tothom de mi...*, es va dir, amb un somriure amarg.

Va esbufegar. Estava esgotada. Encara li feien mal les ferides que s'havia fet durant la persecució per les teulades del seminari. Es va preguntar per què a aquelles hores de la nit encara continuava desperta, tot i que sabia perfectament la resposta: no s'atrevia a dormir. Tenia por de tornar a somiar amb la Lia. No obstant això, necessitava descansar. Notava que l'ansietat la rosegava per dins, esperant una oportunitat per sortir. Era difícil controlar els atacs.

67

L'Àlex conduïa amb el peu clavat a l'accelerador. Quan s'acostava a un revolt, feia petar la llengua, empipada perquè havia de reduir la velocitat. Es notava les fiblades d'ansietat per dintre, però agafava el volant amb força, respirava fondo i deixava anar l'aire a poc a poc. El psiquiatre li havia dit que d'aquesta manera podria alentir les palpitacions. No sabia si la tècnica li funcionava, perquè a les orelles li ressonaven els batecs del cor com un conjunt de percussió en ple concert.

La gendarmeria francesa els havia promès que respectarien l'escena fins que arribessin. Però l'Àlex no se'n refiava. En Cassel l'acompanyava al seient del costat. Des que havien sortit de la Seu d'Urgell no havia badat boca.

Abans d'arribar a la frontera, a través del mans lliures del jeep, la veu de la Vila els va informar dels detalls.

—L'han trobat la serventa i el seu marit. Són una parella gran. Fa molt de temps que treballen per al doctor. Han arribat des del poble a primera hora del matí, com sempre. Es veu que no dormen a la casa. La porta de l'entrada estava oberta. De seguida s'han alarmat, perquè es veu que el doctor Foix era molt escrupolós amb la seguretat.

—On han trobat el cos?

—En Foix era al seu despatx. L'oficial de la gendarmeria no m'ha volgut descriure l'escena, diu que és millor que ho veieu amb els vostres propis ulls. Això sí, m'ha explicat que a primera vista, sembla una mort accidental. Ens han trucat perquè...

—...perquè els ha saltat una alerta nostra a la Interpol amb el nom del doctor Foix —va acabar l'Àlex.

—Exacte. Deu ser per l'informe que els vam enviar juntament amb la petició de cerca d'en Kreuz. Per això s'han posat en contacte amb nosaltres.

Quan van acabar la trucada, ja eren a França. Van agafar la N-20 en direcció a Tolosa. Aulús era gairebé al centre del Parc Natural Regional dels Pirineus de l'Arieja, al peu de les muntanyes. L'Àlex es va adreçar al seu company sense apartar els ulls de la carretera.

—Potser hauries d'informar els teus superiors que anem cap allà. Jo estic fora de la meva jurisdicció, per dir-ho d'alguna manera.

—Jo no.

—Però tot i així, és millor que ho sàpiguen, no trobes?

El francès va assentir, però no es va moure. Finalment, amb un sospir, va treure el mòbil de la butxaca de la jaqueta i va marcar el número. Al cap de poc va tornar a guardar el telèfon.

—No tinc cobertura. Deuen ser les muntanyes. Ja ho provaré després.

L'Àlex va pensar que més tard li preguntaria què li passava, perquè era evident que en Cassel no estava còmode. Potser era pel que havia passat entre ells dos.

Per fi van arribar a Aulús. Van seguir les indicacions del navegador fins que van sortir del poble i de seguida van divisar la casa. La Vila els n'havia fet una breu descripció. Van travessar el pont de pedra, que salvava un fort corrent d'aigua. Després d'abandonar el paviment de ciment, un reguitzell de cruixits els va acompanyar mentre avançaven per un sender de grava que duia fins a l'entrada.

A fora, hi havia dos cotxes de la gendarmeria entravessats i amb els llums del sostre encesos. Un infermer treia una llitera d'una ambulància aparcada al costat dels cotxes.

Quan l'Àlex va sortir del tot terreny, un intens mareig la va fer repenjar a la porta per no caure. Tenia els sentits alterats per l'adrenalina. Havia forçat molt per arribar fins allà, i l'estrès era un company excel·lent dels atacs de pànic.

—Estàs bé? —va sentir que li preguntava en Cassel, com si el tingués a mil quilòmetres.

—Sí, estic bé. M'he torçat el turmell, no és res —va mentir l'Àlex.

L'Àlex va treure el flascó d'ansiolítics de la butxaca de la jaqueta. Quan el va sacsejar es va adonar, pel soroll que feia, que hi quedaven molt poques pastilles. Una ullada ho va corroborar. Se'n va empassar un parell i es va guardar el pot intentant dissimular el tremolor de la mà. Gairebé havia esgotat la quantitat que el metge li havia receptat per a tot el mes, i només havien passat quinze dies. El mareig va remetre, i tot seguit es va encaminar —seguida d'en Cassel, que la mirava en silenci— fins a l'entrada de la casa.

L'Àlex va observar aquell preciós casalot abans d'entrar-hi.

—No m'estranya que al doctor Foix no el preocupessin els diners.

Van pujar les escales que conduïen a la porta on els esperaven dos agents. Una mica apartats, hi havia dos avis, acompanyats d'un policia, asseguts en un banc de fusta. L'Àlex va suposar que eren els servents. Va notar el nerviosisme d'en Cassel al seu costat quan van intercanviar salutacions.

—Soc la subtinent Maxime. Això té tota la pinta de ser un accident. Espero no haver-los fet venir per res.

L'oficial encarregada era una jove que s'atropellava amb les paraules. Amb un gest els va indicar que passessin.

L'interior de la casa era tan luxós com el despatx de la Facultat de Medicina. Van travessar una gran sala d'estar amb mobles massissos fets a mida. Seguint un altre gendarme, van avançar per un passadís ple de quadres i escultures il·luminades amb petits llums. Tota la casa era com una galeria d'art. La penombra que regnava allà dins produïa desenes d'ombres inquietants. L'Àlex es va fixar que el jove agent que els guiava no separava la mà de l'arma que duia penjada a la cintura.

Després de deixar enrere una robusta porta de roure, van pujar per una escala.

—L'estudi és a l'antiga torre. El doctor va recuperar el molí respectant al màxim l'estructura original —els va explicar la subtinent Maxime, que anava just darrere d'ells.

—El coneixia?

—Era un membre molt important de la nostra comunitat. Aquí tothom l'apreciava.

El doctor Foix havia perdut el gest arrogant amb què els havia rebut al seu despatx de la universitat. Una mola de molí d'una tona i mitja l'esclafava contra el terra. Al voltant, unes quantes rajoles estaven esquerdades a causa del fort impacte que havia produït la pedra en el moment de caure. La sang del doctor Foix esquitxava les parets més properes. Per sota de l'enorme mola, una taca grumollosa s'estenia fins a l'antic canalet perforat del terra, on antigament es recollia la farina. Quan aixequessin la pedra, l'Àlex es va imaginar que descobririen un cadàver espremut com una llimona.

—La mola estava repenjada a la paret i subjectada amb aquests agafadors de metall. —La subtinent va assenyalar dues osques al mur—. La mala sort va fer que es desprenguessin dos dels ancoratges.

L'Àlex va assentir sense mirar la policia. El mal de cap que li venia just després de prendre's les pastilles acabava de fer acte de presència. Es va inclinar cap al cadàver i, sense pensar-ho, va rememorar en veu alta el text de la *Divina Comèdia*.

—Els que pecaven de supèrbia caminaven sota el pes d'enormes pedres.

En Foix ja no caminaria més. El cap, inclinat a un costat, les cames des dels genolls i un braç eren les úniques parts del cadàver que sobresortien de sota la pesada roda de molí, conferint al conjunt l'aparença d'una vella tortuga. La pell de la cara havia adquirit un to blavós. L'enorme pressió li havia rebentat les venes dels ulls, i li penjava la llengua de la boca com si fos un animal sacrificat. Al final, en Foix havia acabat assemblant-se a una de les seves escultures grotesques.

L'Àlex va posar la mà sobre la pedra i va notar l'aspror a través del làtex que li protegia els dits. Va agafar aire i va tancar els ulls. Igual que en altres ocasions anteriors, no va haver d'esperar gaire. L'habitació va girar al seu voltant. Les veus dels policies es van allunyar i una imatge li va aparèixer a la ment. Va veure el doctor Foix estirat a terra. No es podia moure. No li quedava cap rastre d'arrogància, que havia estat substituïda per una expressió de terror profund. Els ulls desorbitats miraven l'ombra enorme que planava sobre seu. L'estrèpit que es va produir tot seguit va sacsejar tot el cos de l'Àlex. La imatge es va desdibuixar fins que va desaparèixer, i llavors va sentir la veu de la subtinent darrere seu.

—Les ferides del front se les deu haver fet quan ha caigut a terra —va dir la subtinent.

L'Àlex va parpellejar intentant fixar la mirada. El mal de cap havia augmentat. Quan es va adonar del que li deia l'agent, va apartar amb compte els cabells del front d'en Foix. Tenia uns quants talls que se li enfonsaven a la carn formant una tosca P. L'Àlex va comprendre que, si un no sabia què estava buscant, era fàcil que allò li passés per alt. En aquell moment, el mòbil li va vibrar a la butxaca dels pantalons. En Cassel la va mirar de reüll mentre parlava amb els dos agents de la gendarmeria.

—Sí? —va respondre l'Àlex mentre s'aixecava.

Una veu se li va adreçar en francès i l'Àlex va passar automàticament a parlar en aquella llengua.

—Subinspectora Serra?

—Sí, soc jo.

En Cassel va fer un gest amb la intenció de dir-li alguna cosa, però la subtinent de la gendarmeria el va requerir perquè firmés un document i va haver de centrar l'atenció en el que li demanava la policia.

—Li truco... del *Commissariat Central de Police... de Toulouse*.

La trucada s'entretallava. Entre aquelles parets tan gruixudes no hi havia prou cobertura.

—Un moment, sisplau.

L'Àlex va sortir de l'estança seguida per la mirada d'en Cassel. Ella li va fer un gest per indicar-li que fes pel seu compte. Va avançar per un passadís curt i va sortir per la porta d'un balcó exterior. El fred li va alleujar una mica el mal de cap.

—Li passo.

Abans que l'Àlex s'hi pogués negar, la van posar en espera. Contrariada, ja estava a punt de penjar quan la música de fons es va aturar i va donar pas a una veu greu a l'altra banda de la línia.

—Sí?

—Perdoni, crec que és un error...

—És la subinspectora Serra, de la policia espanyola?

—Sí, soc jo, però...

—Li he trucat unes quantes vegades, però no he pogut contactar amb vostè. Volia parlar-li de l'informe que em va enviar fa una setmana.

—Un informe?

—La veritat és que al departament tenim moltíssima feina per culpa de l'alerta terrorista imposada des de fa un any. Li agraeixo que s'hagi fet càrrec de la investigació. No obstant això, m'agradaria que m'enviés una mica més d'informació. Després dels últims esdeveniments que vostè m'explicava, els meus superiors m'han demanat que els aclareixi alguns detalls i...

—Com diu? Escolti, jo no he enviat cap informe... —va negar, sense dissimular la irritació—. Perdoni, però amb qui parlo?

En el silenci que va seguir, l'Àlex va notar la confusió del seu interlocutor.

—Vostè i jo ens hem estat escrivint mails des de fa setmanes. Que no se'n recorda? Sóc el *lieutenant* Cassel, Jean Cassel.

L'Àlex va repenjar la mà al pom de la porta, va agafar aire i va entrar a l'habitació. La subtinent Maxime estava parlant amb uns homes que anaven carregats amb unes cordes per aixecar la pedra i alliberar el cadàver. Quan la va veure amb aquella cara tan lívida, la jove policia va acabar la conversa i se li va acostar.

—Que li passa res?

L'Àlex no va respondre de seguida, sinó que va mirar a un costat i l'altre.

—On és el meu... company?

—Ha dit que li havia sorgit una qüestió urgent i se n'ha anat. Ens ha demanat que li donéssim això.

L'oficial li va allargar un sobre.

L'Àlex es va apartar dels gendarmes ignorant les seves mirades. El sobre només contenia una quartilla doblegada per la meitat. La va desplegar i va llegir l'única paraula escrita en el paper: «Dalmau».

68

El diari de la Raquel

El carro es balancejava per l'angost camí entre les muntanyes com si fos un vaixell en mala mar. Tot l'estona sentíem el brogit del riu. L'Ezra i jo viatjàvem amagats sota unes lones entre fardells de teles. Tot i que amb prou feines deixaven passar l'aire i ens dificultaven la respiració, ens mantenien calents. Més d'un cop ens vam haver d'abraçar per evitar caure, però no em va importar gens ni mica.

El carreter ens havia promès que ens portaria sans i estalvis fora de la vall, malgrat que els seus ulls un xic beguts no m'inspiraven gaire confiança. Va voler cobrar per avançat i vaig veure amb desolació com l'Ezra buidava la bossa dels seus estalvis a les mans de l'home. Ens aniria ben just poder sobreviure els següents dies.

L'Ezra i jo havíem planejat que aniríem amb aquell carro fins a Bellver de Cerdanya i després ens dirigiríem cap a Puigcerdà per agafar el tren fins a Barcelona. Potser ens hi quedaríem una temporada, però el nostre objectiu final era marxar d'Europa. Potser a l'Argentina, a l'Uruguai o a Mèxic. Durant mesos, tots aquests plans m'havien semblat irreals. Però quan vaig veure que els llums de la Colònia s'allunyaven fins que ja no els vaig poder distingir, no podia contenir l'emoció.

Tot d'una, el carro es va aturar bruscament i vam xocar contra els fardells. Sense pensar-ho, em vaig abraçar a l'Ezra. Vam sentir la veu del carreter i tot seguit una forta detonació que va espantar els matxos que estiraven el carro. Diversos feixos de llum van recórrer la lona que ens tapava, i vam notar com apartaven els fardells que ens parapetaven fins que vam quedar al descobert.

Enlluernats pels llums, vam sentir una veu que ens va gelar la sang.

—Quina sorpresa.

En Simón somreia mentre els seus homes ens feien baixar del carro a empentes. Entre les cames del capatàs s'agitava el seu enorme mastí mentre obria i tancava la mandíbula i feia un gruny sord.

A terra, el traginer es queixava de la cama esquerra. Una taca escarlata se li escampava pels pantalons. Li havien desaparegut tots els efectes de la beguda, i ara tenia un gest de terror a la cara. El gos es mostrava cada vegada més nerviós amb l'olor de la sang.

—Què hi tenim, aquí?

Les llums de les llanternes ens van enfocar a la cara i ens van enlluernar. Uns braços forts ens van empènyer contra una banda del carro. L'Ezra va forcejar, però amb un senyal d'en Simón, un dels seus homes li va clavar un cop de puny al ventre i un altre li va donar un cop al cap amb la culata de l'escopeta. L'Ezra va caure a terra. Del front li va començar a baixar un fil de sang.

Em vaig llançar cap a ell, però en Simón va ser més ràpid i em va atrapar per la cabellera. Em va immobilitzar amb els seus braços robustos i em va estirar els cabells per fer-me girar cap a ell. La seva cara, deformada per les mandíbules d'un llop, va quedar enganxada a la meva. No vaig poder evitar donar-li la satisfacció de veure'm amb una expressió de dolor terrible.

—Tu! —La ràbia el consumia, però llavors la cara se li va suavitzar un segon—. Tu... —va repetir, amb veu trista. La mirada se li va enfosquir—. Si no fos perquè he de complir instruccions...

Em va empènyer cap als seus homes.

—Carregueu-la. L'hem de tornar a la casa.

Un d'ells em va lligar les mans a l'esquena amb una corretja gruixuda que se'm va clavar a la pell, i em va arrossegar fins als cavalls que havien dut. Dos homes van començar a ruixar el carro amb unes garrafes.

—És una llàstima que es perdi el gènere, però a ningú li sorprendrà que un borratxo com tu s'adormís pel camí i provoqués un incendi amb el cigarret. Aquests accidents ja passen.

—No, sisplau, no —va mussitar el carreter.

Entre tres homes el van carregar i el van llançar a dins del carro. Per assegurar-se que no fugís, un dels homes li va clavar un cop fort amb l'escopeta, i el pobre desgraciat va caure mig mort entre les teles molles de combustible. L'altre home d'en Simón va alliberar els matxos, que es van allunyar trotant. En Simón va encendre un misto i el va tirar al carro.

—Què en fem d'aquest? —va dir un, assenyalant l'Ezra, inconscient a terra.

—El gos està afamat —va afirmar en Simón, mentre les flamarades creixien darrere seu.

—No!

El meu xiscle va cridar l'atenció de tots. L'Ezra, mig atordit encara, va aprofitar per aixecar-se, clavar un cop de colze i desempallegar-se de l'home que l'estava aixecant de terra. Es va guiar amb la inèrcia per colpejar amb el cap contra el pont del nas del guarda que tenia més a prop, que va quedar estabornit. En Simón va aquissar el gos, que es va llançar a sobre d'ell. L'Ezra va alçar el braç esquerre per instint i l'enorme mastí li va clavar els ullals a l'avantbraç. Ell i el gos van caure i van rodolar per terra. Desesperat, l'Ezra no aconseguia desempallegar-se d'aquell animal monstruós, que intentava atrapar-li la gola. Llavors, amb la mà va palpar una pedra grossa i, sense pensar-s'ho dues vegades, li va assestar un cop fort al musell. El gos el va deixar anar amb un gemec llastimós. Per un instant, les nostres mirades es van creuar. Vaig veure tota la desesperació del món en els seus ulls.

—Ves-te'n! —li vaig cridar.

La seva expressió carregada de dolor i angoixa va canviar i es va tornar decidida, i abans que poguessin atrapar-lo els altres dos homes d'en Simón, l'Ezra va fugir corrent i jo em vaig desmaiar.

No recordo el camí de tornada. Amb prou feines conscient, em van dur a dalt d'un dels cavalls. No vaig dir res en tot el trajecte. Tornava a estar muda, com quan era petita. La meva ment es va retreure com un cargol negant-se a acceptar el que havia passat. Un immens malestar em provocava tremolors per tot el cos.

Quan vam arribar a la casa, tots els llums estaven encesos. El senyor Dalmau s'esperava al costat de la Matilda i alguns servents. No vaig amagar la meva sorpresa quan també vaig veure, una mica apartat dels altres, en Johan Kreuz, el company de l'Ezra. Què hi feia, allà? Em vaig adonar que evitava mirar-me als ulls i a la cara hi tenia una expressió de temor. Tot d'una ho vaig comprendre.

La ràbia em va traspassar el pit i, fins i tot lligada de mans com anava, vaig intentar abalançar-me a sobre d'ell. Ho devia intuir, perquè es va inclinar com si l'haguessin colpejat i es va refugiar darrere dels homes que havien participat en la nostra captura. Ells se'n van burlar, dient-li covard i altres coses pitjors.

En Simón em va lliurar com qui lliura una esclava furtiva. La mirada de menyspreu del senyor Dalmau em va aterrir pel que presagiava. Però vaig trobar el valor suficient i vaig intentar tornar-li el menyspreu mostrant-me serena, tot i que la meva ment es negava a pensar més enllà del meu estimat Ezra.

—Demà vull que la porteu a la fàbrica i la poseu a torns dobles fins que rebenti —va ordenar l'amo.

Gairebé no vaig sentir les seves paraules. Una sensació de nàusea em va assaltar de tal manera que vaig ensopegar i vaig caure de genolls. No vaig ni notar les pedres del terra, que em van ferir la carn. El vòmit em va embrutar el vestit i em vaig pensar que em desmaiava. La Matilda es va ajupir al meu costat i va evitar que caigués del tot. Em va posar la mà al front mentre jo tornava a treure el contingut de l'estómac.

—Ai, filleta, què has fet? —va xiuxiuejar la majordoma.

—Està malalta? —vaig sentir que preguntava algú.

La Matilda em va mirar d'una manera estranya i després va tancar els ulls com si demanés perdó. Es va girar cap al senyor Dalmau.

—No, senyor. No està malalta —va respondre la dona.

—Doncs què li passa?

—Està embarassada.

En aquell instant vaig perdre la consciència.

V

Gola

«La teva faç que vaig plorar ja morta,
ara de plany no em dona menys motiu»,
jo li responc, «en veure-la tan torta.
Digues-me, doncs, per Déu, per què veniu
tan secs: no em donis de parlar l'inici,
que el desig d'escoltar sento més viu».

69

La llum de la lupa articulada va il·luminar la fotografia que tenia entre les mans. L'havia fet amb teleobjectiu i de nit. Amb prou feines es distingia l'edifici. Les seves formes, imitant un castell, quedaven difuminades en la foscor, però ell el coneixia molt bé. Tot i el gra de la imatge, s'hi reconeixia la finestra i la figura estilitzada de la Béatrice Dalmau, que treia el cap a fora. Era suficient. Tenia el que volia.

Va notar que el cor se li accelerava. Va agafar i va deixar anar aire a poc a poc. Es va donar cops al cap amb els punys unes quantes vegades. Els sentiments que afloraven quan estava amb ella, quan la mirava o quan sentia la seva veu eren tan inesperats com desesperants. No s'ho podia permetre. No pas ara, que estava tan a prop del final. Ara que ho comprenia tot.

Sense pensar, els ulls se li van desviar cap a la vella llibreta de tapes de cuiro granat. Hi va passar la mà per sobre amb delicadesa. La lectura d'aquelles pàgines havia sigut molt aclaridora. Després de tants anys, per fi sabia la veritat.

Darrere seu, va sentir un aleteig inquiet. El va ignorar. Va traçar un cercle gruixut sobre la fotografia i, amb compte, la va col·locar al mural de la paret al costat de les altres.

Es va tirar enrere per contemplar la seva obra amb perspectiva. La feina de mitja vida. Ara tot encaixava.

Va consultar el rellotge. Era l'hora. S'havia de preparar.

Es va aixecar de la cadira i les papallones van tornar a alçar el vol a dins de la gàbia de malla. Aquella nit estaven més neguitoses que de costum.

—Què us passa, noietes?

Va observar el seu vol erràtic. Va pensar que potser elles també captaven la proximitat del final. Llavors, va mirar cap avall i va descobrir una papallona immòbil a terra. Amb compte, va introduir la mà a dins i la va treure de la gàbia. Quan va notar l'escalfor dels dits, l'insecte es va regirar lleugerament. Era un exemplar adult. Sota la llum, les seves ales de color verd maragda solcades per venes de color de sang es van obrir mostrant tota la seva bellesa. Els quatre ocels, les petites taques circulars amb què percebia la llum, centellejaven amb reflexos blavosos i groguencs. L'animal volia volar, però els seus intents fracassaven. La papallona es va agitar dues vegades més abans de replegar-se sobre si mateixa i quedar-se quieta.

Es va estar allà una bona estona observant l'insecte mort a la mà. Admirava la seva bellesa delicada i, al mateix temps, lamentava intensament la seva falta de llibertat. De manera natural, la imatge de la Béatrice Dalmau li va omplir els pensaments.

70

—He de parlar amb vostè.

L'Àlex va entrar al despatx de l'intendent sense trucar i va tancar la porta amb tant d'ímpetu que van tremolar els vidres. En Cruz va apartar la vista de la pantalla del portàtil. La seva mirada era cordial.

—Subinspectora! Quina estupenda coincidència! Estava a punt de trucar-li...

L'Àlex va dubtar un instant. No s'esperava aquella rebuda, però de seguida es va centrar en el que havia de dir. No podia perdre temps.

—En Jean... —Es va aclarir la gola—. Vull dir que l'home que coneixem com a Jean Cassel té intenció de matar la Béatrice Dalmau. És el nostre assassí.

L'intendent Cruz es va reclinar al seient i va creuar les mans. Sense alterar el to, va preguntar:

—Com diu?

L'Àlex va ignorar aquella actitud estranya de l'intendent i va passar a explicar-li la conversa amb el veritable Cassel.

Uns segons després de comprovar la desaparició del que fins llavors era el seu company, li havia ordenat a la Vila que facilités a la policia francesa una imatge d'ell per esbrinar la seva autèntica identitat. No havia sigut fàcil, ja que el fals Cassel se les havia enginyat per evitar ser fotografiat. No obstant això, per casualitat, l'Alain tenia algunes imatges d'ell del dia que van descobrir el cos d'en Simón. En aquelles fotografies, el fals Cassel apareixia al costat de l'Àlex i de la jutge Andrés. La seva cara es distingia perfectament. Al cap de vint minuts, el policia francès que havia parlat amb la Vila els va tornar la trucada i va parlar amb l'Àlex. L'havien identificat.

El seu nom real era Marc Levine. Per a sorpresa de tots, en Levine era agent del cos de la Gendarmeria Nacional. Tot just dos mesos abans havia sol·licitat la baixa sense donar explicacions. En Levine era conegut pel seu caràcter conflictiu i independent. Fins i tot havia protagonitzat diversos episodis d'insubordinació, de manera que la seva renúncia els havia semblat ben lògica. La malaptesa a la muntanya també era simulada. Durant cinc anys, en Levine havia format part del GIGN, el Grup d'Intervenció de la Gendarmeria Nacional, que era una de les unitats d'elit més prestigioses del món. Era un consumat especialista en missions de rescat en alta muntanya. Mentre escoltava aquell historial de la boca de l'agent francès, l'Àlex va recordar el dia que el va conèixer, vestit amb aquell trajo ridícul a l'estació d'esquí.

Després de l'assassinat d'en Latour, en Levine va esperar que es designés un agent d'enllaç per a la investigació, conscient que aquest era el procediment que se seguiria. Tot seguit es va posar en contacte amb la comissaria de Tolosa fent-se passar per un agent espanyol i va establir contacte amb el veritable Cassel a través del correu electrònic. El va convèncer que la seva presència a la zona no era necessària, i li va prometre que el mantindria contínuament informat. Cooperarien a distància. I així ho havia fet, remetent-li informes periòdics. Va ser una jugada molt atrevida, però si el veritable Cassel no hagués telefonat directament a l'Àlex, no ho haurien descobert mai.

Es van preguntar quines raons havien portat a un exagent de policia a planejar i executar tots aquells assassinats. No van trobar la resposta a aquesta qüestió fins que la Vila es va adonar que en Levine era d'origen jueu. Van consultar les llistes de desapareguts que els havia facilitat el Centre Sefarad-Israel. Hi van trobar tres persones amb el mateix cognom. Era fàcil concloure que es tractava de familiars del fals Cassel que havien mort treballant com a mà d'obra esclava a la Colònia. Tot apuntava que en Marc Levine volia venjar-se'n assassinant tots els responsables. No obstant això, no podrien confirmar res fins que l'atrapessin.

Malgrat que continuava desaparegut, sabien el que es proposava fer ara. Com si estigués jugant amb ells, en Levine els havia indicat en una nota qui seria la seva propera víctima: la Béatrice Dalmau.

Quan l'Àlex va acabar l'atropellada explicació, l'intendent Cruz va eixamplar el somriure fins que li va omplir la cara d'una banda a l'altra.

—Segui, sisplau.

L'Àlex no entenia res, però va obeir i va seure.

—És a dir —va començar en Cruz, amb aire reflexiu—, que durant tot aquest temps... vostè s'ha deixat enganyar.

—No es tracta...

—Sí que es tracta d'això! —va cridar en Cruz, mentre s'aixecava bruscament de la cadira. Va tancar els ulls i va agafar aire. Sense perdre el somriure, va sentenciar—: Vostè va venir aquí com una estrella i l'únic que ha demostrat és la seva incompetència.

L'Àlex va notar que la ràbia se li regirava per dins, però es va aguantar les ganes de replicar a l'intendent.

—Té raó, però en tot cas en podem parlar més tard i acceptaré les meves responsabilitats. Ara no podem perdre temps. Ha d'enviar una patrulla d'agents a la mansió Dalmau per...

En Cruz va alçar la mà per indicar que callés.

—Fa menys d'una hora —va dir, en to calmat— m'han trucat des de París. S'oblida massa sovint que jo soc el veritable responsable de la maleïda Regió Policial del Pirineu Occidental. Es veu que el tal Levine és un home molt intel·ligent, tot i que entabanar-la a vostè no deu haver sigut gaire difícil. Els francesos el consideren extremament perillós per la seva preparació tàctica i l'habilitat que té amb armes de foc. Sens dubte, és el nostre monjo misteriós.

—Bé. Hem de...

—Sisplau, subinspectora! —L'intendent es va inclinar repenjant els punys a la taula—. Arriba tard. Tot està preparat. No cal desplaçar cap agent a la mansió Dalmau. La policia francesa ha localitzat el parador d'en Levine. El senyal del seu telèfon el situa en una residència a Aulús. —L'Àlex va fer un bot en reconèixer el nom del poble—. Sembla que és la casa de la seva família. És allà on s'amaga. L'operatiu, en col·laboració amb les forces de seguretat franceses, ja està en marxa.

—Quan sortim?

En Cruz va obrir els ulls amb sorpresa fingida.

—Sortim?

Va fer petar la llengua mentre negava amb el cap. El seu somriure es va ampliar encara més fins a mostrar els incisius.

—Vostè no va enlloc.

—Però... de què parla?

—Sap què, subinspectora Serra? Jo també tinc amics.

Va donar un cop a la pantalla de l'ordinador per girar-la cap a ella. El vídeo era en blanc i negre, de baixa qualitat, tal com es gravaven la majoria de les cintes de seguretat. Tot i així, era fàcil reconèixer-la a ella agenollada, agafant-se el cap amb les mans. No tenia so, però es veia perfectament que estava cridant. A la següent imatge de les càmeres del magatzem apareixia en Manel, el seu company a Barcelona. Uns segons després, una figura es movia per la seva esquena desprotegida. L'Àlex, al fons de la imatge, alçava la mà empunyant l'arma. Tres ràfegues de llum van omplir la pantalla. En Manel tensava l'esquena formant un arc i després es desplomava a terra. L'escena desapareixia fosa en soroll blanc.

—Vostè no farà res... —va dir en Cruz, mastegant les paraules—, vostè estava apartada del servei abans de presentar-se aquí, a casa meva.

—Maleït sigui, escolti'm sisplau, Cruz...

—Intendent Cruz, per a vostè. Ja l'he escoltat prou aquests dies. No sé com s'ho va fer, segur que es va ficar al llit amb les persones adequades. Però ara ja és igual. Després d'això, fora. M'ha entès? Fo-ra.

En Cruz va continuar parlant, però l'Àlex no l'escoltava. A les orelles li ressonaven els batecs cada vegada més accelerats del cor. No va ni sentir dolor quan les ungles se li van clavar a la carn de la mà en tancar el puny. La vista se li va ennuvolar. Va tancar els ulls. En Cruz l'assenyalava amb el dit acusador mentre continuava amb el seu rotllo. Al cap de l'Álex, una veu li deia que era una idea horrible. La mateixa veu li demanava que es calmés.

Va obrir els ulls en el moment en què en Cruz tancava la boca. L'intendent la mirava amb el cap inclinat i una expressió de disgust.

—Està idiota, o què cony li passa?

El braç de l'Àlex va agafar embranzida abans que ella mateixa en fos conscient. Va traçar un arc i va descarregar el puny. L'impacte va empènyer en Cruz cap enrere, que va ensopegar amb una cadira i va caure a terra amb un fort terrabastall enmig d'un embull de cames i braços.

L'Àlex va sortir del despatx amb calma, perseguida pels crits de l'intendent. Totes les mirades la van seguir mentre es dirigia a la sortida de la comissaria. Quan va arribar al carrer, va agafar aire i el va deixar anar lentament. Ja es trobava més bé.

71

L'Albert García, l'encarregat de l'estació meteorològica, no feia cas de la desena de pantalles que hi havia darrere seu. Reclinat a la butaca, amb els peus sobre la taula, va xarrupar sorollosament amb la palleta que sobresortia del got de Coca-Cola. Amb els dits llardosos d'oli, va buscar les restes del fons de la bossa de patates. Tenia tota l'atenció concentrada en una única pantalla: la del seu televisor portàtil. Faltaven només tres minuts perquè es consumés la tragèdia.

L'equip de casa necessitava un altre gol, només un, i els jugadors no havien fet res més durant tot el partit que fallar una ocasió rere l'altra. El dos a un semblava inamovible i era insuficient si volien tenir possibilitats en el partit de tornada.

El senyal de televisió no era gaire bo allà dalt, o sigui que de tant en tant la imatge fallava. Aquesta circumstància incrementava el mal humor de l'Albert. Havia estat emprenyat tota la setmana perquè el seu amic

Rafa havia aconseguit entrades de tribuna. Entrades de tribuna per al partit de l'any! El seu antic company de classe l'havia convidat, però just aquell dia li tocava guàrdia i, evidentment, no va trobar ningú que li volgués canviar el torn.

Quan estudiava la carrera s'imaginava viatjant a llocs exòtics per dirigir estudis meteorològics d'abast internacional. No va pensar mai que acabaria fent de vigilant jurat al mig d'una muntanya perduda. *Estic convençut que la vida d'un segurata de discoteca és molt més apassionant que la meva*, va pensar. Des que treballava a l'estació, les seves responsabilitats s'havien limitat a fer el manteniment de les instal·lacions automatitzades i, dos cops per setmana, passar la nit al Centre de Previsió Atmosfèrica dels Pirineus, que rebia les dades en temps real i registrava el perill d'allaus. Torns de dotze hores observant variacions climàtiques que... no variaven. Feia tres anys que treballava allà, i el més emocionant que havia passat va ser quan una guineu es va carregar una de les antenes i la van haver de reparar.

Els sistemes eren tan autònoms que era inútil la presència física dels tècnics. No obstant això, ell era allà, passant la nit en què es disputava el partit més esperat de la temporada, envoltat de neu, a dos mil metres d'altura i a més de trenta quilòmetres de qualsevol lloc habitat.

Li va arribar el clam del públic a través dels altaveus del televisor. Deco havia recuperat una pilota al mig del camp sorprenent els jugadors del Chelsea. Tot el Barça es va llançar a l'atac. Quedava un minut de la prolongació. La passada del migcampista va ser mil·limètrica fins a la cama de Xavi, que va esquivar Carvalho amb un subtil gir de cintura. Va avançar cap a l'àrea atraient dos defenses i va alçar el cap. L'Albert es va preguntar com coi era capaç de mirar al seu voltant rodejat de contraris i al mateix temps córrer amb la pilota als peus. El rellotge de l'extrem de la pantalla indicava que faltaven uns segons perquè s'acabés el temps de joc. L'àrbitre es va acostar el xiulet a la boca. Aquella era l'última jugada.

La passada amb l'exterior entre línies va ser espectacular. L'Albert va estar a punt d'ensopegar quan va saltar del seient i va enganxar la cara a la pantalla. Iniesta va aparèixer del no res a la vora de l'àrea. La defensa del Chelsea s'havia quedat desplaçada. Lampard va anar a la desesperada per intentar interceptar-lo, però sabia que arribava tard. El joveníssim migcampista es va preparar per xutar i... la imatge es va quedar congelada.

—No!

L'Albert no s'ho podia creure. Tot i que era inútil, va colpejar i va sacsejar el petit televisor fins que gairebé li va arrencar l'antena. Quan passava això, sempre trigava uns minuts abans de tornar a captar el senyal. Es va aixecar i va començar a maleir a crits Televisió Espanyola, el seu director i aquella feina de merda. D'un cop de peu, la paperera va sortir rodolant —escampant llaunes, restes de pizza i papers per terra— fins que va picar contra la porta.

De sobte, un xiulet estrident va inundar l'habitació. Al principi, l'Albert va pensar que l'havia provocat el seu rampell de fúria. Però llavors es va adonar que la meitat dels llums de la consola que omplia la paret parpellejaven histèrics. Per un instant es va oblidar del partit mentre intentava entendre què passava. Va desconnectar l'alarma acústica i va observar el quadre de pantalles.

Alguna cosa havia canviat en els gràfics. Els seus dits es van moure amb rapidesa sobre el teclat, que ocupava tota una taula sencera. Dues de les pantalles van mostrar noves imatges. Es tractava de les càmeres web de les estacions. Normalment no eren gaire útils, però aquesta vegada va detectar un canvi subtil en el paisatge que només un ull entrenat com el seu podia percebre. Va imprimir els resultats. Mentre esperava que sortissin, va seure sense deixar de mirar les pantalles i de picar a terra amb el peu esquerre, cada vegada més impacient. El brunzit de la impressora li va provocar un sobresalt. Es va llançar sobre la màquina i va estirar el paper continu que sortia amb una lentitud exasperant. Mentre llegia les columnes de dades, la inquietud inicial es va convertir en por.

Les previsions s'havien capgirat. No havia vist mai una cosa semblant. Va empassar saliva, sense saber a qui havia de trucar. Tot i que no era creient, no va parar de xiuxiuejar contínuament les mateixes paraules mentre marcava el primer número de telèfon de la llista d'emergències.

—Déu meu. Déu meu. Déu meu...

72

Quan va entrar, el que va sorprendre més a l'Àlex va ser el silenci. No se sentia el flux de l'aire de la màquina de respiració assistida perquè ja se l'havien endut. Ni tampoc el xiulet insistent del monitor cardíac, tot i que encara hi era. Li havien retirat els medicaments i una única bossa de morfina penjava del suport del degotador.

L'habitació estava gairebé a les fosques, només il·luminada pel petit fluorescent encès al capçal del llit. A través de les persianes s'entreveien els llums de la ciutat que s'esblaimaven a la llunyania, com centenars de cuques de llum.

El pare, estirat al llit, semblava que estigués dormint. El pit li pujava i baixava molt lleument sota la bata descolorida. Consumit fins als ossos, era increïble el pes que havia perdut els últims dies. Els pòmuls li sobresortien com si fossin dues illes en una cara enfonsada. Tenia els llavis tan premuts que semblaven un parell de línies blaves paral·leles, com si no volgués deixar escapar res. Era un home vell, però feia pensar en un nen petit i indefens.

L'Àlex no es va adonar de la presència del doctor Canellas fins que el metge va parlar des de la porta.

—Hola.

L'Àlex no va contestar. Es va quedar absorta mirant la posició de les mans del metge. No sabia on posar-les.

—La infecció s'ha apoderat de tot el cos. Ha entrat en coma. —Va fer una pausa—. Ja no es despertarà. Ho... ho sento.

L'Àlex el va mirar i va assentir en silenci. En Canellas li va dedicar un somriure de circumstàncies. Sense dir res més, va sortir de l'habitació i va tancar la porta a poc a poc.

L'Àlex va intentar controlar la respiració, però el paper de la màscara se li enganxava al nas amb cada inhalació. Li va semblar que l'habitació s'empetitia. Es va arrencar la màscara d'una estrebada, es va treure els guants de làtex i els va llençar a terra.

La mà li tremolava quan la va acostar a la galta del pare. Amb molta cura, com si tocant-lo encara el pogués despertar, li va acariciar la cara. Tenia la pell glaçada i tensa sobre els ossos. Li havien sortit unes petites llagues a la comissura dels llavis. Va agafar una mica de crema hidratant del pot de la tauleta de nit i l'hi va escampar fent petits cercles, a poc a poc, fins que es va dissoldre. Va recordar que quan era petita i ell li posava crema després de dutxar-se, tots dos es petaven de riure. El pare li deia que era el seu massatgista particular.

Li va pentinar una mica el serrell gris. Li va posar bé els llençols i el va acotxar. Després va seure al seu costat.

Li va agafar la mà que tenia a fora i va entrellaçar els seus dits amb els d'ell. Inconscientment, va esperar que li estrenyés la mà.

—He tornat a fallar, pare. I tu ja no ets aquí per enfadar-te amb mi. Almenys abans tenia això, i ara ho he perdut. Tampoc no et podré explicar tot el que no t'he explicat mai. —La veu se li va trencar—. No et podré demanar mai perdó.

Es va repenjar a la vora del llit i va posar el cap sobre el pit del pare. Es va adormir acompanyada pels batecs espaiats del seu cor.

El mòbil va començar a vibrar a dins de la jaqueta. L'havia deixat penjada a la cadira i el brunzit la va despertar. Quan el va treure de la butxaca, disposada a rebutjar la trucada, va veure l'hora a la pantalla; va quedar sorpresa de l'estona que feia que dormia.

Va mirar el pare mentre el telèfon li vibrava entre els dits. Havia reconegut el número de la comissaria de la Seu d'Urgell. Va sospirar i va prémer la icona verda. A l'altra banda va sentir les veus de la Vila i l'Alain parlant alhora.

—L'hem localitzat.

—Localitzat? A qui? —Amb prou feines li va sortir un fil de veu. Es notava la gola resseca com un paper de fumar.

—A la Camille Dalmau... El seu cognom de soltera és Folcaux —va exclamar la Vila—. L'hem trobat per casualitat mentre completàvem la informació de l'expedient. Ahir ens va arribar un document del Registre Civil.

L'Àlex va entretancar els ulls. No entenia el que li deia la jove agent fins que la seva ment va encaixar la informació. Camille Dalmau. La dona de l'August Dalmau! Potser l'única persona viva que podia saber què havia passat a la Colònia quaranta anys enrere perquè es desfermessin tots aquells assassinats.

—Però no estava morta?

—No li deu faltar gaire —va dir l'Alain, rient, però va parar en sec—. Ho sento.Volia dir... que deu ser molt vella.

—No n'havíem sabut res fins ara —va intervenir la Vila— perquè, d'alguna manera, havia deixat aquest món.

—Què vols dir?

—Doncs que va decidir dedicar la seva vida a Déu. —L'Àlex va sentir el repic de les tecles de l'ordinador de l'Alain—. Aviam. Sí. Ja ho tinc. La senyora Dalmau va ingressar al convent de les Sagramentàries de Vic. És una institució de clausura. Fa gairebé vint anys que hi és.

Una idea va començar a bullir al cap de l'Àlex.

—Estic suspesa i apartada del cas. Aquesta trucada us podria comprometre.

Es va fer un breu silenci.

—Ho sento, subinspectora, però no hem rebut cap comunicació oficial. Per nosaltres —va dir l'Alain—, vostè continua sent la nostra cap.

L'Àlex va somriure.

—Com que l'intendent —va continuar la Vila— no ens permet participar en el dispositiu per detenir en... en Jean... —l'Àlex va sentir com s'empassava la saliva—, pensem que la nostra obligació és continuar investigant. Encara desconeixem el mòbil dels assassinats.

—De debò pensa que va ser... ell? —va sentir que mussitava l'Alain.

L'Àlex va dir que els telefonaria més tard i va penjar.

Tant a la Vila com a l'Alain, cadascun a la seva manera, els havia afectat molt el que havia passat. Era difícil assumir que l'home que havia estat tots aquells dies treballant amb ells era el responsable d'aquells assassinats.

L'Àlex va quedar sorpresa quan es va adonar que, fins aquell moment, havia evitat enfrontar-se al que sentia. Ho amagava sota capes d'indiferència, tal com havia fet sempre. Es pensava que ho podia oblidar, però era allà, rosegant-li l'ànima.

Va tancar els ulls per deixar que els seus sentiments afloressin a la superfície.

Estava furiosa. Estava furiosa per haver sigut enganyada i manipulada, però sobretot se sentia... dolguda. L'engany d'en Cassel, o com coi es digués, li havia fet molt més mal del que volia reconèixer. Després de tant de temps, ella havia tornat a confiar en algú i havia resultat que tot era una gran mentida.

Va tornar a mirar el pare. El pit continuava repetint una vegada i una altra el mateix moviment brusc quan exhalava. Era l'única cosa que indicava que encara vivia. Es va preguntar què faria ell en el seu lloc. Es va inclinar i li va acariciar el cap amb una mà. *Sembla tan fràgil i indefens*, va pensar. Li va fer un petó als llavis, tal com feia de petita. Estaven freds i ressecs. Desprenia l'olor de la seva colònia preferida.

—T'estimo, pare.

73

El convent de les Sagramentàries estava situat en un carrer estret del nucli antic de Vic. Era una construcció sòlida de pedra sense polir. Els seus tres pisos, amb finestres enreixades, feien pensar en un edifici medieval, tot i que l'havien construït a finals del segle XIX.

Després d'insistir amb el timbre, una dona gran va entreobrir una porteta. Anava tota vestida de negre. Tenia el cos tan encorbat pel pas dels anys que havia d'alçar el cap per mirar l'Àlex. Ella li va ensenyar les credencials i la dona li va fer un gest perquè l'acompanyés per un passadís fosc que desprenia una forta olor de lleixiu.

La senyora amb prou feines aixecava els peus de terra, i el frec de la goma de les sabatilles florejades les va acompanyar tota l'estona fins a una petita sala sense finestres, amb una tauleta rodona, un armari i mitja dotzena de cadires de pell sintètica esgrogueïda pel pas dels anys. Una estufa elèctrica escalfava l'estança.

L'habitació feia la mateixa olor que fa un armari vetust que no s'obre des de fa anys. La dona li va indicar amb un gest que s'esperés i se'n va anar.

Els nervis que rosegaven l'Àlex per dins li impedien seure, i es va quedar dreta fent voltes per l'habitació.

Al cap d'uns minuts va mirar el rellotge. Havia marxat de l'hospital a primera hora del matí i pràcticament no havia dormit. Va mirar les parets que l'envoltaven. El silenci en aquell convent era tan profund que els sorolls del carrer se sentien com un eco llunyà. Li feia la sensació d'estar tancada. Odiava els llocs tancats. Va tossir. Feia una estona que notava una incòmoda opressió al pit. Va tornar a tossir. Va començar a pensar en la quantitat de pols acumulada allà dintre, i en les reduïdes dimensions d'aquella habitació. També es va adonar que hi feia una calor excessiva... L'Àlex va deixar anar un exabrupte i va interrompre la deriva dels seus pensaments. Va agafar aire i es va dedicar a controlar el ritme de la respiració.

Quan ja començava a dubtar que la dona se'n recordés que era allà esperant-se, va aparèixer acompanyada d'una altra dona de mitjana edat, robusta, baixeta, vestida amb els hàbits de l'orde.

La religiosa va convidar l'Àlex a seure, i després ho va fer ella al seu davant. Tot seguit va agafar una capsa de galetes rovellada.

—La nostra principal ocupació és elaborar pa per a l'eucaristia. Les restes no consagrades les posem a la venda com a llaminadura. En vol tastar? —va preguntar la monja, mentre obria la capsa.

—No, gràcies.

La monja va entrellaçar els dits rodanxons sobre la panxa i va somriure.

—Soc sor Maria, la mare superiora del convent. Digui'm, què pot voler la policia de nosaltres?

L'Àlex es va regirar a la cadira. La pell sintètica va grinyolar sota els seus pantalons i va dissimular un gest de desgrat. Va decidir estar-se ben quieta.

—Em sap greu molestar-les, germana. Estic fent una investigació i necessito la seva ajuda.

—La nostra ajuda? —va preguntar, sense dissimular la incredulitat—. No sé si sap que aquest convent és de clausura. La regla només ens permet parlar entre nosaltres uns pocs minuts al dia. Ningú d'aquesta congregació té cap mena de contacte amb l'exterior excepte jo, a causa del meu càrrec. No sé pas com la podem ajudar...

—Necessito parlar amb ella.

El posat relaxat de la religiosa va desaparèixer i una expressió d'alarma li va travessar la cara. L'Àlex va veure que la dona dubtava de si li oferia una resposta o no. Finalment es va decidir.

—No rep visites. No ha vist ningú des de fa anys.

L'Àlex es va inclinar cap a la mare superiora i li va repenjar la mà sobre el braç. Sor Maria es va sobresaltar: segurament feia molt de temps que no l'havia tocat cap altre ésser humà de fora d'aquells murs.

—A veure. Vostès s'ocupen del mal espiritual, i jo m'ocupo del mal terrenal. Comprenc les seves reticències, però estem parlant d'un cas excepcional. Aquesta dona té una informació que no té ningú més. El seu testimoni pot ser determinant per detenir un assassí que té la intenció de tornar a matar en les pròximes hores.

—I parlant amb ella aconseguiran... atrapar-lo?

—Sense cap mena de dubte —va mentir l'Àlex amb convicció. De fet, havia anat al convent per una intuïció, però el més probable era que aquella visita la dugués a un altre carreró sense sortida.

Sor Maria va mirar cap a un costat, tenia les galtes enceses. Els seus dits van buscar el crucifix que portava penjat al pit mentre els ulls reflectien la lluita interior que mantenia. Va començar a negar amb el cap.

—Hauria de parlar amb el bisbat...

L'Àlex va decidir jugar la seva última carta.

—El temps és crucial. L'assassí tornarà a actuar en qualsevol moment. Si ho fa, està disposada a assumir-ne la responsabilitat? Podrà viure amb aquest pes a la consciència?

—Entre aquestes parets, Déu és l'únic que ens pot jutjar.

—Doncs ensorraré aquestes parets. —L'Àlex va deixar sortir la ràbia acumulada durant tots aquells dies—. Tornaré amb una ordre judicial i m'asseguraré que es munti un bon sidral. Els mitjans de comunicació sabran que per culpa de la seva negativa han assassinat una persona. El seu estimat convent sortirà a tots els noticiaris del país. Les càmeres faran guàrdia a la porta dia i nit durant setmanes.

—Vostè... vostè seria capaç de...? —La dona la mirava horroritzada.

—D'això i més, germana.

Els ulls de la religiosa es van humitejar. L'Àlex es va

sentir culpable per haver-la pressionat d'aquella manera, però no tenia cap altra sortida. I si la dona decidia trucar als seus superiors o a la comissaria, tot s'hauria acabat.

La religiosa es va aixecar.

Sor Maria caminava a bon ritme pel claustre interior de l'edifici seguida de l'Àlex, que intentava dissimular els nervis. Es van creuar amb dues germanes que van passar pel seu costat sense alçar la vista o mussitar ni una paraula. Més que caminar, a l'Àlex li va semblar que les monges suraven com si fossin éssers irreals.

La mare superiora va treure de dins de l'hàbit un manat de claus i va obrir una porta que hi havia en un extrem del pati. Quan la va empènyer cap endins, les frontisses van grinyolar pertorbant el silenci que les envoltava. Davant seu, uns esglaons de pedra s'endinsaven en la foscor.

—La germana Úrsula, tal com la vam anomenar quan va ingressar aquí, fa molts anys que no té contacte directe amb cap altre ésser humà. Per a la comunitat és un exemple de pietat i de sacrifici —va explicar la mare superiora mentre baixaven per l'escala.

Finalment van accedir a una sala circular excavada a la roca, il·luminada per la tènue llum d'un fluorescent i amb mitja dotzena de petites portes.

—Va arribar aquí amb l'esperit molt alterat. —La veu de la religiosa era un murmuri que l'Àlex amb prou feines podia sentir—. Quan va demanar l'admissió a la nostra congregació només va posar una condició: que se li permetés adoptar la regla més estricta de la clausura. Segons les seves paraules, necessitava purificar-se.

—Quina és aquesta regla?

—Aïllament total per a la comunió de l'ànima amb Déu.

Es van aturar davant d'una de les portes, indistingible de les altres. Tenia una finestreta a l'alçada del pit de la qual sobresortia una mena de lleixa. Sor Maria la va assenyalar.

—Dos cops al dia posem una safata amb menjar en aquesta lleixa. Ella mateixa la gira des de dins i, quan acaba, torna la safata. Només la podrà veure si ella hi està d'acord. Escrigui una nota i l'hi farem arribar. Si ella accepta parlar amb vostè, tornarà a girar la lleixa amb una peça rodona semblant a una moneda.

La mare superiora li va donar una llibreta petita i un bolígraf Bic.

—Escric el que vulgui?

—Sí. Amb lletres grosses. La germana no té gaire bona vista.

L'Àlex va reflexionar uns instants i després va escriure una sola paraula. Va desitjar amb totes les seves forces que fos suficient. Si la intuïció que l'havia portat fins allà no era errònia, n'hi hauria prou.

Sor Maria va col·locar el paper doblegat sobre la lleixa i la va fer girar. El silenci les va acompanyar mentre esperaven. Al cap de cinc minuts, la religiosa va negar amb el cap i va fer un gest a l'Àlex perquè la seguís cap a la sortida.

—Ho sen...

Un grinyol les va paralitzar. Van mirar cap a la porta. Sobre la lleixa hi havia un petit disc de fusta.

74

L'intendent Cruz, assegut en un racó de la furgoneta Renault, intentava dissimular el morat que li cobria el pòmul i part de l'ull esquerre, resultat del cop de puny de la subinspectora. El metge li havia dit que tenia una fissura. Li havia donat calmants, però encara li feia mal.

Filla de puta. Segur que és lesbiana o alguna cosa d'aquestes, va pensar. L'havia agafat desprevingut. Per això havia caigut a terra després de rebre el cop de puny, i també perquè s'havia entrebancat amb la cadira. En realitat, aquella dona era una nyicris. Això sí, se la carregaria, i fort. Ja se n'ocuparia ell, que l'expulsessin del cos.

Va observar els homes que l'envoltaven a l'interior del vehicle. Tots duien la cara tapada amb els passamuntanyes. El grup d'assalt estava format per deu efectius del RAID, el cos d'elit de la policia nacional francesa. Havien arribat des de Bièvres, als afores de París, aquella mateixa matinada.

Havia d'admetre que infonien respecte. El més baixet d'aquells policies li passava més d'un pam, i això que en Cruz no era pas baix. Però el que més impressionava era que estiguessin tan callats mentre s'ajustaven les armilles i es posaven els pesats cascos MSA Gallet. Anaven equipats amb subfusells H&K MP5 de carregadors llargs i amb pistoles semiautomàtiques Glock. Amb una precisió metòdica revisaven a consciència les armes. Enfundats en aquella roba negra, semblaven molt perillosos. En Cruz va somriure. Seria bufar i fer ampolles. Era conscient que com que estaven en territori francès, el seu paper era el d'un simple observador, però ja s'encarregaria de preparar la seva versió quan tornés a Espanya perquè el mèrit d'aquella operació se li atribuís a ell.

Des de bon principi no li havia agradat aquell franxutis. En Cassel, Levine, o com es digués, els havia enganyat totalment amb les seves maneres tan educades i la seva pinta de pelacanyes. De fet, la millor manera per evitar que et descobreixin és formar part de l'equip que investiga els crims que tu mateix has comès. Per això sempre havia anat un pas per davant d'ells. S'havia de reconèixer que havia sigut molt intel·ligent. Els mitjans de comunicació els podien destrossar pel que havia passat, però per sort l'atraparien i la notícia de la detenció eclipsaria els errors. I a les males, la Serra era la responsable de qualsevol pífia en la investigació, incloent-hi el fet d'haver admès en Levine al seu equip. Tot això quedaria reflectit a l'informe.

Va sentir una paraules xiuxiuejades en francès. Davant seu, un home més baix que els altres, però no menys corpulent, s'adreçava a l'equip. El comandant

Brasset estava impartint les últimes instruccions als agents. Al seu costat hi havia una dona, una negociadora que havien avisat pel cas improbable que fallés l'assalt i en Levine s'atrinxerés a la casa.

A l'exterior s'hi havia concentrat un altre grup d'assalt, i tres franctiradors estaven apostats a les teulades del voltant de la casa, situada en una de les sortides del poble, una mica separada del nucli urbà, cosa que minimitzava la possibilitat de danys colaterals.

Era un habitatge de dues plantes, de pedra vista i amb la teulada de pissarra negra. Un mur d'encara no un metre envoltava la finca. No es diferenciava de cap de les cases de la zona, tret que, amb el jardí descuidat, semblava deshabitada. Ningú no hauria dit que era el cau d'un assassí. La parcel·la era força gran, excepte pel costat del riu, atapeït d'arbres, herbes altes i matolls, cosa que faria més difícil l'aproximació dels agents.

El comandant Brasset va esperar que tots els equips informessin que estaven en posició, després es va acostar l'emissora a la boca i va donar l'ordre.

Van sortir de la furgoneta Renault amb rapidesa. En Cruz va notar que l'excitació l'envaïa mentre travessava el carrer mig ajupit. No anava armat. Li havien dit que podia participar en l'operació sempre que es quedés enrere.

L'equip es va desplegar davant de la casa parapetant-se en el mur. Tot i que no veia l'altre equip d'assalt, en Cruz sabia que també estava en posició gràcies a la comunicació per ràdio.

Els agents de la gendarmeria s'havien distribuït pel poble per evitar que els veïns sortissin de casa i per tancar els carrers més propers a l'objectiu. Per això, a aquelles hores del matí el poble semblava deshabitat. Només els lladrucs llunyans d'un gos alteraven el silenci.

Tot d'una, es va sentir el soroll d'uns quants motors. Al cap de pocs segons, va aparèixer un monovolum al principi del carrer. Es va aturar al costat dels vehicles policials que tallaven el pas. En una altra barrera, situada en un carrer particular, van aparèixer dos cotxes més. Un tros enllà, per la carretera principal que accedia a Aulús, s'aproximaven més vehicles. Tots portaven impresos els logotips de ràdios i televisions espanyoles i franceses als laterals.

—Merda! —va exclamar el comandant Brasset.

Uns quants operadors de càmera van buscar un bon lloc per obtenir la millor presa, mentre que alguns periodistes ja començaven a fer proves de micròfon. Els gendarmes se'n van veure un bull per poder-los contenir.

—Qui ha filtrat l'operació als periodistes?

En Cruz no va contestar al comandant i va intentar mostrar-se tan indignat com ell. Mentalment, però, no parava de repetir-se: *el que no es comunica, no existeix*. En Brasset va brandar el cap i va sospirar. Va fer una última mirada a en Cruz amb desconfiança i es va inclinar cap a l'emissora.

—*Entrez* !

Un grup d'homes va sorgir d'entremig dels arbres i es va desplegar corrent sobre el terreny. Al davant de tot hi anaven tres agents amb escuts antibales. Al mig del primer equip, un policia molt corpulent arrossegava un ariet. En pocs segons van arribar a la porta de la casa. El cap de l'equip va indicar amb senyals que se separessin.

La meitat del grup es va disposar en dues files als dos costats de l'entrada amb les armes a punt, mentre l'altra meitat s'apostava a les finestres. En el moment que van començar a llançar granades sòniques a l'interior, l'agent que empunyava l'ariet va arremetre contra la porta. Amb dos cops en va tenir prou per esbotzar el pany i obrir-la amb un gran estrèpit. Els homes situats als costats van entrar a dintre cridant: «*Police*!».

En Brasset li va fer un senyal i van avançar cap a la casa. En Cruz es va girar. Les càmeres els enfocaven. Va somriure. El seu ascens era cada vegada més a prop.

75

La porta de la cel·la es va entreobrir i una bafarada d'aire calent va sortir de l'interior. L'Àlex va inclinar el cap i es va disposar a entrar. Sor Maria la va agafar del braç.

—Sigui prudent. És molt vella. I, sobretot, no la toqui.

L'Àlex va assentir i, després de desfer-se de la mà de la religiosa, va entrar a la cel·la. Els sons de l'exterior van quedar esmorteïts com si hagués caigut a dins d'un pou. La foscor era tan densa que, per un moment, va tenir la temptació de tornar a sortir. Llavors va sentir una crepitació i una flama va il·luminar el petit cubicle. D'aquesta manera, va poder distingir els contorns d'un catre, una taula al centre i una solitària cadira on hi havia asseguda una figura encorbada al costat d'una espelma encesa. La porta es va tancar de cop darrere seu i l'Àlex va notar que el pànic la començava a envair per dins. Va tancar els punys i va respirar fondo dues vegades, malgrat l'olor nauseabunda. La figura no es va moure fins que l'Àlex s'hi va acostar i es va inclinar al seu costat.

—No ets ella.

Les paraules, amb un fort accent francès, van sorgir amb dificultat de la boca de la vella.

—No, senyora Dalmau. No ho soc.

L'Àlex no aconseguia distingir-li la cara, oculta pels hàbits, fins que la dona es va girar a poc a poc i la llum de l'espelma la va il·luminar. Va empassar saliva quan va reconèixer les faccions de la dona de mirada freda que havia vist en aquell retrat de la mansió Dalmau. El pas del temps i les dures condicions de la clausura havien fet estralls. El preciós rostre de la Camille Dalmau s'havia convertit en una màscara deforme de pústules i llagues. Els seus llavis tremolosos eren una fina línia de carn sense color. Un vel blanc li cobria els ulls.

—Fa molt de temps... Ningú em diu així, ja.

L'Àlex va decidir anar per feina. La senyora Dalmau o la mare superiora podien canviar d'opinió en qualsevol moment.

—Vull saber què va passar.

L'Àlex va posar sobre la taula la vella fotografia que algú havia fet tants anys enrere a la Colònia i la va acostar a la llum de l'espelma. La vella va emetre una mena de soroll ressec mentre s'estremia, i l'Àlex es va alarmar fins que va veure que la dona estava rient.

—Amb prou feines la puc veure. —Va callar un moment—. Però no em cal, perquè recordo molt bé aquesta foto.

—Coneix les persones que hi surten?

—Oi tant. En Simón, el sanguinari gos guardià del

meu marit; el pare Guifré, sempre anhelant jovenets al seu voltant; en Kreutz, el traïdor de la seva gent; el director de la fàbrica, en Latour, un miserable llepaculs; el doctor Foix, sempre tan arrogant; i, finalment, el meu marit, l'August, el més idiota de tots.

—Què significa per a vostè aquesta... aquesta imatge?

—La nostra condemna eterna.

—Què vol dir?

La dona es va acostar a l'Àlex com si li volgués fer una confidència. Amagava alguna cosa entre els plecs de la roba, però no l'hi deixava veure. Els seus ulls velats es van clavar en ella abans de parlar. Li va fer recordar un pregadéu a punt de devorar la seva presa.

—Jo estava desolada perquè no podia engendrar un hereu per al meu marit. I ell no va trigar a ser-me infidel. Escollia les treballadores més atractives i les col·locava a la mansió. L'August era insaciable. —Va fer una pausa—. Jo sempre vaig confiar en l'Altíssim i resava, resava moltíssim. Quan ja començava a perdre les esperances, Déu es va compadir de mi.

—De quina manera?

—Em va fer un regal.

—Quina mena de... regal?

—Un del cel.

Va tornar a fer el mateix soroll ressec. Aquesta vegada a l'Àlex li va fer recordar el grall d'un ocell.

—Es refereix a la Béatrice? A la seva filla?

—No!

La mà arrugada de la vella es va tancar sobre el canell de l'Àlex amb una força inesperada. Li va clavar les ungles trencades a la carn. La dona va enganxar el seu rostre al de l'Àlex, que estava completament desconcertada. La pudor d'orins que desprenia li va provocar un principi de nàusea. La veu de la Camille Dalmau es va transformar en un xiuxiueig inintel·ligible.

—No vaig voler saber mai res de... d'ella. Aquesta miserable. Miserable... —De la comissura dels llavis li va caure un fil de saliva. La seva expressió era pur ressentiment. De sobte, les faccions se li van endolcir i va somriure, mostrant tres o quatre dents ennegrides—. En canvi, ell... Ell era com un sol resplendent, un àngel.

—Ell?

—Me'l van arrabassar. L'August deia que era dèbil, que no servia per a res, i el va apartar de mi. La va preferir a ella.

—De qui parla?

La vella, com si no l'hagués sentit, la va deixar anar i es va girar d'esquena. Després de proferir uns quants gemecs planyívols, es va abraçar a si mateixa i es va començar a balancejar endavant i endarrere a la cadira. L'Àlex es va posar dreta i va descobrir què amagava entre la roba. Era un nino de plàstic al qual li faltaven els ulls i una cama. La Camille Dalmau el tenia entre els braços tal com faria una mare amorosa.

—El meu nen. El meu nen...

L'Àlex li va posar una mà al braç per intentar consolar-la, però ella es va regirar furibunda i la va mirar amb sorpresa.

—Qui ets? Qui ets, tu? Has vingut per endur-te el meu nen?

Sense esperar cap resposta, va començar a cridar.

L'Àlex es va apartar i, espantada, va anar cap a la porta. Va picar insistentment la finestreta amb els punys, però sor Maria no responia. Els esgarips de la vella retrunyien a les parets de la petita cel·la. Tot d'una, la dona va callar de cop. L'Àlex va parar de picar la porta i va mirar la senyora Dalmau. La vella s'havia aixecat i l'observava amb una expressió malèvola. Sense deixar de mirar-la, va alçar la mà i la va deixar caure sobre l'espelma. Amb un lleu borbolleig, l'habitació va desaparèixer engolida per les tenebres. L'Àlex es va enganxar d'esquena a la porta, va recordar la foscor que sorgia de la nena dels seus malsons i va notar que el pànic s'apoderava d'ella.

L'espetec del pany li va semblar un so meravellós. La porta es va obrir i l'Àlex va deixar anar un esbufec d'alleujament. Mentre sortia de la cel·la va sentir que la Camille Dalmau entonava en xiuxiuejos una cançó de bressol.

L'Àlex va respirar fondo, agraïda de tornar a notar el fred de la sala circular. Va sentir l'olor que li impregnava la roba i li va venir fàstic. S'havia equivocat pensant que la degradació de la senyora Dalmau era a causa del temps i de les condicions de la reclusió. Hi havia una cosa que la consumia amb més intensitat: l'odi.

Sense dir res, sor Maria va començar a pujar l'escala i l'Àlex la va seguir. A dalt les va rebre la llum del sol. Van travessar el claustre i la mare superiora la va acompanyar fins a la sortida. L'Àlex va agrair el silenci. No tenia prou forces per mantenir una conversa.

Quan es disposava a travessar la porta i sortir al carrer, la mare superiora la va aturar amb la mà.

—Em permet fer-li una pregunta, subinspectora?

—Esclar que sí, mare.

—La germana Úrsula no havia acceptat mai que ningú entrés a la seva cel·la en més de deu anys. Què hi ha escrit al paper perquè hagi passat aquest miracle?

L'Àlex, com a resposta, li va donar el paper que havia recuperat de la cel·la de la Camille Dalmau i es va acomiadar.

Sor Maria va tancar la porta i els sons del carrer es van quedar a fora. Va caminar pel passadís seguida per l'ombra allargada del seu hàbit. Va respirar amb alleujament. La pau del convent havia estat pertorbada amb la visita de la dona policia però, per sort, tot tornava a la normalitat.

Va desdoblegar el paper que li havia donat i va llegir l'única paraula escrita: «Béatrice».

76

En Cruz amb prou feines podia contenir la ràbia. Era a fora de la casa, al costat del porxo, esperant-se al peu de les escales. El comandant francès, que li donava l'esquena tres esglaons més amunt, li havia prohibit que avancés més. No entenia què estaven fent allà dins. Des que els homes del grup d'assalt havien entrat, el temps per a en Cruz transcorria molt a poc a poc. Quantes hores necessitava aquella gent per reduir una sola persona? Era possible que oferís tanta resistència? Si fos el cas, s'haurien d'haver sentit trets. Mort li feia el mateix servei per als seus interessos, però una detenció, les fotos de l'emmanillat i el posterior procés judicial seria més mediàtic. Què coi estaven fent?

Va mirar a dreta i esquerra, cap als carrers laterals. Des que el grup d'assalt RAID havia abandonat la posició inicial i havia entrat a la casa, s'hi havien concentrat una desena de mitjans de comunicació que esperaven, tan ansiosos com ell, el desenllaç. Va repassar les declaracions que tenia pensat fer quan sortissin amb en Levine emmanillat.

Finalment, un agent amb passamuntanyes va sortir a la porta i li va fer un senyal al seu cap. El comandant Brasset va anar cap a la casa. En Cruz, tot i que no li havien indicat res, va fer el mateix i va seguir l'oficial francès mentre intentava amagar l'excitació que sentia.

El policia del passamuntanyes, que els esperava davant de la porta destrossada, es va acostar a l'orella del comandant i li va xiuxiuejar unes paraules. A la mà hi duia un mòbil que va entregar al seu superior. En Cruz va veure que l'expressió del comandant es crispava i deixava anar uns quants renecs. El francès d'en Cruz no era gaire bo, però estava clar que alguna cosa no havia anat tal com esperaven.

—Què passa? —va preguntar en Cruz al comandant.

—Segueixi'm —va respondre amb brusquedat.

Van travessar un passadís ple d'agents que s'apartaven al seu pas. Un altre policia, amb el subfusell creuat al pit, els esperava al costat de la porta oberta que es veia al fons. Des d'allà, una escala descendia al soterrani. El comandant va baixar els esglaons amb en Cruz darrere seu.

L'habitació estava a les fosques, però en Cruz va poder veure que el sostre amb bigues era baix i això els obligava a caminar ajupits. El terra de ciment esmorteïa els seus passos. Tot d'una, va notar que alguna cosa li tocava el braç i es va espantar. Fos el que fos, va sortir volant. Després va notar una mena de carícia entre els dits i fer una manotada a l'aire.

—Què collons...?

La pregunta va quedar a mitges quan es van encendre els llums. Els fluorescents de llum blava van parpellejar un instant abans d'il·luminar l'estança. L'equip d'assalt havia restablert el subministrament. Dotzenes de papallones voletejaven espantades. N'hi havia pertot arreu.

En Cruz va distingir sota les escales una gàbia allargada de malla gairebé tan alta com ell. Tenia la porta oberta de bat a bat. Tot i que encara hi quedaven algunes papallones a dins, la majoria s'havien escapat i ara envaïen el soterrani. Va dissimular una ganyota de fàstic. Odiava els insectes.

Va intentar ignorar les papallones i va examinar l'habitació. En un racó hi havia una estufa de ferro colat amb una pila de llenya al costat. Dos parells d'esquís amb el logo mig esborrat dels Jocs Olímpics de Grenoble de 1968 i un parell de raquetes de neu penjaven en una de les parets, al costat d'una prestatgeria atrotinada on s'acumulaven sense cap ordre llibres i exemplars vells de *Nature*.

Una taula de despatx d'estil industrial ocupava la paret del fons. El comandant va encendre un llum articulat dels que fan servir els restauradors i va il·luminar set carpetes gruixudes tancades amb gomes. Totes tenien al davant un paper adhesiu on algú hi havia escrit un nom i uns quants números. En Cruz s'hi va acostar i en va obrir una a l'atzar. Un feix de documents es va escampar per sobre la taula: fitxes i informes del Departament de Policia, còpies d'anàlisis forenses, registres de trucades i una relació de moviments quotidians. *El malparit ha fet un expedient de cadascuna de les seves víctimes*, va pensar en Cruz.

Va girar el llum cap a la paret i unes quantes papallones van alçar el vol. Amb la claror, va poder veure un mural confeccionat amb dotzenes de fotografies i retalls de diari que cobria tota la paret.

Quan s'hi va acostar més, en Cruz va reconèixer moltes de les persones retratades a les imatges: l'enginyer Latour, el rector Guifré, en Simón, el doctor Foix... Hi havia fotos de tots els objectius d'en Levine. Moltes estaven fetes amb teleobjectiu al carrer, mentre conduïen o dins d'una casa. Pel que semblava, en Levine havia seguit les víctimes durant molt de temps abans de cometre els assassinats. Uns traços de color vermell travessaven la paret de banda a banda, com una teranyina, i connectaven cadascuna de les fotografies. Totes acabaven al mateix punt. Just al centre, la fotografia de la senyora Dalmau apareixia envoltada d'un traç gruixut que semblava un cercle fet amb sang.

Va tornar a mirar la taula i es va fixar en una altra fotografia que sobresortia entre les carpetes. La va agafar. Quan la va posar sota la llum, va quedar blanc de cop. La seva pròpia imatge li tornava la mirada.

En aquell moment va notar una presència a la seva esquena i, dissimulant, es va amagar la foto a la butxaca dels pantalons. El comandant Brasset el va mirar amb gravetat.

—A la casa no hi ha ningú.

L'oficial francès va alçar mà i li va ensenyar un telèfon.

—És d'en Marc Levine. Sembla que ho ha deixat tot així expressament. Com si hagués volgut que trobéssim aquest lloc.

Una papallona va sorgir de la foscor i es va posar sobre el mòbil desplegant les seves ales verdes.

Quan van sortir de la casa, els van rebre els flaixos de les càmeres i les veus dels periodistes. Es va aixecar vent i tots es van encongir dins dels seus abrics. En Cruz va mirar les muntanyes. Com si fos una premonició del que passaria amb la seva carrera, va observar que els núvols tapaven els cims i enfosquien el cel fins a quedar completament negre. Era difícil que aquell dia pogués ser pitjor.

El telèfon d'en Cruz va vibrar a la seva butxaca. Era la jutge Andrés. Va rebutjar la trucada. No suportava aquella dona i ara li hauria d'explicar que havia fracassat. No només no havia detingut el responsable dels assassinats, sinó que no tenia ni idea d'on era. El seu cap va començar a buscar excuses. Potser hi podria involucrar la subinspectora. Sí, esclar. L'assassí i ella eren amics. O potser més que amics. Ella l'havia avisat de l'operació. Això mateix. La subinspectora Serra hi estava implicada. A vegades, en Cruz quedava meravellat de la capacitat que tenia per trobar solucions.

Un cotxe sense identificació, excepte per la llum blava sobre el quadre de comandaments, va aparèixer al final del carrer. Els gendarmes el van deixar passar després d'una breu conversa amb el conductor. Es va aturar a l'exterior de la casa. Del vehicle en van baixar l'Alícia Vila i l'Alain Ribas acompanyats d'un gendarme. Amb expressió circumspecta, van anar fins on era en Cruz.

L'intendent no es va molestar a dissimular la mala cara.

—Què hi fan vostès dos aquí? No els vaig dir que estaven apartats del cas fins a nova ordre?

—La jutge Andrés ha sol·licitat una comissió rogatòria per la via d'urgència —el va interrompre la Vila amb un gran somriure.

—Intendent Cruz, queda detingut —va dir l'Alain amb veu greu, com si hagués estat assajant la frase durant hores.

Amb un gest va indicar al gendarme que s'avancés. En Cruz el va mirar atònit. Va començar a fer una riallada, però l'expressió dels dos policies l'hi va tallar en sec. Abans que pogués articular cap paraula, el gendarme el va emmanillar i li va indicar que anés cap al cotxe.

—Però què vol dir això? Que esteu de broma?

—No, no és cap broma, senyor Cruz —va dir la Vila mentre ficava la mà a la butxaca de l'abric—. Aquí mateix porto l'ordre de detenció internacional. Se l'acusa d'organitzar i promoure els atemptats contra les instal·lacions de l'estació d'esquí Vall de Beau.

El gendarme li va posar la mà sobre el cap per ajudar-lo a entrar al cotxe. Quan va seure, les manilles se li van clavar als canells. Aquella situació era tan irreal com si estigués al mig d'un malson i no pogués despertar-se'n. Una llum molt potent el va enlluernar. Va mirar a través de la finestra. Tots els periodistes, fotògrafs i càmeres havien superat la barrera policial i s'arremolinaven al voltant del cotxe.

S'havia equivocat. El seu dia havia aconseguit empitjorar.

77

—No recordo que la senyora tingués cap cita avui... —va dir la serventa.

L'home va somriure i amb amabilitat, però també amb fermesa, va apartar la dona de la porta i va entrar a la mansió Dalmau perseguit per l'alarmada serventa.

—Estic segur que em rebrà sense problemes —va assegurar mentre es dirigia cap a l'estança on suposava que devia ser la propietària de la casa.

La Béatrice Dalmau va dipositar l'exemplar de *La vita nuova* a la tauleta i es va aixecar del seient quan les portes es van obrir d'una revolada. L'habitació estava en penombra. Un llum d'estil Tiffany era l'única font de claror al quarto.

—Tinent, quina alegria tornar-lo a veure!

—Em sap greu, senyora —es va excusar la serventa, amb la veu escanyada, des de darrere d'en Levine—. He intentat...

—No pateixis. De fet, l'estava esperant —va dir la Béatrice.

Portava un conjunt gris que s'ajustava perfectament a les corbes del seu cos. Com sempre, no deixava gens de pell descoberta, excepte la cara. Tot i així, era molt atractiva. Va travessar l'habitació per anar fins a una tauleta que feia de moble bar.

—Fa fred, potser li ve de gust alguna cosa. Un licor? Potser un conyac?

—Prendré el mateix que vostè, gràcies.

Davant de la mirada inquisitiva de la serventa, la Béatrice va fer un petit gest amb la mà.

—Jo mateixa serviré les begudes. Pots retirar-te.

En Levine va esperar que la dona se n'anés i tot seguit va tancar la porta.

—La meva majordoma encara em tracta com si fos una nena... —va comentar la Béatrice, mentre servia una generosa quantitat de beguda a cada got—. Sempre m'ha fet de mare. La mare que, en realitat, no vaig tenir mai.

—Em sap greu.

—Oh... —El va mirar amb un somriure—. No volia dir això exactament. La Camille va ser una bona mare, a la seva manera. De petita em va inculcar una formació extremament religiosa. Era molt piadosa. Tot el dia estava resant. Es passava moltes hores tancada al seu quarto. Ningú no hi podia entrar. Una vegada —la cara se li va enfosquir—, em vaig atrevir a desobeir-la i em vaig esquitllar a la seva habitació. Ja sap, la típica curiositat d'una nena. Aquell espai era com un santuari, ple d'espelmes, escapularis i creus a la paret. De fet, feia la mateixa olor que una església. Jo estava tan fascinada que no me'n vaig adonar: ella va entrar en aquell moment. Em va castigar, esclar. Ho feia sovint. —La Béatrice va fer una pausa dramàtica—. Pel meu bé. Em tancava al soterrani durant hores i m'obligava a aprendre'm passatges sencers de la Bíblia a la llum d'una espelma. Fins que no me'ls sabia de memòria, no sortia. Afirmava que la meva malaltia era un càstig de Déu... —La Béatrice va fer un gest desdenyós amb la mà—. Però vaja, són coses del passat. D'altra banda, aquella seva manera de ser em va fer sentir molt més unida al meu pare. Tothom té alguna història trista a la seva família, oi?

En Levine va tancar els punys sense adonar-se'n.

—Té tota la raó del món —va dir.

La Béatrice es va girar amb els gots plens a la mà i va tenir un sobresalt quan el va veure allà dret, molt a prop d'ella.

—Perdoni, quina falta d'educació. No l'he convidat a seure.

Ell va dubtar un instant abans d'asseure's a la butaca que li assenyalava la dona. La Béatrice també va seure. Els seus preciosos ulls el van mirar amb entusiasme.

—Estimat tinent, coneix les llegendes sobre la creació dels Pirineus?

—La veritat és que no. Soc d'un poble de la costa, a prop de *Marseille*. Les muntanyes, per a mi, són un misteri.

La Béatrice el va observar durant uns segons.

—Hi ha moltes històries, però la meva preferida diu que Hèrcules es disposava a enfrontar-se a Gerió, un monstre gegantí format per la unió de tres cossos. Pel camí va demanar allotjament al rei Bèbrix, pare de la princesa Pirene. Hèrcules va beure més del compte i va seduir la princesa prometent-li matrimoni, tot i que no pensava pas complir la promesa. Després de passar la nit amb ella, Hèrcules se'n va anar, la va abandonar i la va oblidar. Al cap d'uns mesos, Pirene va donar a llum una serp. Aterrida, la jove va marxar del palau i va fugir a un bosc dels voltants. Allà la van devorar les feres. Quan va tornar de derrotar Gerió, Hèrcules va trobar les restes de la princesa. Les va enterrar, va alçar sobre el sepulcre un immens mausoleu de pedra i va batejar totes les muntanyes amb el nom de la noia desgraciada.

—És a dir, que els Pirineus van néixer a partir d'una desgràcia.

—No és així com comencen totes les històries boniques?

—Té raó, sense tragèdia no és possible la redempció.

Per uns instants, la Béatrice va semblar torbada.

—M'ha de perdonar. Sempre que em visita algú no paro de xerrar. Estic molt contenta que hagi vingut. Però, digui'm, és per alguna cosa relacionada amb el cas?

—Podríem dir que sí.

La Béatrice va somriure i el rubor li va pujar a les galtes.

—Que misteriós que és, vostè!

78

L'Àlex va tocar el clàxon i va maleir en veu alta el Ford Fiesta que havia avançat el camió de pinso i que encara circulava pel carril esquerre. Sortir de Vic li havia costat molt més del previst. La roba li continuava fent l'olor d'aquella cel·la espantosa on la Camille Dalmau s'havia enterrat en vida. Circulava per l'autopista C-16 mentre el seu cap anava encaixant les peces del puzle en què s'havia convertit aquell cas.

Encara no ho acabava d'entendre del tot, li feia pensar en un estereograma. Aquell joc òptic li encantava quan era petita. S'havia de desenfocar la vista per captar les diverses perspectives de la imatge. A primer cop d'ull no tenia cap sentit. De mica en mica, quan t'hi acostaves, es revelava la imatge oculta.

Les notes de «Mad World» de Gary Jules que sortien dels altaveus de la ràdio es van interrompre per donar pas a un butlletí urgent de notícies. A mesura que s'acostava a les muntanyes, l'emissió s'omplia d'interferències.

... registrat pel Centre Meteorològic de Catalunya... el sistema de baixes pressions col·lidirà amb el sistema d'alta pressió que s'està formant... La diferència entre pressions provocarà vents de més de setanta quilòmetres per hora... una baixada extrema de les temperatures i la forta nevada que s'espera per avui... les condicions meteorològiques a la zona pirinenca seran extraordinàries... No s'havia vist res igual en dècades... s'aconsella que durant les properes hores la gent no surti de casa i s'evitin els desplaçaments. Han tancat les estacions d'esquí de... Activada l'alerta roja a tota la comarca. Les principals vies tancades al trànsit...

L'Àlex no va poder sentir la llarga llista de carreteres amb problemes. L'emissió es va interrompre i dels altaveus només en sortien xiulets i veus entretallades. Va moure el dial de la ràdio, però no va servir de res. Finalment va decidir apagar-la. Va tancar amb força les mans sobre el volant i va esbufegar. L'alè es va convertir en un núvol de baf. Va començar a ploure.

Al cap d'uns minuts va deixar l'autopista i va agafar la carretera nacional. Anava avançant els escassos vehicles que trobava. En aquella zona plovia amb més intensitat i les escombretes no donaven l'abast per eixugar tota l'aigua del parabrisa. De tant en tant apareixien llums en sentit contrari que l'obligaven a entretancar els ulls. Quan faltaven dos quilòmetres per arribar a Ger, el mòbil va començar a sonar.

Va acceptar la trucada i la veu del doctor Canellas va sorgir dels altaveus del mans lliures.

—Àlex?

—Sí.

—On és?

—Estic conduint. Digui'm.

A l'altra banda de la línia, el metge va trigar uns quants segons a respondre.

—El seu pare s'ha mort.

La carretera es va fer borrosa de cop.

—Em sent?

—Sí —va respondre l'Àlex amb un fil de veu.

—Em sap molt de greu. Si puc fer...

L'Àlex va tallar la comunicació. El silenci sobtat li va caure a sobre com una llosa. Intentava respirar, però no podia. El terror de seguida la va inundar per dins sense que res el frenés. Va deixar anar un gemec. Les mans li van començar a tremolar sobre el volant. La carretera es va balancejar davant seu. El Wrangler va fer una ziga-zaga i va envair el carril contrari. Un camió que hi circulava va haver de maniobrar per esquivar-la.

L'Àlex necessitava sortir del cotxe.

Ho havia de fer.

Ara mateix.

Va enfonsar el peu al pedal del fre i el tot terreny va derrapar fins que es va quedar entravessat al mig de la calçada. Una furgoneta de repartiment que circulava darrere seu la va passar per l'esquerra alçant una onada d'aigua. El furiós toc de clàxon que li va dedicar es va perdre enmig del brogit de la tempesta.

L'Àlex va baixar del cotxe i va estar a punt de caure a terra, les cames no l'aguantaven. Els fars del cotxe la il·luminaven mentre la pluja la crivellava. Va deixar que li caigués a sobre, que l'amarés. Al cap de poc, el cos li va començar a tremolar encongit pel fred i la pena.

Es va adonar que a pocs metres hi havia una rotonda. Un senyal indicava la direcció a Puigcerdà. Era només a onze minuts de l'hospital.

Va mirar les muntanyes. Feia la impressió que el cel havia caigut sobre la terra. La Vall Tova havia desaparegut devorada per una massa de núvols que es recargolava com si estigués viva.

Va cridar.

Va cridar fins que es va quedar sense veu, tancant els punys, intentant desprendre's d'aquella sensació de solitud, però va ser inútil.

Es va deixar caure de genolls sobre l'asfalt, es va inclinar endavant. Es volia quedar allà. No fer res, no moure's. Amb l'esperança que tot s'acabés d'una vegada.

Però sabia que això no passaria.

Es va aixecar notant tot el pes del seu cos i va tornar a pujar al jeep. Va deixar el seient xop. Va agafar aire, va posar la primera i va arrancar.

Després d'entrar a la rotonda, es va saltar el desviament cap a Puigcerdà i va conduir en direcció a Meranges. Aquella era l'única opció que tenia.

El seu pare ho hauria entès.

Una llàgrima li va baixar galta avall fins a la barbeta. Després una altra. I encara una altra. Fins que el plor va ser imparable. No va deixar de mirar endavant, cap a la carretera, que es difuminava per moments. El xàfec s'havia convertit en un diluvi. L'aigua lliscava com els meandres d'un riu pels laterals del parabrisa.

79

—Una vegada em va dir que li encantaven les històries...

—Sí —va respondre la Béatrice amb un somriure.

—Si m'ho permet, n'hi explicaré una.

La dona es va reclinar al sofà i, amb un gest, el va convidar a començar. En Levine va tancar els ulls. El seu dit va acariciar la vora del got de vidre.

—L'Edmond Daressy era un bon home que vivia amb la seva dona Isabelle i la seva filla Claire en un insignificant poble francès al peu de les muntanyes. La postguerra a Europa va ser un temps difícil i un home havia de fer el que havia de fer. Per això, tot i que l'Edmond era pastor, de tant en tant es dedicava a passar mercaderies il·legalment per la frontera. Més d'una vegada va haver de quedar-se a dormir a la muntanya, però això no va ser mai un problema per a ell.

»Un matí, a trenc d'alba, l'Edmond va sortir del refugi on havia passat la nit. Encara era a la banda espanyola després de deixar el carregament, i tenia ganes de tornar a casa com més aviat millor. Va anar a buscar la mula que havia deixat sense lligar. L'animal s'havia aturat en una llengua d'aigua que corria entre les pedres. Quan s'hi va acostar, va captar alguna cosa estranya darrere dels matolls. Com que l'Edmond era curiós, s'hi va apropar i va descobrir un noi malferit amb la roba espellifada. Tenia un fort cop al cap i el braç esquerre era pràcticament un monyó de carn. Es va pensar que estava mort, però s'equivocava per poc, perquè havia perdut molta sang i amb prou feines li quedava un alè de vida.

La Béatrice es va remoure al seient.

—L'Edmond no s'ho va pensar dues vegades. Va enfilar el noi sobre la mula, el va acomodar entre els fardells i, amb un gran esforç, el va portar fins al poble. La seva dona i la seva filla adolescent es van encarregar de cuidar el jove. Van trucar a un metge, que li va fer les cures bàsiques i els va comminar a resar per ell.

»En contra de tots els auguris, el noi va sobreviure, però va pagar un preu molt alt. Quan es va despertar, al cap d'una setmana, no recordava res de la seva vida passada. Ni tan sols el seu nom. Quan l'Edmond el va trobar, el jove no portava cap documentació a sobre i la seva única propietat era un penjoll amb una xapa d'identificació com aquesta. —Va alçar la mà i un trosset de metall va brillar en l'aire—. Hi portava gravat un cognom: Levine. Res més.

»Com que no sabien el seu nom, la Claire va proposar que li diguessin Sébastien. Ell ho va acceptar de bon grat i així va quedar: Sébastien Levine. Quan es va curar, va demostrar que era una persona agraïda, va ajudar amb el bestiar i va treballar a l'hort de la família. Els encàrrecs per travessar la frontera amb mercaderies havien disminuït, i aquell mateix any van desaparèixer del tot. En Sébastien no tenia enlloc on anar i es va instal·lar a la casa com un més de la família, fins al punt que, tres anys després, va acabar casant-se amb la Claire. Van ser feliços. Sobretot quan, al cap de poc temps, van tenir un fill.

En Levine va aturar el relat i va inclinar el cap. El cos li va tremolar quan va agafar aire.

—Es troba bé? —li va preguntar la Béatrice.

Ell va assentir, va fer un xarrup del licor i va continuar.

—En Sébastien va adquirir una curiosa afició. Quan l'hi preguntaven no sabia explicar d'on li venia ni per què ho feia. Amb les seves pròpies mans va construir una gran gàbia de malla al soterrani de la casa i es passava hores a la muntanya buscant graèllsies, les papallones nocturnes més precioses. Les capturava a desenes i les criava en aquella gàbia del soterrani. No es va interessar mai per altres insectes, ni tan sols per altres papallones.

»A mesura que transcorrien els anys, en Sébastien passava cada vegada més temps a la muntanya. No sempre era per les papallones. Tot sovint arribava a casa amb les mans buides i la mirada perduda. A vegades, s'oblidava que tenia alguna feina per acabar o que havia quedat amb algú. Quan la seva dona li demanava explicacions, ell responia confús que dintre seu sentia que havia de pujar a les muntanyes. No es veia amb cor de dir res més. Deixant de banda aquests episodis, la vida de la família era normal, fins i tot feliç. El nen, que ja s'estava convertint en un noi, estimava el seu pare, i tots dos junts feien excursions i en Sébastien li ensenyava a sobreviure a la muntanya.

—Per què m'explica aquesta història? —va preguntar la Béatrice.

—Encara no ho sap? Tingui paciència, de seguida ho entendrà. Ho entendrà tot —va respondre en Levine i, després de deixar el got sobre la tauleta, va continuar.

—El dia de Nadal, en Sébastien se'n va anar a pasturar el bestiar; no va voler que el noi l'acompanyés. Al capvespre encara no havia tornat. Va començar a caure una de les nevades més fortes que es recordava en anys. Es va organitzar una partida per anar-lo a buscar i el van trobar cinc hores després en un sender que portava a la frontera amb Espanya. Havia abandonat el ramat. El fred li havia congelat els peus i les mans. Tot i així, insistia a continuar, però els homes el van agafar i el van baixar de la muntanya. Van dir que repetia com una lletania la mateixa frase: «He de tornar».

»Quan van arribar a casa, el van ficar al llit. Però de seguida va rebutjar les mantes que l'abrigaven. Cremava de febre. La Claire va trucar al metge. Els va dir que allà no hi podia fer gaire res, que calia dur-lo a l'hospital, però el poble havia quedat aïllat per culpa de la neu. El noi es va quedar amb el seu pare tota l'estona. No va voler separar-se'n per res. Durant un instant, en Sébastien va tornar en si. Estava sol amb el noi. El va agafar pel braç amb tanta força que li va fer mal. Just abans de perdre el coneixement i no despertar-se més, va pronunciar una paraula. Només una: «Dalmau».

La Béatrice va fer un bot, però en Levine no en va fer cas, absort en la narració de la història.

—Després de la mort del seu pare, el noi va ser enviat a estudiar lluny, va estar molts anys en un internat, a París. A vegades el visitava la seva mare. El noi sempre li demanava que li repetís la història de com havien trobat el seu pare, i la pobre dona ho feia. Uns quants anys després, la Claire va agafar un càncer de pit i es va morir. El noi es va quedar sol.

La cara de la Béatrice es va enfosquir i va beure un glop del seu got.

—Van passar els anys. El noi es va fer un home i va ingressar a l'escola d'oficials de la gendarmeria nacional. Mai no va oblidar el misteri que envoltava la història del seu pare. Durant tot aquell temps es va interessar per qualsevol tema relacionat amb la vall i la muntanya. Va començar a indagar pel seu compte. Un dia va trobar un vell albarà de carbó on s'esmentava una antiga colònia vinculada al cognom Dalmau. Però tot i que en els anys següents va investigar amb insistència, amb prou feines en va trobar informació. Tampoc no figurava en cap registre oficial. Era com un fantasma. Fins i tot ell mateix va arribar a dubtar que existís. Tanmateix, un matí va rebre una advertència dels seus superiors perquè abandonés les indagacions, cosa que li va acabar de confirmar que anava pel bon camí.

»Va acceptar la baixa voluntària i va recórrer bona part dels Pirineus. Equipat amb un mapa antic va trobar, finalment, les ruïnes de la colònia al fons d'una vall recòndita. Fins i tot va tenir un incident amb un vell guarda, que el va fer fora d'allà. Però l'entusiasme d'haver confirmat l'existència de la colònia aviat es va esvair, perquè continuava sense obtenir respostes. Fins que va trobar això.

En Levine tenia a la mà una petita llibreta amb tapes de cuiro de color granat. La Béatrice es va acostar la mà a la boca i va fer un petit gemec.

—És una mena de diari, però... vostè ja ho sap, oi?

Es va inclinar cap a ella, li va retirar el got, que encara estava pràcticament ple, i li va agafar les mans. En silenci, i amb delicadesa, li va treure un guant i després l'altre. La Béatrice no es va moure, només va contenir la respiració quan va notar el frec de les mans d'en Levine amb les seves. L'home la va mirar fixament. Les llàgrimes baixaven per les galtes de la Béatrice.

—Digui'm una cosa, senyora Dalmau. No se sent culpable per haver comès el pecat més horrible?

80

L'Àlex va penjar el telèfon amb un esbufec mentre continuava amb els ulls clavats a la carretera. La pluja s'havia convertit en una intensa nevada.

La Vila l'havia posat al corrent del fracàs de l'operació d'assalt a la casa d'en Levine a França i de la inesperada detenció d'en Cruz. No n'havia entès gaire els motius, perquè la trucada s'havia tallat abans que la jove agent n'hi pogués explicar els detalls.

Ara ningú no sabia on era en Marc Levine. S'havia dictat una ordre internacional de recerca i captura contra ell i desenes d'agents l'estaven buscant, tant a França com a Espanya. Sense cap resultat, de moment. Tanmateix, ella creia que sabia on era.

L'Àlex va arribar a l'última intersecció abans d'encarar la carretera que s'endinsava cap a la vall. Al centre de la calçada, uns llums grocs es balancejaven en l'aire. Quan s'hi va acostar, va distingir els uniformes de la Guàrdia Civil i uns quants agents amb llanternes de senyalització. El cotxe patrulla, un Renault Laguna, estava entravessat la mig de la carretera. A la vora de la cuneta hi havia uns quants vehicles aturats.

L'Àlex va parar el jeep al costat de l'agent que li havia cridat l'alto i va abaixar el vidre de la finestra. El fred es va esmunyir a l'interior del cotxe i li va glaçar les llàgrimes de la cara. L'oficial la va saludar acostant-se la mà a la gorra.

—Bona tarda, senyora. No es pot passar. La carretera no està en condicions.

L'Àlex li va ensenyar la documentació.

—He de continuar. És molt urgent.

El guàrdia civil la va mirar de dalt a baix. S'havia adonat dels ulls envermellits de l'Àlex i va negar amb el cap.

—Vostè sap la tempesta que està fent?

—És per un tema oficial.

—Ho sento, senyora. Encara que fos el ministre. Per aquí no hi passarà ningú, avui. Pot canviar de sentit allà mateix.

Li va assenyalar un espai a la dreta de la calçada on altres vehicles maniobraven per girar.

L'Àlex va renegar en veu alta mentre el guàrdia civil la mirava impassible, embotit en la seva jaqueta verda. L'Àlex va posar marxa enrere mentre pensava en les alternatives que tenia.

La carretera més propera que li permetria entrar a la vall era a una hora i quart d'allà i, molt probablement, també la trobaria tallada.Va mirar cap a les muntanyes: els cims no es veien, tapats pels núvols. La nevada s'intensificava a cada segon. Els flocs queien amb tanta intensitat que gairebé no podia veure res a través del parabrisa.

En aquell moment, va arribar una Transit groga i es va aturar al control. L'Àlex hi va distingir una colla de nois a dins. Anaven vestits amb granotes d'esquí de colors cridaners i al sostre hi portaven planxes de snowboard i esquís. La furgoneta tremolava amb la música disco que escoltaven a tot drap.

El guàrdia civil els explicava que havien de girar. Eren alemanys, i pel que semblava no estaven gaire d'acord amb l'ordre. Un altre agent s'hi va acostar per ajudar el seu company.

Llavors va prendre una decisió. Va acabar de fer el gir accelerant cada cop més i, amb el motor revolucionat, va deixar anar l'embragatge. El cotxe va sortir disparat cap endavant. Per un instant va veure l'expressió de sorpresa del guàrdia civil mentre passava pel seu costat. Uns metres més endavant el cotxe patrulla continuava entravessat a la carretera i li impedia el pas. L'Àlex va girar el volant i va estirar el fre de mà, deixant que el tot terreny rellisqués de costat. El jeep era un vehicle molt més pesat, i quan va impactar amb el Renault el va desplaçar uns quants metres fins que va el va fer sortir de la carretera i va bolcar.

L'Àlex va parpellejar, sorpresa d'estar viva encara. Les seves mans continuaven agafades al volant i el motor en marxa. Els crits dels agents darrere seu la van fer espavilar del tot. Quan va mirar pel retrovisor, va veure que s'acostaven corrent amb les armes desenfundades mentre demanaven reforços per l'emissora. Un tros enrere, els alemanys de la furgoneta l'aclamaven.

Va posar primera i va accelerar. Tot i les cadenes de neu que portava, les rodes van relliscar sobre la placa de gel, i per un instant va pensar que el seu intent havia fracassat, però el cotxe va acabar per aferrar-se a la carretera i va tirar endavant amb un rugit del motor.

Va deixar enrere el punt de control i els guàrdies civils van desistir de perseguir-la perquè era inútil. Les seves figures es van fer cada cop més petites al retrovisor fins que la neu les va esborrar. Davant seu, la tempesta s'intensificava. Una densa foscor va cobrir tota la vall.

Si més no, la calefacció del cotxe li havia eixugat una mica la roba.

81

El diari de la Raquel

Des que em vaig desmaiar a l'entrada de la casa han passat set mesos. Les festes de final d'any s'han acabat fa uns dies. Oficialment, hem entrat a l'any 1962 —tot i que això aquí dins no importa gaire—, i la meva panxa ha crescut d'una manera sorprenent. Tot el meu cos ha canviat, acollint una nova vida. Aquesta criatura que creix dintre meu és l'únic que em permet continuar.

La nit en què van descobrir la nostra fugida em pensava que em moriria. Fins i tot ho desitjava. Però em van portar a dins de la mansió i em van recloure en aquesta habitació, apartada de les altres estances, des d'on escric aquestes ratlles quan sé que no m'observen.

El fet d'omplir aquesta llibreta és una manera de sentir-me unida a l'Ezra. En tot aquest temps no n'he sabut res, d'ell. En Simón va haver d'admetre al senyor Dalmau que no l'havien trobat malgrat que havien rastrejat tota la vall fins a la frontera. Cada matí, en Simón em recorda que l'Ezra va fugir i em va abandonar. Jo intento ignorar-ho, però quan estic sola em pregunto si encara és viu, per què no en sé res, d'ell. I llavors no puc evitar les llàgrimes.

He d'estar bona part del dia reposant, segons diu el doctor Foix, i per això em passo moltes hores al llit. El metge em visita dos cop per setmana. El seu tracte és distant, com si jo fos un conillet d'Índies, em fa venir calfreds. No em falta menjar, ni tampoc aigua, i tinc roba neta. Em cuiden tal com ho farien amb un animal valuós.

Una tarda vaig rebre la visita de la senyora Dalmau. Jo estava estirada al llit, i ella va aparèixer arrossegant el seu vestit negre. Em va mirar durant molta estona. Jo no vaig gosar dir res. L'odi que expressava el seu rostre pàl·lid, com el d'un espectre, era tan intens que l'hauria pogut tocar amb els dits si m'ho hagués proposat. Vaig arribar a pensar que es llançaria a sobre meu per pegar-me i insultar-me, però quan va entrar la Matilda amb el sopar se'n va anar sense dir res.

La Matilda, des que estic aquí reclosa, és l'única que s'ocupa de mi. A part del metge i en Simón, que m'acompanya a passejar, i la senyora Dalmau, aquella única vegada, no he vist a ningú més. El cas és que durant aquests mesos he acabat apreciant la majordoma. M'he adonat que més o menys té la meva edat. És l'única persona que em tracta amb afecte, i noto que està trista de veure'm així. Només puc confiar en ella.

A vegades penso en els meus pares i germans adoptius o en les meves companyes de la Colònia. La Matilda em va confessar que en Simón havia fet córrer la veu que l'Ezra i jo ens havíem mort mentre fugíem. M'imagino el seu dolor i sento una gran pena per ells.

Quan és a punt de fer-se fosc, em deixen sortir a passejar pel bosc que hi ha just al darrere de la casa, lluny de mirades curioses. El doctor Foix ho ha ordenat pel bé del nadó. Sempre m'acompanya en Simón, que es manté allunyat i no em dirigeix la paraula.

Durant un d'aquests passejos em va semblar que veia l'ombra d'un animal que desapareixia entre els arbres. No sé per què, la vaig seguir. Vaig sentir la veu d'en Simón avisant-me que no m'allunyés tant, però no li vaig fer cas. Vaig pujar per un petit terraplè amb una gran roca al capdamunt. La vaig rodejar i em vaig trobar cara a cara amb un llop enorme. No vaig tenir por. Em vaig ajupir davant seu i es va acostar una mica. L'olor salvatge que desprenia em va embolcallar. Les nostres mirades es van trobar i llavors el vaig reconèixer. Semblava impossible, havien passat molts anys, però estava segura que era el mateix animal que em va salvar a la muntanya quan era petita. Vaig estirar la mà i el llop va acotar el cap fins que em va fregar els dits. Llavors vaig sentir veus darrere meu i va aparèixer en Simón renegant, seguit pel seu esporuguit gos. Quan em vaig girar, el llop havia desaparegut. Per culpa de la *meva escapada* vaig estar una setmana sense poder sortir de l'habitació.

Des d'aquell incident, de nit observo el bosc a través de l'enreixat de la finestra. Sé que el llop és allà i la seva presència em reconforta.

Hi ha moments que aquesta presó em fa tornar boja.

Només em queda tancar els ulls i somiar. En els somnis, l'Ezra i jo aconseguim fugir de la Colònia i arribar a Barcelona, on embarquem en un vaixell cap a Buenos Aires. Tenim una casa preciosa amb un porxo ple de flors i uns quants nens corren pel jardí. L'Ezra és al meu costat, m'acompanya, sento la seva veu, noto el tacte de les seves mans sobre la meva pell o el tacte de la seva pell a les meves mans. Però per sobre de tot, gaudeixo del seu riure ple d'il·lusió i esperança en el futur.

Em resisteixo a despertar-me, i quan ho faig, sempre tinc les galtes humides.

Un matí vaig notar la primera contracció. Em vaig posar molt nerviosa, fins que la Matilda em va calmar. A la tarda les contraccions es van repetir diverses vegades, i a mitjanit ja eren molt freqüents. El doctor Foix no va trigar a venir. Després d'examinar-me, es va enretirar les ulleres i es va adreçar a la Matilda mentre obria el maletí.

—Porta tovalloles, aigua calenta i avisa el senyor Dalmau. Ja ve.

No havia tingut mai un dolor tan intens. Em pensava que m'esquinçaria de dalt a baix. El meu cos estava en tensió, intentant ajudar la vida que pugnava per sortir de dintre meu. La Matilda m'eixugava la suor del front i m'apartava els cabells amarats de la cara. La seva expressió, com la d'una mare amoïnada, em va commoure, però una altra fuetada de dolor em va impedir de pensar en res més. Havia perdut molta sang, segons va dir el metge, que per una vegada semblava preocupat.

—Un altre cop. Empeny.

Ho intentava, però notava que les forces m'abandonaven. Tot i així, feia força amb els músculs amb totes les meves energies. Vaig notar com em buidava abans de caure esgotada sobre el llit xop dels meus propis fluids. No tenia més forces. No em quedava res. Vaig plorar de ràbia i de tristesa, fins i tot parint el meu fill fallaria. Va ser llavors quan vaig sentir el plor. Em vaig incorporar i, amb els ulls plens de llàgrimes, vaig veure el doctor Foix que sostenia un cos diminut que es movia i protestava enrabiat.

—És un nen.

VI

Peresa

«Digues, pare, ¿què purga el pecador
a dintre d'aquest cercle on ens trobem?
Si para el peu, no pari el teu sermó.»
I ell fa: «L'amor que, desmenjat, no prem
i que va endarrerit, aquí es repara.
Aquí es fa anar de pressa el calmós rem».

82

Quan va arribar a la mansió, el cel era tan fosc que semblava de nit. L'Àlex va saltar del tot terreny i va córrer per la neu cap a l'entrada. Es notava el cor desbocat i li començava a faltar l'aire, però ara no tenia temps d'ocupar-se d'això. L'última trucada de la Vila i l'Alain semblava confirmar que l'assassí estava a punt de castigar el següent pecador.

Havia sigut una idiota. Tots ho havien sigut. Aquells assassinats no tenien res a veure amb la construcció de l'estació d'esquí ni amb la venda dels terrenys de la Colònia. Des del principi havia sigut una història de venjança.

Va trucar amb el picaporta però, tal com s'esperava, ningú no va obrir. Va comprovar que l'enorme porta estava tancada. Després va fer dues passes enrere i va mirar al seu voltant. Les branques seques de la vella planta enfiladissa cobrien part de la paret i arribaven fins a una de les finestres.

Sense pensar-s'ho dues vegades, s'hi va enfilar. Les

branques van cruixir amb el seu pes quan s'hi va penjar, però van aguantar i va continuar pujant. Intentava agafar-se als troncs més gruixuts i resistents. Restes de terra i de fulles seques li queien a sobre i l'obligaven a acotar el cap. Uns quants cops es va haver d'aturar i canviar de branca perquè la que tenia agafada començava a cedir. Xopa de suor malgrat el fred, va arribar finalment a l'alçada de la finestra. Amb el braç estirat podia tocar el marc de pedra que l'envoltava. Des de baix li havia semblat molt més fàcil. Va mirar cap avall i es va adonar que el terra estava a uns sis o set metres de distància. Si queia, es podia fer molt de mal.

Però no era el moment de fer cavil·lacions. Notava que la planta enfiladissa estava a punt de cedir amb el seu pes. Només tenia una oportunitat. Es va agafar al marc de pedra amb força i es va impulsar cap a l'ampit de la finestra abandonant la seguretat de les branques. Va quedar agafada amb els peus penjant. Es va enfilar a l'ampit amb l'ajut dels colzes i va provar d'obrir la finestra, però estava tancada. No hi havia temps per a subtileses. Va clavar un cop al vidre i es va esmicolar. El moviment la va desequilibrar i va estar a punt de caure. Va estirar el braç i es va agafar al marc de la finestra. Un dolor punyent li va travessar la mà. Va reprimir un crit i, amb ràbia, es va impulsar cap endavant. Va caure com un sac a l'interior de la casa.

Es va aixecar i es va examinar la ferida de la mà amb la llum que entrava per la finestra trencada. Un tros de vidre sobresortia del palmell esquerre. Va serrar les dents ben fort i se'l va arrencar. Una ratlla de sang va brollar de la ferida. Va esquinçar un tros de cortina i es va embolicar la mà com va poder. La tela de seguida es va amarar de sang. Va ignorar el dolor i les fiblades del pit i es va posar en marxa. S'havia d'afanyar.

Tot i que l'interior de la mansió estava completament fosc, va reconèixer l'ampli vestíbul que havia visitat les dues vegades anteriors. Va empunyar la pistola amb la mà dreta mentre aguantava com podia la llanterna amb la mà ferida. Va avançar amb sigil cap a les habitacions de la Béatrice Dalmau.

Quan hi va arribar, va veure que les portes de la biblioteca estaven ajustades. En va obrir una amb molt de compte. A través de les finestres es filtrava una llum esmorteïda. L'estança estava buida, però va poder percebre el subtil rastre d'un perfum. Va sortir de la biblioteca i va inspeccionar la resta de la planta amb el mateix resultat. Després va pujar al segon pis i va examinar totes les habitacions per comprovar que, definitivament, a la mansió no hi havia ningú.

Va tornar enrere. Quan va arribar a la planta baixa, va notar un corrent d'aire glaçat procedent d'una porta oberta a l'esquerra. Va reconèixer l'entrada de l'hivernacle que la Béatrice Dalmau els havia ensenyat feia pocs dies. A l'Àlex li feia la sensació que havia passat un any des de llavors. S'hi va acostar mentre vigilava les ombres darrere seu.

La llum de la llanterna va explorar l'interior de l'hivernacle. L'Àlex va empassar saliva, esparverada. Aquell lloc tan bonic, que li havia transmès tanta calma, havia desaparegut. Ara, tot era mort i desolació. L'escalfor s'escapava pels finestrals del sostre, oberts de bat a bat. Els flocs de neu suraven en l'aire, com guspires d'una foguera, cobrint les plantes, que semblaven encongides. Totes les flors s'estaven morint. A l'aire ja s'hi començava a percebre l'olor embafadora de la podridura. Va recular per sortir d'allà dins, però just en aquell moment va veure una silueta immòbil al fons. Empunyant la pistola, s'hi va acostar a poc a poc trepitjant el mullader de terra mentre vigilava al seu voltant.

Reclinada en un balancí, va reconèixer la vella minyona de la senyora Dalmau. Semblava adormida. Algú li havia col·locat un coixí sota el cap i una manta a sobre que la tapava fins al coll. Es va ajupir i li va agafar el canell. No tenia pols. Al costat, a sobre d'una tauleta, hi havia un pot de pastilles, un gerro d'aigua i un got. Quan es va redreçar, l'Àlex va descobrir que no totes les plantes s'havien mort, almenys de moment. Davant de la dona, un preciós ram de flors blanques sobresortia del mig d'una rosassa de fulles verdes: la corona de rei havia florit.

L'Àlex va sortir de l'hivernacle i es va posar la mà al pit. Amb prou feines podia respirar. Va buscar per les butxaques de la jaqueta i, per sort, hi va trobar el Ventolin. Després d'inhalar-lo, al cap de pocs segons es va trobar més bé. Va treure el telèfon. Va deixar anar un renec. La cobertura anava i tornava per culpa de la maleïda tempesta.

Va mirar amb desesperació al seu voltant. On devien ser? On?

Va sortir de la mansió Dalmau i se'n va anar cap al cotxe. Li va semblar que encara nevava amb més intensitat que una hora abans. Una ratxa de vent gairebé la va tirar a terra. Va intentar veure la Colònia des d'allà.

La tempesta ocultava la majoria dels edificis, que pràcticament no es distingien. En aquell moment, es va obrir una clariana entre els núvols i la lluna va il·luminar uns segons la vall. Llavors, la va veure. Més enllà de les cases dels obrers o de la mateixa fàbrica, una construcció destacava per sobre de les altres: l'església. El lloc on es redimeixen els pecats.

83

Quan va baixar del tot terreny, l'Àlex va trontollar i va haver de caminar amb el cos arraulit. La força del vent torçava les branques dels arbres que envoltaven l'església de la Colònia, com si la volguessin atrapar. No havia tingut mai tant de fred. Els flocs de neu espetegaven quan li queien sobre la roba. Mentre avançava cap a l'entrada, s'enfonsava en un gruix de neu que gairebé li arribava als genolls.

La porta de l'església estava oberta. Els brams del fort vent es van silenciar quan l'Àlex va entrar i va tancar darrere seu. Només trepitjar el marbre, el so dels seus passos va ressonar en un eco lúgubre. L'única llum provenia d'unes espelmes que algú havia encès a l'altar. La resta del temple estava envoltat d'ombres.

L'Àlex va encendre la llanterna i va empunyar la pistola amb la mà il·lesa. Va avançar pel passadís central amb sigil notant entre els dits el pes reconfortant de l'arma. A dreta i esquerra es distribuïen les files dels bancs buits. Les teranyines ocupaven el lloc dels antics feligresos. Amb prou feines s'entreveia el color original de les parets, plenes de taques d'humitat.

Va captar un moviment a prop de les restes d'un confessionari. L'Àlex es va girar amb rapidesa i va apuntar amb la pistola. Tenia el dit a punt per prémer el gallet. Una rata enorme va aparèixer del no res i va córrer enganxada a la paret fins que es va ficar en un forat. L'Àlex va deixar anar l'aire i va relaxar la tensió de la mà. Va moure el feix de la llanterna d'un costat a l'altre il·luminant tots els racons, però no va percebre cap més moviment, tot i que tenia la sensació que una presència invisible vigilava els seus passos.

Va acabar de recórrer la nau central i va arribar al presbiteri. Darrere de l'altar hi havia un retaule senzill dividit en diverses escenes que representaven d'una manera barroera el trànsit de les ànimes per l'infern, el purgatori, els llimbs i la glòria. A dalt, una enorme creu de ferro forjat quedava mig amagada en la foscor. A penes es distingia la figura del crist, crucificat en una postura estranya. L'Àlex va donar la volta a l'altar i va apuntar l'arma cap als laterals.

—Béatrice? Béatrice Dalmau?

El crit va espantar mitja dotzena de coloms, que van sortir dels forats on es resguardaven i van volar fins al sostre de la nau. El seu aleteig va pertorbar el silenci de l'església fins que van tornar als seus amagatalls.

En aquell moment, l'Àlex va sentir un gemec sobre el seu cap.

Va enfocar la llanterna cap amunt i es va adonar que el crist es movia.

L'Àlex va trobar la soga que aguantava la creu al seu

lloc i es va adonar que l'havien manipulat no feia gaire. Va deslligar la corda i la va estirar. Unes politges facilitaven molt la feina. En un moment va aconseguir baixar la creu i repenjar-la, amb la seva càrrega, a terra. La llum de les espelmes de l'altar van il·luminar un cos despullat lligat a la creu. Estava amarat de suor i sagnava d'una ferida en un costat. L'únic senyal que encara respirava era un lleu moviment de les costelles. Un sac de xarpellera li cobria el cap.

Quan va acostar la mà per desfer la corda que lligava el sac al voltant del coll, la tela es va agitar i va espantar l'Àlex. Horroritzada, de seguida va endevinar què passava i només va trigar uns segons a desfer el nus i obrir el sac. Es va sentir un xiuxiueig característic i va aparèixer el cap triangular d'una serp. Tenia les escates de color daurat, amb taques verdoses i un rivet negre. L'Àlex va recular fins que es va entrebancar i va caure a terra. Va reconèixer l'espècie perquè el pare li havia ensenyat que havia de vigilar molt si se'n trobava alguna com aquella. L'escurçó pirinenc era una de les serps més verinoses dels Pirineus. Aquell era un exemplar jove, perquè no feia més de quaranta centímetres. L'animal va semblar que dubtava un instant abans de sortir i reptar pel cos estès. El sac es va tornar a moure i va aparèixer una segona serp que va seguir la primera. Totes dues es van allunyar lliscant pel terra de pedra fins que van desaparèixer rere els primers bancs.

L'Àlex es va refer mentre remugava entre dents i va córrer cap al cos lligat a la creu. Va resar perquè no hagués arribat massa tard. Va treure el sac del cap i el va llançar cap al passadís per si de cas encara hi quedava alguna serp a dins. Quan va veure la P ensangonada marcada al front va empassar saliva. Tot seguit, va contemplar amb aprensió les altres ferides. Va distingir un parell de punts diminuts dels quals sortien fils de sang al coll i a la galta esquerra. Un dels ulls estava tancat per la inflor, i dels llavis clivellats n'hi brollava saliva en forma d'escuma. L'altre ull es va obrir i de seguida va brillar quan la va reconèixer. De la boca amb prou feines en va sortir un murmuri. L'Àlex es va haver d'inclinar per poder sentir el que li deia.

—No... no has vingut... gaire de pressa.

—Maleït siguis, Jean... o Marc... no sé ni com t'he de dir.

I el va abraçar.

En aquell moment, es va sentir el soroll d'un motor a fora.

84

L'Àlex va sortir de l'església a temps per poder veure una figura sobre una moto de neu que s'allunyava en direcció a la muntanya. Va córrer cap al jeep al mateix temps que marcava el número del servei d'emergències implorant que la cobertura fos millor que abans. Va pujar d'un salt al tot terreny i va arrencar.

Mentre conduïa amb la vista clavada a la moto, que ja sortia dels límits de la Colònia, la veu d'un home va respondre a l'altra banda del telèfon. L'Àlex va demanar un equip d'assistència mèdica per a un agent ferit. Les interferències amb prou feines li deixaven sentir la veu del seu interlocutor. Li va facilitar les dades de localització i li va resumir la situació, però abans d'acabar de parlar es va interrompre la comunicació.

El jeep va començar a escurçar distàncies. Veient que el cotxe s'acostava, el motorista va fer fer un salt endavant a la moto i, després de superar un revolt tancat, es va desviar per una pista que corria pràcticament enganxada al bosc. L'Àlex va fer un cop de volant i es va endinsar per la mateixa pista.

Les ratxes de vent aixecaven la neu i, malgrat els potents llums del tot terreny, no es veia més enllà d'uns quants metres. Els eixugavidres tampoc no aconseguien deixar del tot net el parabrisa. Tot i així, l'Àlex s'acostava a la moto de neu. Però de sobte, la moto va fer un gir, va sortir del camí i es va ficar entre els arbres. L'Àlex va clavar un cop al volant i va renegar en veu alta.

Durant uns instants, el tot terreny i la moto van córrer en paral·lel. L'Àlex va poder distingir més bé el motorista. Anava amb el mateix hàbit de monjo que duia quan es van trobar als teulats del seminari. Ara portava unes ulleres d'esquí amb els vidres de color taronja i la cara completament tapada. La moto podia maniobrar més bé que el jeep. En qualsevol moment el perdria. Si volia aturar-lo havia de sortir del camí.

L'Àlex va accelerar i es va situar uns quants metres per davant. Abans que se'n pogués penedir, va fer un cop de volant a la dreta, va treure el cotxe de la pista i es va dirigir cap a l'únic espai per on podia passar.

Com una exhalació va superar el monticle de neu del voral de la carretera i es va ficar entre un pi enorme i unes roques. Ho havia calculat malament. El jeep es va sacsejar violentament quan el parafang del darrere va impactar de costat contra l'arbre. Un núvol d'estelles i neu va volar per sobre del sostre i la finestra lateral del darrere va esclatar en mil bocins. Però l'Àlex no va tenir gaire temps per pensar, perquè el cop va provocar que el tot terreny culegés i comencés a derrapar sense control.

La moto va traçar una corba sobre els seus esquís i

va esquivar el frontal del jeep tan sols per uns centímetres. Un munt de neu va caure sobre el capó del vehicle. L'Àlex va frenar, va reduir i va fer pujar les revolucions fins que va ficar una altra marxa. El Wrangler va respondre amb la lleugeresa d'un cavall encabritat malgrat el gruix de la neu. L'Àlex va pensar que hauria d'agrair al seu mecànic que l'hagués convençut per instal·lar-hi una suspensió més alta.

La moto de neu avançava de nou uns metres per davant. L'Àlex es va esforçar per no perdre-la de vista. Conduïa concentrada, el peu sobre l'accelerador, gairebé sense visibilitat, esquivant arbres i roques que apareixien de sobte davant del cotxe. El fred que entrava per la finestra destrossada li estava glaçant les mans, que s'aferraven al volant amb força malgrat el dolor de la ferida, que ja li tornava a sagnar.

Van deixar enrere la zona boscosa. La moto havia aconseguit agafar una desena de metres d'avantatge i ara pujava per un sender que discorria per sota del remuntador. El vent sacsejava amb violència les cadires buides que penjaven del cable d'acer i les feia balancejar d'una banda a l'altra. Una mica més amunt s'hi entreveien les siluetes dels edificis en construcció de l'estació d'esquí.

L'Àlex va canviar de marxa i la potència del cotxe li va permetre tornar-se a acostar a la moto de neu, però quan el motorista va veure que el jeep era a prop, va canviar una altra vegada de direcció i va travessar per sota del remuntador.

L'Àlex la va seguir. El camí vorejava l'estació de base del telecadira, en direcció al cim de la muntanya. Quan va arribar a dalt, la força de la tempesta va sacsejar el tot terreny com si fos un cotxe de joguina. L'Àlex va mirar a dreta i esquerra, però no va veure cap rastre ni de la moto ni del conductor. Els flocs de neu picaven contra la carrosseria del jeep com impactes de bala. No es movia res entre els edificis.

L'Àlex va reduir la velocitat i va circular entre les edificacions buides. La tempesta amb prou feines li permetia veure-hi uns quants metres enllà i l'udol del vent era tan fort que sufocava qualsevol altre so. En comptes d'amainar, la situació empitjorava. La temperatura havia baixat en picat i, en aquell moment, el vent superava els vuitanta quilòmetres per hora. El seu pare li havia explicat moltes vegades que quan s'aixecava una rufada, havies de buscar un refugi immediatament. Si et quedaves a la intempèrie quan es desencadenava el torb, la mort era segura. L'Àlex es va estremir quan es va adonar que si sortia del jeep, encara que anés ben abrigada, es moriria de fred en pocs minuts. Va fer una ullada a la finestra destrossada. L'aire glaçat entrava per aquell forat i la calefacció del cotxe amb prou feines ho compensava. No concebia que el conductor de la moto pogués resistir aquell fred.

Va aturar el tot terreny, va apagar els llums i es va esperar. Van passar uns quants minuts que se li van fer eterns. No podria aguantar gaire temps més amb aquell fred. Va sospirar. Ja havia decidit tornar a l'església quan un moviment a sota de l'estructura de la terrassa del centre de visitants li va cridar l'atenció. Merda. L'havia enganyat. El motorista havia esperat que passés per allunyar-se fent ziga-zagues entre les columnes que sostenien la terrassa amb la intenció d'arribar a les pistes d'esquí. El jeep era massa gran per passar entre les columnes de ciment, i trigaria molta estona a fer la volta a tot el conjunt d'edificis. El motorista ho sabia.

L'Àlex, desesperada, observava com la moto de neu s'allunyava sense que ho pogués evitar. Va clavar uns quants cops de puny al volant fins que el dolor li va fer recordar que tenia una ferida a la mà.

Llavors la seva mirada es va aturar a l'edifici que tenia al davant. Va reconèixer l'espai d'oci on havien trobat el cadàver d'en Latour. Just a davant seu hi havia l'entrada principal. L'havien tancat amb unes grans planxes d'aglomerat, a l'espera que s'instal·lessin les portes definitives. Més o menys recordava la distribució de l'edifici. Va mirar un altre cop cap a la moto, que ja havia abandonat la terrassa i es dirigia a les pistes. Va tancar els ulls i va agafar amb força el volant. Va acariciar amb el peu el pedal de l'accelerador i el motor del Wrangler va rugir com si sabés què estava pensant la conductora. L'Àlex va pitjar el pedal fins al fons, va aixecar el peu de l'embragatge i el jeep es va llançar com un tanc contra l'edifici.

Les planxes de fusta van sortir disparades en l'aire quan el potent tot terreny les va travessar. Un dels llums es va rebentar. Per sort, el passadís era tan ample com el recordava. Però l'Àlex no havia tingut en compte els armaris del sistema contra incendis, que li van arrencar els dos retrovisors.

Totes les sales, encara en obres, van passar pel seu costat com una pel·lícula a mil revolucions per minut fins que el passadís es va acabar i el jeep va irrompre a l'esplèndida sala de proporcions gegantines que havia vist dies enrere. L'Àlex va fer un cop de volant i va esquivar pels pèls un palet carregat de peces de motllura. Les rodes gruixudes del jeep van destrossar el parquet a mig col·locar. Els trossos de llistons saltaven en l'aire. Va aconseguir redreçar la direcció just en el moment que arribava al davant d'un enorme finestral de sis metres d'altura i uns vint de llargada que oferia unes vistes excepcionals de les pistes. L'Àlex va somriure.

El Wrangler va travessar l'immens vidre reforçat com si fos de paper. Un núvol de bocins de vidre va embolcallar el vehicle mentre volava per l'aire abans de caure pesadament sobre la neu.

L'impacte gairebé la va arrencar del seient. El cotxe va trontollar i va començar a lliscar pel pendent sense control fins que l'Àlex va poder dominar el volant. El jeep baixava per la pista d'esquí a una velocitat cada vegada més gran. La moto de neu era uns cent metres més endavant, fent ziga-zagues sobre els esquís. Segurament el conductor es pensava que el jeep ja no el seguia.

La distància entre els dos vehicles es va escurçar en pocs segons. Quan el motorista es va adonar de la seva presència, l'Àlex va percebre la seva sorpresa. Tanmateix, l'home va saber reaccionar. La moto de neu va derrapar cap a un costat, evitant per molt poc que l'Àlex l'envestís, i tot seguit, va accelerar iniciant un descens vertiginós. Mentre intentava esquivar una elevació del terreny, l'Àlex va albirar un petit bosc uns metres més avall. De seguida va endevinar la intenció del conductor d'escapar-se per allà.

L'havia d'atrapar en aquell mateix moment, perquè

si no, no tindria cap altra oportunitat. Es va preparar per avançar la moto i barrar-li el pas quan, de sobte, va semblar que tota la muntanya tremolava i un descomunal rugit va silenciar tots els altres sons.

Quan va mirar enrere, l'Àlex es va quedar sense alè. Una immensa massa de neu, roques i arbres baixava pel vessant cap on era ella. Cobria l'amplada de la pista i arrossegava tot el que trobava al seu pas.

L'Àlex va intentar desviar-se de la seva trajectòria, però abans de poder-ho fer el tot terreny va fer una sacsejada i, amb un fort cruixit, la placa de gel de sota el cotxe es va partir i va començar a lliscar pel seu compte amb el vehicle a sobre. El jeep va girar sobre si mateix sense control i l'Àlex només va tenir temps de veure que la moto de neu i el seu ocupant es posaven fora de perill entre els arbres uns segons abans que a ella l'engolís l'allau.

L'Àlex es va despertar tossint. Una forta pressió al pit li impedia respirar. Estava travada amb el cinturó de seguretat i l'airbag l'esclafava contra el seient del copilot. Es va tocar el cap i va reprimir un gemec. Tenia un tall profund a un costat, a sobre de la cella. El jeep havia quedat de costat i parcialment enterrat a la neu. El llum que, per miracle, continuava intacte, il·luminava el terreny del davant. Tenia tant de fred que gairebé va desitjar estar morta. Tot i així, va intentar moure's, però va desistir quan va notar una fuetada de dolor. Va mirar cap avall i va veure que tenia la cama esquerra atrapada sota la carrosseria.

Les ràfegues de vent sacsejaven el cotxe. Amb prou feines es podia veure res per la gran quantitat de neu que hi havia en l'aire. La rufada era fortíssima. Va intuir un moviment a través del parabrisa que, per sort, estava sencer. Va entretancar els ulls. Una ombra s'acostava al tot terreny. Quan va arribar al davant del llum, el va poder veure amb nitidesa. Era el llop. La venia a veure en el moment de la seva mort? Al seu costat va aparèixer, com si l'hagués creat el mateix aire, la figura d'una nena vestida amb una camisa de dormir blanca. La Lia va repenjar la mà sobre el llom de l'animal. La imatge de la seva germana es desdibuixava entre les ràfegues de vent fins que es va confondre amb el paisatge. L'Àlex es va adonar que no deixava empremtes a la neu. No podia ser real, es va dir a si mateixa. La seva ment continuava creant al·lucinacions, intentant enganyar-la. Però tant li feia. Només havia d'esperar i la tempesta faria la feina. Li van venir ganes de fumar-se un cigarret.

Un cruixit sobre el seu cap la va treure de l'atordiment. Quan va alçar la vista, a l'Àlex li va semblar que veia la cara d'un àngel amb ulleres de neu. Portava un hàbit de monjo. L'observava des del buit on hi hauria d'haver la porta. L'Àlex li va somriure abans de desmaiar-se.

85

El diari de la Raquel

—Això no s'ha acabat.

Vaig alçar el cap del coixí. La Matilda estava embolcallant el nen amb una manteta. El metge em mirava per sobre de les ulleres amb posat seriós.

—En ve un altre.

Un altre? Tenia el cos entumit i amb prou feines podia mantenir-me conscient, cosa que agraïa perquè el dolor que sentia a la part baixa del cos era immens. No tenia forces per a res més. Em vaig mossegar els llavis de ràbia i impotència fins que em va sortir sang, però vaig pensar en la vida que encara s'agitava a dintre meu. I vaig notar les seves ganes de lluitar. No em podia rendir. Ara no. Vaig sentir la força que m'enviaven els meus pares i germans. Tots eren amb mi, allà a l'habitació.

Vaig deixar anar un gemec i em vaig incorporar repenjant els colzes al llit. Vaig tornar a empènyer. La punxada de dolor em va fer estremir, però la vaig ignorar i vaig continuar empenyent. Em vaig agafar fort al matalàs. Els llençols s'havien tenyit de vermell. No podia contenir els espasmes que em feien tremolar tota. Estava perdent el control del meu cos. Vaig tancar els punys i vaig suplicar a Déu que em permetés fer un últim esforç. Vaig cridar fins que em vaig quedar sense veu, i quan vaig deixar anar l'últim sospir, vaig caure extenuada al matalàs.

Vaig veure el petit cos del meu nadó que es recargolava, com el seu germà, entre les mans del doctor Foix. Plorava amb tota la força de la vida.

El meu cos havia quedat consumit. No podia alçar el cap. Em costava respirar. Veia la Matilda al meu costat, entre boirines. Em va eixugar la suor amb un drap. Va somriure, però els seus ulls ploraven.

—És una nena, Raquel. Una nena.

Vaig intentar fer un somriure. Era la primera vegada que la Matilda em deia pel meu nom. Vaig notar que el sopor m'envaïa. Em vaig tornar tan lleugera que va semblar que m'alçava per sobre del llit. Vaig exhalar un gran sospir i el dolor va semblar que minvava com un eco que s'apaga a poc a poc. Les parpelles se'm tancaven. Vaig sentir veus al meu voltant que no vaig entendre. També es van esvair, al mateix temps que s'esvaïen els contorns de l'habitació.

L'última cosa que vaig sentir abans de perdre la consciència va ser l'udol d'un llop.

86

Les botes de l'Àlex deixaven solcs a la neu mentre algú l'arrossegava. Amb prou feines podia entreobrir els ulls per culpa dels flocs de neu que li feien mal a la cara com si fossin trossos de vidre. El fred era tan intens que fins i tot costava respirar. Es notava tot el cos masegat, sagnava i no tenia forces ni per aixecar una mà, però el pitjor de tot era el mal que li feia la cama.

L'home que la portava la va deixar al costat d'un arbre i se'n va anar. La neu la va començar a cobrir. L'Àlex no entenia per què havia fet l'esforç de treure-la del tot terreny si la seva intenció era abandonar-la enmig de la tempesta, però al capdavall, tant li feia. Era igual morir-se allà que a dins del cotxe destrossat.

A la llunyania, entre el brogit del vent, li va semblar que sentia un grinyol metàl·lic. El so de petjades sobre la neu li va revelar que el monjo s'hi tornava a acostar, tot i que no el podia veure. Va notar una estrebada al coll de la jaqueta i que l'arrossegaven un tros més. De sobte, el terra va desaparèixer.

Va caure per unes escales de ciment i la patacada la va deixar sense aire als pulmons. L'esclat de dolor a la cama li va entumir tot el cos. Quan es va poder moure, va trobar una paret i s'hi va repenjar d'esquena. Des d'allà va veure el monjo que forcejava amb una porta fins que va aconseguir tancar-la amb un cop que va fer retrunyir les parets. L'estrèpit de la tempesta es va esvair i el va substituir la foscor i una forta olor a humitat. L'Àlex va entretancar els ulls i va mirar al seu voltant. Va identificar les parets gruixudes de formigó, els forats per a la munició, les canonades, el terra de sorra... Eren a dins d'un antic búnquer.

Llavors es va tornar a desmaiar.

L'Àlex va deixar anar un exabrupte quan l'estança de sobte es va il·luminar. Amb els ulls enterbolits va veure que el monjo penjava un llum en un ganxo de ferro que sobresortia de la paret. Notava una escalfor agradable. Algú li havia posat una manta tèrmica a sobre. Ignorava quanta estona havia estat inconscient.

Dret, amb els braços creuats, el monjo l'observava en silenci.

—«Obre els ulls a la meva fesomia; coses has vist tu ja, que et fan potent perquè sostinguis la rialla mia» —va recitar l'Àlex en veu alta.

El monjo va assentir amb el cap i va fer una reverència teatral.

—Felicitacions, subinspectora. Veig que ha llegit Dante.

Llavors es va treure les ulleres d'esquí i la caputxa, i

la claror del llum va il·luminar els rínxols daurats de la Béatrice Dalmau.

L'Àlex es va ficar la mà a l'interior de la jaqueta.

—Està buscant això? —La dona li va ensenyar la pistola, que va deixar sobre la lleixa que tenia a la dreta—. No li farà falta.

L'Àlex va arronsar les espatlles i va treure el paquet de tabac, que és el que estava buscant en realitat. Va fer petar la llengua quan va descobrir que s'havia convertit en una massa informe de paper i cigarrets xops. Amb un sospir, el va llençar cap a la foscor del túnel.

—Aquesta és la segona vegada que li salvo la vida. S'està convertint en un costum.

—Els bons costums no s'han de perdre mai.

La riallada de la Béatrice va ressonar a la galeria.

—Així doncs, era això... —va dir l'Àlex, alçant les mans i assenyalant al seu voltant—. Es desplaçava d'un lloc a l'altre per aquests túnels encara que fos de dia. D'aquesta manera desapareixia misteriosament. No és gens estrany que molts es pensessin que vostè era un fantasma sorgit de les tenebres.

—Molts encara s'ho creuen. Aquesta muntanya està plena d'antigues defenses com aquesta. Gairebé ningú no se'n recorda. Quan es va construir la mansió van descobrir que una de les galeries passava per sota de la casa. Van decidir demanar els plànols del projecte de la línia P, que recorria tota la vall, per si algun dia feia servei. I al final n'ha fet, però per a mi.

—No deu pas tenir un cigarret, oi?

La Béatrice va negar amb el cap i va seure a terra davant de l'Àlex. Una tènue olor afruitada va surar en l'aire.

L'Àlex va recordar la descripció d'en Bouxet sobre l'olor que desprenia el monjo quan el va trobar al seminari. El cinamat de metil era un compost que feia una peculiar olor embafadora, es feia servir sobretot en perfums i... protectors solars.

—Ha sigut una autèntica murga, vostè —va sospirar la Béatrice. La seva mà esquerra joguinejava amb un ganivet de caça.

—Faig el que puc.

L'Àlex va canviar de posició per estar més còmoda. La cama ja no li feia tant de mal i ara s'havia convertit en un formigueig palpitant. Amb la claror, va poder veure que els pantalons, a l'altura de la tíbia, es doblegaven d'una manera estranya. Una taca de sang recorria el camal fins a la bota esquerra. La pèrdua de sensibilitat no era un bon senyal. Va desviar la mirada.

—Des de quan ho sap, que vostè no és filla natural dels Dalmau?

La Béatrice va reprimir un gest de sorpresa i després va somriure.

—Fa un any, més o menys.

—Coincidint amb el suïcidi de l'Avril...

La dona va assentir amb gravetat.

—En Virgile Avril era el seu germà, oi? —va continuar l'Àlex—. Per ser exactes, el seu germà bessó.

—El meu padrastre, l'August Dalmau, ens va separar quan érem molt petits —va confirmar la Béatrice, amb una expressió pètria a la cara—. Durant tota la infantesa vaig sentir la seva absència. Fins i tot de gran tenia records recurrents d'un nen amb qui jugava quan era petita. Em vaig convèncer que es tractava d'una de les meves fantasies.

—Per què? Per què totes aquestes morts? —va preguntar l'Àlex.

—Vostè ja en sap la resposta: eren culpables, tots i cadascun d'ells. Quan vivien, van cometre crims horribles que no van ser castigats. —Les agradables faccions de la Béatrice es van deformar per la ira—. Tanmateix, el pecat més gran que van cometre va ser deixar que es morís la meva autèntica mare com si fos un animal. —Les llàgrimes li van negar els ulls—. Ho sabia vostè que va estar dues setmanes agonitzant sense que pràcticament ningú la cuidés? Volien que es morís per poder-li arrabassar els fills sense cap problema. Només la Matilda va estar al seu costat fins a l'últim moment.

—La Matilda... esclar, la serventa... L'he trobat a l'hivernacle. També l'ha assassinat, a ella?

—No, no ho he fet. La Matilda estava malalta i no volia acabar els seus dies en un hospital. Preferia morir-se a la casa que sempre havia considerat com la seva llar. La Matilda era com una mare per a mi. Va ser ella la que va guardar el diari tots aquests anys.

—El diari?

—La meva mare de debò es deia Raquel, era d'origen jueu. Quan tot just era una nena, va fugir dels nazis a través dels Pirineus i, després de ser capturada pels homes del meu padrastre, va treballar i va viure aquí, a la Colònia. Va escriure un diari relatant tot el que li havia passat. Abans de morir l'hi va confiar a la Matilda. Ella creia que era millor per a mi que la veritat no se sabés mai, i moltes vegades va estar a punt de destruir-lo, però no va poder. Després de la mort del meu padrastre, una tarda la Matilda va venir a la meva habitació, ho va confessar tot i em va entregar el diari. Al principi no m'ho podia creure. Em va caure el món a sobre. La Colònia, origen de la riquesa de la que fins llavors havia considerat la meva família, havia sigut un camp de treball que feia servir mà d'obra esclava. Una de les treballadores havia sigut la meva autèntica mare. Els que creia que eren els meus pares eren els responsables de la seva mort. I a més tenia un germà bessó que havien apartat de mi, esborrant el seu record. Em vaig sentir traïda. La meva vida era una mentida.

L'Àlex es va adonar que la Béatrice tenia la mirada perduda. Tot i així, la seva veu era ferma.

—Al cap d'uns dies vaig contactar amb en Virgile a través de la Matilda —va continuar la Béatrice—. Només ens vam veure aquella vegada. Conèixer el secret de la seva veritable identitat el va deixar aclaparat. Em va demanar temps per poder-ho pair.

—Però després... tot es va complicar —va dir l'Àlex.

—Sí. La Matilda era una bona dona, sempre ha sigut lleial, però tenia una debilitat.

—El seu fill Daniel —va deduir l'Àlex en aquell mateix moment—. En Latour no la venia a veure a vostè...

—Molt bé, subinspectora —va assentir la Béatrice—. En Guillem Latour, el director de la Colònia, era tan depravat com el meu padrastre. La Matilda va ser una de les seves víctimes. Com a conseqüència d'aquells abusos, la Matilda va tenir un fill: en Daniel. En Guillem Latour no el volia aquí, però tampoc no podia repudiar una persona que portava la seva sang, per tant, el va enviar a estudiar a París i el va animar perquè es muntés la vida a l'estranger, però ell va tornar, suposo que per portar la contrària al seu pare, i va ingressar al seminari. Allà hi va conèixer en Virgile. Amb el temps, va intuir la veritat quan es va adonar que en Virgile evitava exposar-se al sol.

L'Àlex va fer cara de sorpresa.

—Sí, el meu germà tenia la mateixa malaltia que jo. Per això de dia no sortia mai del seminari i per això no va voler fer una carrera eclesiàstica que l'hauria obligat a sortir. De totes maneres —va continuar—, malgrat les sospites, en Daniel no en tenia proves.

—Va ser llavors quan va robar el diari —va afirmar l'Àlex.

—Exacte. En Daniel solia venir sovint a la mansió per veure la seva mare. Ell li va explicar la coincidència que en Virgile i jo tinguéssim la mateixa malaltia. Ella li va confessar la veritat i li va parlar del diari. —Va inclinar el cap—. En una de les visites, el diari va desaparèixer de la meva habitació. Poc després es van escampar els rumors sobre la sexualitat del meu germà. No ho va suportar. —La veu de la Béatrice es va trencar—. La mort d'en Virgile va ser un cop terrible. Ara que ens havíem trobat, el tornava a perdre, aquest cop per sempre. Vaig notar que alguna cosa es moria a dintre meu.

La Béatrice va callar. Una llàgrima li rodolava galta avall.

—Dos dies després d'això, en Daniel va desaparèixer aconsellat pel pare Guifré. El culpable de la mort del meu germà s'escapava sense càstig. La ràbia em va consumir. Durant una setmana ni tan sols vaig poder dormir. Fins i tot vaig pensar a suïcidar-me com el meu germà, però finalment vaig arribar a la conclusió que el que havia de fer era venjar-me.

—Per això va fer que li oferissin la feina a en Latour, perquè tornés a la vall.

La Béatrice va assentir amb el cap.

—Sí. Les obres de Vall de Beau em van anar molt bé. L'empresa el va contractar i el va enviar a la vall seguint les meves instruccions. Una nit, vaig concertar una cita amb ell fent-me passar pel meu germà. Sabia que no s'hi negaria. La meva idea era recuperar el diari, però no el portava a sobre.

L'Àlex va recordar el moment en què en Levine va treure la mà sense res de l'amagatall d'en Latour a la cel·la del seminari. L'havia enganyat. En realitat, el diari era allà dins. En Levine l'havia recuperat i se l'havia amagat a la bossa mentre ella sortia de la cel·la.

—En Daniel Latour estava corromput pel pecat de l'enveja. Li vaig aplicar un càstig com els que havia llegit de petita. Aquella mort va ser una revelació. Finalment tenien sentit totes aquelles lectures sobre els pecats que la meva mare m'havia obligat a memoritzar una vegada i una altra. Sap què? Dante era un dels seus autors preferits. Ja no vaig tenir cap més dubte. El meu destí era convertir-me en la mà de Déu a la terra. Em vaig disfressar de monjo i vaig aprofitar la semblança amb el meu germà per enganyar-los.

—En Simón, en Guifré, en Foix... ho puc entendre. Però... en Levine? Per què?

L'Àlex va veure que la Béatrice vacil·lava per primera vegada.

—El seu pare, l'Ezra Levine, va abandonar la meva mare a la seva sort. Ella es va morir esperant-lo. El seu fill, el que es va fer passar per company de vostè, es va presentar a casa meva. Em va portar el diari. Ho havia descobert tot. Em va oferir una sortida: que m'entregués voluntàriament a vostè. Em sembla que li... tenia molta consideració.

L'Àlex va empassar saliva quan va recordar l'estat en què havia trobat en Levine a l'església de la Colònia.

—Una última cosa —va dir l'Àlex—. L'August Dalmau no tenia cap necessitat de recompensar els seus antics companys. De fet, eren ells els que estaven en deute amb ell. El contracte —va reflexionar en veu alta— en què es repartien els seus béns després de la mort del seu padrastre, en realitat, el va fer redactar vostè, oi? D'aquesta manera desviava l'atenció sobre els autèntics motius dels assassinats i tots es convertien en sospitosos.

—Vostè és molt intel·ligent, subinspectora. És veritat. Em va anar molt bé. Tots van sospitar de tots. Les ànimes que viuen en pecat no tenen espai per a la confiança. Bé —va dir, aixecant-se—. És l'hora. Falta poc perquè es faci de dia.

—Sap que l'he de detenir, oi?

La Béatrice va fer un somriure trist mentre deixava el ganivet a la lleixa, al costat de la pistola, i es treia els guants.

—Ja no cal. Tot s'ha acabat.

Feia una estona que la tempesta havia amainat. Un

cercle de claror es filtrava per una esquerda de la paret. La Béatrice va posar-hi la mà a sota i la va moure en l'aire, com si estigués acariciant la llum.

—Sap què és viure sense poder veure el sol? Sense ni tan sols poder sentir l'escalfor de la seva llum? Sap què és viure sempre amb por?

La Béatrice es va treure l'hàbit de monjo, que va caure als seus peus. A sota hi duia una granota de neu ben ajustada al cos. Repenjats a la paret hi tenia els esquís i els pals. Va agafar l'equip, va pujar els esglaons de ciment i es va aturar a la porta. Sense girar-se, va mussitar:

—M'alegro d'haver-la conegut, subinspectora Serra. Espero que almenys vostè pugui vèncer els seus malsons.

Després de dir això, la Béatrice Dalmau va obrir la porta i la llum la va embolcallar. El cel estava serè. El sol havia aparegut rere les muntanyes i feia espurnejar la neu acabada de caure. Al voltant del búnquer estava tot cobert d'una capa blanca. El silenci era absolut, com si el món s'hagués aturat.

La Béatrice li va fer un somriure trist a l'Àlex. Després va respirar fondo i es va llançar a la llum.

VII

Avarícia

I com que l'avarícia totes menes
d'actes d'amor privava, i de virtuts,
ara aquí la justícia ens té amb cadenes
lligats de peus i mans, pel plor vençuts;
i mentre al Just Senyor plau, es disposa
que romanguem immòbils i ajaguts.

87

Sis setmanes més tard, l'Àlex conduïa mentre a la ràdio del cotxe sonava la veu sensual de Dido cantant a qui volgués escoltar-la que no pensava rendir-se.

Quan va veure les muntanyes, va abaixar la finestra del Volkswagen Touareg automàtic que havia llogat. L'aire li va esbullar els cabells i li va refredar les galtes fins que li van quedar insensibles. Li va semblar que sentia el seu pare renyant-la. Que si es constiparia, que si el vent directe no és bo. Però en aquell moment, aquell airet la feia sentir bé, i va ignorar la temptació d'apujar la finestra tal com li ordenava la seva consciència infantil. Va accelerar.

Quan la Vila i l'Alain, amb la resta de l'equip de la policia, van arribar al búnquer, la van trobar inconscient. Tot el temps que va ser allà dins, després de la fugida de la Béatrice Dalmau, li va fer la sensació que algú l'acompanyava. En els pocs moments en què recuperava la consciència, li va semblar que veia una nena amb una camisa de dormir blanca al seu costat. No ho havia explicat a ningú, per descomptat.

Al servei d'urgències de l'Hospital de Cerdanya, a Puigcerdà, li van diagnosticar una hipotèrmia lleu, a més de les contusions, les ferides a la mà i la cama trencada. Pel que sembla, havia tingut sort, perquè s'havia fracturat la tíbia al terç mitjà, sense desplaçament. Tot i així, a l'Àlex li feia mal igualment. La van cosir, la van embenar, la van enguixar i la van atipar de fàrmacs. Quan va poder posar el peu a terra, dues setmanes més tard, va demanar l'alta voluntària en contra del parer del doctor Canellas, que s'havia ocupat d'ella durant tots aquells dies. La preocupació sincera del metge va commoure l'Àlex. Li va prometre que algun dia farien el cafè que tenien pendent. Va sortir de l'hospital mig coixa, amb tot el cos adolorit i amb uns quants quilos menys.

Segons li van dir, havia salvat la candidatura dels Jocs Olímpics. Els comandaments policials dels dos països l'havien proposat per a una distinció. Van organitzar una cerimònia oficial i van convocar els mitjans de comunicació. Ella no hi va anar. La mateixa tarda de l'acte va presentar la seva renúncia al comissari Martí, que va quedar estupefacte.

Per la seva banda, en Levine havia sobreviscut a les picades de l'àspid. Malgrat els problemes de cobertura per culpa de la tempesta, la unitat d'emergències havia registrat bé la seva trucada. L'havien trobat mig mort, però per sort el van poder traslladar a temps a l'hospital, on li van administrar l'antídot adequat. El seu cos també va haver d'expulsar els efectes del potent sedant que havia ingerit mentre bevia amb la Béatrice Dalmau.

Encara hauria d'estar ingressat un quant temps, però el perill ja havia passat. Quan sortís de l'hospital, s'hauria d'enfrontar a diversos càrrecs per usurpació d'identitat. L'Àlex ja havia declarat a favor seu a la comissió d'investigació de la policia francesa.

L'Àlex va observar els teulats dels primers edificis de la Colònia. Va desviar el cotxe, deixant la fàbrica a un costat, i va conduir fins al cementiri situat en un monticle apartat entre arbres. No va poder evitar mirar la mansió, que ara encara li semblava més decrèpita i abandonada.

Mentre aparcava, va pensar en l'intendent Cruz. La seva detenció s'havia produït després que la jutge Andrés rebés, d'una font anònima, uns documents que l'incriminaven en la trama dels sabotatges a l'estació. Segons les proves de què disposava la jutge, en Cruz havia intentat crear una situació de crisi per després resoldre-la ell mateix i d'aquesta manera obtenir el favor dels seus superiors. L'Àlex sospitava qui era la font anònima. Algú que tenia accés als documents de l'empresa des del principi.

Tanmateix, el cas no va prosperar, perquè un implicat clau s'havia esfumat. Després de ser alliberat, l'Antoine Closas havia desaparegut per evitar les conseqüències del seu paper en els sabotatges. Sense ell, les protestes contra la construcció de Vall de Beau s'havien desinflat i els últims activistes ja feia una setmana que se n'havien anat.

No obstant això, la Béatrice Dalmau semblava que ho tenia tot previst. En Cruz estava en presó preventiva en un recinte d'alta seguretat a l'espera del judici que, seguramento, l'absoldria i quedaria en llibertat. Però això no va arribar a passar. Cinc dies abans de la vista oral, mentre en Cruz treballava al servei de cuina de la presó, va caure a dins d'una de les grans olles que es fan servir per preparar el menjar dels presos. Quan van recuperar el cadàver li van detectar una estranya ferida al front. Els forenses van determinar que era com a conseqüència del cop que s'havia clavat en caure-hi de cap. L'Àlex va recordar que un dels càstigs que s'aplicava als culpables del pecat de l'avarícia era submergir-los en oli bullent.

I després va pensar en l'antiga fotografia i en l'home que hi apareixia amb aquella mirada fugissera i que no havia pogut ser identificat: Johan Kreuz. Kreuz...

Kreuz era un cognom alemany, i la seva traducció al castellà és Cruz.

D'altra banda, en Valet li va fer arribar l'informe de l'exhumació de l'August Dalmau. Era una de les seves últimes peticions com a agent en actiu. El primer paràgraf del document assegurava que la tomba havia sigut profanada abans de la seva intervenció. Després d'analitzar el cadàver, el forense afirmava que, sense cap mena de dubte, l'August Dalmau s'havia mort d'indigestió. No obstant això, tot i que el cadàver no estava en les millors condicions, en Valet havia pogut identificar unes petites incisions al front. A l'informe també es descrivia, amb tota mena de detalls, l'extraordinària troballa de gripaus, sargantanes i granotes mortes en el lloc on hi havia d'haver l'estómac. Tant els talls com la col·locació dels animals s'havien efectuat *post mortem*. L'Àlex sabia que aquell era el càstig que patien els culpables de golafreria.

Set pecats, set càstigs.

No van trobar la Béatrice Dalmau. La forta ventada havia desplaçat tones de neu contra la muntanya. S'esgrimia la teoria que havia acabat sepultada i arrossegada cap a la vall. Amb l'arribada de la primavera hi havia l'esperança de recuperar-ne el cos, però l'Àlex en dubtava.

Va caminar coixejant fins a l'entrada del cementiri. Un mur de pedra alt l'envoltava. A l'interior, els nínxols es distribuïen en tres altures. Sobre les làpides, llises i sense ornaments, hi havia els noms dels ocupants i —només en alguns casos— la data de la mort. Allà hi descansaven els treballadors de la Colònia.

No li va costar gaire trobar-la. Situada arran de terra, era una làpida igual que les altres, excepte que a sobre de l'estreta lleixa del nínxol encara hi havia les restes d'un ram ressec de flors de muntanya.

L'Àlex va deixar la motxilla a terra i es va ajupir. Amb la mà enguantada va netejar de neu els costats i hi va acabar de descobrir una inscripció: Raquel. 1962. Satisfeta, va treure de la motxilla la llibreta amb tapes de cuiro de color granat que li havia deixat la Béatrice Dalmau al búnquer. La va obrir per l'última entrada.

Encara no m'he mort, però no trigaré gaire.

Des del llit veig les muntanyes, que comencen a omplir-se de neu, i els boscos que les envolten. És preciós. En somnis he vist, entre els arbres, un llop observant la meva finestra. El seu udol m'arriba a l'ànima. M'imagino que potser ets tu, estimat Ezra.

Els meus records són dolorosos, però dins de la pena

més terrible sempre s'hi amaga un fragment de felicitat. Si no hagués passat per tot el que he viscut, no hauria sabut mai què significa l'amor autèntic. Mai no t'hauria conegut. He après que la vida sempre ens ofereix una treva i que, fins i tot en les pitjors condicions, sempre hi ha motius per a l'esperança.

Per això em consola saber que he donat a llum una cosa meravellosa, perquè és el fruit de l'amor més gran. Això em dona forces. Només m'ensorro en els pocs moments en què la pena em supera, quan m'adono que no estem junts i no els podré veure créixer.

Quan acabi aquest diari l'hi donaré a la Matilda, espero que algun dia ella te'l pugui fer arribar a tu o als nostres fills. I potser aquest dia els responsables de la nostra desventura pagaran pels seus pecats.

L'Àlex va tancar la llibreta. D'una de les butxaques es va treure el medalló amb la fotografia de la Raquel. Va tornar a contemplar durant una estona el retrat d'aquella noia de mirada valenta. Va repenjar la llibreta a la làpida i al costat hi va posar el medalló. Va treure el pot d'ansiolítics de la butxaca de la jaqueta i el va col·locar a l'altre costat. Es va quedar uns quants minuts allà. Quan va notar que el fred li travessava la roba, es va aixecar i, coixejant, se'n va anar cap a la sortida. Darrere seu, una ràfega de vent va fer voleiar les pàgines del diari com les ales d'una papallona.

88

L'Àlex va carregar l'equipatge al Volkswagen Touareg aparcat davant de la cabanya. Es va estirar i va mirar cap a les muntanyes. Els cims començaven a estar tapats de núvols. Va pensar que trobaria a faltar el silenci de les nevades.

Aquella última nit havia aconseguit dormir d'una tirada. No havia tingut cap visió, no l'havia despertat cap malson.

El monstre se n'havia anat, però l'Àlex sabia que només era qüestió de temps, perquè sempre seria allà, esperant que tornés a abaixar la guàrdia. Però de moment l'havia derrotat. I quan tornés a aparèixer, estaria preparada.

Es va tocar la butxaca dels texans. Encara guardava la placa d'agent de policia. La va mirar durant uns segons i després la va llençar al contenidor que hi havia al costat de la tanca. No sabia què faria a partir d'ara, però no l'amoïnava gaire. Sempre havia pensat que la seva feina com a policia era el més important de la vida, però ara ja no. La vida és allò que ens construïm cada dia.

Ja ho tenia tot carregat al Volkswagen. Era hora d'anar-se'n.

Només havia de tancar la porta de la cabanya i aquella vall i les seves muntanyes formarien part del passat.

No es va moure.

Va esbufegar sorollosament.

Es va dir a si mateixa que era una tonteria, però al capdavall no li faria perdre gaire temps. I a més, si se n'anava sense comprovar-ho, es passaria tot el viatge de tornada a Barcelona donant-hi voltes. El millor que podia fer era solucionar-ho i així es quedaria tranquil·la.

Va tornar a entrar a la cabanya, va pujar les escales sense evitar l'esglaó defectuós i va obrir la trapa de les golfes. Va pujar per l'escala metàl·lica. Un cop a dalt, va encendre la llanterna i va avançar pel passadís que formaven el pilot de caixes embalades i els trastos vells. Va brandar el cap. Tot i que les visions semblaven tan reals, no eren res més que malsons. Era impossible que fos allà.

La va trobar cinc minuts després.

Darrere d'un feixuc bagul ple de llibres i de pel·lícules velles en VHS. Estava precintada amb cinta d'embalar com les altres caixes, però aquesta era exactament igual que la del somni. A sobre del cartró encara s'hi podia llegir «Lia» escrit amb retolador blau. La va acostar a la finestra d'ull de bou.

Va esquinçar la cinta i va obrir les solapes de la caixa. A dins hi va trobar diverses carpetes de cartró gris com les que fan servir els comptables per arxivar registres. Cada carpeta portava una etiqueta amb la data corresponent enganxada al lateral. Va reconèixer la lletra del seu pare. Estaven ordenades per anys. En va comptar una desena.

Va descobrir que la que estava a sobre de tot de la caixa corresponia a l'any en què havia desaparegut la seva germana. La goma que la mantenia tancada es va trencar amb una petita estirada. Hi havia molts retalls de diari. Tots parlaven de la desaparició de la Lia. Els diaris més importants obrien les portades amb una fotografia on apareixia ella mateixa agafada al seu pare. Recordava els flaixos, però amb prou feines es reconeixia en aquella cara espantada.

Va treure les altres carpetes. Totes estaven plenes de documents classificats per mesos. En va mirar uns quants a l'atzar. No en va entendre el significat fins que va descobrir que s'hi detallaven les rutes que el seu pare havia seguit buscant la Lia per tots els racons dels Pirineus.

Tot d'una es va adonar que el sol s'estava ponent. No sabia en quin moment havia baixat la caixa al menjador i havia escampat els retalls, les fotografies, els mapes i les llibretes d'apunts per sobre la taula de la cuina. El seu pare no només havia buscat la Lia, sinó que també havia enregistrat la desaparició d'una desena de nenes a la zona durant els últims vint anys. Tots eren casos sense resoldre. Desaparicions que no havien deixat cap rastre. Casos molt semblants al de la seva germana.

L'Àlex es va aixecar i va sortir al porxo. El vent agitava les copes dels arbres. Va contemplar les muntanyes mentre acariciava la petita fada de plata que duia penjada al coll. Va entretancar els ulls, va contenir la respiració i després va deixar anar l'aire a poc a poc. Quan l'última llum es va esvair en l'horitzó, va tornar a entrar a la cabanya i va tancar la porta.

Aquella nit nevaria.

Agraïments

Jo sempre llegeixo els agraïments. Suposo que ho faig perquè m'agrada tafanejar el món personal de cada autor. Alguns d'aquests textos són interessants, d'altres, la veritat, són tan avorrits com escoltar el discurs del premiat en una cerimònia. Per això et demano disculpes per endavant, però m'has de permetre aquestes poques paraules, perquè si no, aquest llibre no seria complet.

El meu primer agraïment és justament per a tu. Sense la teva contribució, tot això no és possible. Cada vegada que conec algú que ha dedicat unes hores de la seva vida a llegir alguna cosa que he escrit, sento una immensa vergonya i molta emoció. És, i sempre ho serà, un privilegi ser llegit.

També he de recordar i donar les gràcies especialment...

A l'Ella Sher, la meva agent, la meva amiga, un àngel que un dia em vaig trobar i em va fer volar.

A l'Emili Rosales i l'Anna Soldevila, per creure en mi.

A la meravellosa gent de Destino: l'Alba, en Juan, la Marta, la Sabrina, l'altra Alba... perquè això és un treball en equip i tots i cadascun d'ells tenen una part del mèrit que aquest llibre sigui a les teves mans.

A l'Enrique Huertas, que va dedicar el seu talent i esforç a ajudar-me perquè aquesta novel·la fos menys dolenta.

A en Bernardo Carrión pels seus ulls i les seves comes.

A en Santiago Álvarez, per les seves lliçons de cada dia.

A en Rafa Melero, escriptor, mosso d'esquadra i, sobretot, una bellíssima persona. Qualsevol errada en els procediments policials és cosa meva, no seva.

A la meva lectora i amiga María Zúñiga. Fer el contrari del que m'aconsella continua sent sinònim d'èxit, encara que això sigui una gran mentida.

A la resta de companys d'Admunsen, que pateixen les meves desaparicions amb paciència.

A tots els meus amics i amigues que em pregunten, una vegada i una altra, quan acabo la novel·la següent. En les seves paraules sempre hi ha un afecte enorme i són tants que no els puc anomenar tots, i això que s'ho mereixen. Em queda el consol de saber que cadascun d'ells es reconeixerà en aquestes paraules. Podeu estar segurs que no em mereixo tant.

Als amics del Café Tertulia 1900 de València. Durant uns quants mesos he ocupat una taula a canvi de cafès, aigua i torrades. La seva amabilitat és increïble.

A les biblioteques, perquè hi he passat alguns dels millors moments de la meva vida. Sense les biblioteques no escriuria.

A tots i cadascun dels membres de la meva família, sense el suport dels quals estaria buit.

A la Belén, la meva companya d'aventures, que m'ha patit d'allò més i creu més en mi que jo mateix.

A la Joana, la Noia dels Llibres, que ara ja llegeix els seus propis contes i que, a vegades, els escriu. Gràcies per les notes amb cors que em deixes d'amagat. Et continuo robant temps per escriure, temps que mai no em faltarà per dir-te com t'estimo.

I, finalment, al meu pare, que se li va acudir morir-se mentre estava escrivint aquesta novel·la i no la podrà veure acabada. Quan jo era petit, em duia a la biblioteca els dissabtes al matí. Em va fer descobrir que no tenir televisió era genial i que tenir un pare com ell encara era millor.